WILLIAM BERNHARDT

GLEICHES RECHT

Roman

Aus dem Amerikanischen
von Peter Pfaffinger

Deutsche Erstausgabe

WILHELM HEYNE VERLAG
MÜNCHEN

HEYNE ALLGEMEINE REIHE
Nr. 01/10099

Titel der Originalausgabe
PERFECT JUSTICE

Umwelthinweis:
Dieses Buch wurde auf
chlor- und säurefreiem Papier gedruckt.

Redaktion: Justinus Kerner

Printed in Germany 1997
Umschlagillustration: Danila Ducak
Umschlaggestaltung: Atelier Ingrid Schütz, München
Satz: Buch-Werkstatt GmbH, Bad Aibling
Druck und Bindung: Elsnerdruck, Berlin

ISBN 3-453-11699-2

Für Joe Blades,
seines außergewöhnlich guten Geschmacks wegen,
und weil ich es ihm verdanke,
daß mir das Schreiben so viel Freude macht.

Le coeur a ses raisons que la raison ne connaît point.
(Das Herz hat seine eigenen Gründe, die der Vernunft fremd sind.)

Blaise Pascal (1623–1662), *Pensées*

Nach dem Fall der Hauptstadt Saigon flohen über eine Million vietnamesische Männer, Frauen und Kinder aus ihrer Heimat. Der größte Teil von ihnen beantragte Asyl in den Vereinigten Staaten. Und weil fast alle durch das Auffanglager Fort Chaffee in Arkansas geschleust wurden, ließen sich die meisten schließlich auch in Arkansas oder einem der angrenzenden Staaten nieder.

Kaum waren die ersten Flüchtlinge eingetroffen, gab es auch schon Proteste von seiten der sogenannten ›Haßgruppen‹, die auch vor Hetzparolen, Schikanen, ja nicht einmal vor terroristischen Anschlägen zurückschreckten. 1992 waren allein in Arkansas 38 verschiedene Haßgruppen bekannt.

DANKSAGUNG

Ein Buch wie dieses wäre ohne die besonderen Fähigkeiten anderer nicht möglich. Mein besonderer Dank gilt: Kathy Humphries und Gail Benedict für ihre Mithilfe bei der Fertigstellung des Manuskripts und dem Papierkrieg; Arlene Joplin, die sich so gut mit den Feinheiten des Strafrechts auskennt; dem Lektor Drew Graham, der meinen Roman mit wertvollen Anregungen begleitet hat; Dr. Paul Tucker, einem echten Kenner von Arkansas, für seine Unterstützung beim Bemühen, der Stadt Silver Springs Leben einzuhauchen; Vien Van ›Bob‹ und Cam-Huong Thi ›Tina‹ Nguyen, die mir nicht nur ein neues Verständnis für die vietnamesischen Einwanderer vermittelt, sondern auch mit dazu beigetragen haben, daß mein Coi Than Tien die Realität widerspiegelt.

Verspätet, doch um so herzlicher möchte ich mich bei Pat Cremin bedanken, von dessen einzigartigen Einblicken in die menschliche Seele jeder Schöpfer fiktiver Gestalten nur träumen kann. Überaus wertvoll war und ist für mich auch die Freundschaft von Kevin Hayes, der mir mehr Gefälligkeiten erwiesen hat, als ich je aufzählen könnte. Nicht zuletzt möchte ich Morris Dees meine Dankbarkeit und meine tiefste Bewunderung bekunden. Seine Bücher und sein Leben sind mir eine unerschöpfliche Quelle der Inspiration. Überdies sei an dieser Stelle erwähnt, daß alles, was mit der ASP zu tun hat, jedes Verbrechen, jedes schriftlich festgehaltene Wort und jeder Beiname auf zuverlässigen Dokumentationen über die Aktionen und Ziele einer tatsächlich existierenden amerikanischen militanten Gruppierung basieren.

William Bernhardt

PROLOG

»Heute wird noch Blut fließen.«

Ein junger Mann sagte das zu seinem älteren Gefährten, mit dem er auf einer dunklen Landstraße nach Hause ging.

Sein Begleiter schüttelte den Kopf. »Das müssen wir verhindern. Wir sollten einen anderen Weg finden.«

»Kein anderer Weg!« Der junge Bursche verstummte. Er hatte Probleme mit der englischen Sprache, doch der Colonel bestand darauf, daß sie sich auf englisch unterhielten, selbst wenn sie unter sich waren. »Wir müssen ... uns wehren.«

»Wir müssen vor allem überleben, Tommy, und unsere Familien schützen.«

»Wie in Porto Cristo? Nein, ich laufe nicht schon wieder weg!«

Colonel Khue Van Nguyen dachte angestrengt nach. Er wollte seinen Gefährten beruhigen, fand aber nicht die rechten Worte. An seinem Englisch konnte das nicht liegen – Nguyen hatte die Sprache schon vor der Flucht aus Vietnam beherrscht. Nein, wenn ihm nichts einfiel, sinnierte er, dann wahrscheinlich deshalb, weil es die passenden Begriffe einfach nicht gab.

»In den Ouachita-Bergen herrscht ein rauhes Klima, Tommy.« Und als hätte er nur auf ein Kommando gewartet, schlug ihnen plötzlich ein Windstoß entgegen. Colonel Nguyen fröstelte. »Das sind schlimme Zeiten, Tommy. Wir müssen vorsichtig sein. Wir sind hier vom Bösen umgeben.«

»Das Böse ist überall. Hier ist es auch nicht anders.«

»Wir müssen dafür sorgen, daß es anders wird, Tommy.«

Um sich ihrer neuen Umgebung anzupassen, hatten die Flüchtlinge gleich nach ihrer Ankunft im Lager ihre vietnamesischen Namen abgelegt und amerikanische angenommen. Aus Vuong Quam Thuy war so Tommy geworden.

»Ich bleibe ich ...«

Colonel Nguyen legte beschwichtigend eine Hand auf

Tommys Schulter. Wie konnte er es ihm nur klarmachen? Tommy war noch so jung, so hitzköpfig. Andererseits verstand er ihn nur zu gut: Von heute auf morgen hatte man ihn seiner Wurzeln beraubt und in ein fremdes Land verpflanzt. »Vor mir brauchst du keine Geheimnisse zu haben. Ich bin doch dein Freund und Nachbar. Meinst du etwa, ich wüßte nicht, daß du dich mit Dinh Pham und seinen Leuten getroffen hast?«

»Ja, und?«

»Pham ist ... unbesonnen. Seine Forderungen sind überzogen.«

Tommy riß sich los. »Wir wollen uns nur wehren! Ich habe das Weglaufen satt! Ich bin bereit, zu kämpfen.«

»Wofür?«

»Für unser Zuhause. Für Coi Than Tien.«

»Warst du etwa deswegen an dieser Schlägerei in der Bar beteiligt? Ging es dir um Coi Than Tien?«

»Ich konnte nichts dafür.«

»Du redest wie ein kleines Kind. Der Sache von Coi Than Tien hast du damit jedenfalls keinen Gefallen getan.«

»Das sind Mörder! Sie verstecken sich unter Kapuzen ... und sie schlachten uns ab!«

»Trotzdem ...« Nguyen verstummte abrupt. Ein Rascheln hatte ihn aufgeschreckt. Er starrte in die Dunkelheit, vermochte jedoch nichts zu erkennen. Bestimmt war es nur eine Eule oder ein Hase, beruhigte er sich. Oder er hatte es sich nur eingebildet. Das Ganze bewies ihm vor allem eines: Er war übernervös geworden. Das kam davon, wenn man jeden Moment die Rückkehr des Grauens fürchten mußte.

Er packte Tommy an beiden Armen. »Versprich mir, daß du Alleingänge in Zukunft sein läßt, daß du dich erst mit mir oder dem Ältestenrat absprichst.«

»Ich will ... es versuchen.«

»Danke. Mehr verlange ich ja gar nicht.«

Sie waren am nördlichen Rand der Siedlung Coi Than Tien angekommen. Nach einer Umarmung, wie sie daheim in Vietnam üblich war, trennten sie sich. Tommy bog in südliche Richtung ab, wo er an der Ortsgrenze eine Hütte mit drei anderen jungen Männern teilte, während Nguyen zu seiner Unterkunft stapfte.

Der Colonel schlug den Mantelkragen hoch. So sehr er sich auch bemühte, einen bestimmten Verdacht wurde er einfach nicht los. Der Ältestenrat hatte diese Gegend wegen ihrer Abgeschiedenheit, Ruhe und Schönheit ausgesucht, doch jetzt war sie ein Pulverfaß. Die Lunte war gelegt, nun fehlte nur noch der Funke. Es war eine Frage der Zeit, wann Coi Than Tien in Flammen aufging.

Ein Geräusch riß ihn jäh aus seinen Gedanken. Es klang wie das Pfeifen eines Sperlings, nur schneller und schriller. Da, schon wieder. Angestrengt spähte er in die Dunkelheit, die soeben Tommy verschluckt hatte. Hinter den Bäumen leuchtete plötzlich etwas auf, ein gespenstisch flackerndes Schimmern. Nguyen überlief es eiskalt.

Im nächsten Moment rannte er los. Jetzt verfluchte er sich. Nie hätte er Tommy allein heimgehen lassen dürfen! So schnell er konnte, wetzte er zwischen den Bäumen hindurch und erreichte die Weggabelung. Auf einmal blieb er wie angewurzelt stehen. Ein grelles Licht raubte ihm jede Sicht. Er schirmte die Augen ab, öffnete sie langsam wieder – und stieß einen Aufschrei des Entsetzens aus. Vor ihm stand ein brennendes Holzkreuz. Darunter lag zusammengekrümmt eine reglose Gestalt, Tommy.

Der Colonel rannte zu seinem jungen Freund hinüber. Tommy brauchte Hilfe. Obwohl Nguyen sich das Gesicht mit einer Hand abdeckte, trieb ihm der ätzende Rauch die Tränen in die Augen. Die Hitze versengte ihm schier die Haut, doch er achtete nicht darauf. In Tommys Brust und Hals steckten seltsame metallene Bolzen. Aus den Wunden quoll Blut.

Nguyen beugte sich über Tommy, tastete nach dem Puls. Zu seinem Entsetzen zuckte die Hand noch. Tommys Lider klappten auf. Seine Augen fanden Nguyens Gesicht. Und seine Lippen öffneten sich. »Laßt … sie … nicht …«, brachte er hervor. Es war ein kaum vernehmbares Flüstern. »Nicht schon wieder …«

Tommys Augen schlossen sich, und der Kopf sackte zur Seite. Ein letztes Stöhnen entrang sich seiner Brust. Nguyen hörte es nicht zum erstenmal. Szenen wie diese kannte er zur Genüge. Er brauchte keinen Arzt, um zu wissen, daß sein Freund tot war.

Hustend und keuchend richtete sich Nguyen auf und stolperte davon. Sekunden später brach die Spitze des Kreuzes ab und fiel genau auf Tommy. Sofort fingen seine Kleider Feuer, das schnell auf den ganzen Körper übergriff und auch das Gesicht erfaßte; bald schälte sich die verkohlte Haut vom Schädel.

Nguyen drückte die Augen fest zu, versuchte das schreckliche Bild zu vertreiben, doch es hatte sich bereits in ihn eingebrannt. Er starrte in den dunklen Wald gegenüber der Straße. Dort war etwas – oder vielmehr *jemand.* Mehr als einen Schemen vermochte Nguyen allerdings nicht zu erkennen. Er rannte über die Straße, bekam die Gestalt aber nicht mehr zu fassen. Einen Moment lang verharrte er und lauschte dem Rascheln von Laub, dem Knacken von Zweigen. Im Dschungel bei Phu Gong war es auch so gewesen. Er und der Feind. Und er hatte gewartet.

Aber was gab er sich mit Vergangenem ab? Es war zu spät. Wer immer dort gewesen sein mochte, war verschwunden.

Auf dem Weg zurück zur Straße stolperte er über ein Bündel Papiere. Er hob es auf. Flugblätter. Was darauf stand, konnte er in der Dunkelheit kaum lesen, doch der Inhalt war ihm nur allzu klar. Hetzparolen. In den letzten Jahren hatte er sie zur Genüge kennengelernt.

Dann plötzlich durchdrang Sirenengeheul die Stille der Nacht. Wahrscheinlich der Sheriff von Silver Springs. In wenigen Minuten würde er hier eintreffen.

Nguyen stopfte die Blätter in seine Manteltasche und verschwand erneut im Wald, durch den eine Serpentinenstraße ins Dorf führte. Schon jetzt machte er sich Vorwürfe. Seine Reaktion war ein unverzeihlicher Fehler gewesen. Dennoch lief er weiter. Mit jedem Schritt wurde ihm klarer, daß nichts in Coi Than Tien so bleiben würde, wie es war. Veränderungen waren unausweichlich. Und zwar zum Schlechteren.

Die Lunte zum Pulverfaß war gezündet worden.

ERSTER TEIL

DAS PULVERFASS

1

»Spritz doch nicht so rum, Ben! Du vertreibst mir ja die ganzen Fische!«

»Ich will nur diesen blöden Haken aus dem Wasser kriegen.«

»Dann benutz die Rolle. Wozu ist sie da?«

Nach einigem Herumfuchteln bekam Ben Kincaid schließlich die Rolle in den Griff, und die Angelschnur straffte sich. Ben hätte sich in den Hintern beißen können. Warum nur hatte er sich von Christina zum Campen überreden lassen? Als Anwaltsgehilfin war sie erste Wahl, doch von ihren Fähigkeiten als Reiseveranstalterin konnte man das nicht gerade behaupten.

Bislang zumindest hatten ihn seine Erfahrungen hier in den Ouachitas nur eins gelehrt: daß er für einen Aktivurlaub denkbar ungeeignet war. Das fing schon mit dem Campen an – er hatte keine Ahnung davon. Und das Schlimme daran war: Christina sehr wohl.

Jetzt watete sie auf ihn zu und pflanzte sich vor ihm auf. »Soll ich dir verraten, warum du den ganzen Vormittag nichts gefangen hast?«

»Weil die Fische meinen Charme nicht verstehen?«

»Ach was. Weil du keinen Köder am Haken hast. *Très pathétique.*«

Ben sah nach. Tatsächlich. Scharfe Augen hatte sie auch noch. »Hattest du mir nicht versprochen, in diesem sogenannten Urlaub auf Französisch zu verzichten?«

»Das galt nur für die Herfahrt. Hier in der Wildnis kann mich nichts und niemand daran hindern. *Joie de vivre!*«

Ben kurbelte verbissen weiter, aber dann verhedderte sich die Schnur. »Köder widern mich an. Es gibt nichts Ekligeres als Würmer.«

»Würmer? Ich hab' noch eine schlechte Nachricht für dich, *mon ami.* Schon mal was von Fliegenfischen gehört? Nichts anderes tun wir nämlich.«

»Fliegenfischen? Heißt das, ich soll eine tote Fliege an den Haken hängen?«

»Nein, nicht ganz.« Sie verkniff sich ein Kichern und beugte sich über seine Schnur, um sie zu entwirren.

Jetzt machte sie sich auch noch über ihn lustig. Das war nun wirklich nicht fair, denn immerhin war der ganze Unfug auf ihrem Mist gewachsen. Sie hatte so etwas wie ›Akku in der herrlichen Naturlandschaft von Arkansas aufladen‹ gefaselt, und ehe er sie hatte bremsen können, war er mit Gummistiefeln bis zu den Schenkeln im Fulton Lake in den tiefsten Ouachita Mountains gestanden. »Du mußt mich ja für total dämlich halten, hm?«

»Ach, ich weiß nicht ...« Sie vermied es nach wie vor, ihm ins Gesicht zu sehen. »Ziemlich dämlich, vielleicht. Gestern beim Aufbauen deines Zelts hast du dich noch dümmer angestellt.«

»Oh, Verzeihung, da, wo ich aufgewachsen bin, in Nichols Hill, haben wir nie Zelte aufgebaut.«

»Das konnte man sehen.« Christina schleuderte ihre Angelschnur mit gekonntem Schwung durch die Luft. »Sag mal, Campen ist in Nichols Hill wohl ein Fremdwort? Und wenn einer tatsächlich mal gecampt hat, dann sind ihm bestimmt seine Diener mit einer Wagenladung voll edlem Porzellan und exotischen Weinen gefolgt, was?«

»Jetzt halt aber mal die Luft an!«

»Vom Fischen hast du offensichtlich für heute die Nase voll, hm? Essen wir lieber was.«

Es kostete Ben einigen Schweiß und eine halbe Flasche Spiritus, bis er das Lagerfeuer endlich in Gang gebracht hatte. Aber dann loderte es nicht nur, es geriet außer Kontrolle. Christina mußte Erde auf die Flammen schaufeln, um schlimmeren Schaden zu verhüten.

»Danke für die Hilfe«, murmelte Ben betreten.

»Kein Problem. Nimm in Zukunft aber bitte keine Zündhölzer mehr in die Hand.«

Christina hatte alle Fische, die sie gefangen hatte, wieder ins Wasser gesetzt. Auf Bohnen aus der Dose legten allerdings beide keinen gesteigerten Wert, so daß sie sich am Ende auf geröstete Marshmallows einigten. Christina spießte einen für sich auf und warf den Rest Ben zu. »*Bon appétit.*«

Ben kauerte sich vor das Lagerfeuer. Zum erstenmal an diesem Tag wußte er die Landschaft zu würdigen. Ihr Zeltplatz war umgeben von mächtigen Kiefern, deren dichtes Nadelwerk die Strahlen der untergehenden Sonne filterte, während der See und die Berge dahinter in ein leuchtendes Orange getaucht waren. Da blieb selbst ein Stadtmensch wie Ben Kincaid nicht unbeeindruckt.

Nachdem Christina ihr Marshmallow geschickt von allen Seiten gebräunt und voller Genuß verzehrt hatte, zog sie eine Mundharmonika aus der Tasche. »Wollen wir ein bißchen singen? Ich kann ›Kum Bah Ya‹ spielen.«

»Nein, danke.« Jetzt, da sie endlich nicht mehr im Wasser standen, fiel Ben auf, wie aufregend sie in ihren Khakishorts aussah. Wenn er dem Campen schon sonst nichts abgewinnen konnte, dann bekam er sie wenigstens ohne ihre gräßlichen Klamotten, die sie im Büro trug, zu sehen.

»Ich dachte, du magst Musik?«

»Musik, ja. ›Kum Bah Ya‹, nein.« Ben spießte sein Marshmallow auf und hielt es übers Feuer.

»Was möchtest du dann hören? Den Ring des Nibelungen kriege ich auf der Mundharmonika nicht hin.«

»Wie schade.«

»Wäre vielleicht Burl Ives was für dich? Ich kann ›Glow Little Glowworm‹ spielen.«

»Lieber nicht. Kennst du denn keine französischen Chansons?«

»So was wie ›Que Sera‹?«

»Das nicht gerade. Aber was würdest du von Bobby Darin halten?«

»Bobby Darin? Den spielt doch heute niemand mehr!«

»Klar doch! Er war ein Genie. *Verdammt!*« Er riß sein Marshmallow aus dem Lagerfeuer. »Angebrannt, so ein Mist!«

»Du hast es zu nah über die Flammen gehalten.«

»Nur, weil du mich abgelenkt hast.«

Christina grinste ihn an. »Vermißt du schon die Arbeit?«

»Nein. Das ist ja der einzige Grund, warum ich mich nicht

über den Urlaub beschwere. Die Arbeit hängt mir zum Hals heraus.«

»Und Jones fehlt dir auch nicht? Oder Loving? Du bist sein Held, weißt du das?«

Ben versuchte sein Glück mit einem anderen Marshmallow. Nachdem er es mühsam aufgespießt hatte, brummte er: »Es war schon immer mein Traum, der Held eines zwei Zentner schweren Gorilla zu sein, für den Zuschlagen und Überredungskunst ein und dasselbe sind.«

»Und Jones?«

»Das Wort Ordnung hat er ja nicht gerade erfunden, aber wenigstens hat er mich nie zum Fliegenfischen in die Pampas geschleift.«

»Dann eben Giselle. Du mußt doch dein Kätzchen vermissen.«

»Muß man seit neuestem rührselig sein, um als sensibler Mann zu gelten? Mrs. Marmelstein kümmert sich um Giselle. Der geht's blendend.«

Christina kramte in der Kühltasche herum und drückte Ben eine Flasche Kakao in die Hand. »Sag mal, wieso bist du heute so miesepetrig?«

»Na ja, eigentlich wollte ich nach Silver Dollar City fahren …« Er barg sein Marshmallow aus dem Lagerfeuer. Richtig gebräunt war es noch nicht, aber wenigstens auch nicht angebrannt.

»Das Campen wird dir guttun«, erklärte Christina. »Du mußt mehr an die Luft. Dampf ablassen. Natur tanken.«

»Aha! Demnach ist dieser angebliche Urlaub nichts als eine schlecht getarnte Therapie? Teil deiner Strategie, einen knuddeligen Naturburschen aus mir zu machen.«

»Wozu sind Freunde sonst da?« meinte Christina mit einem Achselzucken.

Das Brummen eines Motors nahm Ben jeden Wind aus den Segeln. Auf dem schmalen Feldweg, der zum Zeltplatz führte, näherte sich ein Auto.

»Hast du eine Vorstellung, wer das sein könnte?« fragte Ben.

»Vielleicht Smokey the Bear, der dich über die Gefahren des übertriebenen Gebrauchs von Spiritus aufklären will.«

»Da habe ich meine Zweifel. Aber wir werden es sicher gleich erfahren.«

Sie standen auf und gingen zum Feldweg, an dessen Ende der Wagen nun anhielt. Es war ein roter Pickup, ein sündteures Modell mit Breitreifen und getönten Fenstern. Die Heckscheibe zierte ein Westernmotiv. Ein hagerer Mann in Bluejeans und Flanellhemd stieg aus und streckte Ben die Hand entgegen. »Mein Name ist Harlan Payne. Sind Sie Ben Kincaid?«

Wie in Dreiteufelsnamen …? »Das bin ich. Und das ist Christina McCall.«

»Sie sind Anwalt?«

»Ja. Warum wollen Sie das wissen?« Plötzlich fiel Ben ein, daß er immer noch die unsäglichen Watstiefel trug. Er riß sie sich von den Füßen. »So. Vielleicht sieht man mir meinen Beruf jetzt eher an.«

»Wie Sie aussehen, ist mir völlig egal«, erwiderte Payne. »Sie sind aus Tulsa?«

»Richtig.«

»Ganz schön weit weg, was?«

»Hin und wieder brauche ich Tapetenwechsel.« Er ignorierte Christinas Feixen.

»Ich habe schon das ganze Ufer nach Ihnen abgegrast.«

Nun konnte Ben seine Neugierde nicht mehr verbergen. »Woher wissen Sie denn überhaupt, daß ich hier bin?«

»Von Sammy Dean.«

»Sammy Dean?«

»Der Eigentümer des Anglerbedarfladens weiter unten.«

»Ach ja, richtig.« Christina hatte dort Köder gekauft und dem Mann bei der Gelegenheit Geschichten über Bens Heldentaten im Gerichtssaal aufgetischt – die meisten davon maßlos übertrieben. »Und wie kommt Sammy Dean dazu, Ihnen von mir zu erzählen?«

»Weil ich einen Anwalt suche. Für einen Fall.«

»Wirklich?« Normalerweise hätte Ben ein solches Angebot mitten im Urlaub nicht gerade vom Hocker gerissen, aber so bekam er unerwartet die Chance, sich Christinas Unterweisungen im Fliegenfischen zu entziehen, für ein paar Tage zumindest … »Zivil- oder Strafrecht?«

»Strafrecht. Sie müßten den Verteidiger vertreten.«

»Großartig«, meinte Ben grinsend. »Worauf lautet denn die Anklage? Unerlaubtes Fischen?«

»Nicht ganz.« Payne trat näher und blickte Ben in die Augen. »Mord. Vorsätzlicher Mord.«

2

»Mord?« Ben starrte den Mann verdattert an. »Sie haben einen Mord begangen?«

»Nein, nein, ich doch nicht. Ich bin Anwalt, so wie Sie. Na ja, nicht ganz so wie Sie ...« Payne kramte in seiner Brieftasche herum. »Sehen Sie – meine Zulassung.«

Ben musterte die Plastikkarte. Tatsächlich, Payne hatte die nötigen Voraussetzungen, um vor Gericht zu plädieren. »Warum übernehmen Sie den Fall dann nicht selbst?«.

»Von Mordprozessen habe ich keine Ahnung. Meine Stärke ist das Zivilrecht. Testamente, Vermögensverwaltung, Immobilien – leichte, angenehme Sachen eben. Für diesen Fall hat mich das Gericht bestimmt, weil der Angeklagte sich keinen eigenen Anwalt leisten kann. Aber ich habe doch mit Strafrecht keinerlei Erfahrung!«

»Ben schon«, mischte sich Christina ein. »Ben ist ein Experte für Mordsachen. Er hat Dutzende von großen Fällen bearbeitet und den größten und kompliziertesten in der Geschichte von Tulsa gewonnen.«

Ben verdrehte entsetzt die Augen. Die gute alte Christina – immer ganz PR-Referentin.

»Das hat mir Sammy Dean auch gesagt. Ein richtiger Tausendsassa soll er sein.« Payne hatte auf einmal nur noch Augen für Christina. Ben hätte genausogut woanders sein können.

Christina nickte aufgeregt. »Ohne ihn stünde ich jetzt nicht vor Ihnen. Ich säße irgendwo in der Todeszelle und würde auf die Spritze mit dem Gift warten.«

Payne sah ihn bewundernd an. »O Mann, mit einem Staranwalt hatte ich noch nie zu tun.«

»Moment mal«, wiegelte Ben ab. »Ein Staranwalt bin ich noch lange nicht. Ich bin erst seit vier Jahren im Geschäft und habe nur ein paar Prozesse übernommen, aber noch lange nicht Dutzende.« Er bedachte Christina mit einem tadelnden Blick.

»Dann haben Sie keine Erfahrung mit Mordfällen?«

»Doch, aber ...«

Mit einem Ellbogenstoß in die Rippen schnitt ihm Christina das Wort ab. »*Pardonneze-moi*. Könnte ich Sie einen Moment allein sprechen, Mr. Kincaid?«

»Entschuldigen Sie bitte, Mr. Payne. Ich ziehe mich nur kurz zu einer Besprechung mit meiner Assistentin zurück.«

»Sie ist Ihre Assistentin? Dann müssen Sie ja ein großes Tier sein. Lassen Sie sich von mir aus ruhig Zeit.«

Ben ergriff Christina am Arm und ging mit ihr hinter die Zelte. »Sag mal, bist du von allen guten Geistern verlassen?« flüsterte er aufgebracht. »Was soll das Ganze überhaupt?«

»Jetzt hör mir mal gut zu. Dir mag es ja egal sein, ob du in diesem Jahr noch was verdienst, aber deine Angestellten sehen das anders, darauf kannst du Gift nehmen.«

»Ich kann mir nicht vorstellen ...«

»Du kannst von Glück reden, daß du so treue und ergebene Mitarbeiter an deiner Seite hast wie Jones, Loving und allen voran mich, die sich nie darüber beklagen, daß ihre Gehälter – wie soll ich sagen? – nur sporadisch überwiesen werden. Gut, ich weiß, daß man es als Anfänger nicht leicht hat und eine Anwaltskanzlei nicht von heute auf morgen floriert, aber das ändert nichts daran, daß du seit deinem Ausscheiden aus dem Apollo-Konsortium keinen einzigen lukrativen Fall hattest – und das liegt schon Monate zurück.«

»Trotzdem ...«

»Laß mich ausreden. Dieser Fall hier ist wahrscheinlich auch keine Goldgrube, aber wenn das Gericht zahlt, brauchst du wenigstens nicht deinem Honorar hinterherzulaufen. Außerdem kannst du damit dein Prestige aufpolieren. Und das hast du dringend nötig, wenn du die wirklich großen Fälle an Land ziehen willst. Kurz und gut: Geh rüber und sag Mr. Payne, daß du annimmst.«

Ben war bereits klar, daß sie nichts außer einer bedingungslosen Kapitulation akzeptieren würde. »Zu Befehl, Ma'am.«

Payne wartete geduldig bei seinem Pickup, bis sein Kollege hinter dem Zelt hervortrat.

Ben räusperte sich. »Nach Rücksprache mit meiner Assistentin habe ich beschlossen, die Übernahme des Falls in Erwägung zu ziehen.«

»Da bin ich aber erleichtert! Großartig!«

»Das heißt natürlich noch nicht, daß ich den Beschuldigten tatsächlich vertreten werde«, wehrte Ben ab. »Wo treffe ich ihn überhaupt an?«

»Im Gefängnis. Ich kann Sie hinbringen.«

»Wann würde es Ihnen passen?«

»Je früher, desto besser. In einer halben Stunde findet die Vorverhandlung statt.«

»*Wie bitte?*«

3

Für Paynes imposante Gewehrsammlung *und* drei Leute reichte der Platz im Pickup nicht, so daß Christina mit der Ladefläche vorliebnehmen mußte. Zwar hätte Ben normalerweise darauf bestanden, daß sie sich vorne hinsetzte, doch unter den gegebenen Umständen hielt er sein Verhalten für mehr als angemessen.

Der Geländewagen bewältigte die Serpentinenstraßen weitaus besser als Bens alter Honda am Vortag. Allerdings fiel es dem Anwalt schwer, die Landschaft in vollen Zügen zu genießen. Er kämpfte gegen einen Brechreiz. Die vielen Schlaglöcher und engen Kurven waren schlimm genug, aber sie wären noch erträglich gewesen, hätte Payne nicht so aufs Gas gedrückt.

»Ist so ein hohes Tempo nicht ein bißchen gefährlich?« fragte Ben vorsichtig.

»O nein. Der Wagen schafft spielend das Doppelte. Ich will nur nicht, daß Ihre Freundin runterfällt.«

»Sehr rücksichtsvoll von Ihnen. Aber sie ist nicht meine Freundin – in dem Sinn. Sie ist eine gute Bekannte und Mitarbeiterin, mehr nicht.«

»Und da campen Sie gemeinsam da draußen?«

»Jeder hat sein eigenes Zelt.«

»Junge, Junge, na ja, in den großen Städten geht es wohl anders zu. Aber das sollte mal meine Frau hören. Ich allein mit einer anderen? Das würde die nie dulden!«

Endlich ließen sie die Berge hinter sich und bogen auf eine schmale Straße, die nach Silver Springs führte. Ben kannte den Ort nur vom Durchfahren. Der Stadtrand gab sich ganz viktorianisch: Villen in allen möglichen Farben mit vorstehenden Giebeln. Im Zentrum beherrschten dagegen graue Kalksteinbauten das Bild.

Die Innenstadt bestand im wesentlichen aus zwei sich kreuzenden Hauptstraßen, der Main Street und der Maple Street. Ben entdeckte einen Glücksspielsalon, einen Gemischtwarenladen, ein kleines Lebensmittelgeschäft und eine alte Apotheke, die allem Anschein nach seit dem Krieg nicht mehr renoviert worden war – seit dem Ersten Weltkrieg, wohlgemerkt.

Bis auf das Pfeifen einer Lokomotive in der Ferne war so gut wie nichts zu hören. Die Geschäfte waren alle geschlossen, und auf den Straßen ließ sich abgesehen von einer Handvoll Kindern niemand blicken. Auf der Kühlerhaube eines Pickup hockten ein paar Halbwüchsige in Overalls und leerten gemeinsam einen Sixpack. Vor einer verwaisten Tankstelle veranstalteten kleine Jungen mit Centstücken ein Zielwerfen. Die einzigen nennenswerten Lebenszeichen kamen aus einer Billardbar und mehreren Kneipen. Insbesondere die ›Bluebell Bar‹ erfreute sich regen Zulaufs. Zumindest war die Straße davor mit Pickups zugeparkt.

»Die Bluebell scheint ja ein heißer Tip zu sein«, bemerkte Ben.

Payne grinste. »Stimmt. Wir sind hier genau an der Grenze des Reeves County, des einzigen County zwischen Fort Smith und Hot Springs, wo am Nachmittag Alkohol ausgeschenkt werden darf. Da tanken die Jungs natürlich tüchtig auf, bevor es dunkel wird und sie nach Hause fahren.«

»Dann setzen sie sich doch sicher nicht mehr selbst ans Steuer, oder?«

»Ähm, natürlich nicht.«

Ein Restaurant mit dem Namen OZARK BAR-B-Q sprang Ben ins Auge. »Sind wir nicht ein gutes Stück südlich von den Ozark Hills?«

»Mit Ozark Barbecue ist nicht der Ort gemeint, sondern die Art der Zubereitung. Es ist wie mit dem mexikanischen Essen. Dafür muß man auch nicht extra nach Mexiko fahren.«

»Ah ja.«

»Sehen Sie den Konzertsaal da drüben?« Payne deutete auf einen Flachbau auf einem Hügel vor ihnen. »Bill Clinton hat dort mal mit seiner Hochschulband gespielt. 1963 war das. Jetzt haben sie eine Gedenktafel angebracht.«

»Was Sie nicht sagen.«

Wenig später parkte Payne vor dem Büro des Sheriffs. Sie gingen sogleich hinein, und Ben wurde dem örtlichen Vertreter von Recht und Ordnung vorgestellt.

Sheriff Collier war ein drahtiger Bursche mit braunem Schnurrbart, der langsam grau wurde, Flanellhemd, Levisjeans und silberbeschlagenen Cowboystiefeln.

»Heute in Zivil, Sheriff?« scherzte Payne.

»Einer der Vorteile, wenn man sein eigener Boß ist.«

Payne wurde wieder ernst. »Mein Freund Ben ist gekommen, um sich Ihren Gefangenen anzusehen.«

»Wirklich? Dann sind Sie der erste, außer Mr. Payne natürlich. Wann steigt eigentlich der Prozeß?«

»Nächste Woche«, erklärte Payne.

Ben schluckte.

»Sehr schön!« rief Collier. »Bin froh, wenn ich den Kerl los bin.«

»Hat er denn Ärger gemacht?« erkundigte sich Ben höflich.

»Nö. Aber so ein Häftling hält einen immer auf Trab. Man muß ihm die Mahlzeiten bringen, sein Klo putzen. Als ob ich nichts Wichtigeres zu tun hätte.«

Während Ben noch den verständnisvollen Zuhörer mimte, trat durch die Hintertür ein Mann in grüner Uniform.

»Ben, das ist Deputy Gustafson.«

Der junge Anwalt streckte die Hand aus. »Sehr erfreut.«

»Ben wird deinen Häftling vertreten«, erklärte Payne. »Na ja, wahrscheinlich wird er das.«

»Ach ja?« Gustafson zog seine Hand zurück.

»Ich weiß es noch nicht«, sagte Ben. »Ich habe den Mann ja noch nie gesehen.«

»Dann passen Sie lieber gut auf sich auf«, erwiderte Gustafson kühl und verschwand wieder hinter der Tür.

»Was hat er denn?« fragte Ben seinen Kollegen, als dieser ihn und Christina zu den Zellen führte.

»Ach, nichts. Sie wissen doch, daß die von der Polizei nichts so verabscheuen wie ein faires Verfahren. Die meinen alle, man müßte ihnen erlauben, jeden Gauner gleich vom Einsatzwagen aus hinzurichten.«

Der einzige Häftling in diesem Gefängnis saß in der ersten von drei Zellen. Es war ein muskulöser junger Mann Anfang zwanzig mit kurzem rotblonden Haar. Das Gesicht wirkte unauffällig – die Sorte, die man an jeder Straßenecke antrifft.

Ben lächelte zufrieden. Bei den Geschworenen würde der Junge sicher einen guten Eindruck machen.

»Ben«, sagte Payne, »darf ich Ihnen Donald Vick vorstellen? Donald, das ist Ben Kincaid. Ich habe ihn gebeten, mir zu helfen. Wenn möglich, trete ich die Verteidigung ganz an ihn ab. Er ist ein Spezialist für Mordprozesse.«

Ben versuchte, keine Grimasse zu schneiden. »Sehr erfreut.«

Statt Bens ausgestreckte Hand zu ergreifen, verschränkte Vick die Arme und musterte den Neuen mit einem abschätzigen Blick. »Auf wessen Seite stehen Sie?«

»Auf ... wessen Seite?« Ben runzelte die Stirn. »Nun, wenn ich Ihre Verteidigung übernehme, dann natürlich auf Ihrer.«

»Das habe ich nicht gemeint.«

»Ich fürchte, ich verstehe nicht ganz.«

»Ben«, schaltete sich Payne ein, »fragen Sie Donald doch lieber, was Sie alles von ihm wissen sollten. In wenigen Minuten geht die Vorverhandlung los.«

»Was können Sie mir über ...«

»Was springt denn für Sie raus?« fiel Vick ihm ins Wort.

»Was?« Ein schrägerer Vogel war Ben in seiner Karriere

noch nie untergekommen. »Nun, ich nehme an, das Gericht zahlt mir mein Honorar, vorausgesetzt, ich übernehme den Fall. Viel dürfte es nicht sein. Ist es das, was Sie meinen?«

»Wohl kaum.« Vick wandte sich abrupt ab und ging zu seiner Pritsche.

»Was hat er denn?« flüsterte Ben in Paynes Ohr.

»Ach, Sie wissen ja, wie das so ist«, murmelte Payne mit einem verlegenen Grinsen. »Seit Wochen sitzt er hinter Gittern. Er hat Schiß und weiß nicht, wie er sich verhalten soll. Sie als Experte haben so was bestimmt schon öfter erlebt. Übernehmen Sie den Fall?«

»Drängen Sie mich bitte nicht. Wen soll er den überhaupt umgebracht haben?«

»Einen Vietnamesen seines Alters. Hieß Vuong. Seine Freunde nannten ihn Tommy. Lebte in einer Siedlung ein paar Meilen außerhalb der Stadt. Dort sind an die zwanzig Familien untergebracht, die zusammen eine Hühnerfarm betreiben. Sie haben bestimmt von Fort Chaffee gehört. Ist so ein Auffanglager für Flüchtlinge aus Vietnam. Seit einiger Zeit strömen sie alle nach Arkansas. Die meisten sind ja recht friedlich, nur dieser Vuong hat von Anfang an für Ärger gesorgt.«

»Wie kommt die Polizei darauf, daß Vick ihn ermordet haben könnte?«

»Anscheinend haben er und Vuong sich am Nachmittag vor dem Mord eine Schlägerei in einer Kneipe geliefert. Ich gehe davon aus, daß Vuong es drauf angelegt hat – wie gesagt, ein übler Bursche. Wie dem auch sei, er hat Donald ganz schön aufgemischt, und Donald wurde rausgeschmissen. Eine ganze Reihe von Zeugen hat ausgesagt, daß er Vuong Rache geschworen hat. Und in der Nacht wurde Vuong dann umgebracht. Einen anderen Verdächtigen hatte der Sheriff nicht, also hat er sich an das Naheliegendste gehalten.«

Ben kannte das Spiel: Bei Kapitalverbrechen geriet die Polizei immer unter Druck, schnellstmöglich einen Täter zu präsentieren. »Wenn sie sonst nichts vorweisen können«, brummte er, »müßten wir eigentlich einen Freispruch erreichen.«

»Großartig!« rief Payne. »Heißt das, daß Sie den Fall übernehmen?«

»Sie scheinen es ja wahnsinnig eilig zu haben, Ben für sich einzuspannen«, schaltete sich Christina ein.

»Na ja, wie ich schon gesagt habe, die Vorverhandlung geht in wenigen Minuten los, und ich habe keine Ahnung, wie ich mich da verhalten soll.«

»Ich will ja nicht unhöflich sein«, sagte Christina, »aber ich habe das Gefühl, Sie halten da noch etwas zurück.«

»Stimmt das? Haben Sie uns etwas verschwiegen?« fragte Ben, der gelernt hatte, Christinas Instinken zu trauen.

Payne warf einen nervösen Blick auf seine Uhr. »Mensch, Ben, nach der Vorverhandlung stehe ich Ihnen gern Rede und Antwort, aber im Augenblick haben wir einfach nicht die Zeit dafür.«

»Dann nehmen wir sie uns eben. Entweder Sie sagen es mir jetzt sofort, oder Sie gehen allein in die Vorverhandlung.«

»Na gut«, seufzte Payne. »Es wird Sie wahrscheinlich interessieren, daß Donald Mitglied der ASP ist.«

»ASP? Was ist das?«

Ein tiefer Seufzer diesmal. »Eine rassistische Gruppierung. Die *Anglosaxon Patrol*. Eine paramilitärische Bande. Sie haben nicht weit von hier ein Lager.«

»Soll das ein Scherz sein?« Ben sah zu dem Jugendlichen hinüber, der eher den Eindruck erweckte, als könnte er kein Wässerchen trüben. »*Der?*«

»Leider, ja.«

»Ist er hier aufgewachsen?«

»O nein! Von denen stammt keiner aus der Gegend. Sie sind vor ein paar Monaten aus Alabama gekommen und haben hier ihr Lager aufgeschlagen. Ein paar von den Alteingesessenen waren nicht besonders begeistert, daß sich so viele Vietnamesen in der Nähe etabliert hatten und vor allem den hiesigen Hühnerfarmern die Gewinne streitig machen. Da steht eine Menge Geld auf dem Spiel, verstehen Sie.«

»Also haben sie Rassisten und Terroristen ins Land geholt!« rief Christina. »Ekelerregend ist das!«

»Ich weiß nicht, wer sie geholt hat, aber seit ihrer Ankunft ist die Stadt nicht mehr wiederzuerkennen. Sie sorgen für Ärger, wo es gerade geht, legen Feuer, bedrohen Leute, bombardieren Autos. Keiner kann ihnen was beweisen, aber jeder weiß, daß sie es waren. Schließlich haben wir aus Alabama ein paar Anwälte von einer Organisation namens *Hatewatch* geholt. Die ziehen durch die Straßen, sammeln Beweismaterial gegen die ASP und versuchen, ihren Mitgliedern Verfahren an den Hals zu hängen. Aber damit ist alles nur noch schlimmer geworden. Die Atmosphäre in der ganzen Stadt ist total vergiftet. Inzwischen hat jeder vor seinem eigenen Schatten Angst. Soviel geballten Haß verträgt eine Kleinstadt wie Silver Springs einfach nicht.«

So langsam kam Licht ins Dunkel. Ben nickte. »Darum mußte man also jemand – in diesem Fall Sie – zu seinem Rechtsvertreter bestimmen. Kein Anwalt würde so ein Verfahren freiwillig übernehmen.«

»Das ist richtig«, gab Payne widerstrebend zu.

»Und da dachten Sie, Sie könnten Ben ködern«, meinte Christina. »Pech für Sie, tut mir leid. Komm, Ben, gehen wir.« Sie deutete zur Tür.

»Warte noch.« Ben fixierte Payne mit einem durchdringenden Blick. »Was haben Sie uns sonst noch verschwiegen?«

»Nur Kleinigkeiten. Nichts Schlimmes. Ehrlich.«

»Und Sie haben sonst niemanden gefunden, der Sie ablösen würde?«

»Indianerehrenwort! Ich habe jeden Anwalt im Reeves County angerufen.«

»Was soll das, Ben?« Christina zerrte an seinem Ärmel. »Gehen wir endlich.«

»Ich glaube nicht, das ich das kann«, widersprach Ben. »Offensichtlich will niemand dem Jungen helfen. Aber jeder Bürger hat nun mal ein Recht auf einen Verteidiger.«

»Was sagst du da? Du hast doch nicht ernsthaft vor, dieses Rassistenschwein zu verteidigen?«

»Persönlich verabscheue ich seine Ideologie genauso wie du. Aber es gibt einen Verhaltenskodex, der uns Anwälten vorschreibt, auch uns mißliebige Personen zu verteidigen, wenn sie keinen Rechtsvertreter gefunden haben.«

»Du willst den Fall also übernehmen?«

»Einer muß es ja tun.«

»Ben, dieser Typ ist ein Scheusal!«

»Ein Grund mehr, ihm zu helfen.«

»Er ist mit einer Horde von Radaubrüdern hierher gekommen, um Ärger zu machen. Und den hat er sich jetzt eingehandelt. Punkt.«

»Warst du nicht diejenige, die mich vor wenigen Minuten noch gedrängt hat, den Fall zu übernehmen?«

»Da wußte ich auch noch nicht, daß er ein faschistischer Volksverhetzer ist.«

»Vorhin hast du gesagt, ich bräuchte sensationelle Fälle, um was für meinen Ruf zu tun.«

»Das stimmt schon, aber dann könnten wir uns genausogut Kinderschänder und Präsidentenmörder aussuchen. Ben, laß die Finger davon!«

»Christina, es tut mir leid. Du weißt, daß ich viel auf deine Meinung gebe, aber meine Entscheidung steht fest.« Er wandte sich Payne zu. »Ich übernehme den Fall.«

»Mit meiner Hilfe kannst du dann aber nicht rechnen.« Christina wirbelte herum und rannte zur Tür.

»*Christina!*«

Sie knallte die Tür hinter sich zu.

»Sie ist ziemlich temperamentvoll«, entschuldigte sich Ben mit einem schiefen Grinsen. »Na ja, wie die Rothaarigen eben so sind. Aber ich wette, daß sie es sich bald wieder anders überlegt.«

»Ich bin froh, daß Sie mir helfen wollen«, erwiderte Payne. »Aber jetzt müssen wir uns sputen. Der Richter wartet nicht gern.«

»Sofort.« Ben klopfte an das Gitter von Vicks Zelle. »Ich bin bereit, Sie zu vertreten, Donald, wenn Sie das wollen.«

»Tun Sie, was Sie nicht lassen können«, knurrte Vick, ohne aufzusehen.

»Das werde ich wohl. Ich fasse das als Auftrag auf. Die Vorverhandlung ist ja nichts Weltbewegendes. Ich werde dem Richter ganz einfach sagen, daß Sie auf nicht schuldig plädieren und daß wir ...«

»Was?« Vick sprang abrupt auf und stürmte zum Gitter. »Wer hat was von nicht schuldig gesagt?«

Ben überlief es eiskalt. Ihm war ganz und gar nicht wohl dabei, den Burschen so dicht vor sich zu haben. »Äh, ich dachte nur …«

»Lassen Sie das Denken, Sie Klugscheißer!«

»Bei der Anklageerhebung haben Sie doch auf unschuldig plädiert, oder?«

»Ich habe es mir eben anders überlegt.«

»Als Ihr Verteidiger habe ich die Pflicht, einen Freispruch anzustreben, wenn …«

»Sie haben die Pflicht, das zu tun, was ich Ihnen sage. Ich bin schuldig, kapiert?«

»Sie …«

»Haben Sie nicht gehört? Schuldig. Ich will, daß Sie dem Richter sagen, daß ich mich schuldig bekenne. Schuldig im Sinne der Anklage.«

4

Ben rutschte das Herz in die Hose. Worauf hatte er sich da nur eingelassen? Wann lernte er endlich, auf Christinas Rat zu hören?

»Heißt das, daß … Sie diesen … Vuong getötet haben?«

Vick sah weg. »Das heißt, daß ich auf schuldig plädiere. Kapiert?«

»Das habe ich Sie nicht gefragt. Und sehen Sie mich gefälligst an, wenn ich mit Ihnen spreche.«

Vick gehorchte, wenn auch widerstrebend.

»Haben Sie ihn getötet?« wiederholte Ben seine Frage.

»Was juckt das Sie? Ich habe gesagt, ich will, daß Sie auf schuldig plädieren, nicht mehr und nicht weniger.«

»Wenn Sie Vuong tatsächlich ermordet haben und sich schuldig bekennen wollen, ist das Ihre Sache. Aber wenn Sie nur den edlen Ritter rauskehren oder einfach verrückt spielen wollen, dann ist das was anderes.«

Vick drehte sich wortlos zur Wand.

»Moment mal!« rief Ben. »Ich bin noch nicht fertig.«

Zur Antwort erhielt er nur ein Achselzucken.

»Wie soll ich Sie vertreten, wenn Sie nicht mit mir sprechen?«

Keine Reaktion. Ben fuhr zu Payne herum. »Das ist ja unglaublich. Ich muß wissen ...«

»Sie können später mit ihm reden.« Payne deutete auf seine Uhr. »Wir kommen ohnehin schon fünf Minuten zu spät. Richter Tyler wird toben.« Er schob Ben zur Tür hinaus.

»Aber ...« Ben drehte sich hilflos zu seinem neuen Mandanten um, der ihm immer noch die kalte Schulter zeigte. Dann stand er wieder im Büro des Sheriffs, und hinter ihm fiel die Tür ins Schloß. Worauf hatte er sich da nur eingelassen?

Binnen fünf Minuten fuhr Payne seinen neuen Rekruten zum County Court, dem Bezirksgericht in der Main Street. Das Haus wirkte so, als hätte man es aus dem Geschichtsbuch kopiert: ein rot und weiß übertünchter Ziegelbau von imposanter Höhe. Es war nicht nur das größte Gebäude in Silver Springs, sondern von der Architektur her das bei weitem interessanteste. Einer Inschrift entnahm Ben, daß es 1892 errichtet worden war. Freilich war es ihm immer noch ein Rätsel, warum ein Kaff wie Silver Springs Bezirkshauptstadt geworden war. Das mußte ja ein winziger Landkreis sein.

Bei Paynes und Bens Eintreffen warteten bereits zwei Männer im Büro des Richters. Ben ging davon aus, daß der Herr hinter dem Schreibtisch der Richter war. Er hatte ein von Falten durchfurchtes, doch interessantes Gesicht und ungemein kurzgeschnittene Haare. Der andere wirkte weitaus jünger. Ben schätzte ihn in etwa auf sein eigenes Alter. Man hätte ihn vielleicht für den Bezirksstaatsanwalt halten können, hätte der Typ nicht ein Baby auf seinen Knien geschaukelt.

»Schauen Sie nur, Richter«, sagte er und lächelte das Kind, ein etwa eineinhalb Jahre altes Mädchen, glücklich an. »Wie macht das Hundi?«

»Wau-wau.«

»Prima!« rief der Mann, und das kleine Mädchen strahlte. »Okay, und wie macht die Ente?«

»Wak-wak.«

»Sehr gut!« Er sah kurz auf. »Sie ist schon ganz schön gewitzt für ihr Alter. Aber jetzt kommt was ganz Schweres. So, mein Schatz, und was sagt Richter Tyler?«

»Abbelehn!« kicherte sie.

Der Richter tätschelte dem kleinen Mädchen den Kopf. »Ja so was! Du kannst schon ›abgelehnt‹ sagen? Amber, ich glaube, du bist das schlaueste Mädchen im ganzen County.«

Ben bekam vor Staunen den Mund nicht mehr zu. In was für eine Vorverhandlung war er denn da geraten?

Payne räusperte sich. »Entschuldigen Sie, Richter, haben Sie jetzt Zeit für uns?«

»Aber natürlich, Mr. Payne. Nehmen Sie Platz und fühlen Sie sich wie zu Hause.«

So setzten sich die zwei Anwälte auf die zwei freien Stühle. Richter Tylers Büro wirkte intim, wenn man es höflich umschrieb. Ansonsten war Abstellkammer der treffendere Ausdruck. Der Platz reichte gerade für vier Stühle und den Schreibtisch. Ben und der andere Mann, der tatsächlich der Staatsanwalt sein müßte, saßen praktisch Schulter an Schulter.

»Wen haben Sie da mitgebracht, Mr. Payne?« fragte der Richter.

»Das ist Ben Kincaid, Euer Ehren. Er hat eine Anwaltspraxis im Tulsa County. Ich wollte seine Zulassung für den anstehenden Prozeß beantragen, damit er mich bei der Verteidigung unterstützen kann.«

»Ich verstehe.« Der Richter musterte Ben von oben bis unten. »Hat Mr. Kincaid Erfahrung mit Fällen dieser Art?«

»O ja, er ist sogar ein Experte für Mordprozesse.«

Ben zuckte zusammen. Er mußte ein ernstes Wörtchen mit Christina reden und ihr den Unterschied zwischen Werbung und Vorspiegelung falscher Tatsachen erklären.

»Ein Experte für Mordprozesse? So so. Na gut, in unserer Gegend gibt es weit und breit keinen. Klar, wir haben ja auch seit zwölf Jahren keinen Mord mehr gehabt. Aber erzählen Sie uns doch mal ein bißchen mehr über sich, Mr. Kincaid.«

»Hm ... ich bin seit mehreren Jahren als Anwalt in Tulsa tätig ...«

»Mehrere Jahre? Sie sehen aus wie sieben-, höchstens achtundzwanzig.«

»Ich bin einunddreißig, Euer Ehren.«

»Aha. Dann wirken Sie wohl einfach ein bißchen jung.«

»Das habe ich schon öfter gehört.«

»Sie sind für eine große Kanzlei tätig?«

»Bis vor einem Jahr, Sir. Dann haben sich unsere Wege getrennt.«

Der Richter zog die Augenbrauen hoch. »Und wo arbeiten sie jetzt? Für eine Firma?«

»Das habe ich versucht, aber es klappte nicht so richtig.«

»Es scheint Ihnen ja ganz schön schwerzufallen, einen Job längere Zeit zu behalten.«

»Ich betreibe jetzt meine eigene Kanzlei, Sir. Sieht so aus, als hätte ich eine Nische für mich gefunden.«

»Hören Sie zu, junger Mann: Normalerweise werde ich mit Schnöseln aus der Großstadt nicht so richtig warm. Die kommen daher und bilden sich ein, sie wüßten mehr über meinen Job als ich. Aber angesichts der Bedeutung dieses Falls und Mr. Paynes mangelnder Erfahrung mit Mordsachen mache ich diesmal eine Ausnahme. Sie sind hiermit zum Verteidiger des Beschuldigten ernannt.«

»Danke, Euer Ehren.« Ben nahm sich vor, auf keinen Fall den Schnösel aus der Großstadt zu markieren, was immer der Mann mit dieser Formulierung auch gemeint haben mochte.

»Na, dann wollen wir Mr. Kincaid mal mit einem Drink willkommen heißen«, schlug der Richter vor.

»Ein Drink?«

Tyler nahm eine Flasche Scotch aus der untersten Schreibtischschublade. »Leider hat Mabel sämtliche Gläser weggeräumt, Gentlemen. Wir müssen alle aus der Flasche trinken.«

»Mich stört das nicht!« rief Payne.

Als erstes hielt der Richter Ben die Flasche unter die Nase. Was war das nun wieder? Eine Art Aufnahmeritus? Na gut, wenn es die alten Römer schon so gemacht hatten …

Ben führte die Flasche an seine Lippen. Das Zeug verätzte ihm schier die Kehle, und die Tränen traten ihm in die Augen. Harte Sachen waren eben nichts für einen, der sonst nur Kakao trank.

Ben reichte die Flasche dem Richter zurück. »Ich hoffe, Sie

entschuldigen mein etwas ungepflegtes Erscheinungsbild, Euer Ehren. Mr. Payne hat mich erst vor einer Stunde angesprochen, und ich kam nicht mehr dazu, mich umzuziehen.«

Der Richter wischte seine Sorgen mit einer Handbewegung weg. »Denken Sie nicht mehr dran, junger Mann. Was andere außerhalb des Gerichtssaals tragen, ist mir egal. Von mir aus können Sie sogar in der Badehose rumlaufen.« Er grinste. »Aber vielleicht wäre die kleine Amber etwas schockiert.«

Ben versuchte, darauf einzugehen. »Sie ist süß, die Kleine.«

»Nicht wahr?« warf der stolze Vater ein. »Wirklich ein Geschenk des Himmels. Marjorie und ich hatten jahrelang versucht, ein Kind zu kriegen, und immer Pech gehabt. Erst als wir die Hoffnung schon aufgegeben hatten, schickte uns der liebe Gott unseren Sonnenschein.« Er beugte sich über das Mädchen und rieb seine Nase an der ihren. »Das bist du doch, mein Herzchen, ein richtiger kleiner Sonnenstrahl.«

»Ich habe Sie einander noch gar nicht vorgestellt«, brummte der Richter und reichte die Flasche weiter. »Das ist Henry Swain. Es wird ihm wohl nichts ausmachen, wenn Sie ihn Hank nennen. Ich kannte Hank schon, da war er noch ein Dreikäsehoch. Sein Vater und ich gingen gemeinsam auf die Jagd.«

»Ah ja.« Die Sache schmeckte Ben ganz und gar nicht. Das war ja eine richtige Seilschaft in diesem Kaff. »Sie müssen der Bezirksstaatsanwalt sein.«

»Das ist er«, antwortete der Richter anstelle von Swain.

Ben erhob sich. »Sehr schön. Gehen wir in den Gerichtssaal?«

»Nicht nötig«, meinte Tyler. »Die Angelegenheit können wir genausogut hier erledigen.«

»Hier?«

»Warum nicht? Im Reeves County handeln wir unsere Fälle wenn möglich in einer zwanglosen Atmosphäre ab. Offen gesagt gibt es ja nicht viel, was ich noch in Erfahrung bringen müßte. Die Akte habe ich schließlich schon gelesen.«

»Sie kennen die Akte des Staatsanwalts?« Ben war wie vor den Kopf geschlagen.

»Klar. Ich will doch wissen, was hier gespielt wird.«

Ben biß sich auf die Lippen. Er hielt es für das Klügste, dazu nichts zu sagen. Vorläufig zumindest.

»Warum wurde meinem Mandanten keine Kaution bewilligt?«

»Das war meine Entscheidung. Immerhin handelt es sich hier um ein Kapitalverbrechen, und Ihr Mandant hat keine festen Bindungen in dieser Gemeinde. Abgesehen davon würden bestimmte Leute nichts lieber tun, als ihn am nächsten Baum aufzuknüpfen. Nein, nein, da wo er im Augenblick ist, ist er am besten aufgehoben.«

»Als ich ihn besuchte, wurde mir der Zugang zur Zelle verwehrt.«

»Auch eine Entscheidung von mir. Wir haben Grund zur Annahme, daß es sich um einen gefährlichen Burschen handelt. Ich lasse niemanden da rein, es sei denn in der Gegenwart eines Beamten. Wenn Sie mit Ihrem Mandanten ein Gespräch unter vier Augen führen wollen, werden Sie sich wohl oder übel an die Gitter zwischen Ihnen und ihm gewöhnen müssen.«

Ben trommelte mit den Fingern auf den Stuhl. »Wann findet die erste Anhörung statt, Euer Ehren?«

»Ich bin kein Freund dieser Schauveranstaltungen.«

»Aber das ist für mich die einzige Gelegenheit, zu erfahren, worauf sich die Anklage überhaupt stützt!«

»Lassen Sie sich mal was gesagt sein, junger Mann. Die Leute werden Ihnen alles berichten, was Sie wissen wollen. Es gibt ja jede Menge Indizien. Hank hat die Aussagen von einem halben Dutzend Zeugen, die alle gehört haben, wie Ihr Junge diesem Vuong gedroht hat, daß er ihn umbringen will.«

»Eine Drohung ist noch lange kein Beweis ...«

»Der Kerl hat's dem Sheriff bei der Verhaftung ja praktisch gestanden. Und sein Motiv liegt auf der Hand. Wissen Sie, wie Vuong gestorben ist?«

Ben schüttelte den Kopf.

»Er wurde mit einer Armbrust getötet. Ein Bolzen traf ihn am Hals, ein zweiter ging in die Brust.«

Ben sah Payne fragend an. »Eine Armbrust?«

»Richtig«, bestätigte der Richter. »Eine fiese Waffe. Die Bolzen sind eine Art massive Pfeile aus Metall. Haben den Burschen übel zugerichtet, das können Sie mir glauben. Der

Mörder hat sie aus unmittelbarer Nähe abgeschossen. Und danach hat er ein brennendes Kreuz über Vuong aufgestellt. Ein Querbalken ist auf die Leiche gefallen und hat die Kleider in Brand gesteckt. Dummerweise ist jetzt der ganze Körper verkohlt. Diese APS-Schweine schrecken vor nichts zurück.«

»Euer Ehren, ich glaube, Sie ziehen da eine übereilte Schlußfolgerung.«

»Gibt es denn eine andere Möglichkeit?«

Ben holte tief Luft. Es hatte keinen Sinn, sich mit dem Richter anzulegen. Andererseits durfte er nicht zulassen, daß dieser Mann die Rechte seines Mandanten mit Füßen trat.

»Ich muß auf einer offiziellen Anhörung bestehen. Mir muß das Recht zugestanden werden, Mr. Swains Zeugen ins Kreuzverhör zu nehmen.«

»Er wird Ihnen gern die Namen seiner Zeugen geben. Sie können jederzeit mit ihnen sprechen.«

Ben rang um Fassung. »Sir, ich verlange einen vereidigten Protokollführer. Sämtliche Unterlagen müssen überprüfbar sein, wenn ich in Berufung gehe.«

Der Richter beugte sich über seinen Schreibtisch. »Mr. Kincaid, Sie gehen mir langsam auf die Nerven. Wollen Sie etwa andeuten, daß Sie schon jetzt planen, in Berufung zu gehen?«

»Ich muß es mir vorbehalten. Dieser Prozeß wird allem Anschein nach nicht nach den geltenden Vorschriften abgewickelt.«

Tyler drosch mit der Faust auf den Tisch. »Schon wieder so ein Klugscheißer! Sie sind keine zehn Minuten da, und schon wollen Sie mir vorschreiben, wie ich meine Prozesse zu führen habe!«

»Ich übe nur meinen Beruf aus …«

»Schön, üben Sie ihn meinetwegen aus, aber stören Sie mich gefälligst nicht bei meinem!«

»Mein Mandant hat ein von der Verfassung festgeschriebenes Recht auf eine Anhörung …«

»Nicht mehr.«

Ben starrte den Richter verdattert an. »Was soll das heißen?«

»Mr. Payne hat sich schon zum Verzicht auf eine Anhörung bereiterklärt.«

Ben wirbelte herum. »Stimmt das?«

Sein Kollege grinste ihn belämmert an. »War das ein Fehler?«

»Das ist ja unglaublich!«

»Ich dachte, wir könnten die Sache etwas beschleunigen ...

»Mr. Tyler«, sagte Ben, »ich wurde von Mr. Payne als rechtlicher Beistand für diesen Prozeß bestellt. Wenn Sie eine ordentliche Abwicklung des Verfahrens nicht gewährleisten können, ist ihm mit meinem Verbleiben nicht mehr gedient. Ich muß mein Mandat niederlegen.«

»Abgelehnt.«

»Wie bitte?«

»Sie haben richtig gehört. Sie haben die Zulassung beantragt, und ich habe sie Ihnen gewährt. Wenn Sie es sich wenige Minuten später wieder anders überlegen, kann ich Ihnen auch nicht helfen. Ist das hier etwa ein Spiel für Sie? Rein, raus, rein, raus oder was? In meinem Gericht tanzt mir kein Anwalt auf dem Kopf herum, haben Sie mich verstanden?«

»Sie können mich nicht zwingen, einen Fall zu bearbeiten.«

»Mr. Kincaid, ich kann Ihnen nur raten, von Belehrungen über meine Rechte und Pflichten abzusehen. Wenn Sie diesen Fall nicht nach bestem Wissen und Gewissen weiterverfolgen, lasse ich Sie wegen Mißachtung des Gerichts verhaften. Und eins können Sie mir ruhig glauben: Unser Sheriff nimmt meine Anweisungen sehr ernst. Kapiert?«

Ben biß sich auf die Lippen. »Kapiert.«

»Gut, dann lassen Sie Ihre Unverschämtheiten.«

Ben wußte, daß er das ebenfalls hätte stillschweigend schlucken müssen, aber dieser Richter ging ihm über die Hutschnur. »Ich soll unverschämt sein? Ich bin hierher gekommen, weil ich dachte, das wäre eine unparteiische Vorverhandlung – und was sehe ich? Einen Richter, der sich nicht an die Prozeßvorschriften hält, und einen Staatsanwalt, der Babysitter spielt!«

Tyler mahlte mit den Kiefern. »Jetzt hören Sie mir gut zu, Mr. Kincaid«, preßte er hervor. »Von mir aus können Sie uns für Hinterwäldler halten. Und wenn Sie glauben, ich sei so ein verknöcherter Reaktionär von Richter, der seine Paragraphen nicht kennt, soll es mir auch recht sein. Aber ich habe genauso Jura studiert wie Sie, Mister. Meinen Laden hier halte ich auf Vordermann, und Ihr Junge kriegt ein faires Verfahren, ob ich ihn nun leiden kann oder nicht.«

»Ich wollte Ihnen durchaus nicht unterstellen …«

»Ich bin noch nicht fertig. Diese Stadt war nicht immer so ein beschauliches Nest wie heute. In den Fünfzigern und Sechzigern war hier der Teufel los. Da hatten wir den Ku-Klux-Klan am Hals. Protestmärsche, Rassenunruhen, Lynchjustiz – schrecklich war das. Ein Wunder, daß die Stadt sich davon erholt hat. Gut, vielleicht hätte ich damals härter durchgreifen müssen. Vielleicht habe ich nicht genug gegen den Wildwuchs getan. Aber noch mal begehe ich denselben Fehler bestimmt nicht. Ich lasse nicht zu, daß diese komische Bande mir meine Stadt kaputtmacht. Ich …«

»Die ASP steht aber nicht vor Gericht, Mr. Tyler.«

»Unterbrechen Sie mich nicht dauernd, Mr. Kincaid!« Der Richter war wütend aufgesprungen. Ben schwieg betreten. Mit einem giftigen Blick auf den jungen Anwalt setzte sich Tyler wieder hin. »Seit die Kumpane Ihres Mandanten sich bei uns breitgemacht haben«, fuhr er fort, »herrschen hier wieder Angst und Schrecken. Wenn das so weitergeht, ist Silver Springs bald ein viel zu unsicheres Pflaster für so süße Dinger wie die kleine Amber. Aber so weit lasse ich es nicht noch mal kommen. Haben Sie verstanden?«

Ben nickte. Er hatte nur zu gut verstanden.

5

Colonel Nguyen saß auf der selbstgebauten Veranda seiner Baracke in Coi Than Tien und betrachtete die Sterne – die Wächter der Nacht, der Inbegriff von Friede und Beständigkeit. Früher hatte er die Namen sämtlicher Konstellationen gekannt. Er hatte genau gewußt, wann die hellsten Sterne wo standen. Heute fehlte ihm die Zeit für solche Spielereien. Wenn er heute zum Himmel aufsah, dann fragte er sich unwillkürlich, ob es dort oben wirklich jemanden gab, der all die Grausamkeit dieser Erde geschaffen hatte.

Er warf einen Blick auf seine Frau Lan und ihre jüngste Tochter, die achtzehn Monate alte Thuy, die sie jetzt Mary nannten. Die ältere, die vierjährige Huong, Holly, rief man sie meistens, schlief bereits tief und fest. Lan hatte Mary auf dem Schoß und schaukelte sie sanft. Das kleine Mädchen blinzelte. Bald war auch sie im Reich der Träume. Wie glücklich und zufrieden sie aussah! Nguyen wurde warm ums Herz. Wenn das Leben doch nur immer so sein könnte! Wenn das Glück doch nicht nur denen zuteil würde, die mit Unwissenheit gesegnet waren!

Leider hatte der Bretterverschlag, auf dem sie saßen, genausowenig mit einer richtigen Veranda zu tun wie ihre Unterkunft – eine aus Holz und Wellblech improvisierte Nissenhütte – mit einem Haus. Im Grunde hatte er lediglich auf einem Bretterboden drei Stühle aufgestellt und darum herum ein Holzgeländer gezogen.

Den Colonel bedrückte, daß er und seine Familie in solch schäbigen Verhältnissen vegetieren mußten. In ihrer Heimat waren sie wohlhabende und wichtige Leute gewesen. Von allem hatten sie immer nur das Beste gehabt. Aber dieses Land gab es nicht mehr. Und das alles war ja schon so lange her. So lange, daß er sich kaum noch daran erinnern konnte.

Marys Atem ging nun tief und regelmäßig. Das Mädchen war eingeschlafen. Lan stand auf und trug ihre Jüngste behutsam ins Haus, um sie ins Bett zu bringen. Nguyen blickte ihr lächelnd nach. Nichts auf der Welt liebte er so sehr wie seine Frau und die zwei Mädchen. Mit einem Schauder dachte er daran, wie er Lan einmal um Haaresbreite beinahe verloren hätte. Seine kleine Familie hätte es dann niemals gegeben.

In seinem Heimatland war er ein hoher General der südvietnamesischen Armee gewesen. Er hatte bei der Luftwaffe gedient und zum Schluß eine zwanzigtausend Mann starke Einheit befehligt. Seine Leute und er hatten mit die grausamsten Schlachten in diesem schrecklichen Krieg geschlagen und dabei mehr als nur einen bedeutenden Sieg errungen.

Als Saigon in die Hände Nordvietnams fiel, verließ er – wenn auch widerstrebend – sein Land, das er über alles liebte, in dem er verwurzelt war. Doch die Kommunisten ließen keinen Zweifel daran, daß sie ein Exempel an allen hochrangigen Offizieren der südvietnamesischen Armee statuieren wollten, zumal an denen, die ihnen bittere Niederlagen beigebracht hatten. So stand er vor der Wahl, entweder zu fliehen oder Gefängnis, Folter und Tod zu riskieren.

Obwohl die Amerikaner ihm so gut wie gar nicht halfen, verübelte er ihnen nichts. Sie waren ja selbst von der Offensive der nordvietnamesischen Truppen überrascht worden. Mit einem Schlag war das ganze Land ein Hexenkessel. Ihm gelang noch vor dem Fall Saigons die Flucht, Lan kam nicht mehr heraus.

In Amerika schlug Nguyen sich mit allen möglichen Jobs durch – als Raumpfleger, Tellerwäscher und Stallknecht. Während seiner Freizeit setzte er alle Hebel in Bewegung, um Lans Abreise oder Flucht aus Vietnam zu ermöglichen. Er wurde bei sämtlichen zuständigen Behörden und Organisationen vorstellig, doch keine vermochte ihm zu helfen. Von Tag zu Tag sank sein Mut, schwand die Hoffnung, Lan wiederzusehen.

In der Zwischenzeit war es Lan gelungen, sich vor den Häschern des siegreichen Nordvietnam auf ein Boot zu retten. ›Boot‹ war eine beschönigende Erfindung der Journalisten – ›Nußschale‹ wäre angebrachter gewesen. Zusammengepfercht mit hundert anderen Flüchtlingen trieb Lan in diesem ›Boot‹ übers Wasser; sie alle einte die Hoffnung, nicht nur Vietnam, sondern auch den brutalen Flüchtlingslagern der Nachbarländer zu entkommen. Lan trug ihr Schicksal mit stoischer Gelassenheit. Sie war felsenfest davon überzeugt, daß irgendein Schiff sie aufnehmen und zu ihrem Mann ins Land der Freiheit bringen würde.

Doch sie wurde bitter enttäuscht. Das Boot trieb an einer Küste entlang, dann an einer anderen, Lan verstand die Welt nicht mehr. Sie waren doch keine Verbrecher oder Aussätzige. Ihre Lage wurde von Tag zu Tag verzweifelter. Selbst wenn es ihr doch noch gelänge, sich nach Amerika durchzuschlagen, wie sollte sie dann ihren Mann finden? Sie hatte ja keinerlei Anhaltspunkte über seinen Verbleib. Lan wurde schwer krank und fand sich damit ab, bald zu sterben.

Dann endlich erklärte sich die amerikanische Regierung bereit, eine begrenzte Anzahl von ›Boatpeople‹ aufzunehmen. Lans Boot gehörte dazu. Zufällig wurde sie bei ihrer Ankunft von einer der Behörden registriert, bei denen ihr Mann regelmäßig nach ihr fragte. Man informierte Nguyen, und er flog auf der Stelle nach Florida, um Lan in Empfang zu nehmen. Da er mittlerweile die amerikanische Staatsbürgerschaft erhalten hatte, wurde sie ohne große Formalitäten ins Land gelassen. Das war ihr Glück. Nguyen brachte sie sofort in ein Krankenhaus, wo sie wegen einer akuten Lungenentzündung behandelt wurde. Ohne Medikamente, so versicherten Nguyen die Ärzte, wäre sie gestorben.

Lan trat wieder aus dem Haus und schmiegte sich an ihren Mann. »Sie schläft jetzt.«

Er drückte sie an sich. »Schön. Ich bin ja so glücklich, daß wir wieder zusammen sind.«

»Ich auch, mein Geliebter.«

Für Nguyen und seine Frau waren das mehr als schöne Worte. Wer so lange unter der Trennung gelitten hatte wie sie, sagte so etwas nicht einfach so dahin.

In den folgenden Jahren verschlug es die Nguyens von einer behelfsmäßigen Unterkunft in die nächste, bis sie sich schließlich an der Golfküste in Porto Christo eine neue Existenz aufbauten. Dort gab es bereits eine kleine Kolonie von vietnamesischen Einwanderern, die vom Garnelenfang lebten. Lan war begeistert. Landschaft und Klima erinnerten sie an ihre Heimat, die sie beide schmerzlich vermißten. Und tatsächlich gelang es ihnen, nach über einem Jahr harter Knochenarbeit erste Profite zu erwirtschaften.

Doch damit gingen die Probleme los.

Zunächst beklagten sich nur die Einheimischen – Fischer, die wegen der Konkurrenz Gewinneinbußen erlitten. Sie behaupteten, die Vietnamesen würden die Fangquoten nicht einhalten und sie infolgedessen bestehlen. Nun, ganz unberechtigt waren ihre Beschwerden nicht. Die komplizierten Vorschriften waren für die Einwanderer schlichtweg unverständlich, und auch als sie sich ein wenig besser auskannten, beachteten sie die Regeln nicht immer, weil sie sonst nicht genug gefangen hätten. Man traf sich zu Schlichtungsgesprächen, die jedoch zu keinem Ergebnis führten. Allem Anschein nach legten es die Einheimischen auf einen vollständigen Rückzug der mißliebigen Konkurrenten an. Und weil Nguyen und seine Leidensgefährten sich weigerten, schon wieder ihre Häuser und ihren Beruf aufzugeben, holte jemand den Ku-Klux-Klan.

Mit Einschüchterungsversuchen ging es los. Das machte ihnen Angst, aber ein Grund, alles stehen und liegen zu lassen, war es nicht. Als nächstes verlegten die Rassisten sich auf Vandalismus: Fischernetze wurden gekappt und Boote versenkt. Die Häuser beschmierte man mit Hakenkreuzen und Parolen wie USS VIETCONG: Der Ku-Klux-Klan fing an, mit Patrouillenbooten die Gewässer zu überwachen. Angeblich ging es ihnen um die Einhaltung der Fangquoten, doch Nguyen und seine Freunde wußten genau, worauf sie aus waren.

Eine Woche danach wurden zwei vietnamesische Fischer getötet. Ihre Boote entdeckte man auf dem offenen Meer treibend. Von den Mördern fehlte jede Spur. Natürlich wies der KKK jegliche Beteiligung an der Tat von sich. Es gab ja auch keine Indizien, die ihn mit dem Verbrechen in Zusammenhang brachten. Kurz, der Staatsanwalt weigerte sich, weiter zu ermitteln. In derselben Nacht noch fanden Nguyen und einige andere brennende Kreuze vor ihren Häusern.

Daraufhin wurde der Ältestenrat zusammengetrommelt. Widerstand schien zwecklos – der Ku-Klux-Klan war straff organisiert und hatte die besseren Waffen. Zwar waren einige zum Kämpfen bereit, doch wollten sie nicht das Leben ihrer Familien aufs Spiel setzen. So sehr Nguyen es verabscheute, schon wieder wegzulaufen, trat er dennoch Lan zuliebe, die soeben Mary geboren hatte, schweren Herzens die Flucht aus Porto Christo an – ihrer ersten Heimat fern der Heimat.

Eines der Mitglieder der Kolonie hatte die Idee, gemeinsam eine verlassene Hühnerfarm in den Ouachitas zu erwerben und sich dort eine neue Existenz aufzubauen. Dort, glaubten sie, würden ihnen neue Schwierigkeiten erspart bleiben. Coi Than Tien sollte ihr neues Paradies werden – nichts anderes bedeutete auch der Name.

Bald machten sie die Erfahrung, daß das Betreiben einer Hühnerfarm weitaus schwieriger war, als sie sich vorgestellt hatten. Es fing schon damit an, daß sie sich nach dem Kauf des Grundstücks keine Hühner mehr leisten konnten. So blieb ihnen nichts anderes übrig, als sich auf das Angebot eines Großhändlers einzulassen. Er war derjenige, der zehntausend Küken kaufte (und die Verwertungsrechte besaß), ihnen blieb die undankbare Aufgabe, in seinem Auftrag gegen ein bescheidenes Entgelt die Schmutzarbeit zu verrichten und die gemästeten Tiere in seiner Fabrik abzuliefern.

Die Arbeit selbst war die reinste Fron. Von Sonnenaufgang bis -untergang mußten sie im wahrsten Sinne des Wortes schuften. Die Hühner mußten gefüttert und gepflegt, die Ställe und Futterplätze gesäubert werden. Jeden Morgen hieß es die toten – und davon gab es jede Menge – wegzuschaffen. Anders als Schafe oder Rinder konnte man Hühner nie sich selbst überlassen, vielmehr mußten sie rund um die Uhr vor Räubern beschützt werden. Kurz, die Arbeit war weitaus kraftraubender und zeitaufwendiger als das Garnelenfischen. Aber wenigstens hatten sie einen Neuanfang geschafft. Zumindest wähnten sie sich in Sicherheit.

Sie sollten sich getäuscht haben. Weniger als ein Jahr nach ihrer Ankunft regte sich der erste Protest der ansässigen Züchter, und das obwohl sie noch immer keine Gewinne erzielten. Drei Monate später kam die ASP und errichtete außerhalb von Silver Springs ein paramilitärisches Lager. Und als ob das noch nicht gereicht hätte, kauften sie auch noch in Sicht- und Hörweite von Coi Than Tien eine Kirche. Von seiner Veranda aus konnte Colonel Nguyen sie beten hören, Gott möge ›die Ungläubigen vertreiben‹.

Sporadisch waren auch schon Brände gelegt worden. Nichts Ernstes eigentlich, doch die Hütten von Coi Than Tien waren trocken wie Zunder. Da bedurfte es nicht viel, um die gesamte Siedlung in Flammen aufgehen zu lassen. Als nächstes hielt die ASP unmittelbar am Rand von Coi Than Tien Manöver ab. Ein mitten auf der Straße geparkter Wagen wurde von einer Brandbombe zerstört; ein junger Mann wurde auf dem Heimweg zusammengeschlagen. Einen vorläufigen

Gipfel fand die Anschlagserie schließlich in der brutalen Ermordung des jungen Tommy Vuong. Der Terror war in vollem Gange. Und er nahm sogar noch zu, obwohl der Colonel zunächst gehofft hatte, mit der Verhaftung des ASP-Mitglieds würden sich die Gemüter etwas abkühlen.

Der mutmaßliche Mörder saß hinter Gittern, doch Nguyen hielt ihn für unschuldig. Er war zu groß und breitschultrig. Diese Gestalt hatte der Colonel nicht im Licht der Flammen gesehen. Freilich konnte er mit seinem Wissen nicht so ohne weiteres zum Sheriff gehen. Dann hätte er ja zugeben müssen, daß er ein Augenzeuge war. Am Ende wurde er womöglich noch wegen Unterdrückung von Beweismaterial oder sogar wegen Mordes angeklagt.

Die Flugblätter, die er am Tatort gefunden hatte, konnte er niemand zeigen. Sollte die ASP je erfahren, daß es einen Zeugen gegeben hatte, würde sie gnadenlos zuschlagen, davon war er überzeugt. Dann wären sie alle in Gefahr, insbesondere Lan, Holly und Mary. Das mußte er verhindern – egal welche Prinzipien er dafür preisgab.

»Was, meinst du, sollen wir tun, mein Herz?« fragte er seine Frau.

»Du wirst schon die richtige Entscheidung treffen«, erwiderte sie schlicht.

»Aber du mußt doch auch eine Meinung haben.«

Sie lächelte. »Ich bin der Meinung, daß du das Richtige tun wirst.«

»Wie kannst du dir da so sicher sein? Vielleicht lasse ich mich ja von irgendwelchen schäbigen Eigeninteressen leiten und bin gar nicht so tapfer, wie du glaubst.«

Sie streichelte sein graumeliertes Haar. »Es erfordert viel Tapferkeit, dem Feind den Rücken zu zeigen, wenn es nötig ist.«

So war das also. Sie wollte weg. Oder wollte sie ihm nur zu verstehen geben, daß er ohne Gesichtsverlust weiterziehen konnte? Sie war so feinfühlig. Er liebte sie, und es tat ihm in der Seele weh, daß er ihr die ständige Angst und Ungewißheit nicht ersparen konnte.

Das Kreischen von Reifen riß ihn jäh aus seinen Gedanken. Nguyen starrte zur Straße hinunter, die vor seinem Haus endete. Ein großer schwarzer Pickup mit getönten Fenstern raste auf sie zu.

Der Colonel löste sich von seiner Frau. »Geh rein.«

»Warum? Was ist los?«

»Geh sofort rein.« Er schob sie sanft ins Haus und schloß hinter ihr die Tür.

Im selben Moment bremste der Pickup scharf ab, so daß eine Staubwolke Nguyen kurzzeitig die Sicht raubte. Dann wendete der Wagen, jagte im Rückwärtsgang auf die Veranda zu und zertrümmerte das Geländer.

»Wer seid ihr?« brüllte Nguyen. »Was wollt ihr?«

Statt einer Antwort wurde nur das Fahrerfenster heruntergekurbelt. Doch so sehr sich Nguyen auch bemühte, er vermochte niemanden zu erkennen. Statt dessen sah er etwas anderes. Auf einmal schob sich der Lauf einer Schrotflinte aus dem Fenster.

Die erste Ladung schlug unmittelbar rechts neben dem Colonel ein. Er hörte die Schrotkugeln an seinem Ohr vorbeizischen und vom Wellblech abprallen. Nguyen warf sich zu Boden. Weitere Schüsse folgten. Sie alle schlugen im Haus ein. Offensichtlich hatte der Schütze es nicht auf sein Leben abgesehen, aber was nützte ihm das. Abprallende Kugeln konnten ihn jederzeit treffen. Oder jemand anderen.

Auf Händen und Füßen kroch der Colonel weiter. Schon wieder ging eine Ladung knapp an ihm vorbei. Diesmal regneten ihm Holzsplitter ins Gesicht. Er erstarrte. Sein Herz raste. Gewehrfeuer war nichts Neues für ihn. Man hatte schon oft auf ihn geschossen. Aber nie vor seinem Haus, in dem sich zudem seine Familie verbarg.

Aus dem Inneren des Pickup hörte er irres Gelächter. Zitternd vor Wut kroch er über das demolierte Geländer auf den Wagen zu. Drei weitere Schüsse krachten und demolierten die Fenster. Das Vordach stürzte auf die Veranda und begrub die Stühle unter sich. Erneut erklang dieses schaurige Gelächter, noch lauter als zuvor.

Nguyen hatte den Wagen fast erreicht. Gerade wollte er sich hinten hochziehen, als die Reifen Staub aufwirbelten und der Pickup einen Satz nach vorne machte. Nguyen hechtete nach der Ladeklappe, verfehlte sie aber knapp. Der Wagen drehte sich um die eigene Achse, und jemand feuerte wahllos auf die Nachbarhäuser. Zum Glück hatte sonst niemand draußen gesessen.

Dann auf einmal jagte der Pickup zurück und genau auf Nguyen zu. Ein Arm schoß aus dem Fenster, und ein roter brennender Gegenstand wirbelte durch den Nachthimmel. In einem Höllentempo raste der Wagen die Straße hinunter und verschwand in der Dunkelheit.

Nguyen rannte in die Richtung, in die das Ding geflogen war. Es war eine brennende Fackel, eine Keule, mit vermutlich in Benzin getauchten Tüchern umwickelt. Die Flammen hatten bereits aufs Gras übergegriffen und leckten am Haus der Nachbarn, der Phams. Wenn es Feuer fing, würde ganz Coi Than Tien abbrennen.

Nguyen riß sich die Jacke vom Leib und wickelte sie um die Fackel. Ohne auf die Hitze zu achten, wälzte er sie so lange hin und her, bis die Flamme erstickt war. Mittlerweile breitete sich das Feuer vor dem Haus aus. Verzweifelt trampelte der Colonel auf den Flammen herum, schaufelte mit bloßen Händen Erde darauf, zertrat die letzten Funken auf der Veranda und sank schließlich erschöpft zu Boden. Jetzt endlich zeigten sich die ersten Nachbarn vor ihren Türen. Sie kamen zu spät. Hätte er nicht so lange vor seinem Haus gesessen, das Dorf wäre ein Raub der Flammen geworden.

Ab sofort mußten sie Nachtwachen aufstellen, die sich in regelmäßigen Abständen ablösten. Er selbst wollte das im Ältestenrat durchsetzen. Ernsthaft würde sich wohl keiner seinem Vorschlag widersetzen, zumal er ja schon einmal diskutiert worden war. Doch noch etwas anderes nagte an Nguyen und machte ihm Angst.

Die Schüsse auf die anderen Häuser der Gemeinde waren mehr oder weniger wahllos abgegeben worden. Aber bei ihm, Nguyen, schien es der Fahrer ernst gemeint zu haben. War das nur Zufall, weil er als einziger noch draußen gewesen war? Oder wußte jemand, daß er einen Blick auf Tommys Mörder geworfen hatte?

Handelte es sich um einen willkürlichen Überfall?

Oder hatte der Mörder es auf ihn abgesehen?

6

Ben traf in aller Frühe in Silver Springs ein. Für heute hatte er vor, sich in der Stadt umzuhören und in Erfahrung zu bringen, was die Leute über den Mord wußten. In einem so winzigen Kaff stieß man doch zwangsläufig auf Menschen, die etwas von der Geschichte mitbekommen hatten – einen Zeugen der Schlägerei oder jemanden, der ihm sagen konnte, warum Vick so beharrlich schwieg.

Ben war aufgefallen, daß Vick den Mord an Vuong nie gestanden, sondern nur erklärt hatte, sein Anwalt solle auf schuldig plädieren. Das machte Ben stutzig.

Er schlenderte die Main Street hinunter und nahm seine möglichen Informationsquellen in Augenschein. Wenigstens ein Restaurant gab es, das kein Barbecue auf der Speisekarte stehen hatte, das Clyde's and Claire's Café. Der verlockende Duft von Gebäck und Frittiertem kitzelte Ben in der Nase, doch er widerstand. Wenn er später Zeit hatte, konnte er ja zurückkommen und das Hähnchenfilet mit Okraschoten probieren.

Ein Pickup, der an ihm vorbeigefahren war, bremste abrupt, wendete und hielt ihm gegenüber an. Es war ein Nullachtfünfzehn-Gefährt, das offenbar gehörig aufgemotzt worden war. Auf der Heckscheibe prangte eine Piratenflagge.

Die Insassen stiegen aus und näherten sich Ben. Es waren zwei mit Overalls und Baseballmützen bekleidete junge Burschen von siebzehn, achtzehn Jahren. Beide waren mager und doch ziemlich muskulös – anscheinend gehörten sie der hiesigen Halbstarkenszene an.

»Sind Sie der Anwalt aus der Großstadt?« wollte einer von ihnen wissen.

»Ich bin Ben Kincaid. Und wer seid ihr?«

»Garth Amick. Dachte mir schon, daß Sie das sind.« Der Bursche trat näher heran. »Ich möchte mal ein Wörtchen mit Ihnen reden.«

»Na, dann schieß los.«

»Ich mag keine Leute, die zu uns kommen und meinen, sie müßten Unruhe stiften.«

»Das kann ich dir nicht verdenken, und ich versichere dir, daß ich überhaupt nicht vorhabe, Unruhe ...«

»Ich gebe ja zu, daß ich nicht besonders begeistert war, als die Vietnamesen sich hier breitgemacht haben. Aber inzwischen habe ich ein paar von ihnen kennengelernt. Es sind nette, anständige Leute, und wir sind Freunde geworden. Aber dann kamen auf einmal diese Schläger von der ASP an, legten Feuer und schüchterten die Leute total ein. Und am Ende brachten sie meinen Freund um.« Er winkelte die Arme an. »Aber das sage ich Ihnen: Wer einen von meinen Freunden umbringt, muß dafür büßen.«

»Da stimme ich dir voll und ganz ...«

»Aber was geschieht? Statt Farbe zu bekennen, holt die ASP einen Fremden, so einen karrieregeilen Anwalt, der Vick wahrscheinlich mit irgendeinem juristischen Trick rauspaukt, damit er und seine Mordkumpane meine Freunde weiter ungestört schikanieren und abschlachten können.«

»Hör zu, ich habe nicht die Absicht ...«

Garth stieß Ben die Faust gegen die Brust. »Wir wollen hier keine Fremden, Mr. Kincaid. Wir haben die Schnauze gestrichen voll.«

Das hatte ihm gerade noch gefehlt – ein Wichtigtuer mit Milchbart und zuviel Testosteron. »Und was willst du?«

»Daß Sie die Stadt verlassen. Und zwar sofort.«

»Das geht nicht. Ich bin vom Gericht be ...«

Garth packte Ben am Hemd und zog ihn zu sich heran. »Vielleicht haben Sie nicht richtig zugehört! Ich will, daß Sie sich einen längeren Urlaub genehmigen. Ihrer Gesundheit zuliebe.«

»Danke, aber ich habe meinen Urlaub schon hinter mir und fühle mich prächtig.«

Ohne Vorwarnung drehte der andere Typ Ben von hinten den Arm herum und riß ihm hoch. Gleichzeitig rammte Garth die Faust genau in den Solarplexus Bens.

Der Anwalt klappte mit einem Grunzen zusammen.

»Und wie fühlen Sie sich jetzt, Mr. Kincaid?«

7

Schon wieder landete Garth einen Treffer, und erneut in die Magengrube. Die Burschen grinsten und klatschten sich auf die Schenkel.

Ben sackte in die Knie und drückte beide Hände gegen den Bauch. »Können wir nicht in aller Ruhe miteinander ...«

Ein Tritt gegen die Brust ließ ihn verstummen. Er rang nach Luft. »Hört ... mal ... laßt uns doch ...«

Garth achtete nicht auf sein Stammeln. Er hatte sich einen Schlagring über die Finger gestreift und holte schon wieder aus.

»Was zum Teufel ist hier los?«

Garth erstarrte.

»Ist das nicht dieser Kincaid?«

Ben drehte sich langsam um. Hinter ihm standen drei Männer, einer größer, breiter und muskulöser als der andere. Alle drei trugen das gleiche: Bluejeans und giftgrüne Hemden, die über dem Herzen mit einem brennenden Kreuz bedruckt waren. Die Freizeitkluft der ASP.

»Ich bin Ben Kincaid.« Der Anwalt versuchte sich aufzurichten – vergeblich. Der Bauch tat zu weh.

»Und ich bin Sonny Banner. Sie vertreten Donny?«

Ben nickte.

»Alles klar.« Banner stellte sich zwischen Ben und die beiden Einheimischen. »So, so, die Gelben mögt ihr, aber einen amtlich bestellten Anwalt wollt ihr zusammenschlagen. Das sieht euch ähnlich.«

»Schleicht euch in euer Lager und schießt auf Vogelscheuchen«, höhnte Garth. »Das hier geht euch einen Dreck an.«

»Und ob uns das was angeht! Ihr und die anderen Arschlöcher in diesem Kaff habt jeden Verteidiger abgeschreckt. Jetzt haben wir endlich einen Auswärtigen aufgetrieben, und da versucht ihr, ihn rauszuekeln.«

»Wir mögen eben keine Fremden.«

»Ach ja? Aber die Rechtsverdreher, die den Gelben in den Arsch kriechen, schlagt ihr nicht zusammen.« Er deutete mit dem Kinn auf eine Kanzlei gegenüber.

»Du kannst mir keine Angst einjagen«, knurrte Garth. »Ich habe Freunde. Jede Menge Freunde.«

Banner trat dich an den anderen heran. »Wir wissen alles über euch. Und wir wissen, daß ihr Feinde Gottes und der arischen Rasse seid.«

»Ihr habt doch alle miteinander den Arsch offen.«

»Und wir wissen, daß ihr mit allen Mitteln verhindern wollt, daß Donny ein faires Verfahren kriegt.«

»Blödsinn. Wir wollen bloß verhindern, daß so Dreckskerle wie ihr die Leute hier abschlachten.«

Banner ballte die Faust.

»Major!« bellte plötzlich einer seiner Freunde.

»Ja, Gefreiter?«

»Streng vertraulich, Sir.« Der Mann flüsterte ihm etwas ins Ohr, aber immer noch so laut, daß Ben alles verstehen konnte. »Sir, die Leute schauen schon her. Der Grand Dragon hat doch ausdrücklich befohlen ...«

»Du brauchst mich nicht an meine Anweisungen zu erinnern, Gefreiter.« Banner baute sich bedrohlich vor Garth auf. »Ihr – zieht – ab!« zischte er. »Und ihr laßt Mr. Kincaid in Frieden!«

»Ach ja?«

Banners zwei Soldaten stellten sich links und rechts dicht neben Garth. »Ja«, sagte ihr Anführer. »Und zwar auf der Stelle.«

Die zwei Burschen wechselten einen Blick. Gegen diese Muskelprotze, die noch dazu einer mehr waren, hatten sie keine Chance. »Gut, wir gehen«, sagte Garth schließlich. »Aber aufgeschoben ist nicht aufgehoben.« Die zwei Halbstarken stolzierten zu ihrem Pickup und brausten davon.

Als sie weg waren, half Banner Ben auf die Füße. »Tut mir leid, daß so etwas passiert ist.«

»War ja nicht Ihre Schuld. Danke für die Hilfe. Ich kann von Glück reden, daß Sie gerade vorbeikamen.«

»Das war kein Glück. Wir wurden zu Ihrem Schutz abgestellt.«

»Zu meinem Schutz abgestellt?«

»Von Grand Dragon Dunagan. Er wußte, daß diese Kerle etwas in der Art versuchen würden. Und wenn nicht sie, dann eben andere. Leider haben Sie sich hier mit der Übernahme von Donnys Verteidigung einige Feinde geschaffen, Mr. Kincaid.«

Langsam dämmerte Ben, wie das hier lief. »Ach so, na, vielen Dank nochmal. Wir sehen uns sicher bald wieder.«

»Ich glaube, Sie haben mich nicht richtig verstanden«, sagte Banner. »Wir sollen uns wie ein Schatten an Sie hängen. Wir sind Ihre Leibwächter.«

»Meine ...« Ben versuchte, sich sein Erschrecken nicht anmerken zu lassen. »Bitte kriegen Sie das jetzt nicht in den falschen Hals, ich bin Ihnen überaus dankbar ..., aber ich muß heute vormittag noch einige Gespräche führen. Wenn ich dabei ständig von drei Hünen von der ASP umringt bin, kriege ich wahrscheinlich nicht viel in Erfahrung.«

»Haben Sie eine Ahnung«, grinste Banner und schlug sich mit der Faust in die Handfläche. »Wir können überzeugende Argumente vorbringen.«

»Diese Art von Überzeugungskraft brauche ich nicht. Äh ... sie könnte dazu führen, daß der Richter auf diese Weise herbeigeführte Aussagen nicht anerkennt. Hören Sie, lassen Sie es sich doch lieber gutgehen. Warum genehmigen Sie sich in der Bluebell Bar dort drüben nicht ein, zwei Drinks? Dann weiß ich, wo ich Sie finden kann, wenn ich Sie brauche.«

»Hm ...« Ben konnte das Räderwerk in Banners Gehirn fast rattern hören. »Ich schätze, das müßte in Ordnung gehen. Wenn Sie sicher sind, daß es Ihnen so lieber ist ...«

»Absolut. Und vielen Dank noch mal.«

Die Männer verschwanden tatsächlich in der Bar. Ben blickte ihnen nach. Himmel, dachte er, ich habe Bill Clinton gewählt und bin Mitglied der American Civil Liberties Union. [*Anm.: Eine Organisation, die sich für die Einhaltung der Bürgerrechte in Strafprozessen einsetzt.*] Und jetzt hat mir die Anglo Saxon Patrol Bodyguards zugewiesen!

Mit einem Schlag ging ihm auf, wie grotesk seine ganze Lage war. Da stand ja so gut wie alles Kopf! Die Leute, die er eigentlich ablehnte, waren seine Freunde. Die Leute, auf deren Seite er stand, waren seine Feinde.

Nein, Korrektur: Sie *wehrten* sich.

Der Feind war *er*.

8

Ben hielt es für das Klügste, abzuwarten und sich fürs erste nicht auf den Straßen zu zeigen. Man konnte ja nie wissen, ob Garth und Co. auf Rache brannten. So folgte er Banners Hinweis und beschloß, den Anwälten, ›die den Gelben in den Arsch kriechen‹, einen Besuch abzustatten.

Das Büro war sehr klein und nur mit dem Allernötigsten ausgestattet – drei Schreib- und ein paar Klapptische. In rauhen Mengen lagen dagegen Informationsbroschüren herum, und an den Wänden prangten Poster mit den Forderungen: DEM HAß KEINE CHANCE! und STOPPT DIE NAZIS! Auf den ersten Blick erinnerte der Raum eher an ein Vereinsbüro als an eine Anwaltskanzlei. Ben rechnete schon damit, daß ihm gleich jemand eine Petition und eine Sammelkasse vor die Nase halten würde.

»Womit kann ich Ihnen dienen?«

Eine junge Brünette mit schulterlangem Pferdeschwanz, die hinter einem der Schreibtische gesessen hatte, stand auf und kam ihm entgegen.

Als erstes fiel ihm ihre Größe auf – sie war sogar größer als er. Und gut gebaut war sie auch. Das hieß, daß sie nicht ihr ganzes Leben hinter dem Schreibtisch verbrachte. Sie war wirklich ausnehmend attraktiv.

Er streckte die Hand aus. »Mein Name ist Ben Kincaid. Ist das hier das Büro von Hatewatch?«

»Haben Sie da noch Zweifel?« Sie deutete lächelnd auf das Propagandamaterial. Zu Bens Erleichterung stammte sie nicht aus der Gegend; sie sprach mit dem unverkennbaren Akzent der Südstaatler. »Ich bin Belinda Hamilton und für diesen Laden verantwortlich. Für die Dekoration kann ich aber nichts. Meine Assistenten übertreiben es manchmal ein bißchen.«

Sie schüttelten sich die Hände. Belinda hatte in der Tat einen festen Griff.

»Wie ein Einheimischer sehen Sie nicht gerade aus.«

»Stimmt. Ich lebe in Tulsa und wollte hier Urlaub machen. Da ich Anwalt bin und nachdem ich gehört habe, was hier los ist …«

»Wollten Sie mal vorbeischauen und uns kennenlernen. Großartig. Hilfe kann ich gut gebrauchen.«

Sie war also noch nicht auf dem laufenden, und Ben hatte es nicht eilig damit, sie aufzuklären. »Unterstützen Sie die Staatsanwaltschaft im Fall Vick?«

»Ich stelle meine eigenen Ermittlungen an. Der Staatsanwalt hat uns nicht kontaktiert. Anscheinend glaubt er, er schafft es auch alleine.«

»Ach ja?« Ben versuchte, nur beiläufiges Interesse zu zeigen. »Ist die Beweislast so erdrückend?«

»So heißt es zumindest. Vicks Haß gegen die Vietnamesen ist erwiesen. Seit Monaten nimmt er an Manövern in diesem paramilitärischen Lager der ASP teil, und am Abend vor dem Mord hat er sich in einer Bar eine Schlägerei mit dem Opfer geliefert. Als sie ihn rauswarfen, brüllte er: ›Dich bringe ich um, du perverses Vietnamesenschwein!‹ Außerdem habe ich gehört, daß am Tatort Indizien gefunden wurden, die seine Schuld nahelegen.«

»Warum schaltet sich dann noch die Hatewatch ein, wenn der Staatsanwalt den Fall praktisch schon gewonnen hat?«

»Deswegen sind wir ja gar nicht hier, sondern wegen der ASP. Wir versuchen, den Opfern des Rassenhasses zu helfen und reichen Klagen ein, um Terroranschläge der ASP zu verhindern oder zu sühnen. Diese Kerle versuchen mit allen Mitteln, die Vietnamesen und ihre Freunde einzuschüchtern, verstehen Sie?«

»Klingt ja nach einer ganz schön gefährlichen Aufgabe. Haben Sie nicht Angst, daß die auch mal auf Sie losgehen?«

»Ich bin schon öfter bedroht worden.« Das klang sehr lässig, doch Ben spürte, daß ihre Nonchalance nur gespielt war. »Vor ein paar Jahren haben Sie mal ... ach, ist ja nicht so wichtig ... Bislang hat unser Büro nicht einen Kratzer abgekriegt. Und einschüchtern lasse ich mich von niemand!«

Für seinen Teil war sich Ben da nicht so sicher. Aber diese Frau war aus einem anderen Holz geschnitzt. »Ein heißes Pflaster hier. Wer hat Sie hergeschickt?«

»Niemand ... Wissen Sie, ich organisiere den ganzen Laden von Montgomery aus, wo die Zentrale von Hatewatch ist ... Ich bin die Gründerin, um es genau zu sagen.«

Ben lief rot an. »Oh ... Sie ... Ich wollte nicht ...«

»Denken Sie sich nichts!« rief sie lachend. »Den Fehler machen alle.«

»Na ja, als Gründerin einer solchen Organisation stellt man sich ein älteres Semester vor ...«

»Oder einen Mann, nicht wahr?«

»Nein, nein, daran dachte ich wirklich nicht!«

Sie klopfte ihm freundlich auf die Schulter. »Keine Angst, Ihnen würde ich bestimmt keine Hintergedanken unterstellen, zumindest keine bewußten.«

Bens Miene hellte sich wieder auf. Kurz bildete er sich sogar ein, er gefalle ihr auch. Sollte sie wirklich ...? Bleib auf dem Teppich, gab er sich gleich selbst zur Antwort. Bei einer Klassefrau wie der hättest du nie eine Chance!

»Jetzt fällt es mir wieder ein!« Sie schnippte mit den Fingern. »Ben Kincaid. In Tulsa. Haben Sie nicht vor ein paar Monaten einen Serienmörder überführt?«

»Äh ... ja.« Er mußte sich förmlich zu einer Antwort zwingen. Aber mit falscher Bescheidenheit kam er garantiert nicht weiter. »Sie haben davon gehört?«

»Davon gehört? Ich habe den Fall in allen Einzelheiten verfolgt! Immer wenn so ein Verrückter systematisch Frauen abschlachtet, schrillen bei mir die Alarmglocken. Hatewatch bekämpft den organisierten Haß in allen Schattierungen. Ich wollte schon selbst ein paar Ermittler nach Tulsa schicken, aber das erwies sich ja dann als unnötig.« Sie trat dicht an ihn heran. »Sie sind mir zuvorgekommen.«

Ben konnte dem Blick ihrer braunen Augen nicht standhalten. Er sah zu Boden. »Ich hatte auch erstklassige Helfer ...«

»Mir machen Sie nichts vor, Ben. Ich habe doch die Akten gelesen. Den Fall haben Sie geknackt. Und Sie haben Ihr Leben dabei riskiert. Daß nicht noch mehr Frauen umgebracht wurden, ist allein Ihnen zu verdanken. Wissen Sie was? Ich muß jetzt noch ein paar Briefe erledigen, aber danach hätte ich Zeit. Es würde mich freuen, wenn wir uns ausführlich unterhalten könnten.«

Ben holte tief Luft. »Die Freude wäre ganz meinerseits. Ich wollte schon immer mehr über Hatewatch erfahren.«

»Ich beantworte Ihnen gerne alle Fragen. Sie wären eine enorme Bereicherung für unsere Organisation. Aber vor allem möchte ich mehr über *Sie* erfahren.« Sie neigte den Kopf zur Seite, und ihr Pferdeschwanz wedelte keß hin und her.

Bens Herz machte einen Satz. »Das ließe sich vielleicht einrichten.«

»Bleiben Sie noch länger in der Stadt?«

»Unbedingt.« Ihm schwirrte der Kopf. So etwas war ihm noch nie passiert. Wenn ihm eine Frau gefiel, war sie entweder schon verheiratet, krank oder unerreichbar. Aber diesmal schien das Interesse wirklich beiderseitig zu sein. »Wenn Sie noch nichts anderes vorhaben, könnte ich ja später noch mal vorbeikommen.«

»Großartig. Normalerweise arbeite ich immer bis neun oder zehn, aber heute mache ich mal eine Ausnahme. Könnten Sie mich so gegen sieben abholen?«

»Aber natürlich«, erwiderte Ben vielleicht eine Spur zu hastig. »Es wäre mir sogar sehr recht, Belinda.«

»Ich freue mich darauf. Bis dann.«

Ben sah zur Tür. Ein Mann war eingetreten. »Das ist wohl einer Ihrer ...«

Zu Bens großem Erstaunen verschanzte der Typ sich hinter einem Schreibtisch. Und dann erblickte Ben die Pistole in seiner Hand. Sie war auf sein Gesicht gerichtet.

»*Keine Bewegung!*«

9

»Was zum Henker ...« Ben hechtete hinter einen der Klapptische.

Belinda dagegen rührte sich nicht von der Stelle. »Frank, was soll das denn schon wieder?«

»Es ist nur zu deinem Schutz!« schrie der Mann.

Vorsichtig spähte Ben über die Tischkante. Wer mochte dieser Frank schon wieder sein? Auch einer von den vielen Heißspornen in Silver Springs?

»Steck die Pistole weg«, befahl ihm Belinda.

Frank richtete sich vorsichtig auf. »Aber du hast doch gesagt, daß wir keinen von den Scheißkerlen in die Nähe unseres Büros lassen dürfen.«

»Spinn doch nicht rum, Frank. Der Mann will uns helfen.«

Frank starrte sie entgeistert an. »Aber nein. Er versucht, dieses Rassistenschwein rauszupauken!«

Belinda riß die Augen weit auf. »Wie bitte?«

»Die ganze Stadt weiß es schon. Sie haben ihn als Vicks Verteidiger angeheuert.«

Belinda trat auf den Tisch zu, hinter dem Ben Deckung gesucht hatte. Der Anwalt klopfte sich den Staub von den Kleidern und erhob sich zu seiner vollen, wenn auch alles andere als imposanten Höhe. Frank ließ er dabei keine Sekunde aus den Augen.

»Stimmt das?« fragte Belinda.

Lügen hätte keinen Sinn gehabt, zumal dieser schießwütige Typ noch immer die Waffe auf ihn gerichtet hielt. »Ja«, gab Ben zu. »Ich vertrete Vick in diesem Mordprozeß.«

Belinda sah ihn entgeistert an. »Der Mann, der den Kindergartenmörder gestellt hat, hilft ... denen da?«

»Das Gericht hat mich zu seinem Verteidiger bestimmt.«

»Ohne Ihre Zustimmung würden die Sie nie bestellen.«

Ben nickte widerstrebend. »Das stimmt.«

»Warum haben Sie es mir dann nicht gesagt?«

»Ich ... glaubte ...«

»Sie glaubten, ich würde Ihnen Insiderwissen anvertrauen, wenn ich Sie für einen anständigen Kerl halte und nicht für so einen ... so einen ...«

»Widerwärtigen Faschisten«, schlug Frank vor.

»Ich hatte nie die Absicht, Sie zu täuschen, Belinda.«

»Aha. Und Sie haben nur versehentlich vergessen, mich über Ihre wahren Gründe zu unterrichten. Und mit so einem wollte ich essen gehen!«

Noch ein Mann kam herein. Er hatte dunkles, welliges Haar und eine nicht ganz so imposante Figur wie Frank. Natürlich sah er gleich, daß etwas nicht stimmte. »Was ist los, Belinda? Zoff?«

»Ich bin mir nicht so sicher. Ben, das ist John Pfeifer. John, Ben Kincaid.«

John streckte zögernd die Hand aus. »Dann sind Sie der Mann, den sie als Vicks Verteidiger angeheuert haben?«

»Weiß denn schon die ganze Stadt Bescheid? Steht es in der Zeitung oder so was?«

»Allerdings«, brummte John. »Das Blatt heißt *The Silver Springs Herald*. Erscheint zweimal wöchentlich, am Montag und Donnerstag, und praktisch jeder liest es. Sie sind *die* Sensation. Die ganze erste Seite dreht sich nur um Sie. Wahrscheinlich, weil niemand sich vorstellen konnte, daß irgend jemand diesen widerwärtigen Typen verteidigen würde.«

»Wie hat der *Herald* das so schnell rausgefunden?«

»Weiß ich auch nicht so genau. Aber ich kenne den Redakteur. Harold McGuiness heißt er. Schaut immer erst beim Sheriff vorbei, ehe er eine neue Ausgabe ausbrütet. Es ist nicht so leicht, in so einem Kaff wie dem hier auf Neuigkeiten zu stoßen.«

»Na großartig«, murmelte Ben. »Wirklich großartig.«

»Damit Sie die ganze Belegschaft kennenlernen«, sagte Belinda, »der Herr mit der Pistole ist Frank Carroll.«

Ben streckte die Hand aus, doch Frank verweigerte ihm den Händedruck. Statt dessen sagte er: »Wir können hier kein Risiko eingehen. Birmingham war uns eine Lehre.«

»Was ist denn dort geschehen?«

John räusperte sich. »Ein paar von Dunagans Schlägertypen haben sich dort mal Belinda geschnappt. Sie ...«

»Die Einzelheiten können wir uns wohl sparen«, schnitt ihm Belinda das Wort ab.

»Nicht auszumalen, was passiert wäre, wenn Frank sie nicht gerettet hätte«, schloß John hastig.

»Ist dieser Dunagan denn von Birmingham hierher gekommen?«

»Als ob Sie das nicht wüßten!« bellte Frank. »Er hat Sie ja schließlich auf der Lohnliste stehen.«

»Soll ich Ihnen sagen, wer mich auf der Lohnliste stehen hat? Kein anderer als Uncle Sam.«

»Als ob es dadurch besser würde. Sie sind immer noch ...«

»Ich bin immer noch ein Anwalt, der einen Fall übernommen hat, für den die anderen zu feige waren.«

»Sie sind ein publicitygeiler Winkeladvokat, der seinen ganzen Ehrgeiz dransetzt, den Abschaum wieder auf die Straße zu holen!«

»Das nehmen Sie zurück! Sie kennen mich doch überhaupt nicht.«

Plötzlich packte Frank seinen Kontrahenten am Hemd. »Ich weiß jedenfalls soviel, daß Sie und Ihresgleichen mit Stumpf und Stiel ausgemerzt gehören!«

»Hör auf damit, Frank!« schrie Belinda und warf sich zwischen die beiden Streithähne. An Ben gewandt, erklärte sie: »Sie dürfen das Frank nicht verübeln. Er hat ... schlechte Erfahrungen mit der ASP gemacht und geht immer sehr schnell in die Luft.«

»Von mir aus, aber ...«

»Ben, wollen Sie nicht gehen? Der Zeitpunkt wäre mehr als günstig.«

»Ich verstehe nicht, warum ...«

»Glauben Sie mir. Es wäre für alle das Beste.« Belinda hielt inne, als staune sie selbst über ihren bestimmten Ton. »*Bitte*, gehen Sie!«

»Und was ist mit heute abend?«

»Heute abend? Sind Sie so abgebrüht, daß Sie ...? Vergessen Sie's!«

»Aber ...«

»Es tut mir leid. Vielleicht haben Sie ja Ihre Gründe, aber das, was Sie tun, kann ich nicht unterstützen. Und mit einem Menschen, der diesem Pack die Stange hält, will ich nichts zu tun haben.«

»Tja dann ...« Ben ging zögernd zur Tür.

Belinda folgte ihm. »Und noch was, Ben. Kommen Sie nicht zurück.«

»Falls Sie es trotzdem versuchen«, rief Frank ihm nach, »warte ich auf Sie! Ich habe Sie gewarnt!«

Ben stürmte hinaus und knallte die Tür hinter sich zu.

10

Etwa eine Stunde später stand Ben vor dem Sleepy Hollow Inn. Von Leuten, die den *Herald* ganz offensichtlich noch nicht gelesen hatten, hatte er in Erfahrung gebracht, daß das Sleepy Hollow das beste, vornehmste und im übrigen auch das einzige Hotel der Stadt war. Nun, das gelb gestrichene Gebäude präsentierte sich bestenfalls als eine etwas groß geratene Villa mit bestimmt nicht mehr als zehn Zimmern. Für ein Hotel nicht unbedingt viel. Doch wenn sich nicht gerade die Jungfrau Maria in dieser Gegend blicken ließ, sinnierte Ben, war eine Überbelegung wohl kaum zu befürchten.

Eine Glocke bimmelte, als Ben eintrat und sich der Rezeption näherte. Dort saß auf einem Hocker ein Mann von etwa siebzig Jahren. Als erstes an ihm fiel Ben seine in einen Goldrand gefaßte Brille auf, die ihm bei jeder Bewegung von der Nase zu fallen drohte. Entsetzt stellte Ben fest, daß der Mann gerade den *Silver Springs Herald* las.

Ben räusperte sich. »Entschuldigen Sie. Ich hätte gern ein Zimmer für …«

»Das sind ja Sie!« rief der andere und blätterte aufgeregt zur ersten Seite zurück. »Sie sind der junge Kerl auf dem Foto!«

»Tja, so ein Glück hat nicht jeder.«

Der Mann warf die Zeitung mit einem verächtlichen Schnauben auf das Pult. »Ich lebe seit 67 Jahren in Silver Springs, und die Zeitung hat noch nie ein Bild von mir gebracht. Und schon gar nicht auf Seite Eins.«

»Sie brauchen nur Jura zu studieren«, riet Ben. »Mir passiert das ständig.« Er warf einen Blick auf die Titelseite. »Die müssen das Foto bei der Anwaltskammer organisiert haben. Ich habe die Aufnahme noch nie gemocht.«

»Jetzt ist es zu spät für Reklamationen. Inzwischen dürfte es die ganze Stadt gesehen haben.«

»Na großartig. Hören Sie, ich bräuchte ein Zimmer, zumindest für eine Nacht. Aber so wie es im Moment aussieht, bleibe ich länger.«

Der Mann schnalzte bedauernd mit der Zunge. »Tut mir leid, junger Mann, aber das geht nicht.«

»Sind Sie voll belegt?«

»Das nicht gerade. Aber ich kann Ihnen kein Zimmer geben. Die Leute würden mir den Kopf abreißen.«

»Sie sollen mir ja nicht bei einer Revolution helfen, sondern mir nur ein Zimmer für die Nacht geben!«

»Pech für Sie. Probieren Sie's doch mit einem Zeltplatz in den Bergen.«

»Woher, meinen Sie, komme ich? Ich brauche eine Unterkunft hier in der Stadt.«

»Tut mir leid. Wenn ich Sie aufnehme, kann ich den Laden zumachen. Keiner würde mehr bei mir übernachten, und keiner würde mir noch was verkaufen.«

»Ich kann mir nicht vorstellen, daß die ganze Bevölkerung derart vernagelt ...«

Ben verstummte, als der Alte sich wütend hochstemmte. »Hören Sie mir gut zu, junger Mann. Auf unsere Stadt lasse ich nichts kommen, schon gar nicht von so einem wie Ihnen. Wir wollen nichts als unsere Ruhe. Keiner hat Ihre Freunde mit ihren Gewehren und Bomben hergebeten.«

»Das sind nicht meine Freunde. Ich bin nichts als ein Anwalt, der den Fehler gemacht hat, einen Fall in diesem Drecksloch anzunehmen.«

Der Portier sah aus, als bekäme er gleich einen Infarkt. »Diesem was? Bevor Ihre Freunde sich hier breitgemacht haben, lebten wir hier in Frieden. Es war vielleicht nicht besonders aufregend, aber uns gefiel es so. Aber sogar als sie schon da waren, versuchten wir es im Guten. Mary Sue nahm ein paar in ihrer Pension auf, und jeder war nett zu ihnen. Aber wie haben sie es uns gedankt? Mit Schmierereien an den Hauswänden, Brandsätzen und Schlägereien. Und jetzt dieser Mord! Wir wollen unsere Ruhe haben, verstehen Sie? Sie machen sich nicht sehr beliebt in dieser Stadt.«

»Aber ich habe Vuong doch nicht umgebracht!«

»Vielleicht nicht, aber Sie werden garantiert Himmel und Hölle in Bewegung setzen, um den Mörder rauszupauken.«

»Das stimmt doch gar nicht!«

»Ach, wirklich?« Der Portier breitete die Zeitung vor sich aus, deutete auf den Artikel unter Bens Foto und las vor: »›Bezirksstaatsanwalt Swain hat versprochen, die Winkelzüge und Tricks des von auswärts importierten Verteidigers Benjamin Kincaid zu durchkreuzen, der gesagt haben soll, er werde Himmel und Hölle in Bewegung setzen, damit sich Donald Vick wieder frei bewegen könne.‹«

Ben riß ihm die Zeitung aus der Hand. »Das habe ich nie gesagt. Ich kenne den Reporter nicht einmal.«

»Die Zeitungen lügen nie!« rief der Mann empört. »Und jetzt verschwinden Sie! Für Sie ist kein Zimmer frei. Weder heute noch sonst irgendwann!«

»Aber das ist weit und breit das einzige Hotel!«

»Raus!« Der Mann war aufgesprungen. Er zitterte am ganzen Leib.

»Ich gehe ja schon.« Ben riß die Tür auf, und wieder bimmelte die Glocke. »Guten Tag.«

11

Nach fast einstündiger Suche fand Ben schließlich Mary Sues Pension; sie befand sich in einem zweistöckigen Haus mit blauen Fensterläden und kitschig verzierten Giebeln. Einem Schild neben der Tür entnahm Ben, daß Zimmer frei waren. Mindestens eines mußte ja leerstehen, seit Vick das Quartier gewechselt hatte und jetzt im örtlichen Knast residierte. Ein Grund mehr für Ben, sein Glück hier zu versuchen.

Der Anwalt klopfte an und trat ein. Den Zugang zur Empfangshalle verwehrte ihm eine quergeteilte Tür, so mußte Ben fürs erste mit einem winzigen Vorraum vorlieb nehmen, der lediglich mit einem kleinen Tisch ausgestattet war. Sollte das etwa die Rezeption sein? Aber wenigstens stand die obere Hälfte der Tür offen und gab den Blick auf die Empfangshalle frei. Zu seiner Überraschung erblickte Ben auf der Treppe niemand anderen als Christina.

»Christina? Was machst du denn hier?«

»Ich habe ein Zimmer gemietet«, erwiderte sie steif. »Auf dem Campingplatz fühle ich mich nicht mehr sicher.«

»Hast du etwa Angst vor Räubern?«

»Nein, aber ich habe Angst, daß du deinen Nazifreund zu Lagebesprechungen anschleppst.«

»Dann hältst du dich also noch eine Weile in der Gegend auf?«

Sie verschränkte die Arme vor der Brust. »Von dir lasse ich mir meinen Urlaub bestimmt nicht verderben.«

»Mensch, das wäre super, wenn du bleibst! Ich könnte deine Hilfe wirklich gut ...«

»Vergiß es.« Sie wandte sich abrupt ab und marschierte davon.

Ben ergriff seufzend die Glocke auf dem Tisch und klingelte nach der Inhaberin. Sekunden später erschien eine zierliche Frau. Das mußte Mary Sue sein. So wie sie aussah, hatte er sie anscheinend gerade beim Backen gestört. Sie wischte sich die Hände an ihrer rosa Schürze ab.

Ben setzte sein freundlichstes Lächeln auf. »Morgen, Ma'am. Sie haben noch Zimmer frei, wie ich sehe.«

»Richtig. Bleiben Sie länger?«

»Zwei Wochen wahrscheinlich. Kann aber auch länger dauern.« Gott sei Dank – er war ihr offensichtlich kein Begriff. Aber was hieß das schon? Hinter ihr lag der *Herald* auf einem Tisch, und sein eigenes Konterfei grinste ihn an. Auch wenn Sie das Blatt noch nicht gelesen hatte, war es nur eine Frage der Zeit, bis ihr Blick darauf fiel. Er mußte sie irgendwie ablenken, zumindest für die nächsten Minuten.

»In der Stadt ist ja gehörig was los«, meinte Ben beiläufig.

»Es ist entsetzlich«, stöhnte Mary Sue. »Wie soll ein Mensch das alles nur aushalten?« Dann senkte sie auf einmal die Stimme. »Er hat hier gewohnt, wissen Sie.«

Volltreffer. »Sie meinen ...«

Mary Sue nickte. »Donald Vick. Hatte sich im Zimmer ganz oben eingemietet. Natürlich war ich total ahnungslos.«

»Das glaube ich Ihnen sofort. War er ... schwierig?«

»O nein! Er war der netteste Junge, den man sich vorstellen kann! Manchmal vergaß ich sogar, daß er nicht von hier ist. Er benahm sich überaus höflich und zuvorkommend. Hielt den Damen immer die Tür auf. Verlangte beim Essen nie einen Nachschlag. Ich habe auch nie gehört, daß er die anderen

Mieter gestört hätte. Eigentlich hat er kaum je einen angesprochen.«

»Tja, stille Wasser gründen tief, heißt es.«

»Und ob! Er war ein richtiger Einsiedler. Erst in der Woche vor … Sie wissen schon … bekam er zum erstenmal Besuch.«

»Wirklich?«

»Wenn ich es Ihnen doch sage. Es war für mich der erste Hinweis, daß er vielleicht was im Schilde führte. Aber ich hätte nie für möglich gehalten, daß …«

»Selbstverständlich. Wer konnte so etwas schon ahnen?«

»Normalerweise achte ich nie auf die Besucher meiner Mieter …, aber dann kam diese Frau da … und das war natürlich eine andere Sache.«

»Das kann ich mir gut vorstellen.«

»Und wenn Donald Vick geglaubt hat, ich würde dulden, daß er es mit dieser Schlampe in *meiner* Pension treibt, hat er sich gewaltig getäuscht! So ein Haus führe ich nämlich nicht.«

»Natürlich.«

»Ich wollte schon reinmarschieren und sie zur Not höchstpersönlich rausbefördern, aber zum Glück ist sie kurz nach elf von selber gegangen.« Mary Sue griff nach dem Gästebuch und reichte es ihm mit einem Stift. »Wenn Sie sich bitte hier eintragen würden.«

Ben kam der Aufforderung nach.

»Natürlich muß ich Sie um – Sie verstehen schon – eine Anzahlung bitten. Wir kennen uns ja nicht.«

»Aber selbstverständlich.« Ben zog ein paar Zwanzigdollarscheine aus seiner Brieftasche. »Genügt das?«

»O ja, unbedingt.« Mary Sue griff so hastig nach dem Geld, daß ihr ein Schein aus der Hand fiel. Und weil es zog, segelte die Note davon und landete genau auf dem *Herald*.

Schau nicht hin! Ben wußte nicht, ob Telepathie in solchen Fällen half. Aber was blieb ihm sonst übrig? *Heb einfach den Schein auf und …*

»Himmel! Das sind ja Sie!«

Ben verdrehte die Augen.

Doch Mary Sue war nicht mehr zu bremsen. Sie faltete die Zeitung auseinander. »Sind Sie das? Ben Kincaid?«

Kurz zog Ben eine Geschichte von einem Zwillingsbruder in Erwägung, verwarf sie aber gleich wieder als wenig erfolgversprechend. »Richtig.«

Mary Sue überflog den Artikel. »Dann sind Sie ja … Allmächtiger! Warum haben Sie mir das nicht gesagt?«

»Ich bin nicht dazu gekommen.«

»Dann gehören Sie zu denen!«

»Ich gehöre zu niemandem. Ich bin Anwalt, sonst nichts.«

»Wißt ihr überhaupt, was ihr in dieser Stadt angerichtet habt? Ich traue mich schon gar nicht mehr auf die Straße!«

»Hören Sie, ich vertrete nur einen Mann, den ich zunächst für unschuldig halte.«

»Unschuldig!«

»Sie kennen Donald doch. Sie wissen, wie harmlos er ist.«

»Ich habe gesehen, wie er einen Mann halb tot geschlagen hat.«

Ben sah sie verdattert an. »Was?«

»In der Bluebell Bar, am Abend vor dem Mord. War ich schockiert! So hatte ich Donald noch nie gesehen. Ohne jeden Grund fiel er über diesen armen Vietnamesen her. Von hinten! Der Junge wußte überhaupt nicht, was los war. Seine Freunde haben Donald von ihm weggezerrt und ihn dann ordentlich verdroschen. Er blutete am ganzen Leib und brüllte, er würde den Kerl umbringen. Und am nächsten Morgen war der arme Junge tot. Die Beweise sind mehr als erdrückend, wenn Sie mich fragen.«

»Das sind doch nur Indizien …«

»Was? Ist das schon wieder so Fachchinesisch, das man nur in der Großstadt versteht? Da, nehmen Sie Ihr Geld zurück!« Sie schleuderte ihm die Geldnoten ins Gesicht. »Verschwinden Sie, aber schleunigst! Mit Ihnen und Ihren Spießgesellen will ich nichts zu tun haben!«

»Aber hören Sie doch, Ma'am …«

Mary Sue bückte sich, und plötzlich hatte sie ein Gewehr im Anschlag, eine doppelläufige Schrotflinte, fast so groß wie sie selbst. »Kein Wort mehr! Ziehen Sie ab!«

Ihre Hand zitterte kein bißchen. Ben bezweifelte nicht, daß sie mit dem Ding umzugehen verstand. »Letzte Warnung. Raus!«

Ben war klar, daß Protest nichts brächte, vielleicht sogar lebensgefährlich wäre. Er steckte sein Geld ein und eilte auf die Straße.

12

In den nächsten Stunden erlebte der junge Anwalt ständig dasselbe. Wo er auch hinkam, der *Silver Springs Herald* war schon vor ihm da. Keiner sprach mit ihm, nicht einmal sein Geld wurde er los. Über Nacht war er ein Aussätziger geworden. Die Leute taten erst gar nicht so, als ob sie nichts wüßten, sie behandelten Ben schlichtweg wie Luft. Richter Tyler hatte also recht gehabt: In der Stadt herrschte die nackte Angst. Eine Zeitbombe tickte, und sie konnte jederzeit hochgehen.

Inzwischen war es neun Uhr. Die Main Street war wie ausgestorben. Einzig in der Bluebell Bar flackerten noch Lichter. Eine Leuchtreklame im Fenster pries Coors vom Faß an. Und einen Drink hatte Ben bitter nötig. Aber das war nicht der Hauptgrund, warum er seine Schritte in diese Richtung lenkte. Die Bluebell Bar war der Ort, an dem sich Vick und Vuong kurz vor dem Mord eine Schlägerei geliefert hatten.

Vor der Tür gab es schon wieder ein Handgemenge. Ben machte zwei bullige Typen in Bluejeans und T-Shirts aus. Zum Glück hatten sie einiges über den Durst getrunken, so daß sie vor allem Löcher in die Luft schlugen.

Ben achtete nicht weiter auf die beiden und trat ein. Die Bluebell war klein, schlicht eingerichtet und gerammelt voll. Vor dem Tresen standen insgesamt nur sechs Hocker. Bis auf einen waren sie alle besetzt. In der Ecke gab es einen Billardtisch und links und rechts daneben je einen Flipperautomaten, die auch schon bessere Zeiten gesehen hatten. Ben schätzte ihr Alter auf mindestens fünfzehn Jahre. Gegenüber boten vier Nischen Liebespaaren etwas Abgeschiedenheit. Aus der Jukebox dröhnte das Schmachten einer Country-Sängerin. Ben erkannte die Stimme von Mary-Chapin Carpenter. »Sometimes you're my windshield«, sang sie, »sometimes you're the bug ...«

Ben setzte sich auf den einzigen freien Hocker und winkte den Wirt herbei. »Ein Longneck, bitte.«

Die Augen des Mannes verengten sich zu Schlitzen. Dem zerfurchten Gesicht nach zu urteilen, mußte er schon etwas älter sein, doch die vielen tiefen Falten verliehen seinen Zügen etwas Vornehmes, Gelangweiltes. »Sie sind der Anwalt?«

Den Satz hatte Ben heute schon zu oft gehört, um sich noch zu wundern. »Richtig. Und weil die Formalitäten damit ja wohl beendet sind – könnte ich jetzt bitte mein Bier haben?«

Der Mann zögerte. »In meiner Kneipe will ich keinen Ärger.«

»Ich bin absolut friedlich«, versicherte ihm Ben. »Es sei denn, ich kriege kein Bier von Ihnen.«

Der Wirt bedachte ihn mit einem schiefen Grinsen. »Klar. Wahrscheinlich braucht sogar der Satan hin und wieder 'nen Drink.«

Er fischte eine Flasche Budweiser aus der Eistruhe. Inzwischen dröhnte eine andere Nummer aus der Jukebox. Es war immer noch Mary-Chapin Carpenter, diesmal mit einem melancholischen Lied über die Vergangenheit, die einen verfolgte, und den Mut, nach einem großen Verlust wieder zu lieben. Zum Schluß war ihre Stimme nur noch ein heiseres Flüstern: »Come on, come on … it's getting late now …«

Da das Bier noch auf sich warten ließ, überflog Ben die auf dem Tresen liegende Morgenausgabe des *Herald*. Dem Anschein nach benutzte der Staatsanwalt das Blatt als Plattform für die Anklage und versuchte, Ressentiments gegen ›diesen Anwalt von auswärts‹ zu schüren. Ferner erfuhr Ben, daß Sheriff Collier die Mordwaffe, eine 24 Zoll breite Armbrust, gefunden hatte. Wie Swain nun behauptete, hätten in Little Rock vorgenommene Test den Verdacht erhärtet, daß nur Donald Vick diese Waffe benutzt haben könnte.

»Ich heiße übrigens Mac.« Der Wirt schob ein Bier und einen Flaschenöffner zu Ben hinüber.

»Und ich bin Ben. Aber das wissen Sie ja wahrscheinlich schon.« Der Anwalt stemmte den Verschluß auf und trank mit einem Zug die halbe Flasche leer. Normalerweise stand er nicht auf Budweiser, aber weil der Mann offensichtlich allein dadurch, daß er ihn bediente, sein Ansehen im Ort aufs Spiel setzte, wollte Ben nicht undankbar wirken. »Hübsche Kneipe.«

»Danke.« Der Stolz war Mac richtig anzumerken. »Hab' den Tresen aus St. Louis liefern lassen, und zwar an dem Tag, an dem im County der Alkoholausschank auch am Nachmittag legalisiert wurde. Die Hocker übrigens auch.«

»Ich nehme an, es ist hier bei Ihnen passiert«, brummte Ben.

»Was?«

»Die Schlägerei. Vick und Vuong.«

»O ja! Mitten in der Bar.«

Endlich! Er hatte schon gar nicht mehr damit gerechnet. Es sprach jemand mit ihm! »Muß ja eine ziemlich üble Sache gewesen sein.«

»Und ob! Die haben meinen besten Flipperautomaten ramponiert.«

Bens Blick wanderte in die Ecke, wo die Geräte standen. Tatsächlich war bei einem die Glasscheibe eingedrückt. »Sie waren in der Nacht am Ausschank?«

»Klar. Ich bin jede Nacht da.«

»Wie ist es passiert?«

»Tja, der Vietnamese hat da gesessen, wo Sie jetzt sitzen, und hat sich nichts Böses gedacht, als dieser Vick reinkommt. Erst quatschen sie ein bißchen, bis Vick auf einmal in die Luft geht und schreit: ›Du ...‹«

Mac verstummte abrupt. Ausgerechnet jetzt, wo die Geschichte interessant wurde.

»Vielleicht sollte ich lieber nichts mehr sagen.«

»Warum? Reden Sie doch weiter.«

»Nein, nein.« Mac nahm einen Lumpen in die Hand und fing an, die Theke abzuwischen. »Ich hab' sowieso schon zuviel gesagt.«

»Mac, ich muß die Verteidigung eines Mannes vorbereiten. Es geht um seinen Kopf. Sie müssen mir helfen.«

»Einen Dreck muß ich.«

Ben beugte sich über den Tresen. »Hören Sie zu, ich bin schon ganz verzweifelt. Wie können Sie ...«

Jemand packte ihn von hinten an den Schultern und zog

ihn zurück. Und noch ehe Ben wußte, wie ihm geschah, wurde er herumgerissen.

Es waren die beiden Einheimischen, die ihn schon am Vormittag angemacht hatten, Garth Amick und sein Kumpan. Nur hatten sie diesmal einen dritten dabei, der älter und noch um einiges fieser aussah als sie.

Garth – er war immer noch der Sprecher – zog ihn ganz nah zu sich heran. »Haben wir dich nicht aufgefordert, Leine zu ziehen?«

Sein Atem stank ekelerregend nach Bier.

»So was in der Richtung. Ja und?«

»Für einen Großstadtheini, der gleich grün und blau geschlagen wird, riskierst du eine ganz schön dicke Lippe.«

»Warum geht ihr nicht einfach zu eurem Bier zurück und laßt mich in Frieden?«

»Ich hab' was anderes vor. Haltet ihn mal, Jungs.« Und sofort packten seine Freunde Ben an beiden Armen.

»Kincaid!« Mac kam um den Tresen gestürzt. Erst glaubte Ben, er wolle ihm helfen, doch mußte er sich sogleich eines besseren belehren lassen. »Ich hab' Ihnen doch gesagt, daß ich hier keinen Streit will!«

»Das sagen Sie *mir*? Ich habe friedlich dagesessen und die Leute in Ruhe gelassen.«

»Dann hättest du sie woanders in Ruhe lassen sollen.« Garth ballte die Faust.

»Garth!« brüllte Mac. »Tragt euren Streit gefälligst draußen aus und demoliert mir meine Kneipe nicht!«

»Alles klar.« Garth packte Ben am Kragen und zerrte ihn zur Tür. Seine Kumpane hielten ihn weiter mit eisernem Griff fest.

Just in diesem Augenblick traten Banner und seine beiden Handlanger ein. Garth und er stießen fast mit den Köpfen zusammen.

»Banner! Gott sei Dank!« So weit war es also schon gekommen, dachte Ben bitter. Jetzt begrüßte er diesen Faschisten, der an die Überlegenheit der arischen Rasse glaubte, bereits mit einem lauten Hurra. »Was machen Sie denn hier?«

»Wir soll'n hier doch waat'n, erinners' du dich nich'?« lallte der Gorilla. Ben dämmerte, was die drei den ganzen Tag getrieben hatten. Ob sie ihm jetzt noch helfen konnten? Er hatte ernsthafte Zweifel.

»Wassum Teuf'l isshier llos?«

»Das geht dich einen Scheißdreck an!« bellte Garth. »Mach die Fliege!«

Banner holte tief Luft. »Erst willich 'ne Antwort!«

»Wir wollten nur ein bißchen plaudern.«

Der Druck um Bens Arme verstärkte sich.

»Stimm'das?«

Ben schüttelte den Kopf. »Die kennen nur eine Sprache. Sie wollten mich draußen zusammenschlagen.«

»Stimm' das? Drei gegen einen? Feiglinge! Aber den Gelb'n inn' Arsch kriechen!«

»Zisch ab, du beschissener Redneck, du! Ich laß mir doch von so ...«

Ein Fausthieb mitten aufs Kinn schnitt ihm das Wort ab. Die anderen Kerle ließen Ben sofort los. Zuallererst mußten sie sich selbst verteidigen.

»Schlagt euch draußen!» schrie Mac. »Schlagt euch ...«

Keiner hörte mehr auf ihn. Ben brachte sich in Sicherheit und sah zu, wie sich die drei Einheimischen auf die ASP-Männer stürzten. Die waren nicht mehr die schnellsten, aber den anderen an Muskelkraft haushoch überlegen.

Banner prügelte Garth praktisch durch die ganze Bar, während einer seiner Gesinnungsgenossen seinen Gegner mit einem Tritt in die Hodengegend schnell außer Gefecht setzte. Man konnte sehen, wie die ASPler den Nahkampf trainiert hatten, was Ben nicht weiter wunderte. Sie lebten ja für nichts anderes.

Gläser und Flaschen gingen zu Bruch, Holz splitterte, doch das scherte die Raufbolde nicht. Ben überlegte schon, ob er sich ins Getümmel stürzen und helfen solle – die Frage war nur, wem.

Banner hatte Garth in den Schwitzkasten genommen und rammte seinen Kopf ein ums andere Mal gegen einen Tisch. Garths Schreie erstickten schnell in einem Sperrfeuer von Fausthieben. Ben glaubte schon, Banner würde den anderen umbringen, doch dann hob er ihn hoch wie eine Feder und schleuderte ihn durch den Raum. Mit dem Kopf voran krachte Garth gegen die Scheibe des zweiten Flipperautomaten, und wieder klirrte Glas.

Mac würde sich gar nicht freuen.

Ben sah, daß es Garths Freunden ähnlich erging wie ihrem Anführer. Allerdings brauchte er sich um ihre Gesundheit keine großen Sorgen mehr zu machen, denn es näherte sich bereits Sirenengeheul. Der Sheriff wollte also auch mitmischen. Anscheinend hatte Mac ihn alarmiert.

Ben erklomm wieder seinen Hocker und genehmigte sich einen tiefen Zug aus seinem Glas. So wie es aussah, stand ihm noch eine lange Nacht bevor.

13

Von seinem ersten Besuch her wußte Ben, daß das Gefängnis von Silver Springs gerade mal drei Zellen hatte. Und da eine ja schon mit Donald Vick belegt war, mußte der Sheriff die Neuen auf die verbliebenen zwei aufteilen. Das hieß, die Einheimischen kamen in die eine, die ASPler in die andere – selbstverständlich zusammen mit ihrem Spießgesellen Ben.

Schon bei seiner Festnahme hatte Ben seine Unschuld beteuert. Doch das half ihm gar nichts. Macs Aussage, er sei der Anstifter gewesen, wog offensichtlich schwerer. Der Sheriff ließ sich nicht beeindrucken, und sein Deputy Gustafson behandelte ihn noch kühler als gestern.

Nach einer Standpauke über die schlimmen Folgen des Alkohols überließ Collier die Gefangenen ihrem Schicksal oder vielmehr seinem Deputy, der sie sogleich zu ihren Zellen führte. Vick musterte schweigend die seltsame Prozession, die da an ihm vorbeimarschierte. Was mochte wohl in ihm vorgehen? überlegte Ben. Da hockte einer hinter Gittern und dachte, es könne unmöglich schlimmer kommen, und dann mußte er mit ansehen, wie auch sein Anwalt eingelocht wurde.

Gustafson sperrte die Türen hinter den jeweiligen Grüppchen zu. Ben mußte zu seiner Überraschung auf dem Korridor warten.

Hoffnung auf Gerechtigkeit keimte auf. »Heißt das, daß Sie mich freilassen?«

»Träum weiter«, beschied ihn Gustafson schroff.

»Könnten Sie mir wenigstens die Handschellen abnehmen?«

»Nein!« Gustafsons Gesicht war starr, sein Ton schneidend.

»Sie wissen genau, daß ich keinen auch nur berührt habe«, sagte Ben. »Ich hatte nichts mit der Schlägerei zu tun.«

»Mac sagt das Gegenteil.»

»Was weiß der denn schon? Er hatte ja nur Augen für seinen Flipperautomaten. Ich bin unschuldig. Außerdem beginnt bald der Prozeß gegen Vick. Da kann ich doch nicht die ganze Zeit im Gefängnis sitzen.«

»Reg dich ab. Der Sheriff läßt euch morgen sowieso wieder laufen, sobald ihr euren Rausch ausgeschlafen habt.«

»*Unseren* Rausch? Ich habe gerade mal ein Bier getrunken, und das nur zur Hälfte.«

Auf einmal packte ihn der Deputy an der Kehle. »Jetzt sag' ich dir mal was, du Arschloch! Ich reiß' mich schon die ganze Zeit wahnsinnig zusammen, sonst hätte ich dich längst zu Brei geschlagen. Halt also gefälligst die Klappe und reiz mich nicht noch mehr!«

Er stieß Ben den Korridor hinunter, bis sie außer Sichtweite der Zellen waren.

»Das verstehe ich nicht. Was habe ich Ihnen denn getan?«

Ben war sofort klar, daß er besser nichts gesagt hätte. Gustafson kochte. »Erinnerst du dich noch an den Wagen, den deine Kumpel vor zwei Monaten abgefackelt haben, weil sie dachten, er gehöre einem Vietnamesen?«

»Ich verstehe nicht, worauf Sie ...«

»Zufällig ging gerade meine kleine Schwester daran vorbei. Sie wäre fast krepiert. An den Folgen leidet sie noch heute. Ihr Gesicht wurde total entstellt.«

»Aber das war doch nicht ich!«

»Wenn deiner Schwester so was Schreckliches angetan wird, dann geht auch in dir was kaputt. Es treibt dich fast in den Wahnsinn. Du möchtest den, der das verbrochen hat, umbringen!«

»Wenn ich Ihnen doch sage, ich habe niemandem ...«

Gustafson fixierte ihn mit glasigem Blick. »Sie war wunderschön. Aber jetzt ist sie ...« Urplötzlich hatte er seinen Knüppel in der Hand und drosch mit aller Kraft auf Bens Rücken ein. Der Schmerz war entsetzlich. Ben brachte keinen Laut heraus, seine Knie wurden wackelig wie Pudding und sein Rücken taub, als wäre er gelähmt.

»Gott ist mein Zeuge – meine kleine Schwester hat keinem je was zuleide getan. Und da kommst du mir mit deinem Gewinsel nach Mitleid!«

Ben drohte umzukippen. Die Wand fing ihn auf. »Aber ich hatte ... damit doch nicht ... das geringste zu tun ... Ich wußte nicht mal ...«

»Lügner!« Gustafson prügelte erneut drauf los. Diesmal erwischte er Ben am Brustkorb. »Gestehe! Gestehe, daß du eingeweiht warst!«

»Ich ... bin doch nur ... ein Anwalt«, keuchte Ben.

Der Deputy riß ihn herum und stieß seinen Kopf gegen die Wand, so daß Bens Wange vom rauhen Putz aufgeschürft wurde. »Um so schlimmer!« brüllte er. »Die Jungs in der Zelle sind wenigstens Überzeugungstäter. Und dir geht's nur ums Geld!«

Ben brachte nicht einmal mehr den Mund auf. Gustafson hatte ihn schon wieder hochgerissen und traf ihn mit dem Knüppel an der Schläfe. Der Anwalt stürzte und blieb halb bewußtlos liegen. Doch der Deputy hatte noch nicht genug. Er drückte Ben mit dem Knie zu Boden, schob den Knüppel unter seine Kehle und hob damit den Kopf an. Abrupt zog er das Ding weg und ließ Bens Kopf zu Boden knallen. Zusammengekrümmt blieb Ben liegen. Er wartete auf den nächsten Hieb, doch der blieb aus. Statt dessen hörte er schwere Stiefel über den Korridor poltern. Gustafson entfernte sich.

Dann ging die äußere Tür auf, und Gustafson verließ den Zellentrakt. Ben blieb regungslos auf dem Boden liegen.

Mit einem Schlag begriff er seine Lage. Er war von Gott und allen Menschen auf der Welt – verlassen.

14

Colonel Nguyen saß zusammen mit den Mitgliedern des Ältestenrats in der Mitte der Scheune, die den Bewohnern von Coi Than Tien als Rathaus diente. Links von ihm hatte sein alter Freund Duong Dan Platz genommen, rechts hockten Din ›Dan‹ Pham und dessen Anhänger, allesamt jüngere Männer.

Gegensätzlicher hätten die Fraktionen nicht sein können. Die alte Garde stand gegen die jungen Rebellen, die Stimme der Versöhnung gegen den Aufruf zum Widerstand. Ein Mittelweg, den beide hätten beschreiten können, war nicht in Sicht.

Dang klopfte mit einem Hammer auf den Tisch. »Da wir uns in der Frage der Leibwächter geeinigt haben, wollen wir als nächstes Dinh Phams Forderung nach einem Gegenschlag wegen des Vorfalls von gestern nacht besprechen.«

Pham sprang erregt auf. »Wir müssen uns wehren! Das können wir uns unmöglich gefallen lassen!«

Dang versuchte mit seinem Hammer wieder Ruhe herzustellen. »Du hast noch nicht, wie es sich gehört, deinen Namen gesagt.«

»Hier kennen mich doch alle.«

»Darum geht es nicht. Unsere Tradition verlangt ...«

»Was juckt mich die Tradition. Ich will Vergeltung!«

»Trotzdem gibt es immer noch unsere Regeln.«

»Die haben auf meine Großmutter geschossen!« schrie Pham. Seine Stimme stieg nach oben und hallte in der ganzen Scheune wieder. Danach herrschte einen Moment lang Stille.

Colonel Nguyen schloß die Augen. Nach dem Verschwinden des schwarzen Pickup hatte er erfahren, daß eine Schrotkugel eine Fensterscheibe durchschlagen und Phams Großmutter in die Schulter getroffen hatte. Obwohl die Frau nicht lebensgefährlich verletzt war, konnte in ihrem Alter jede Wunde den Tod bedeuten.

Dang strich sich über den weißen Bart. »Wir alle sind mit dir besorgt um Suan.«

»Sich zu sorgen reicht nicht. Jetzt sind Taten gefragt.«

Nguyen schüttelte nachdenklich den Kopf. Wie unterschiedlich Pham und Dang doch waren! Die Sprache des älteren war gesetzt, so wie es die Tradition eben vorschrieb, während der jüngere sich längst den Slang seiner neuen Heimat angeeignet hatte. Und das gleiche galt für ihr Temperament. Der eine war bedächtig, versuchte alle Eventualitäten zu berücksichtigen, ließ sich nicht so schnell aus der Fassung bringen und ergriff nur zögernd Maßnahmen. Der andere war in jeder Hinsicht schneller, ungeduldiger. Vom alten Vietnam war in ihm nicht mehr viel übriggeblieben. Er war Amerikaner geworden.

Pham wandte sich nun an die ganze Versammlung. »Einer liebenswerten Frau in den hohen Siebzigern, die noch nie einem Menschen etwas zuleide getan hat, ist gestern in die Schulter geschossen worden. Was wollen wir jetzt unternehmen?«

Nguyen beobachtete Pham aufmerksam. Die Haltung, die Beredsamkeit und die Ausstrahlung des Jungen beeindruckten ihn. Er war der geborene Führer. Doch zugleich machten ihm Phams Worte Angst. Ihm war klar, daß er das Dorf mit seinem flammenden Appell in einen Weg ohne Wiederkehr drängen konnte.

Ein anderes Mitglied des Ältestenrats, Vanh Truong, erhob sich. »Mir wurde gesagt, daß deine Großmutter wieder genesen wird.«

»Ihr Schulterblatt ist zerschmettert!« bellte Pham. »Das können wir uns nicht bieten lassen!«

»Meines Erachtens haben wir sehr wohl eine Wahl«, gab Dang zu bedenken.

»Und wir müssen den Kampf wählen!« unterbrach ihn Pham unter dem Gejohle seiner Anhänger, fast ausnahmslos junger Männer.

Doch Dang ließ sich nicht aus der Ruhe bringen. »Darum kann es nicht gehen. Die Frage ist, ob wir trotz allem bleiben oder ob wir den Ort verlassen sollen.«

»Ob wir *weglaufen*, wollen Sie sagen! Ob wir wie beim letzten Mal feige die Beine in die Hand nehmen und kneifen. Ich für meinen Teil werde nicht kneifen!«

Frenetischer Jubel. Phams Rückhalt in der Gemeinde wuchs.

»Wenn wir bleiben«, sagte Truong, »riskieren wir ständig neue Überfälle. Wenn wir kämpfen, riskieren wir unsere Vernichtung.«

»Und wohin wollen Sie laufen, wenn es keine Zuflucht mehr gibt, wenn uns die Kräfte des Hasses bis ans Ende der Welt getrieben haben? Was ist dann?«

Dang hob beschwichtigend beide Hände. »Noch ist ja keine Entscheidung getroffen worden. Wir führen eine offene Diskussion und müssen die Schritte prüfen, die uns möglich sind.«

»Einen Schritt, der den Verlust der Ehre bedeutet, nehme ich nicht hin!«

Ein gewitzter Bursche, dachte Nguyen. Jetzt appellierte er auch an die Moralbegriffe der älteren. Die Stimmung drohte vollends zu Phams Gunsten umzuschlagen. Wenn Nguyen etwas ausrichten wollte, dann durfte er nicht länger zögern.

»Verzeihen Sie mir, ehrwürdiger Dang«, meldete er sich mit leiser Stimme zu Wort. »Keiner der genannten Schritte ist notwendigerweise mit dem Verlust der Ehre verbunden.«

Pham starrte ihn enttäuscht an. »Colonel Nguyen! Ein Krieger wie Sie wird doch nicht zur Flucht raten!«

Nguyen wich seinem Blick aus. »Ein tapferer Mann weiß, wann er dem Feind seinen Rücken zeigen muß.«

»Was soll das heißen?«

Nguyen zögerte. »Das heißt, daß uns ein Kampf, der uns unsere Seelen, unsere Familien kostet, keine Ehre bringt.«

»Ich traue meinen Ohren nicht! Sollte der große Colonel Nguyen wirklich zu solchen Worten fähig sein?«

»Was sollen wir denn deiner Meinung nach tun, Pham? Auch töten? Rache üben? Wir wissen ja nicht einmal, wer auf deine Großmutter geschossen hat.«

»Aber natürlich wissen wir das! Die Mörder von der ASP! Die gottesfürchtigen Totschläger, die am Sonntag morgen in die Kirche gehen und am Abend unsere Hütten in Brand stecken!«

»Wir haben keine Beweise. Hinter dem Anschlag vom Sonntag könnten auch ganz andere Gründe stecken.«

»Zum Beispiel?«

Nguyen zögerte. Es wäre so viel leichter für ihn, wenn er ihnen sagen könnte, was er gesehen hatte.

Er warf einen Blick auf Lan, die mit Mary und Holly ebenfalls in der Scheune saß. Nein, er mußte sein Wissen für sich behalten. Ihr Leben wäre sonst in Gefahr. Coi Than Tien konnte weder ihnen noch sonst jemandem Schutz bieten.

»Ich weiß es nicht«, antwortete er. »Aber für Gewalt gibt es viele Gründe. Haß ist nur einer davon.«

»Colonel Nguyen«, sagte Pham, »ich will nicht unhöflich sein, aber Sie täuschen sich. Sie sprechen wie ein Feigling.«

»Pham!« rief Dang empört. »Zügle deine Zunge! Colonel Nguyen ist einer der angesehensten Männer unserer Gemeinde. Er spricht aus Erfahrung!«

»Aus Erfahrung!« höhnte Pham. »Und was verdanken wir dieser Erfahrung? Tommy Vuongs Ermordung!«

Der ganzen Versammlung verschlug es den Atem. Das Unsagbare war ausgesprochen worden.

Dang faßte sich als erster. »Du weißt nicht, was du sagst, Pham!«

»Ich weiß, was ich weiß! Ich weiß, daß Colonel Nguyen der letzte war, der Tommy lebend gesehen hat. Ich weiß, daß er ihm geraten hat, seinen Zorn zu bezähmen und auch die andere Wange hinzuhalten. Was dabei rausgekommen ist, habt ihr ja erlebt.«

Sämtliche Blicke richteten sich auf Colonel Nguyen. Jeder rechnete mit seiner Widerrede, doch die blieb aus. Der Colonel setzte sich schweigend auf seinen Stuhl. Der Verlauf der Versammlung gefiel ihm ganz und gar nicht, doch er wollte Pham nicht widersprechen. Wie denn auch? Es stimmte ja. Er hatte Tommy geraten, sich an dem Mann, der ihn in der Bar angegriffen hatte, nicht zu rächen. Und er hatte ihn in dem Moment allein gelassen, in dem er ihn am dringendsten gebraucht hätte. Wenn ein Mensch in der Lage gewesen wäre, Tommy zu retten, dann er. Und er hatte versagt.

»Din Pham!« donnerte Dang. »Du hast die Versammlung in Verruf gebracht! Wir müssen dich auffordern, den Raum zu verlassen.«

»Von mir aus, dann gehe ich. Aber ich gehe nicht allein. Wer kommt mit?«

Zunächst erhob sich nur eine Handvoll junger Männer, alles enge Freunde von ihm. Doch dann folgte ihm auch Tung Hieu, ein Mittfünfziger und Vater dreier Kinder. Von da an gab es kein Halten mehr. Vom Ältestenrat schloß sich ihm sogar Tran an, ein langjähriger Freund Nguyens. Der Strom schwoll an, immer mehr Männer, Frauen, Mütter und sogar Kinder strebten zum Ausgang. Kurz, Phams isolierter Haufen bildete plötzlich die Mehrheit. Die Leute wollten sich nicht schon wieder aus ihren Häusern vertreiben lassen.

Dang klopfte zaghaft mit dem Hammer auf den Tisch. »Unter den gegebenen Umständen hat eine Fortführung der Versammlung keinen Sinn mehr.«

Nguyen war nun allzu klar, was die neue Entwicklung bedeutete: Mit der Gemeinsamkeit war es vorbei in Coi Than Tien. Genauso mit den Aussichten auf eine friedliche Lösung. Pham hatte sich zum neuen Führer aufgeschwungen. Er würde eine direkte Konfrontation mit der ASP heraufbeschwören. Und die würde unweigerlich zu Toten führen – vornehmlich auf der Seite von Coi Than Tien. Gegen den organisierten Haß vermochte alle Tapferkeit dieser Welt nichts mehr auszurichten.

Müde und bedrückt ging nun auch der Colonel zusammen mit den verbliebenen Mitgliedern des Ältestenrats hinaus. Mehr Gewalt war unausweichlich. Und das Schlimme daran war: Zumindest teilweise trug er die Schuld daran.

15

»Um Himmels willen! Was ist denn mit Ihnen passiert?«

Belinda sprang entsetzt auf, als Ben ins Büro der Hatewatch taumelte, und führte ihn zu einem Stuhl.

»Habe eine schlimme Nacht hinter mir«, murmelte der Anwalt.

»Das sehe ich.« Sie beugte sich über ihn und untersuchte

vorsichtig seinen Kopf. Das Gesicht war aufgeschlagen und das linke Auge völlig zugeschwollen. Über der Braue klaffte eine lange Rißwunde. »Wo haben Sie denn übernachtet? In einem Müllwagen etwa?«

»Fast. Im städtischen Gefängnis.«

»*Sie* im Gefängnis? Weswegen?«

»Unruhestiftung im Vollrausch.« Ben schnitt eine Grimasse. Vom Sprechen wurden die Schmerzen nur noch schlimmer. »Es ... tut mir leid, Belinda, ich ... weiß ja, daß ich hier nicht erwünscht bin ...«

»Reden Sie keinen Unsinn. Sie sind verletzt.«

»Aber wenn Frank und ...«

»Frank und John sind den ganzen Vormittag unterwegs.«

»Es ist ja nur, weil ...« Erneut fuhr ein stechender Schmerz durch seinen Brustkorb. »Weil ... ich es wohl nicht zum Campingplatz geschafft hätte. Und ich wußte ja nicht, wohin.«

»Ich habe Ihnen ja schon gesagt: Machen Sie sich deswegen keine Sorgen. Wer hat Sie denn so zugerichtet.«

»Der ehrwürdige hiesige Deputy Gustafson.«

»O Gott. Was wollte er von Ihnen?«

Ben rieb sich die wunde Seite. »Aus mir ein Geständnis rauspressen, daß ich an einem Bombenanschlag der ASP beteiligt war.«

»Warum haben Sie ihm den Gefallen nicht getan? Sie standen doch nicht unter Eid.«

Ben zuckte mit den Schultern. »Mir ging's ums Prinzip.«

Belinda sah ihn kopfschüttelnd an. Wenn Ben sich nicht täuschte, schimmerte auch etwas Bewunderung in ihren Augen. »Für seine Prinzipien kann man sich bei einem Eisenfresser wie Gustafson üble Schläge einhandeln.«

»Sie kennen ihn?«

»Er kommt öfter her und stellt die idiotischsten Forderungen. Hat er Ihnen das mit seiner Schwester gesagt?«

»Er hat was in der Richtung erwähnt. In erster Linie hat er aber seinen Knüppel sprechen lassen.«

»Wie lange hat er auf Sie eingeschlagen?«

»Weiß ich nicht genau. Gegen Ende muß ich bewußtlos gewesen sein. Als er mit mir fertig war, ließ er mich einfach auf dem kalten Steinboden liegen. Ich konnte nicht einen Muskel bewegen. Etwa eine Stunde später schleppte er mich in die Zelle zu den drei ASPlern.«

»Vom Regen in die Traufe, würde ich sagen. Haben die Sie dann auch noch verletzt?«

»Nein, viel schlimmer. Die waren furchtbar nett zu mir.«

Um Belindas Lippen spielte ein Lächeln. »Armer Junge. Warten Sie, ich hole den Erste-Hilfe-Kasten.« Sie lief in ein Hinterzimmer, um sogleich mit dem Verbandskasten und einem feuchten Lappen zurückzukehren.

Als erstes säuberte sie die Rißwunde über Bens Auge mit einem jodgetränkten Wattestäbchen.

»Au! Das brennt!«

»Nicht jammern. Es ist doch nur zu Ihrem Besten.«

»Bin ich nicht genug gefoltert worden?«

Belinda versorgte seine Wunden ungerührt weiter. Dabei war sie gleichzeitig so behutsam, daß Ben sich unwillkürlich fragte, ob sein erster Eindruck nicht doch gestimmt hatte. Gab es trotz allem vielleicht eine gewisse Verbindung zwischen ihnen?

»Was für ein Bett hatten Sie?« wollte Belinda wissen.

»Weder Bett noch Pritsche noch Koje. Wir mußten auf dem Boden schlafen. Zu allem Überfluß haben meine besoffenen Leidensgenossen auch noch die ganze Zelle vollgekotzt.«

Sie zog sein Hemd hoch und untersuchte den Bluterguß am Brustkorb. »Mein Gott, das ist ja entsetzlich! Hat er Ihnen eine Rippe gebrochen?«

»Das glaube ich nicht. Anscheinend versteht er es meisterhaft, gerade noch rechtzeitig aufzuhören, ehe es zu bleibenden Schäden kommt.«

»Bleibende Schäden würden ihm ja auch Prozesse einbringen. Sie wollen ihn doch sicher verklagen?«

»Keine Chance.«

»Ben, das ist Körperverletzung!«

»Sonst noch Neuigkeiten?«

»Wenn es eine Geldfrage ist, kann Hatewatch einen Teil der Kosten übernehmen.«

»Nein, danke. Ich habe auch so genug Probleme am Hals.«

Belinda nahm eine Mullbinde aus dem Verbandskasten und umwickelte Bens Brust. »Der Fall Vick läuft wohl nicht so gut, was?«

Ben sah fasziniert zu, wie sie ihn verarztete. Garantiert hatte sie eine Erste-Hilfe-Ausbildung absolviert, was ihn freilich nicht verwunderte. Bei ihrer Tätigkeit waren Gewalt und Verletzungen bestimmt an der Tagesordnung.

»In der Sache Vick geht gar nichts voran. Keiner spricht mit mir, keiner hilft mir. Sogar meine Assistentin hat mich im Stich gelassen. Nicht einmal ein Zimmer für die Nacht kriege ich.«

Belinda war fertig mit dem Verbinden. Sie klebte ein Pflaster über die Enden und knöpfte sein Hemd zu. »Ich kann nicht behaupten, daß Sie mir leid tun, Ben. Ihr Mandant ist der letzte Abschaum.«

»Also wirklich, Belinda!« protestierte Ben und steckte sein Hemd unter den Gürtel. »Als Anwältin wissen Sie doch genauso wie ich, daß das Gesetz auch einen Vertreter für den Angeklagten vorschreibt.«

»Sicher, aber das heißt doch nicht, daß man jedes Arschloch verteidigen muß.«

»Kein einziger kompetenter Anwalt hat sich für dieses Arschloch gefunden, außer mir und einem Winkeladvokaten, der von Strafprozessen keine Ahnung hat.«

»Trotzdem ...«

»Wenn wir dem Mann kein faires Verfahren gewährleisten, dann können wir ihn gleich dem Mob überlassen. Wollen Sie das etwa?«

»Über Donald Vick würde ich nicht eine Träne vergießen.«

»Dann müssen Sie sich fragen, ob die Mitglieder der ASP die einzigen Faschisten in der Gegend sind.«

Belinda räumte schweigend den Verbandskasten ein und stellte ihn auf ihren Schreibtisch.

»Belinda, ich bin verzweifelt!«

Sie wandte sich ab, doch Ben hielt sie fest und zwang sie, ihm ins Gesicht zu sehen. »Allein habe ich keine Chance. Ich bin auf Ihre Hilfe angewiesen.«

Ben spürte ihre Verwirrung, doch wenigstens versuchte sie nicht mehr, sich ihm zu entziehen. »Ich werde Ihnen nicht dabei helfen, einen Mörder rauszupauken«, sagte sie.

»Das verlange ich ja auch nicht von Ihnen. Sie sollen mir nur bei den Ermittlungen helfen. Das hatten Sie ja sowieso vor, wie Sie mir gesagt haben. Da könnten wir uns doch ebensogut gemeinsam an die Arbeit machen.«

»Ich weiß nicht, ob das eine gute Idee wäre. Wir ziehen ja nicht an einem Strang.«

»Wir beide wollen doch dasselbe: die Wahrheit.« Er musterte sie mit einem bohrenden Blick. »Oder täusche ich mich da etwa?«

Darüber dachte Belinda eine Weile nach, ehe sie erklärte: »Ich nehme an, die Leute sind eher zum Sprechen bereit, wenn ich Sie begleite.«

»Genau das habe ich gemeint.«

»Aber ich warne Sie: Wenn wir auf belastendes Material stoßen, gehe ich damit schnurstracks zum Staatsanwalt.«

»Alles klar.«

Belinda verschwand hinter dem Schreibtisch und wühlte dort in den Papieren herum. »Lassen Sie mich nur ein paar dringende Sachen erledigen, dann können wir losmarschieren – sofern Sie dazu in der Lage sind.«

»Immer. Geben Sie mir nur ein paar Minuten, dann bin ich wieder auf dem Damm.«

»Gut. Kann ich sonst noch was für Sie tun?«

Ben versuchte das geschwollene Auge zu öffnen. »Sie könnten das abgesagte Essen mit mir nachholen ...«

16

Belinda war so nett und fuhr Ben zum Campingplatz, damit er sich umziehen und das Nötigste mit in die Stadt nehmen konnte. Vom Auto aus sah Ben, daß Christina mit ihrer Angel mitten im See stand. Für ihren neuerlichen Versuch, den Fischbestand zu dezimieren, mußte sie in aller Frühe aufgebrochen sein. Sie erkannte ihn auch, konzentrierte sich aber gleich wieder auf die Fische.

Ben zog sich in seinem Zelt frische Kleider an, schnappte sich ein paar Vorräte für den Tag und kroch wieder ins Freie. In diesem Moment fegte eine Windböe über den Zeltplatz.

»Bekommen wir einen Sturm?« fragte er Belinda.

»Kann ich mir nicht vorstellen.«

Doch der Wind wurde immer stärker, blies ihnen Staub und Schmutz ins Gesicht. Über ihnen war ein rhythmisches Rattern zu hören.

Belinda deutete nach oben. »Da, ein Hubschrauber!«

»Nicht nur das!« rief Ben. »Einer von der Polizei!«

»Warum fliegt er so tief?«

Ben blinzelte in die Sonne. »Ich glaube, er setzt zur Landung an.«

»Was wollen die denn ausgerechnet hier?«

»Vielleicht habe ich meine Parkgebühr nicht gezahlt.«

Sie sahen zu, wie der Helikopter auf eine Lichtung in Ufernähe zusteuerte. Die Maschine setzte auf, und die Rotorflügel drehten sich immer langsamer. Das Dröhnen war noch nicht verhallt, als Ben ein ohrenbetäubendes Scheppern hörte. Noch einmal hustete und spuckte der Motor, dann herrschte Stille.

»Ich schätze, das Gerät ist reif für eine Inspektion«, meinte Belinda. »Haben Sie eine Ahnung, wer der Pilot sein könnte?«

Ben lief bereits auf den Hubschrauber zu. »Tja, ich kenne nur einen, der so ein Ungetüm fliegt!« rief er und winkte Belinda zu sich.

Aus dem Cockpit kletterte ein schwarzhaariger Mann, an dem zunächst der viel zu schwere Mantel und seine überdimensionierte Schutzbrille auffielen. Er sah aus wie eine Kreuzung aus Sam Spade und Junior Birdman. Keine Frage, das konnte nur Detective Mike Morelli von der Mordkommission in Tulsa sein. Bens Freund und Ex-Schwager – eine normalerweise unmögliche Kombination, doch in diesem Fall schlossen die beiden Eigenschaften einander nicht aus.

»Scheiße! Scheiße! Scheiße!«

»Mike! Was machst du denn hier? Stimmt was nicht?«

»Ja! Da gab's irgendwo einen Kurzschluß.«

»Das habe ich nicht gemeint ... Ist was passiert?«

»Ich hörte, daß du in der Scheiße steckst. Da habe ich mir eben freigenommen. Tja, da wären wir.«

»*Wir?*«

Als hätten sie auf ihr Stichwort gewartet, kletterten Jones und Loving durch die Luke.

»Jones!« rief Ben.

»Wie er leibt und lebt.«

Der Anwalt deutete auf Belinda. »Belinda, das ist Jones. Mein Sekretär.«

»Assistent der Geschäftsführung«, verbesserte Jones und richtete plötzlich eine schwarze Videokamera auf Ben. »Bitte ›Cheese‹ sagen. Ein Weihnachtsgeschenk. Ich probiere sie gerade aus. Hab' den ganzen Flug von Tulsa bis hierher gefilmt.«

»Ein kleiner Tip«, brummte Ben. »Wenn du Aufnahmen machen willst, solltest du nicht direkt in die Sonne schauen.«

»Alles Kleinkram ...«

»Außerdem würde ich die Verschlußkappe vom Objektiv schrauben.«

Jetzt sprang auch Loving auf den Boden. »Belinda, darf ich Ihnen meinen Ermittler Loving vorstellen?«

Sie begrüßte die zwei mit einem Händedruck und wandte sich dann gleich wieder an Ben. »Wie kommt es, daß Ihre Mitarbeiter keinen Vornamen haben?«

»Fragen Sie mich nicht. Die sind so auf die Welt gekommen. Loving, sag schön ›Hallo‹ zu Belinda Hamilton.«

Loving bedachte Belinda mit einem anerkennenden Blick. »Hallooo ... Als ich gehört habe, daß du in der Tinte sitzt, ließ ich alles stehen und liegen und bin mit Morelli mitgeflogen. Aber wenn ich dich so sehe, kommst du mir eigentlich ganz vergnügt vor.«

Ben hörte nicht mehr richtig hin. Seine Aufmerksamkeit galt Mike, der die Motorhaube geöffnet hatte und in den Eingeweiden seiner Maschine herumhantierte. »Wie bist du denn überhaupt an den Helikopter rangekommen? Du hast ihn doch hoffentlich nicht aus den Beständen der Polizei geklaut?«

»Ich klau' doch nichts! Nach zehn Jahren treuer Dienste für

das Police Department haben sie ihn aus Dankbarkeit zur Versteigerung freigegeben. Ich und fünf andere Kumpel haben unser Geld zusammengelegt und ihn erstanden.«

»Aber ... wozu denn nur?«

»Um damit zu fliegen, was sonst? Ich habe ja schon seit Jahren den Pilotenschein, aber wenn ich fliegen wollte, mußte ich immer zum Flughafen fahren und eine Maschine mieten. Jetzt habe ich eben meine eigene Hiller 12SL4.«

»Mensch, Mike, ich habe ja nichts gesagt, als du dir die Harley gekauft hast. Und den Spaß mit dem Hanggliding wollte ich dir auch nicht verderben. Aber ein Helikopter?«

»Was spricht dagegen?«

»Müßtest du dann nicht wenigstens die Kennzeichen des Police Department überpinseln? Das Ding ist ja nicht mehr offiziell in Einsatz.«

Mike zuckte mit den Schultern. »Ich hab's nicht übers Herz gebracht. Die sehen doch cool aus, findest du nicht auch? Außerdem finde ich so viel leichter einen Landeplatz.«

»Muß man nicht die Route im voraus angeben und in ständigem Funkkontakt zum Tower stehen?«

»Hier draußen nicht. Ich muß mich eben auf meine Augen verlassen und fliege nicht höher als fünfzehnhundert Fuß. Ein Kinderspiel. Willst du einsteigen?«

»Nein, danke. Wenn ich sogar die Flugzeuge mit den klangvollsten Namen meide, setze ich mich bestimmt nicht in diesen Schrotthaufen hier.«

»Portia könnte zwar an der einen oder anderen Stelle ein paar Reparaturen vertragen, aber ein Schrotthaufen ist sie noch lange nicht! Bei der Landung vorhin hat sie sich allerdings gar nicht gut angehört. Wahrscheinlich muß ich den Motorblock austauschen.«

»Portia? Sag bloß, du hast einen Hubschrauber getauft! Jetzt bist du wohl endgültig übergeschnappt. Nicht einmal deine Harley hatte einen Kosenamen.«

»Hab' dich nicht so. Portia ist ein ganz normaler Name. Du brauchst nur bei Shakespeare nachzuschlagen.«

»Verschon mich mit deinem Shakespeare.« Ben stellte sich auf die Zehenspitzen und späte über Mikes Schulter auf den

Motor. »Ich wußte gar nicht, daß du ein Mechaniker bist. Bisher dachte ich immer, du würdest in deiner Freizeit ausnahmslos Klassiker verschlingen.«

»Du kennst mein Motto nicht: Wer seinen eigenen Vogel nicht reparieren kann, soll ihn auch nicht fliegen. Ein Mechaniker würde meinem Baby nicht die Liebe und Zuwendung geben, die es verdient. Aber man kann Portia nicht einfach wie ordinäres Metall behandeln, verstehst du? Man muß das gute Stück wie eine Frau liebkosen.« Er tätschelte zärtlich das Fenster.

»Ich hätte nie gedacht, daß die Reparatur eines Motors etwas Sinnliches sein könnte«, meldete sich Belinda.

»Jetzt wissen Sie's«, erwiderte Mike grinsend und klappte die Haube zu. »Portia wird ein paar Ersatzteile brauchen. Gibt es dafür einen Laden in der Stadt, Ben?«

»Ersatzteile für einen Helikopter? Wohl kaum. Ich habe nur irgendwo eine Autoreparaturwerkstatt gesehen.«

»Damit wäre mir vielleicht auch schon gedient. Mit ein bißchen Kreativität geht alles.« Mike drehte sich um. Zum erstenmal an diesem Tag sah er Ben ins Gesicht – und prallte zurück. »Was um alles in der Welt ist dir denn passiert?«

Ben betastete sein geschwollenes Auge. »Es gab ein paar Mißhelligkeiten mit bestimmten Leuten. Eigentlich fast mit der ganzen Bevölkerung.«

»Willst du's uns erzählen?«

»Ihr würdet es mir sowieso nie glauben. Ich bin ja so froh, daß ihr da seid. Aber der Urlaub ist leider schon wieder vorüber. Die Arbeit ruft.«

An der Stelle, an der gestern das Lagerfeuer geflackert hatte, hielt Ben zusammen mit seinen beiden Mitarbeitern eine Besprechung ab. In knappen Worten faßte er alle Fakten zusammen, die er bis dahin in Erfahrung gebracht hatte. Mitten in die Versammlung platzte wenig später Christina hinein, die anscheinend genug geangelt hatte.

»Jones! Loving!« Sie ließ ihre ganze Ausrüstung fallen und rannte ihnen entgegen. Loving breitete seine Arme weit aus und drückte sie an sich. Für einen Moment war von Christina nichts mehr zu sehen. Kein Wunder bei diesem Koloß von Mann.

Jones, seit jeher der ruhigere von den beiden, schüttelte Christina die Hand. »Schön, dich wiederzusehen. Ach, übrigens, du riechst nach Fisch.«

Sie kniff ihn in gespielter Empörung in die Wange. »Wie galant von dir!«

Als nächster kam Mike an die Reihe. Sie gab ihm ein flüchtiges Küßchen, und dann stand sie Ben gegenüber, doch sie blitzten einander nur an, bis Christina sich abwandte. Belinda streifte sie bloß mit einem flüchtigen Blick.

Großartig, dachte Ben. Er war die ganze Nacht verschollen gewesen, tauchte unvermutet mit einer fremden Frau auf – und sie zeigte nicht das geringste Interesse.

Aber damit konnte sich Ben jetzt nicht abgeben. Er skizzierte seine Strategie für die Zeit bis zur Verhandlung: »Weil wir von unserem Mandanten wohl nicht viel Hilfe erwarten können, müssen wir eben Erkundigungen über Donald Vick anstellen und in Erfahrung bringen, was er seit seiner Ankunft in Silver Springs alles unternommen hat.«

»Heißt das, daß wir auch der ASP auf den Zahn fühlen müssen?« fragte Loving.

»Leider ja.«

»Das wird ihnen aber gar nicht passen, Chef. Vor allem, wo sie dich jetzt für ihren besten Freund halten.«

»Stimmt«, räumte Ben ein. »Aber wir müssen es versuchen.«

»Dann werde ich mal bei ihnen anklopfen. Wenn einer von uns halbwegs intakt eine Schlägerei mit diesen Radaubrüdern übersteht, dann dürfte ich das sein.«

Ben wollte ihm nicht widersprechen.

»Ich treibe mich am besten in den Kneipen und Spielhöllen mit den Brüdern rum. Mal sehen, ob ich sie zum Plaudern bringe.«

Ben nickte. »Klingt gut.«

»Wie sieht es denn mit den Laborergebnissen aus?« erkundigte sich Mike.

»Ich kenne die Details nicht«, antwortete Ben. »Aber der

Staatsanwalt hält die Beweise für schlüssig und hat in der Zeitung damit geprahlt, Vick sei so gut wie überführt. Sobald wir hier fertig sind, fahre ich zu ihm.«

Mike kratzte sich nachdenklich am Kinn. »Gute Idee, aber du kennst die Staatsanwälte ja – in der Regel teilen sie einem Verteidiger nur das mit, wozu sie per Gesetz verpflichtet sind. Sag mal, ist seine Kanzlei in der Nähe der Reparaturwerkstatt?«

»Zu Fuß sind es nur wenige Minuten.«

»Wenn es sowieso auf dem Weg liegt, könnte ja genausogut ich vorbeischauen. Ich halte ihm ganz einfach meine Dienstmarke unter die Nase und spiele den hohen Beamten. Mir erzählt er vielleicht eher was als dir.«

»Einen Versuch ist es in jedem Fall wert!« Ben war begeistert. Es war doch tröstlich, in einer so verfahrenen Situation Freunde zu haben. Außer Christina natürlich. Sie würdigte ihn nicht eines Blicks, geschweige denn eines Wortes.

»Gibt es in der Stadt so was wie einen Computer?« meldete sich Jones zu Wort.

Ben überlegte. Jones war alles andere als ein begnadeter Sekretär, aber mit Computern war er ein As. »Bislang habe ich noch keinen gesehen. Würde auch nicht unbedingt darauf wetten.«

»Wir haben einen im Büro von Hatewatch«, sagte Belinda. »Er ist IBM-kompatibel.«

»Hat er auch ein Modem?«

»Klar.«

Jones rieb sich die Hände. »Wunderbar! Dann weiß ich, was ich zu tun habe. Ich nehme mir mal die Datenbanken vor. Bei der Gelegenheit kann ich mir vielleicht auch Informationen über diesen Mr. Vuong und die anderen Bewohner von Coi Than Tien verschaffen.«

»Klingt gut!« rief Ben wieder.

Jones grinste. »Außerdem schlage ich so zwei Fliegen mit einer Klappe: Ich mache nämlich einen Film über Silver Springs: Eine ländliche Idylle im Herzen Amerikas.«

Darauf entgegnete Ben nichts. Allerdings hoffte er, Jones würde sich mehr dem Computer als der Kamera widmen. »Und du, Christina?«

Seine Assistentin starrte ihn nur wortlos an.

»Was kannst du zur Ermittlung beitragen?«

Christina, deren Gesicht fast so rot wie ihre Haare geworden war, sprang unvermittelt auf und stürmte davon.

Ben sah ihr verdattert nach. »Entschuldigt mich bitte«, stammelte er. »Ich würde mich mal gern mit Christina unter vier Augen unterhalten.«

Christina war in ihrem Zelt verschwunden. Ohne um ihre Erlaubnis zu bitten, kroch er hinein.

»Was willst du?« blaffte sie ihn an.

»Christina, ich weiß ja, daß du gegen mein Engagement in dieser Geschichte warst. Vielleicht hattest du auch recht damit. Daß sich der Fall so kompliziert entwickeln würde, hätte ich mir nie und nimmer träumen lassen. Aber ich habe mir nun mal die Verantwortung aufgehalst und brauche jetzt die Hilfe der ganzen Mannschaft, oder die Leute hier machen mich fertig.«

»Ich habe dir gesagt, daß du nicht auf mich zählen kannst, und dabei bleibt es«, erwiderte sie in eisigem Ton.

Ben sah ihr flehend in die Augen. »Christina ... ich brauche dich.«

»Das hättest du dir vorher überlegen müssen.«

»Was soll ich denn deiner Meinung nach tun? Dich um Erlaubnis bitten, ehe ich einen Fall annehme?«

»In manchen Fällen wäre das sicher gescheiter. Dein Berufsethos ist bewundernswert, Ben, aber manchmal fehlt es dir an gesundem Menschenverstand.«

»Jemand mußte Vick doch verteidigen!«

»Klar – aber warum ausgerechnet du? Ben, du weißt, daß ich fast alles für dich tun würde. Bisher war das zumindest immer so. Ich ... ich dachte, wir glauben an die gleichen Prinzipien. Aber jetzt habe ich das Gefühl, ich kenne dich überhaupt nicht mehr.« Sie holte tief Luft. »Diesem ... Rassistenschwein werde ich jedenfalls nicht helfen. Keinen Finger mache ich für den krumm!«

»Ist das dein letztes Wort?«

»Ja.«

»Na gut.« Er schlug die Plane vor dem Eingang zurück.

»Ich habe geglaubt, ich könnte mich auf dich verlassen, Christina. Das war wohl ein Irrtum.«

Ben stand im gleißenden Sonnenlicht und stampfte wütend mit dem Fuß auf. Warum hatte er das nur gesagt? So barsche Worte hatte Christina nicht verdient, auch wenn sie diesmal streikte. Er drehte sich um, blieb jedoch vor dem Zelteingang wie erstarrt stehen. Drinnen hörte er ein Geräusch. Weinte sie? O Gott, nur das nicht! Er bückte sich.

In diesem Moment kam Christina herausgestürzt. Fast hätte sie ihn umgerannt. »Geh mir aus dem Weg!« Mit ihrer Anglerausrüstung zwängte sich sich an ihm vorbei.

»Christina, warte ...«

»Laß mich in Frieden. Ich gehe fischen!«

Ohne sich auch nur einmal umzudrehen, lief sie weiter, bis sie nicht mehr zu sehen war.

17

Belinda setzte Ben vor dem Büro des Staatsanwalts in der Main Street ab. Der junge Strafverteidiger klopfte an, und da niemand öffnete, trat er ein. Und stutzte schon in der Tür. Die Diensträume des hiesigen Strafverfolgers unterschieden sich in zweierlei Hinsicht von den Büros der übrigen Staatsanwälte, mit denen er es bislang zu tun gehabt hatte. Zum einen hatte Swain keine Sekretärin oder Empfangsdame, und zum anderen stand hinter seinem Schreibtisch ein Laufstall.

Swain hatte Bens Kommen nicht bemerkt. Er hatte nur Augen und Ohren für seine kleine Tochter, der er eine Geschichte vorlas oder erklärte.

»Siehst du, Amber, Carl geht mit dem Baby und dem Hündchen auf die Wiese zum Spielen.« Er blätterte um. »Und – o nein! Schau! Das Hündchen spritzt Carl mit dem Gartenschlauch voll!«

Amber deutete kichernd auf das Bild im Buch.

Ein Blick über Swains Schulter verriet Ben, daß es sich bei Carl um einen riesigen schwarzen Hund handelte. »Jedes

Baby sollte einen Rottweiler als Spielgefährten haben«, brummte er.

Swain wirbelte herum. »Mr. Kincaid! Ich habe Sie gar nicht kommen hören!«

»Lassen Sie sich nicht stören.«

»Um Himmelswillen, nein. Das Büro ist ja offen. Ich habe nur ...« Die Sache war ihm unendlich peinlich. »Wissen Sie, meine Frau, Marjorie, arbeitet auf Teilzeitbasis im Eisenwarenladen. Drum nehme ich Amber jeden Dienstag und Donnerstag mit in mein Büro.«

»Da muß es ja ganz schön schwer sein, seine Arbeit zu erledigen.«

»Das können Sie laut sagen. Zum Glück habe ich nicht soviel um die Ohren. In Silver Springs geht es eben beschaulich zu. Zumindest hatten wir unsere Ruhe, bis Ihr Schützling und seine Spießgesellen hier aufgetaucht sind.«

»Wäre es möglich, über den Fall zu sprechen?« Ben deutete mit dem Kinn auf das Hinterzimmer. »In einem vertraulichen Rahmen, wenn es geht.«

»Oh. Ja, natürlich!« Swain sah lächelnd auf seine Tochter hinab. »Herzchen, Daddy muß sich mit diesem netten Onkel unterhalten. Willst du das Buch allein anschauen? Daddy kommt bestimmt gleich wieder zurück.«

Amber schürzte die Lippen. »Esen!«

»Gleich, Herzchen. Sobald wir fertig sind. Dann lese ich weiter.«

»Nein!« protestierte Amber mit Nachdruck. »Esen.«

»Herzchen, ich kann jetzt nicht.«

»Esen! Esen! Esen!«

»Herzchen, nein.«

Amber preßte ihr Gesichtchen gegen das Gitter ihres Laufstalls und plärrte los. »EEEEEsennnnn!«

Swain beugte sich über sie. »Herzchen, wenn du brav bist, kriegst du eine feine Flasche Milch, eine schön warme.«

»Neinnnn!« kreischte sie. »Esen!« Inzwischen war ihr Gesicht dunkelrot angelaufen.

Swain sah mit einem hilflosen Achselzucken zu Ben hinüber. »Okay, wenn du keine Milch magst, kriegst du Apfelsaft.«

»Waaaaa!« brüllte sie.

»Okay, okay, bist du wenigstens eine Minute brav, kriegst du« – er senkte die Stimme zu einem Flüstern – »Coca Cola.«

Das Heulen verstummte ebenso abrupt, wie es eingesetzt hatte. Swain beobachtete verstohlen Ben, ob der irgendeine Reaktion zeigte. Dieser wiederum tat so, als hätte er nichts gehört.

Als nächstes lief der Staatsanwalt zu einem winzigen Kühlschrank in der hintersten Ecke seines Büros und nahm eine Coladose heraus. »Normalerweise würde ich ihr so was natürlich nie geben.«

»Natürlich nicht«, erwiderte Ben. »Deswegen haben Sie ja auch einen ganzen Kasten in Ihrem Büro stehen.«

»Na ja, ich trinke es auch ganz gern.«

Während Swain den Inhalt der Dose in eine Plastikflasche goß, nahm Ben den Inhalt des Schranks genauer in Augenschein: Schokoladenkekse, Käsestangen, Blätterteigtaschen, Nußriegel. »Ich nehme an, die Sattmacher da sind auch alle für Sie?«

»An einem langen Arbeitstag kriege ich manchmal Hunger«, murmelte Swain. Er zeigte Amber das Fläschchen. Das Mädchen griff gierig danach, steckte es in den Mund und schaute sich friedlich nuckelnd die Bilder im Buch an.

»Uff.« Swain wischte sich den Schweiß von der Stirn. »Zwei, drei Minuten dürfte sie jetzt Ruhe geben. Also, womit kann ich Ihnen dienen, Mr. Kincaid?«

»Ich würde gern mal die Beweise sehen, die Sie gegen meinen Mandanten haben. Wenn Sie darauf Wert legen, kann ich natürlich einen Antrag stellen.«

»Nicht nötig. Ich zeige Ihnen die ganze Akte.» Swain kehrte zum Schreibtisch zurück und zog aus der obersten Schublade einen Ordner heraus. »Was genau wollen Sie denn wissen?«

»Vielleicht könnten Sie einfach ›mit der erdrückenden Beweislast‹, die Sie im *Herald* erwähnt haben, anfangen.«

»Von mir aus. Sie wissen ja, daß der Sheriff die Armbrust, mit der Vuong getötet wurde, entdeckt hat.«

»Ich habe davon aus der Zeitung erfahren.«

»Es stimmt wirklich. Sie lag eine halbe Meile vom Tatort entfernt im Wald. Er fand sie kurz nach dem Mord.«

»Und es besteht kein Zweifel, daß es sich um die Mordwaffe handelt?«

»Für mich nicht. Wie viele Armbrüste gibt es denn Ihrer Meinung nach in dieser Gegend? Noch dazu so große! Die Leute hier hätten so ein Ding bestimmt nie gesehen, wenn nicht professionelle Killer in die Gegend gezogen wären.«

Eindeutig eine Vorverurteilung, doch Ben wollte jetzt nicht protestieren. »Worum handelt es sich bei den Laborbefunden, die Vicks Schuld erweisen sollen?«

»Haare. Zwei Haare, genauer gesagt, die sich in der Bolzenrinne verfangen haben.«

»Aber darauf läßt sich doch gewiß keine Anklage stützen.«

»Laut Labor schon. Man hat sie analysiert und mit den Haaren Ihres Mandanten verglichen. Es sind eindeutig seine. Das ganze Fachkauderwelsch verstehe ich zwar nicht, aber am Ergebnis läßt sich nicht rütteln.«

Das klang ja ganz nach einer gentechnischen Analyse, überlegte Ben. Keine gute Nachricht.

»Ich nehme an, Sie haben Mr. Paynes Zustimmung eingeholt, ehe Sie sich von Vick eine Probe holten?«

»Natürlich. Er hatte auch keine Einwände. Er ist sehr kooperativ.«

Klar. Das war wahrscheinlich auch der Grund, warum sie ihn genommen hatten. »Was haben Sie sonst noch?«

»Unsere Ermittlungen sind noch nicht abgeschlossen ...«

»Was ist mit Fingerabdrücken?«

»An der Armbrust haben wir keine gefunden.«

»Das ist doch höchst ungewöhnlich!«

»Nicht, wenn der Mörder fernsieht«, brummte Swain mit einem Achselzucken. »Dann weiß er genau, daß man seine Fingerabdrücke nur abzuwischen braucht. Ein Haar dagegen könnte ihm leicht entgangen sein.«

»Haben Sie Vicks Alibi überprüft?«

»Ein Alibi nennen Sie das? Als der Sheriff ihn etwa eine Stunde nach dem Mord aufgriff, gab er an, er sei in der Nähe des Sees spazieren gegangen. Er war die ganze Zeit allein. Demnach hatte er sowohl die Zeit als auch die Mittel zur Verfügung, um Vuong zu töten. Offen gesagt, hatte ich ja damit gerechnet, er würde sich irgendeine Geschichte für uns ausdenken. Er hätte doch bloß seine Kumpel um einen Gefallen bitten müssen, dann hätten sie garantiert Stein und Bein geschworen, daß sie die ganze Zeit mit ihm zusammen waren. Aber das tat er nicht. Ich habe den Eindruck, daß Vick sogar bei seinen eigenen Leuten nicht besonders beliebt ist.«

Das war ja interessant. »Ich habe gehört, daß Vick in der Woche vor der Tat Besuch hatte. Wissen Sie, wer das gewesen sein könnte?«

»Warum fragen Sie das nicht Ihren Mandanten?«

»Ähm, ich wollte nur in Erfahrung bringen, was Sie alles wissen. Dann kann ich mir den ganzen Kleinkram ersparen.«

»Na ja, ich habe keine Ahnung, wer Vick besucht haben könnte. Freiwillig würde so etwas auch niemand hier in der Stadt zugeben. Und die ASPler sprechen sowieso nicht mit mir. Ich wollte schon mit einem Vorladungsbescheid zu ihrem Lager rausfahren, aber jetzt habe ich ja den Laborbefund. Was soll ich dann noch dort? Ihr Junge kommt uns nicht mehr aus. Noch mal bringen mich keine zehn Pferde in dieses ASP-Lager.«

»Demnach waren sie schon mal dort?«

»Leider. Öfters sogar, wegen Randalierens. Gefallen hat es mir garantiert nicht. Mir haben sich regelrecht die Haare aufgestellt. Von einer Minute zur nächsten kommt man sich vor wie in der Hölle. Dabei fährt man auf dem Hinweg durch ein wahres Paradies.«

»Könnten Sie mir den Weg beschreiben?«

»Ich zeichne Ihnen am besten einen Plan.» Swain kritzelte das Lager und die zwei Straßen, die in seine Richtung führten, auf ein Amtsformular und drückte es Ben in die Hand.

»Haben sie keine Zelte auf dem Gelände?«

»O doch. Und zwei Baracken. Warum?«

»Die Sache kommt mir nur ein bißchen komisch vor. Vick hätte doch dort bleiben können. Warum nahm er sich ein Zimmer in der Stadt?«

»Er war nicht der einzige. Ein paar andere machten es genauso wie er. Bis zum Mord zumindest. Jetzt will sie keiner mehr haben. Vorher waren die Leute in der Stadt noch viel toleranter. Ein Teil von den ASPlern hauste auf dem Gelände, ein anderer, die geselligeren, nehme ich mal an, mieteten sich was in der Stadt.«

Bei der Vorstellung, daß Vick einer von den geselligeren gewesen sein sollte, überlief es Ben eiskalt. »Hat Vick Freunde? Verwandte?«

»Man sollte meinen, daß sogar Rassisten eine Mutter haben, aber wenn dieser Vick tatsächlich Angehörige oder Freunde haben sollte, hat sich noch keiner von ihnen blicken lassen.«

Ben nickte. Später wollte er Jones bitten, der Sache nachzugehen. »Ihnen ist sicher bereits klar, daß ich den Antrag stellen werde, die Aussagen über die Morddrohungen, die Vick angeblich in der Bluebell Bar ausgestoßen hat, bei der Beweisaufnahme nicht zuzulassen.«

Swain grinste. »Klar, es steht Ihnen frei, so viele Anträge zu stellen, wie Sie wollen. Ob sie Ihnen nützen werden, das ist eine andere Frage. Wichtigtuer aus der Großstadt sind hier nicht so beliebt, wissen Sie.«

»Gesetz ist Gesetz«, erwiderte Ben. »Egal wo.«

»Tja ...« Swain schmunzelte noch immer. »Wir werden ja sehen.«

Ben hätte gern noch ein paar Fragen mehr gestellt, doch fielen ihm keine mehr ein. Und Swain selbst war ja recht fair gewesen. Soweit er das beurteilen konnte, hatte er ihm alles gesagt, was er wußte. Leider hatte es ihn keinen Schritt weitergebracht. »Ich erwarte, daß Sie mich in Kenntnis setzen, sobald Sie auf Entlastungsmaterial stoßen.«

»Selbstverständlich. Wo kann ich Sie antreffen?«

»Ich ... ich komme gelegentlich vorbei.«

»Wie Sie meinen.«

»Dann kann ich auch die kleine Amber wiedersehen.« Ben strebte bereits zum Ausgang. Vor dem Laufstall ging er in die Hocke und winkte dem Mädchen zu. »Tschüs, Amber.«

Amber ließ ihre Flasche sinken und antwortete mit einem lauten Rülpser.

»Och, Liebling!« rief Swain. »Das war aber nicht sehr damenhaft!«

18

Loving stieß die Tür zur Bluebell Bar auf. Ihm war klar, daß jeder einzelne ihn musterte und deshalb nahm er sich die Freiheit, es den anderen gleichzutun.

Obwohl es noch früh am Abend war, herrschte in der Bar schon ein reger Betrieb. Nach den Kennzeichen der draußen geparkten Autos zu urteilen, kamen die Leute aus allen angrenzenden Landkreisen, um sich in der Bluebell die Kehle zu befeuchten. Und wenn Loving die Kunden so reden hörte, stammten einige von ihnen aus noch viel weiter entfernten Gegenden. Das waren diejenigen, mit denen er ins Gespräch kommen wollte.

Loving grinste zufrieden vor sich hin. Er hatte vielleicht nicht so viele schöne Zeugnisse wie sein Boß, aber in Kneipen fand er sich garantiert immer zurecht. Er schlenderte zum Billardtisch hinüber, legte eine Münze auf die Kante und frage den Mann mit dem Queue: »Was dagegen, wenn ich mitspiele?«

»Wie du willst.« Der Typ sah nur kurz zu ihm auf, um sich dann gleich wieder auf den nächsten Stoß zu konzentrieren. Er war groß, breitschultrig und hatte blonde Locken – kurz, er entsprach genau Bens Beschreibung von Sonny Banner.

»Bist du Banner?« bellte Loving ausgerechnet in dem Moment, in dem der Mann zum Stoß ansetzte. Die Folge war, daß er die Kugel viel zu weit oben traf und verfehlte.

»Mensch, du Arschloch!« schrie Banner und knallte das Queue auf den Tisch. »Kannst du nicht das Maul halten, wenn ich ziele?«

»Tut mir leid, Kumpel, aber der Stoß wäre sowieso daneben gegangen.« Loving wußte schon, was er tat. Er mußte den Kerl überraschen, ehe er sich in seine Wut reinsteigerte. »Heißt das, du bist Banner?«

»Wer will das wissen?«

»Mein Name ist Loving. Ich möchte gern Mitglied der ASP werden.«

Banner stemmte die Hände in die Hüften. »Du meinst wohl, wir nehmen jeden Wichser, der beim Billard den Mund nicht halten kann?«

Loving gab ihm einen versöhnlichen Klaps auf die Schulter. »Weißt du was? Als Entschädigung zahle ich die nächste Runde. Was trinkst du?«

»Coors natürlich. Meine Kumpel hier auch.« Banners Ton war schon um einiges freundlicher geworden.

»Alles klar.« Loving winkte dem Barkeeper. »Drei Coors und ein Michelob Light.«

»Michelob Light?« prustete Banner. »Ich lach' mich tot! Was'n mit dir los, Hübscher? Machst du 'ne Diät oder was?«

Loving ließ sich die Getränke und einen Flaschenöffner geben und wandte sich dann wieder Banner zu. »Na ja, ein, zwei Pfund weniger könnten mir bestimmt nicht schaden.«

Banner baute sich dicht vor Loving auf. Seine Fahne ließ erahnen, daß er nicht das erste Bier des Abends trank. »Soll ich dir sagen, was ich glaube? Du bist 'ne Memme, nichts anderes.«

»Memme!« grölten Banners Freunde. »Mamas kleiner Liebling!«

Loving ließ sich nicht aus der Ruhe bringen. »Sagt mal«, brummte er freundlich, »könnt ihr ein Bier auch ohne Flaschenöffner entkorken?«

Banner kniff die Augen zusammen. »Spinnst du oder was? Kein Mensch kann das.«

Mit gelangweilter Miene schob sich Loving den Hals seiner Limonadenflasche in den Mund. Dann biß er die Zähne in die Krone, riß unter unbändigem Stöhnen die Flasche nach unten – und der Verschluß ging ab. Triumphierend zeigte er ihn vor.

Banner war auf einmal voller Bewunderung. »Uff ... Worüber willst du mit uns sprechen?«

»Sagen wir ganz einfach, ich bin ein anständiger Bürger, dem das, was im Lande so geschieht, nicht immer paßt, und der mit euch über seinen Eintritt in die ASP quatschen möchte, auch wenn ein paar von den Mitgliedern Memmen zu sein scheinen.«

Banner warf einen Blick auf seine Freunde. »Wer rein will, muß sich einen Monat gedulden. Wir müssen ihm ein bißchen auf den Zahn fühlen. Ein kleines Quiz veranstalten. Wir wollen doch sicher sein, daß sich auch bestimmt kein Vietnamesenfreund bei uns einschleicht.«

»Könnt ihr mich beim Billardspielen ins Verhör nehmen?«
»Warum nicht?« meinte Banner achselzuckend.
»Gut, dann holen wir mal die Kugeln.«
Loving mußte ein Grinsen unterdrücken, als er sah, wie eifrig Banner die Kugeln auf dem Tisch ausbreitete. Am Anfang würden sie ihm nichts verraten. Da war wirklich Geduld angebracht. Aber bislang ließ es sich gut an.
Es war wirklich erstaunlich, was man mit einem windigen Trick alles erreichen konnte. Weil die Jungs so großspurig taten und keiner von ihnen Michelob Light auch nur anrühren würde, wußten sie natürlich nicht, daß die Flasche einen Schraubverschluß hatte. Und keinem war aufgefallen, daß er ihn beim Sprechen schon fast ganz aufgedreht hatte, ehe er den Flaschenhals in den Mund steckte.

19

Nhung Vu huschte hinter Pham und vier anderen durch die stockfinstere Nacht. Der Junge war bis in die Haarspitzen konzentriert. Alles hing davon ab, daß er keine Geräusche verursachte. Ihm war klar, daß einige geradezu auf einen Fehler von ihm warteten. Den Gefallen durfte er ihnen nicht tun. Und vor allem mußte er Phams Vertrauen rechtfertigen.
Die meisten unter Phams Gefolgsleuten hatten Nhungs Aufnahme in den Trupp für ein Sicherheitsrisiko gehalten. Mit seinen fünfzehn Jahren wäre er einfach noch zu jung, hatten sie gewarnt. Doch Pham hatte ihre Einwände nicht gelten lassen. Dies sei ein Krieg der jungen Leute, hatte er erklärt. Die vom Ältestenrat hätten ihnen nicht helfen können. Nun liege die Zukunft in den Händen der Jugend.
Aus diesem Grund war Nhung aufgenommen worden und hatte ihre Pläne mitbestimmen dürfen. Und das Wichtigste war: Er gehörte jetzt diesem nächtlichen Trupp an, der vorhatte, das ASP-Lager in die Luft zu jagen. Es war dies der erste Vorstoß der von Pham gegründeten Widerstandsbewegung.

Dan Pham war Nhungs Idol. Er als einziger hatte den Mut gehabt, gegen den Ältestenrat aufzubegehren und sie zum Gegenschlag gegen diese Mörderbande zu zwingen. Was auch immer Pham von ihm verlangen sollte. Nhung war dazu bereit.

In geduckter Haltung überquerten sie den letzten Gipfel. Darunter lag das Lager der ASP, umgeben von einem gewaltigen Stacheldrahtverhau. Nhung hatte mit Wachposten gerechnet, aber das schien nicht der Fall zu sein. Na gut, ihm sollte es recht sein, wenn die ASP so sorglos war.

Ihr Fehler.

Der Trupp schlich den Berg hinunter auf das Lager zu. Kurz vor dem Stacheldraht hielten sie an. Nhung sah gebannt zu, wie Pham die Teile seiner vorbereiteten Brandbombe aus dem Rucksack zog und sorgfältig zusammenbaute. Pham hatte in Erfahrung gebracht, daß eine der Baracken nicht nur als Waffenlager diente, sondern daß dort auch die Sprengstoffe aufbewahrt wurden. Und darauf hatten sie es abgesehen. Wie Pham an seine Informationen herangekommen war, wußte keiner. Offensichtlich hatte er eine Quelle im Lager selbst, über die er sich freilich nie äußerte. Wegen seiner Geheimniskrämerei hatte es auch böses Blut gegeben, aber da der Erfolg Pham bislang immer recht gegeben hatte, wollte ihm niemand ernstlich am Zeug flicken.

Pham stopfte gerade einen in Öl getränkten Lappen in den Hals seiner Bombe, als ein kräftiger Arm Nhung die Luft abdrückte. »Pha ...«, krächzte der Junge noch, dann verschloß ihm eine Hand den Mund.

Doch Pham hatte etwas gehört. Er wirbelte herum und erstarrte.

Aus den Augenwinkeln sah Nhung den Lauf einer automatischen Pistole über seiner Schulter.

»Ihr Scheißgelben kommt jetzt schön mit mir«, sagte eine Stimme hinter ihm. »Wir wollen uns mal ein bißchen mit dem Grand Dragon unterhalten, und wenn ihr nicht spurt knall' ich euch ab wie räudige Köter.«

»Dann hängst du aber wegen Mord«, knurrte Pham.

»Blödsinn! Wir bringen euch um, ziehen euch die Haut ab

und verbuddeln euch auf dem Gelände. Und niemand wird erfahren, was mit euch passiert ist.«

»Wir haben euch nichts getan!« rief Pham.

»Noch nicht!« spuckte der andere. »Aber nur, weil ihr so dämlich wart und euch habt erwischen lassen.«

Pham bebte vor Zorn. »Eure Mörder haben auf meine Großmutter geschossen!« stieß er hervor.

»Ach, die Arme!« Der Wachposten stieß Nhung weiter zum Zaun. »Dann warte erst mal ab, was wir mit euch anstellen werden.«

Nhung wußte nur allzugut, was jetzt in Pham vorging. Es war sein erstes Unternehmen. Ein Unternehmen, daß der Colonel und viele, viele andere hatten verhindern wollen. Und jetzt sollte ihr Widerstand so kläglich scheitern, noch bevor er überhaupt angefangen hatte?

Er mußte etwas tun.

Plötzlich rammte Nhung dem Wachmann seinen Ellbogen in den Bauch und stieß den Pistolenlauf weg. Ein Schuß peitschte durch die Nacht. Wie auf Kommando stürzten sich Pham und zwei andere auf den Typen. Sekunden später lag er bewußtlos auf dem Boden.

Schon gingen im Lager die Lichter an. Kommandos wurden gebrüllt, die ersten Männer eilten ins Freie.

»Hauen wir ab!« drängte Nhung.

»Noch nicht!« Pham zündete den Lappen an und schleuderte die Brandbombe ins Lager. Wie ein orange glühender Meteor zischte sie durch die Luft und prallte gegen eine Wand, die sofort in Flammen aufging.

Jetzt erst flohen die Attentäter. Zu ihrem Auto war es noch ein weiter Weg, doch würde sie niemand verfolgen. Die ASPler hatten alle Hände voll mit dem Feuer zu tun und konnten keinen Mann erübrigen. Die fünf Vietnamesen waren vor ihrer Rache sicher.

Für den Augenblick zumindest.

20

Am nächsten Tag strahlte die Sonne über einem wolkenlosen Himmel. So beschlossen Ben und Belinda, einen kleinen Spaziergang zu unternehmen und Mary Sues Pension zu Fuß einen Besuch abzustatten. Für Ben eine willkommene Gelegenheit, mehr über seine neue Gefährtin zu erfahren.

»Erzähl mir ein bißchen über dich. Wie war deine Kindheit in … in Montgomery?«

»Na ja, ich bin mehr in einem Armenviertel am Stadtrand aufgewachsen. Als ich acht war, verlor ich meine Eltern bei einem Autounfall. Danach kamen meine Schwester und ich zu unserer Tante, einer Schwester unserer Mutter. Ihr Mann hatte ein kleines Stück Land gepachtet. Die Einkünfte daraus reichten mit Ach und Krach. Sie hatten ja schon vier Kinder, weißt du? Da hatten zwei mehr gerade noch gefehlt.«

»Aber sie haben euch aufgenommen.«

»Im Grunde hatten sie ja keine andere Wahl. Mit zehn fand ich meinen ersten Job. Nach Geschäftsschluß fegte ich die Läden aus. Ich hielt mich eben irgendwie über Wasser. Und ich tat alles, um meiner kleinen Schwester Ärger zu ersparen.«

»Wieviel jünger war sie denn?«

»Wir sind vier Jahre auseinander. Cindy Jo war vielleicht ein Treibauf, sag' ich dir. Was heißt war? Sie ist es immer noch. Was die alles angestellt hat? Und immer war ich diejenige, die es ausbügeln mußte. Nichts gegen meine Tante, aber um Cindy Jo habe ich mich gekümmert.«

»Und jetzt kümmerst du dich um alle anderen«, meinte Ben.

»So kann man es wohl auch sehen. Aber etwas Besonderes bin ich deswegen bestimmt nicht. Und du? Jones hat angedeutet, daß du hin und wieder auf dein Honorar verzichtest.«

»Ich habe Jura studiert, weil man als Anwalt die Möglichkeit hat, Menschen zu helfen. Daran versuche ich mich heute immer zu erinnern, wenn ich Hunger habe und nicht weiß, wie lange ich noch den Kopf über Wasser halten kann.«

Belinda strahlte ihn an. »Ich habe mich aus genau demselben Grund fürs Jurastudium entschieden. Wahrscheinlich geht es vielen so, aber die wenigsten würden es zugeben. Vielleicht bist du gar nicht so übel, Kincaid.« Sie tätschelte ihm liebevoll die Schulter.

Ben führte Belinda zur Pension. Laut dem Schild vor der Veranda waren immer noch Zimmer frei. Andererseits bezweifelte Ben, daß Mary Sue es sich über Nacht anders überlegt hatte und ihn heute mit offenen Armen empfangen würde.

Sie traten gemeinsam in den Vorraum. Wie gestern war die geteilte Tür verwaist, doch ein Klappern in der Küche verriet ihnen, daß Mary Sue zu Hause war.

»Laß mich das allein regeln«, flüsterte Belinda und scheuchte Ben in den Schatten. »Du bist im Hintergrund besser aufgehoben.«

»Okay«, murmelte Ben. Er warf einen Blick zur Treppe hinüber. Von Christina war heute nichts zu sehen. Wie Belinda ihm geraten hatte, drückte er sich gegen die Wand. So lief er keine Gefahr, von Mary Sue entdeckt zu werden, bekam aber gleichwohl alles mit, was gesagt wurde. »Nimm dich vor ihrer Schrotflinte in acht«, warnte er. »Sie ist nicht so harmlos, wie die Leute alle meinen.«

»Alles klar.« Belinda ergriff die auf dem Tisch liegende Glocke und klingelte nach der Wirtin.

Wenig später näherte sich Mary Sue. Heute trug sie ein blaues Kleid, hatte sich aber die gleiche Schürze umgebunden wie gestern. Ihre Schritte wirkten etwas unsicher, und es fiel ihr schwer, geradeaus zu schauen. In der Mitte des Wohnzimmers blieb sie für einen Augenblick stehen, als sei sie sich über den Weg nicht im klaren. Dann endlich hatte sie Belinda erreicht.

»Kann ich Ihnen helfen?«

»Ich würde gern ein Zimmer mieten, wenn das möglich ist.«

»Aber selbstverständlich.« Mary Sue schlug das Gästebuch auf. »Wie lange wollen Sie bleiben?«

»Ich weiß noch nicht genau. Aber mindestens eine Woche.«

»Kein Problem. Wir tragen einfach eine Woche ein, und dann sehen wir weiter.« Mary Sue wollte Belinda schon den

Füllfederhalter reichen, zog jedoch abrupt die Hand zurück. »Sie sind doch hoffentlich keine Anwältin?«

»Äh, doch, warum wollen Sie das wissen?«

»Haben Sie etwa mit Donald Vick zu tun?«

»Gewissermaßen.«

Mary Sue klappte das Gästebuch wortlos zu.

»Ich gehöre einer Organisation namens Hatewatch an«, erklärte Belinda. »Wir ermitteln bei Verbrechen, die aus Haß begangen werden, und sammeln Beweise gegen Gruppierungen wie die ASP, damit wir sie zur Rechenschaft ziehen können.«

»Oh!« Mary Sues Züge hellten sich auf. »Dann haben Sie mit diesem anderen Herrn nichts zu tun?«

»Welchem Herrn?«

»Na ja, das war ironisch gemeint. So ein Anwalt aus Tulsa. Er war gestern da.«

»Nein!«

»Doch! Er wollte ein Zimmer. Richtig angeherrscht hat er mich.«

»Wie schrecklich! Und was haben Sie getan?«

»Ich hab' ihm mit eindeutigen Worten zu verstehen gegeben, daß es in meiner Pension keine Fisimatenten gibt. Und weil meine Argumente ihn nicht überzeugen konnten, habe ich eben die gute alte Sally hinzugezogen.«

Belinda brauchte nicht zu fragen, wer – oder was – die gute alte Sally war.

»Meine Kanzlei hat nicht das geringste mit Donald Vicks Verteidigung zu tun«, versicherte sie der alten Frau. »Die meisten würden sogar sagen, daß wir die Gegenseite vertreten.«

»Oh. Na gut, wenn das so ist ...« Die Hauswirtin reichte Belinda den Füllfederhalter und schlug erneut das Buch auf.

»Ich habe gehört, daß Vick bei Ihnen gewohnt hat.«

»Richtig. Er war Mieter hier. Zimmer Nummer 6.«

»Hat er Ärger gemacht?«

»Überhaupt nicht! Absolut friedlich war der! Hab' ihn nur immer am Abend gesehen. Oft kam er gar nicht zum Abendessen. Ach, übrigens, ich bräuchte die Miete für einen Tag als Kaution.«

»Selbstverständlich.« So gut sie konnte, zögerte Belinda die

Anmeldeformalitäten hinaus. Die alte Dame hatte noch längst nicht alles ausgeplaudert. »Sagen Sie, hatte dieser Vick denn oft Besuch?«

»Nur letzte Woche. Davor war er immer allein.«

»Wer seine Besucher waren, das wissen Sie wohl nicht mehr?«

»Damals hatte ich keinen blassen Schimmer. Wie hätte ich denn auch wissen können, daß es mal wichtig werden könnte.«

»Dann waren es wahrscheinlich Männer aus diesem schrecklichen Lager in den Bergen?«

»Nein!« entgegnete Mary Sue. »Sie werden sich wundern, aber der Mann, der ihn zwei Tage vor dem Mord besuchte, war Vietnamese.«

Belindas Augen weiteren sich. »Sind Sie sicher?«

»Natürlich! Wie hätte ich mich da auch irren können? Ich hielt das schon für ein gutes Zeichen und dachte, jetzt würden sie sich endlich aussöhnen. Und dann geschah dieser furchtbare Mord.«

»Würden Sie diesen Mann wiedererkennen?«

Darüber dachte Mary Sue einen Moment nach. »Ich weiß nicht. Unter uns gesagt, bei diesen Vietnamesen sieht doch einer aus wie der andere.«

Belinda griff mit großer Geste in ihre Handtasche und kramte nach dem Geld für die erste Nacht. »Fällt Ihnen vielleicht ein besonderes Merkmal an Vicks anderen Besuchern ein?«

Mary Sue hickste. »Entschuldigung ... Beim Besuch am Abend unmittelbar vor dem Mord handelte es sich um eine Frau.«

»Eine Frau!« Belinda konnte ihr Interesse kaum verbergen. »Können Sie sie beschreiben?«

»Hm, dunkles Haar, ziemlich schlank. Hatte ungefähr Ihre Figur. Nur war sie vielleicht ein bißchen kleiner.«

»Was wollte sie von Vick?«

»Erst hatte ich ja schon Angst, zwischen den beiden würde sich was nicht ganz Sauberes abspielen, aber das erwies sich als falsche Vermutung. Sie haben ungefähr eine halbe Stunde lang miteinander gesprochen, und dann ist sie wieder gegangen.«

»Und Sie sind sicher, daß sie ... nur miteinander gesprochen haben?«

Mary Sues Blick schoß zur Treppe hinüber. »Zufällig stand ich gerade im Flur vor der Tür. Da hörte ich sie reden.«

»Haben Sie mitbekommen, was sie sagten?«

»Ich doch nicht! Wofür halten Sie mich?«

Ben verkniff sich mit Mühe ein Lachen.

»An eins kann ich mich allerdings erinnern«, fuhr Mary Sue fort. »Die Stimme der Frau klang richtig hysterisch. Sie schluchzte und schnappte zwischendurch immer wieder nach Luft. Ich machte mir schon Sorgen und ging näher zur Tür. Da hörte ich sie sagen: ›Ich weiß nicht, was ich tun soll!‹ Und noch etwas später war von einem ›Baby‹ die Rede. Aber mehr habe ich nicht mitgekriegt.«

Ben prägte sich die Gesprächsfetzen gut ein.

»Bei mir kam das so an, als hätten sie etwas Ungehöriges getan, und als würde Donald sie jetzt bedrängen ... Sie können sich ja denken, wozu. Sie wissen doch auch, wie die Männer sind. Die denken nur immer an das eine, und sobald sie es gekriegt haben, ist ihnen egal, was aus einer Frau wird.«

»Haben Sie sonst noch etwas gehört?«

»Nein. Danach bin ich die gute alte Sally holen gegangen. Ich dachte, ich müßte eingreifen, bevor er das Mädchen in noch größere Schwierigkeiten stürzte, aber das war dann gar nicht mehr nötig. Zwar hörte ich drinnen noch einen Knall, und dann wurde Donald zum erstenmal laut, aber gleich darauf flog die Tür auf, und die Frau rannte die Treppe runter und war weg.«

»Haben Sie die Frau seitdem noch einmal gesehen?«

»Nein. Ich kannte sie nicht und habe keine Ahnung, wohin sie verschwunden ist.«

Damit wußte Ben, was ihnen als nächstes bevorstand: sie würden die geheimnisvolle junge Frau auftreiben müssen.

»Von der Schlägerei am Tag danach wissen Sie nichts, nehme ich an«, murmelte Belinda. »Ich meine die in der Bluebell Bar.«

»Doch! Aus erster Hand sogar. »Das war vielleicht eine Aufregung!«

»Könnten Sie mir erzählen, wie es dazu gekommen ist?«

»Es war im großen und ganzen so, wie es im *Herald* steht. Mit dem einzigen Unterschied, daß die eine Kleinigkeit weggelassen haben.«

»Ach wirklich? Welche denn?«

»Nun ja, im Artikel klingt es so, als ob Donald direkt auf Vuong zumarschiert wäre und gleich zugeschlagen hätte. Aber das stimmt nicht. Glauben Sie mir, ich war doch auch dort und beobachtete sie die ganze Zeit. Erst redete Donald zwei, drei Minuten mit Vuong. Sie flüsterten zwar, aber es war mir klar, daß sie heftig stritten.«

»Und dann?«

»Ich nehme an, daß Vuong diesem Donald irgendeine Beleidigung an den Kopf geknallt hat. Aus dem Kerl wurde plötzlich ein ganz anderer. Sein ganzes Gesicht war verzerrt. Unheimlich. Es war wie bei diesem Jekyll, der sich in Hyde verwandelt. Er wurde richtig wütend, packte Vuong am Kragen und schleuderte ihn gegen die Theke. Ja, und so ging die Schlägerei los.«

Belinda nickte. »Vielen Dank für die freundliche Aufnahme. Ich komme heute spät zurück, wahrscheinlich erst nach dem Abendessen.«

»Geht schon in Ordnung. Ich stelle Ihnen Ihre Portion in den Kühlschrank.»

»Das wäre wahnsinnig nett! Sagen Sie, riecht es nicht etwas verbrannt in der Küche?«

»O Gott!« Mary Sue hastete in die Küche zurück. Daß sie sich dabei das Schienbein am Kaffeetisch anschlug, merkte sie in ihrer Hektik gar nicht. Belinda konnte das nur recht sein. Sie ergriff Ben am Ärmel und zerrte ihn zur Tür hinaus.

21

»Ganze Arbeit«, staunte Ben, als sie die Maple Street hinunterliefen. »Du hast hundertmal mehr aus ihr rausgekitzelt als ich gestern. Und das, obwohl du« – er senkte seine Stimme zu einem Flüstern – »*eine Anwältin* bist«.

Belinda lachte. »Auf alle Fälle nimmt die gute Mary Sue Anteil am Leben ihrer Mieter. Ich bin mir nur nicht ganz sicher, ob ihre Aussagen wirklich so zuverlässig sind.«

»Wie kommst du darauf?«

»Dir ist doch sicher aufgefallen, daß sie Alkoholikerin ist.«

»Was? Wie hast du das gemerkt?«

»Mir blieb gar keine andere Wahl. Ich roch ihre Fahne. Dazu kamen ihr schwankender Gang und der glasige Blick. Sie hatte eindeutig ein paar Gläser intus.«

»Das macht sie doch noch nicht zur Alkoholikerin.«

»Es ist immer noch Vormittag, Ben. So früh trinkt niemand, es sei denn, er braucht es. Und vergiß nicht, daß sie in der Bluebell Bar war, als die zwei miteinander rauften. Da war es Nachmittag.«

»Vielleicht hast du ja recht. Trotzdem kann ich mir nicht vorstellen, daß sie sich die Geschichte mit der Besucherin aus den Fingern gesogen hat.«

»Stimmt. Schade nur, daß wir nicht wissen, wer sie ist.«

»Ich werde Vick fragen, aber wahrscheinlich wird er den Mund halten.« Ben verstummte für einen Moment. »Ich überlege gerade, ob Vicks Spießgesellen es mir sagen könnten.«

»Durchaus möglich. Vor allem dann, wenn sie das Mädchen untereinander rumgereicht haben.«

»Na gut. Dann statte ich dem ASP-Lager einen Besuch ab.«

»Nein, Ben!« Belinda faßte ihn am Arm. »Das sind Killer. Jeder einzelne von ihnen.«

»Die Tatsache, daß sie einer widerwärtigen Organisation angehören, macht sie nicht notwendigerweise zu Killern.«

»Glaub's mir, Ben. Ich spüre diesen Ekelpaketen seit Jahren nach. Ihr Weg ist mit Leichen gepflastert. Ich habe es doch selbst erlebt. Die kennen kein Erbarmen.«

»Mach dir keine Sorgen. Ich passe schon auf mich auf.«

Belinda sah ihn mit einem ungläubigen Kopfschütteln an. »Mann, das ist richtig unheimlich. Vor zwei Jahren habe ich genau das gleiche gesagt ..., als ich es noch nicht besser wußte.« Ihr Blick wanderte zum immer noch wolkenlosen Himmel hinauf. »Erinnerst du dich noch, wie John erwähnte, daß die ASP mich mal in Birmingham geschnappt hat?«

Ben runzelte die Stirn. »Hat er nicht gesagt, daß Frank dich gerettet hat?«

»Zu guter Letzt, ja. Aber da war ich schon vier Stunden in ihrer Gewalt. An diesem Abend verließ ich das Büro sehr spät. Vor der Tür fielen sie über mich her. Es waren vier. Alle mit Kapuzen getarnt. Sie fesselten mir die Arme hinter dem Rücken und knebelten mich so, daß ich fast erstickt wäre. Dann warfen sie mich auf die Ladefläche meines Wagens und rammten mir ihre Stiefel in den Rücken.«

Ben ergriff unwillkürlich ihre Hand.

»Nach ungefähr einer Stunde erreichten wir ihren geheimen Treffpunkt. Dort warteten ungefähr fünfzig Männer, und alle verbargen sich unter diesen schrecklichen Kapuzen. Sie zerrten mich an den Haaren in die Mitte des Platzes, banden mich an ein Holzkreuz und schlangen mir ein Seil um den Hals. Um mich herum stellten sie brennende Fackeln auf. Ich sollte glauben, daß sie mich bei lebendigem Leib verbrennen wollten. Oder hängen. Oder beides.«

Sie atmete tief durch. »Dann trat ihr Anführer auf mich zu. Mit einem Messer in der Hand.«

Ben drückte ihre Hand fester.

»Er hielt mir das Messer an die Kehle, spielte damit. Es war natürlich Grand Dragon Dunagan ... Leider werde ich das nie beweisen können. Danach schob er das Messer unter meinen Blusenkragen ...« Sie sah zu Boden und bedeckte plötzlich die Augen mit den Händen. »Ganz langsam schnitt er meine Bluse auf ... schlitzte meinen Rock auf. Genauso die Unterwäsche, den BH und den Slip, bis ich nackt war. Ich konnte mich nicht rühren, war an dieses Kreuz gefesselt. An meinen Handgelenken hingen die Kleiderfetzen, der Rest lag um meine Knöchel herum.«

Bens Hände fingen an zu zittern. »Die haben dich doch nicht ...«

»Vergewaltigt? Nein, das war zumindest nicht ihr erster Programmpunkt. Er fuhr mit der Klinge über meinen ganzen Körper, wollte mir Angst machen. Dann legte er das Messer beiseite und nahm eine Peitsche.«

»Mein Gott, sag bloß, sie haben ...«

»Und ob! Fünfundzwanzig Minuten lang.« Tränen quollen aus ihren Augen. »Soll ich dir die Narben zeigen? Sie hätten bestimmt noch eine ganze Weile auf mich eingedroschen, wäre nicht Frank mit den Cops aufgetaucht. Allerdings glaube ich, daß sie für später noch andere Absichten mit mir hatten.«

Ben schloß sie in beide Arme und drückte sie fest an sich.

»Die Dreckschweine sind entkommen, aber wenigstens konnte Frank mich retten, bevor ... bevor es zu spät war.«

»Und obwohl du soviel durchgemacht hast, bist du immer noch bereit, es mit ihnen aufzunehmen?« murmelte Ben.

»Mehr als je zuvor. Verstehst du jetzt, warum es so gefährlich ist, zu ihnen rauszufahren?«

Ben hielt sie noch immer fest umschlungen. Es schien sie nicht zu stören, und er wollte sie nicht loslassen, wenn er nicht mußte. »Na ja, im Moment sieht es so aus, als seien sie meine Freunde.«

»Das wird sich bald ändern, wenn du die ersten unbequemen Fragen stellst. Ben, laß es lieber bleiben.«

»Es tut mir leid, aber ich muß da raus.«

Sie packte ihm am Arm. »Du weißt nicht, worauf du dich einläßt! Ich will nicht, daß du ...« Sie verstummte abrupt, um dann einen neuen Anlauf zu nehmen. »Ben, tu's nicht.«

Sie sahen einander in die Augen. Ihre Lippen berührten sich fast. Ben streichelte ihre Wange. »Ich habe keine andere Wahl, Belinda. Aber ich bin dir dankbar, daß du dir Sorgen machst. Das tut zur Abwechslung richtig gut.«

22

Ben hatte einige Mühe, das tief in den Bergen versteckte Lager der ASP zu finden. Nun, sein Orientierungssinn war noch nie besonders ausgeprägt gewesen, und Christina hatte ihn nicht umsonst als entwicklungsbedürftig bezeichnet. Doch als typischer Mann fragte Ben niemanden nach dem Weg. Abgesehen davon hätte ihm ohnehin kein Mensch Auskunft gegeben.

Mit Hilfe der Landkarte, die ihm der Staatsanwalt geliehen hatte, gelangte er bis ans Ende eines Feldwegs. Doch ab da stand ihm noch ein Fußmarsch von einer knappen Meile bevor. Für diese Art von Gelände war sein Wagen nicht unbedingt geeignet, und der Weg hatte es in sich. Kaum hatte Ben einen Anstieg bewältigt, ging es schon wieder hinunter und gleich wieder bergauf. Nach einer Viertelstunde fing er bereits zu keuchen an. Keine Frage: Er war völlig außer Form.

Dann endlich hatte Ben den letzten Hügel bewältigt. Zu seinen Füßen erstreckte sich das Camp der ASP. Als erstes fiel ihm der Stacheldrahtzaun rund ums Lager auf. Zu seiner großen Erleichterung waren keine Wachposten zu sehen, dennoch war klar, daß Besucher hier nicht gerade mit offenen Armen empfangen wurden.

Ben gab sich einen Ruck und stieg ins Tal hinunter. Beim Zaun angekommen tat er so, als gelte das Schild mit der freundlichen Warnung: AUF EINDRINGLINGE WIRD SCHARF GESCHOSSEN nicht für ihn und stieß das schwere Metalltor auf. Etwa hundert Meter weiter vorn sah er an die fünfzig Männer über eine Lichtung rennen. Sie alle trugen die gleiche grüne Tarnuniform, entsprechende Käppis und schwere Stiefel. Und sie waren bis an die Zähne bewaffnet. Von seiner Warte aus glaubte Ben Sturmgewehre auszumachen.

Auf den ersten Blick war zu erkennen, daß diese Männer ihre Tätigkeit überaus ernst nahmen. Ihre verbissenen Mienen sprachen Bände. Zwei Männer standen etwas abseits und bellten Befehle. Richtige Feldwebel hatten sie also auch.

Als Ben die vielen Kommandos hörte, wurde ihm klar, warum keiner das Tor bewacht hatte. Sie nahmen alle an den Übungen teil, marschierten im Stechschritt und robbten unter Stacheldrahtzäunen hindurch. Ben wußte nicht so recht, was er davon halten sollte. Einerseits war er erleichtert, andererseits brauchte er doch eine Gesprächspartner. Aber immerhin bot sich ihm so völlig unerwartet die Gelegenheit, das Gelände auf eigene Faust zu inspizieren.

In der Mitte standen vier Baracken. Nichts Aufwendiges. Schuppen von der Sorte, die man auf Laster verladen und anderswo im Nu wieder aufbauen konnte. Sie boten Schutz vor dem Regen, mehr nicht. Zwei waren beträchtlich größer als die anderen, eine davon mit rußgeschwärzter Nordwand. Anscheinend hatte es dort vor kurzem einen kleinen Brand gegeben.

Ben stellte sich auf die Zehenspitzen und spähte durch die Fenster der nächsten Baracke. Dicht an dicht standen dort Feldbetten. Demnach handelte es sich zumindest bei den größeren Bauten um die Schlafstätten.

Er ging davon aus, daß eins von den anderen Gebäuden als Kommandozentrale diente. Mit etwas Glück fand er vielleicht Akten, und möglicherweise gaben die ihm sogar Aufschlüsse über dieses Buch mit sieben Siegeln namens Donald Vick.

Ben hatte das Gebäude umrundet und steuerte die Eingangstür an, als er erstarrte.

»*Spion!*« donnerte eine Stimme unmittelbar hinter ihm.

Und noch ehe Ben reagieren konnte, wurden ihm die Füße unter dem Leib weggetreten. Er taumelte gegen die Wand und krachte zu Boden. Benommen schüttelte er den Kopf. Wo war er? Was war los? Er wälzte sich auf den Rücken und versuchte den Kopf zu heben, doch der Lauf eines M-16 Sturmgewehrs stieß ihn wieder nach unten.

23

»Moment!« schrie Ben. »Nicht schießen!«

»Halt die Fresse!« knurrte der Mann, der ihn überwältigt hatte.

Wie aus dem Boden gestampft tauchten zwei weitere Uniformierte neben dem ersten auf. Alle drei trugen die gleiche Kampfuniform und hatten sich zur Tarnung die Gesichter mit Ruß verschmiert.

»Bericht erstatten, Gefreiter!« bellte einer von ihnen.

»Sir – jawohl, Sir!« Der junge Mann präsentierte zackig das Gewehr und schlug die Hacken zusammen. Ben nutzte die

Gelegenheit und rappelte sich auf. »Melde gehorsamst, daß ich den Eindringling beim Ausspionieren der Baracke ertappt habe! Konnte beobachten, wie er durch ein Fenster spähte. Das muß der Gesuchte sein, Sir!«

Der Vorgesetzte, ein braunhaariger Bursche, der kaum älter sein konnte als der sogenannte Gefreite, starrte Ben zornig an. »Ich bin Corporal Holloway. Haben Sie eine Genehmigung?«

Ben schluckte. »Äh, nein, ich ...«

Mit einem wütenden Stoß gegen die Kehle schleuderte ihn Holloway zu Boden. Ben konnte den Sturz auffangen, doch ein schneller Tritt riß ihm die Hände weg. Mit dem Kinn voran landete er im Staub.

»Durchsuch ihn, Gefreiter!«

Vier Hände tasteten ihn nicht gerade sanft ab. Ben konnte sich Schöneres vorstellen, doch unter den gegebenen Umständen verzichtete er auf einen Protest.

Nach erfolgter Durchsuchung schob Holloway den Lauf seines Gewehrs unter Bens Rippen und drehte ihn auf den Rücken. Einer seiner Untergebenen kniete sich sogleich auf den Gefangenen und drückte ihm mit einem Griff um die Kehle zu Boden.

»Wer hat dich beauftragt!« bellte Corporal Holloway.

»Niemand.« Ben glaubte nicht, daß er sich mit Lügen aus der Affäre ziehen konnte.

»Sag, was du hier gesucht hast!«

Womit sollte er nur anfangen? »Na ja ... ich brauche Informationen ...« Der Druck auf seine Kehle nahm zu.

»Spion!«

»Hören Sie mal ...« Ben vermochte kaum noch zu krächzen.

»Ich bin doch kein ...«

»Wer hat dich geschickt?«

»Niemand!«

Holloway drosch ihm den Stiefel in die Rippen. Bei diesem Tritt hätte der härteste Mann aufgeschrien, doch in Bens Fall hatte zudem noch Deputy Gustafson dieselbe Stelle erst vorgestern nacht ausgiebigst bearbeitet.

»Versuchen wir es noch mal!« stieß Corporal Holloway zwischen zusammengepreßten Zähnen hervor. »Wer hat dich geschickt? Hatewatch oder die Gelben?«

Ben versuchte sich auf die Frage zu konzentrieren, doch unentwegt geisterte ihm Belindas Warnung durch den Kopf. Die hatte also doch recht gehabt. Wann lernte er endlich, auf seine Ratgeber zu hören, wenn schon er selbst keinen Funken Verstand hatte? »Ich bin wegen Donald Vick gekommen.«

Ein weiterer Tritt in die Rippen war die Antwort, so fest diesmal, daß er keine Luft mehr bekam.

»Dumm wie Scheiße! Du wolltest das einzige Mitglied ausspionieren, daß nicht mehr bei uns ist!«

Ben wurde plötzlich speiübel. Zum Sprechen war er nicht mehr in der Lage. Aber das machte auch nichts. Egal was er sagte, seine Lage wurde dadurch immer schlimmer.

»Wir sperren ihn ein«, befahl Holloway. »Der Grand Dragon soll ihn verhören, und dann sehen wir weiter.«

»Sir! Wo sollen wir ihn einsperren, Sir?«

»Ich glaube, die Kiste wäre der ideale Ort für so einen Spion«, antwortete Holloway. »Vor allem an einem so heißen Tag wie heute. Nach ein paar Stunden da drin wir er uns anflehen, auspacken zu dürfen. Ripley, Short! Sperrt ihn ein! Und achtet darauf, daß er sich auf dem Weg dahin weh tut!«

»Jawohl, Sir!« brüllten die zwei wie aus einem Mund.

»Was zum Teufel ist denn da los?«

Diese Stimme kam Ben bekannt vor. Und plötzlich schlug Corporal Holloway die Hacken zusammen. »Sir, wir haben einen Spion bei der Auskundschaftung des Lagers ertappt, Sir!«

»Holloway, euer angeblicher Spion heißt Ben Kincaid. Er vertritt Donald Vick vor Gericht.«

Wieder einmal spielte also Sonny Banner Bens Retter. Der junge Anwalt hatte ihn seit seiner Entlassung aus dem Gefängnis nicht mehr gesehen.

Der soeben noch so zackige Holloway rang um Fassung. »Er steht auf unserer Seite? Das wußten wir nicht, Sir. Ich meine ...«

»Habt ihr ihn nicht aufgefordert, sich auszuweisen?«

»Doch, natürlich. Er …«

»Hat er euch gesagt, daß er Donald Vick verteidigt?«

»Sir, ich …« Holloway zögerte. »Na ja, er hat wohl Vicks Namen fallen lassen.«

»Das kommt in deine Akte!« bellte Banner. »Ich schreibe einen Bericht, sobald ich Zeit habe. Darauf kannst du Gift nehmen!« Er wandte sich abrupt ab und reichte Ben die Hand.

Meint der etwa mich? dachte der Anwalt. Ausgerechnet jetzt, wo ich mich so langsam mit dem Staub anfreunde. Trotzdem ergriff er unwillkürlich die ausgestreckte Hand. Sein Körper wollte bleiben, wo er lag, aber dann ließ sich Ben doch widerstandslos hochziehen.

»Dieser Mann hat für uns mehr Wert als zehn von deiner Sorte, Holloway!« donnerte Banner. Armer Holloway – allmählich bekam Ben Mitleid mit dem Kerl.

Dann kümmerte sich Banner wieder um ihn. Er klopfte ihm sogar den Staub aus den Kleidern. »Alles in Ordnung?«

»Ich glaube, ich kann laufen.«

»Du bist schwer in Ordnung, Mann!« dröhnte Banner und schlug Ben mit seiner Pranke auf die Schulter. Der Hieb tat fast so weh wie Holloways Tritte. »Was kann ich für dich tun?«

Ben überlegte fieberhaft. »Ich würde gerne mit dem Grand Dragon sprechen. Es geht um Vick.«

»Selbstverständlich. Ich werde das sofort regeln.« Ein letztes Mal drehte sich Banner zu dem Corporal um. »Ich werde mit dem Grand Dragon auch über dich sprechen, Corporal Holloway. Vielleicht solltest zur Abwechslung mal du für eine gewisse Zeit in die Kiste.«

Der andere gab keine Antwort, doch seine versteinerte Miene sprach Bände.

Für Banner war das Thema damit fürs erste erledigt. Er legte seinen muskulösen Arm um Bens Schulter. »Komm mit, Ben. Hoffentlich kannst du diesen Zwischenfall vergessen, wenn auch nicht verzeihen. Dieses Verhalten ist unentschuldbar. Für uns von der ASP bist du ein VIP, eine Very Important Person. Ab sofort garantiere ich, daß man dir die Achtung erweist, die du verdienst.«

Der Anwalt wußte nicht, was ihm mehr auf den Magen schlug: die Behandlung durch Holloway oder Banners Freundschaft.

24

Ben wurde in die kleinste der vier Baracken geleitet, allem Anschein nach die Kommandozentrale. Im Vorraum hingen überall Tabellen und Landkarten, auf denen bestimmte Orte mit Stecknadeln in den verschiedensten Farben gekennzeichnet waren. Bens Orientierungssinn mochte noch entwicklungsbedürftig sein, aber sogar ihm war klar, daß die Farben einzelne Bezugspunkte in der Umgebung markierten, einschließlich Coi Than Tien.

Während Banner im nächsten Zimmer verschwand, mußte Ben, bewacht von den zwei Gefreiten, im Vorraum warten. So beiläufig er konnte, schielte der Anwalt auf die über die Tische verstreuten Dokumente und die Ordner in den Aktenschränken. Der Aufwand, der hier betrieben wurde, verblüffte ihn. Sehr viel mehr Berichte, Protokolle und Memos traute er nicht einmal dem Pentagon zu. Bei soviel Papierkrieg mußte man ja mißtrauisch werden! Was planten die Kerle hier eigentlich? Er hätte sich die Akten nur zu gerne genauer angesehen, doch in Anbetracht der zwei Wachposten zügelte er seine Neugierde, zumal sie nur darauf brannten, sich zu beweisen.

In einem Nebenzimmer spuckte eine Druckerpresse wütend ein Blatt nach dem anderen aus. Ob die zwei Faltblätter zu Bens Füßen zur selben Serie gehörten? Ben nahm sie in die Hand. WISSENSCHAFTLER WEISEN NACH: GELBE IMMER NOCH AUF DER STUFE VON AFFEN! verkündete das eine. Auf dem anderen prangte ein Cartoon, das einen heimtückisch grinsenden Asiaten darstellte und darunter fand sich der Spruch: NUR EIN TOTER GELBER IST EIN GUTER GELBER.

Ben klappte das Faltblatt auf: ›Der Gelbe ist ein diebischer

Affe«, stand da. »Er stiehlt dir deine Arbeit, deine Frau und deine Tochter. Aber das reicht ihm noch nicht. Er läßt die Sozialfürsorge bluten und nimmt sich, was er kriegen kann. Er ist dein Feind.‹

Banner trat wieder ein. »Der Grand Dragon empfängt dich jetzt.«

Ben ließ sofort die Flugblätter fallen und folgte dem anderen einen Korridor hinunter. »Du weißt gar nicht, was für ein unverschämtes Glück du hast«, flüsterte Banner. »Der Grand Dragon ist ein vielbeschäftigter Mann.«

»Er leistet auf alle Fälle ungeheuer viel Schreibarbeit.«

»Vor allem hat er große Pläne«, kündigte Banner mit einem drohenden Unterton an. »Große Pläne. Darum hat sich der Grand Dragon in den letzten Wochen auch jeden Besuch verbeten. Das hättest du neulich erleben sollen, wie er diesen Trottel von Staatsanwalt rausgeschmissen hat. Aber als ich ihm gemeldet habe, daß du da bist, hat er sofort alles beiseitegelegt und mir befohlen, dich auf der Stelle zu ihm zu bringen.«

»Was für eine Ehre!«

Gefolgt von den zwei Gefreiten, betraten sie ein Büro am Ende des Korridors. »Ben, das ist Grand Dragon Dunagan.«

Dunagan erhob sich hinter seinem Schreibtisch, nahm die Brille ab und trat mit ausgestreckter Hand auf Ben an. Er war ein kleiner, fast kahlköpfiger Mann, dessen wenige verbliebenen roten Strähnen an den Schläfen klebten. Insgesamt wirkte er gesund und fit, und das trotz des ersten Ansatzes eines Speckrings um die Hüften, den Ben bei einem Mann von schätzungsweise etwas über fünfzig für völlig normal hielt.

Falls Ben die Verkörperung des Bösen erwartet hatte, so sah er sich statt dessen einem äußerlich unauffälligen Mann gegenüber.

Und er hatte den kräftigen Händedruck eines Baptistenpredigers. »Ich bin hocherfreut, Mr. Kincaid. Sie haben eine große Aufgabe übernommen. Das ist sehr mutig von Ihnen.«

»Nennen Sie mich ruhig Ben. Ehrlich gesagt hatte ich keine Wahl.«

»Stellen Sie Ihr Licht nicht unter den Scheffel, Ben. Es ist tapfer von Ihnen, sich dieser Herausforderung in einer Zeit zu stellen, in der die Kräfte des Satans sich rund um uns zum Angriff sammeln. Banner und die anderen haben mir erzählt, daß dieser Gelbenfreund von Deputy Sie im Gefängnis brutal zusammengeschlagen hat. Nun, bei uns gelten Sie als Held.«

»Aber das war doch nichts. Wirklich. Ich habe eigentlich nur auf dem Boden gelegen und versucht, nicht zu sehr zu bluten.«

Dunagan schüttelte den Kopf. »Es ist eine Schande, daß die Vietnamesen das Klima in der Stadt so vergiftet haben.«

»Legen Sie die Unruhen den Vietnamesen zur Last?«

»Jawohl! Wer ist denn in dieses friedliche Land eingedrungen? Wer drückt denn die Preise und arbeitet in den Hühnerfabriken für Dumpinglöhne, so daß sich kein Weißer mehr auf dem Markt halten kann?«

»Klingt ganz so, als wären sie gewiefte Geschäftsleute.«

»Nein, es steckt noch viel mehr dahinter. Seit ihrer Ankunft sorgen sie permanent für Unruhe. Haben Sie die verkohlte Rückwand der Baracke, die uns als Waffenlager dient, gesehen?«

Ben nickte.

»Eine Brandbombe. Mitten in der Nacht. Gott sei Dank konnten wir Schlimmeres verhüten und das Feuer rechtzeitig löschen. Aber stellen Sie sich nur vor, das wäre uns nicht gelungen! Es hätte eine schreckliche Explosion gegeben!« Er verschränkte die Arme vor der Brust. »So, jetzt sagen *Sie* mir, wer außer den Vietnamesen das gewesen sein könnte.«

»Das weiß ich leider nicht«, gab Ben zu. »Ich höre zum erstenmal davon.«

»Ach Gott, es tut mir leid, wenn ich Sie mit meinen Vorträgen belästige. Sie sind bestimmt nicht den ganzen weiten Weg gekommen, nur um sich unsere Probleme anzuhören.« Dunagan zog unter einem Tisch einen Stuhl hervor und lud Ben mit einer Geste ein, sich zu setzen. »Was kann ich für Sie tun?«

»Als erstes bräuchte ich möglichst viel Hintergrundinformation über Donald Vick. Ich habe zwar mit ihm gesprochen, aber bislang ist er nicht sehr kooperativ.«

»Hm.« Etwas schien Dunagan zu mißfallen, aber was das war, verriet er nicht. »Nun sind Sie auf jeden Fall an der richtigen Stelle gelandet. Ich kenne Donny seit Jahren.«

»Dann ist er schon lange ein Mitglied Ihrer ... Organisation?«

»Donny? Nein, er ist ja erst einundzwanzig. Minderjährige nehmen wir grundsätzlich nicht auf. Aber sein Vater war zeitlebens dabei und sein Großvater auch schon.«

»Familientradition?«

»Richtig. Bei uns in Alabama hat man feste Wertvorstellungen und gibt sie von einer Generation an die nächste weiter. Herrgott noch mal, in einer Welt wie der heutigen, in der Kinder täglich mit Schund aus Film und Fernsehen und mit Fehlinformationen der linken Presse bombardiert werden, muß ein Vater sein möglichstes tun, wenn seine Kinder nicht vom rechten Weg abkommen sollen. Sie sehen ja selbst, wie kaputt die Jugend überall ist.«

Der Grand Dragon als Moralapostel. Sehr interessant. »Also ist Vick von seinem Vater geschickt worden?«

»Richtig. Der Apfel fällt nicht weit vom Stamm. Von Mitläufern, die die Arbeit immer nur andern überlassen, halten wir offen gesagt nicht viel. Wer nicht für uns ist, ist gegen uns, sage ich immer.«

»Demnach ist Vick unter den Fittichen des Klan aufgewachsen.«

»Moment mal. Wir sind nicht ein Klan. Wir haben zwar nichts gegen den Klan, aber wir sind eine völlig eigenständige Bewegung. Als Anwalt werden Sie die Bedeutung von feinen Unterschieden bestimmt zu schätzen wissen.« Er zwinkerte Ben verschmitzt zu.

Wahrscheinlich ging es dem Burschen vor allem darum, nicht in die Prozesse gegen den Ku-Klux-Klan mit hineingezogen zu werden, überlegte Ben. Was für ein toller Verein!

»Aber zurück zu Donny«, fuhr Dunagan fort. »Ich kannte ihn schon, als er ein Dreikäsehoch war. Ein Prachtkerl. Hat eine gute Kinderstube genossen. Liebt Gott den Herrn und ist bereit, für ihn zu kämpfen. Ist vielleicht ein bißchen still, aber dagegen gibt es ja kein Gesetz, oder?«

»Nein«, sagte Ben, der sich freilich nicht vorstellen konnte, daß Dunagan sich bei anderen Dingen groß um die Gesetze scherte. »Donald erfüllt die Erwartungen seiner Familie, richtig?«

»Unbedingt. Ich kannte ja Lou, seinen Papa. War ein zäher Bursche. Vielleicht ein bißchen streng mit Donny, aber das war nur zu seinem Besten. Er ließ keinen Zweifel daran, was er von seinem Sohn erwartete. Und er hatte recht. Wir hätten eine bessere Welt, wenn mehr Väter sich dazu bekennen würden, Väter zu sein.«

»Sie sprechen jetzt in der Vergangenheit«, murmelte Ben. »Heißt das, daß Vicks Vater gestorben ist?«

»Leider ja. Er hat uns vor etwas mehr als drei Jahren verlassen. Lungenkrebs. Gott sei seiner Seele gnädig. Seit dem Tod seines Papas ist Donny das Familienoberhaupt. Darum ist es doppelt so wichtig, daß er sich für uns entschieden hat.«

»Aber kann er seine Leute so einfach verlassen, wenn er die Verantwortung für sie trägt?«

»Er war bestimmt nicht glücklich darüber«, meinte Dunagan. »Aber ein Mann hat nun mal seine Verpflichtungen. In Kriegszeiten kann man sich nicht im behaglichen Zuhause verstecken. Da muß jeder seine Pflicht erfüllen.«

In Kriegszeiten? Dazu wollte Ben fürs erste lieber keinen Kommentar abgeben. »Sagen Sie ... worin genau bestanden Donalds Pflichten?«

»Ben, ich habe keine Geheimnisse und kenne keine Lügen. Wenn Sie eine Frage haben, stellen Sie sie einfach.«

»Okay. Haben Sie Donald befohlen, Vuong zu töten?«

»Nie im Leben!«

»Dann vielleicht ein anderes Mitglied des ASP?«

»Nein. Ich will nicht behaupten, daß ich über den Tod des Gelben bestürzt war, aber von uns hat ihn keiner in Auftrag gegeben. Donny hat aus eigenem Antrieb gehandelt.« Er grinste auf einmal. »Wenn Sie mich fragen, hat Donny ein paar über den Durst getrunken und sich dann von seinem gerechten Zorn hinreißen lassen.«

»Ich verstehe. Könnte es sein, daß Donald Sie ... verehrt?«

»Worauf zum Teufel wollen Sie hinaus?«

»Sie haben gesagt, daß Sie ihn schon lange kennen. Stehen Sie einander sehr nahe?«

»Wahrscheinlich. In einer Art und Weise, wie das zwischen aufrechten Männern üblich ist. Was soll die Frage?«

»Donald sagt mir nicht alles, was er weiß. Drum werde ich den Verdacht nicht los, daß er jemanden decken möchte.«

»Und jetzt glauben Sie, daß ich das bin? Ich habe den Vietnamesen bestimmt nicht getötet.«

»Das habe ich auch nie behauptet. Als Donalds Anwalt muß ich aber sämtlichen Möglichkeiten auf den Grund gehen.«

»Das mag sein ... Trotzdem beschützt er hier bei uns keinen. Ich glaube eher, daß Donny auf eigene Faust gehandelt hat. Und im Namen Jesu Christi natürlich.«

Der gäbe in der Tat einen interessanten Mittäter ab. Ben verkniff sich ein Grinsen. Er setzte die Befragung fort: »Hat Donald hier Freunde?«

»Eigentlich nicht. Selbstverständlich ist er in seinem Schützenzug nicht allein, aber mehr als Kameraden sind die anderen nicht für ihn. Donny ist etwas schüchtern. Das war er immer schon. Still und zurückgezogen.«

»Und wie sieht es mit Frauen aus? Hatte er eine Freundin?«

»Da bin ich mir nicht sicher. Moment mal, jetzt, wo Sie es erwähnen, fällt mir etwas ein. Ich habe gehört, daß er mit einem Mädchen aus der Stadt angebandelt hat.«

Ben fragte sich, ob das dieselbe Frau war, die Vick in Mary Sues Pension besucht hatte. »Wissen Sie ihren Namen?«

»Tut mir leid, da muß ich passen.«

»Wer hat es Ihnen erzählt?«

Dunagan überlegte. »Ich kann mich nicht erinnern. Ehrlich gesagt kann ich nicht mal ausschließen, daß das Ganze einfach ein Gerücht war.«

»Können Sie mir sagen, wie Donald und Vuong sich kennengelernt haben?«

»Ich vermute, daß sie in dieser Bar da aneinandergeraten sind und die Sache zur großen Keilerei ausgeartet ist.«

»Ich habe Grund zu der Annahme, daß sie sich schon vorher kannten.«

»Das halte ich für ausgeschlossen«, sagte Dunagan bestimmt. »Jede Fraternisierung mit den Gelben ist bei uns verboten.«

»Trotzdem«, sinniert Ben. »Er wohnte in der Stadt ...«

»Das hat doch überhaupt nichts zu sagen!« rief der ASP-Chef gereizt. »Er ist nun mal lieber für sich. Auf wessen Seiten stehen Sie eigentlich?«

»Auf der von Donald. Ich will ihn so gut ich kann verteidigen. Was wissen Sie über den Mord?«

»Nur das, was ich in den Zeitungen gelesen habe.«

»Über Insiderwissen verfügen Sie nicht? Gibt es hier im Lager denn keine Gerüchte? Spekulationen? Keinen Klatsch?«

»Ich dulde keinen Klatsch! Verleumdung ist eine Sünde gegen Gott.«

»Haben Sie von der Mordwaffe gehört?«

Dunagan nickte.

»Sie sagten vorhin, daß das Gebäude dort drüben als Waffenarsenal dient. Haben Sie zufällig auch ... Armbrüste in Ihrem Lager?«

»Allerdings. Armbrüste können im Überlebenskampf von entscheidender Bedeutung sein. Uns braucht ja nur die Munition auszugehen. Dann nützen uns die schönsten Gewehre nichts mehr. Eine Armbrust dagegen hält ewig, solange man den Bogen spannen kann und die Bolzen jedesmal wieder birgt.«

Nun ging Ben aufs Ganze. »Dürfte ich mir Ihr Lager mal anschauen? Ich würde gerne überprüfen, ob die Armbrüste die Sie vorrätig haben, genauso gebaut sind wie die Mordwaffe.«

»Zu spät. Das hat der Staatsanwalt schon getan.«

»Oh!« Ben fiel aus allen Wolken, obwohl er sich das eigentlich hätte denken können. Hatte Swain nicht angedeutet, daß er hier gewesen war? »Und was hat er gesagt?«

»Daß die Armbrust aus unserem Lager gestohlen wurde. Merkwürdig ist nur, daß wir keine Bolzen dafür haben. Wir haben alle unsere Bolzen gesichtet, aber keinen gefunden, der zu dieser Waffe gepaßt hätte. Keine Ahnung, wo der Mörder die seinen her hatte.«

»Macht es Ihnen was aus, wenn ich mir die Kaufverträge oder die Rechnungen anschaue?«

»Ich habe keine.«

»Was?«

»Mit dem Firlefanz gebe ich mich nicht ab. Wo soll ich sie denn abheften? Noch mehr Papierkram kann ich wirklich nicht gebrauchen.«

Ben merkte, daß er so nicht weiter kam. Also probierte er es mit einem anderen Ansatz. »Könnte ich mich vielleicht mal mit Ihren Männern unterhalten?«

»Aber selbstverständlich! Ich will Sie auf jede nur erdenkliche Weise unterstützen. Vergessen Sie nicht, wir führen einen heiligen Kreuzzug, und in Kriegszeiten halten wir zusammen wie Pech und Schwefel.«

Oder wie Strick und Galgen, dachte Ben für sich. »All diese Pläne sind ja sehr beeindruckend ..., aber im Moment herrscht doch kein Krieg, oder?«

»Das kommt immer auf den jeweiligen Blickwinkel an«, erwiderte Dunagan. »Manche glauben sehr wohl, daß Krieg herrscht.«

»Ich verstehe nicht ganz ...«

Dunagan beugte sich weit vor. »Ben, wie lange, glauben Sie, kann dieses Land noch so weitermachen wie bisher?«

»Ich weiß nicht genau, was ...«

»Straßenbanden. Rassenunruhen. Verbrechen. Homosexualität. Gemischtrassige Ehen besudeln die Erbanlagen. Sie haben doch mitbekommen, was vor nicht allzu langer Zeit in Los Angeles los war. In einem kleineren Ausmaß erleben wir das doch täglich. Menschenskinder, in Alabama passieren Sachen, daß man das kalte Grausen bekommt! Und das allerwenigste steht in den Zeitungen.«

»Sie meinen, daß die Polizei die Verbrechen ignoriert?«

»Das nicht – die Zeitungen melden sie nur nicht, weil lauter Linke dahinter stecken.« Er rückte Ben immer näher. »Dieses Land ist am Rande des totalen Chaos. Gott sei Dank bereiten uns die Russen keine Kopfschmerzen mehr – aber jetzt müssen wir uns mit einer weitaus gefährlicheren Bedrohung auseinandersetzen: dem Feind im eigenen Land!«

»Sie halten einen Rassenkrieg für theoretisch möglich?«

»Theoretisch möglich, sagen Sie? Er ist unausweichlich! Ich gebe unserem Land noch fünf Jahre – wenn überhaupt! Aber dann ist hier der Teufel los. Die Kommunikationssysteme brechen zusammen, der gesamte Verkehr genauso. Die ganze Welt gerät in Aufruhr!«

Langsam dämmerte es Ben, was hier los war. »Und dann spielt Ihr Lager eine wichtige Rolle, ja?«

»Es ist nicht das einzige. Wir sind in fünf verschiedenen Staaten tätig. Das hier haben wir erst vor fünf Monaten aufgebaut, weil man uns gebeten hat, den Laden in dieser Gegend, auf Vordermann zu bringen. Aber ansonsten haben Sie recht. Wenn die Zeit kommt, sind wir gerüstet. Alles, was wir brauchen, ist da: Lebensmittel, Wasser, Kleidung, Munition.«

»Das heißt, es geht nicht nur um militärische Übungen, sondern um Überlebenstraining.«

»Die ASP-Camps werden Zufluchtsstätten sein – die Garanten der Zukunft der arischen Rasse. Alle Männer der ASP sind die Vorkämpfer, die Pioniere einer besseren neuen Welt. Während sich die Minderheiten gegenseitig abschlachten, werden wir unser Territorium schützen und das Ende des Holocausts abwarten.«

»Sie werden sich also verschanzen, bis das Schlimmste vorbei ist?«

Dunagan lächelte ihn an. Aber es war kein warmes Lächeln. Ben überlief es eiskalt. »Ich gehe davon aus, daß sich unser Territorium mit der Zeit ausdehnt. Schließlich werden wir bessere Waffen und eine bessere Ausbildung haben als alle anderen zusammen. Und Gott wird auf unserer Seite stehen.«

»Sie wollen also die Macht übernehmen?«

»Vielleicht – wenn die Zeit reif ist. Zuvor muß aber die Geißel der Menschheit ausgemerzt werden. Es dürfen keine unreinen Rassen übrigbleiben.« Er packte Ben bei den Schultern. »Wir müssen unseren Kindern doch eine schöne Welt bieten! Sehen Sie das nicht genauso?«

»Ja, schon, aber ...«

»Gott hat uns einen Auftrag erteilt! Davor dürfen wir nie zurückschrecken. Wir müssen uns dem Satan stellen!«

Dunagan war aufgesprungen. Seine Augen leuchteten. »Wir müssen bereit sein, das eigene Leben zu opfern. Wir müssen kämpfen! Nur dann erringen wir den Sieg! Sieg! *Sieg!*«

Zu Bens Entsetzen stimmten die drei anderen Männer im Raum mit ein »Sieg! Sieg! *Sieg!*«

»Blut!« rief Dunagan!

»Blut! Blut! *Blut!*« grölten seine Gefolgsleute. »Sieg! Sieg! *Sieg!*«

»*Den Feind töten!*« schrie Dunagan.

»*Töten! Töten! Töten!*« Das Gebrüll schwoll an zu einem ohrenbetäubenden Tosen. »*Blut! Blut! Blut! Sieg! Sieg! Sieg!*«

Ben packte das kalte Grausen. Benommen wich er zurück, doch dann verstummte das Gebrüll so abrupt, wie es begonnen hatte. Als wäre nichts gewesen, legte Dunagan jovial den Arm um Bens Schultern. »Seien Sie mir nicht böse, Ben. Manchmal gehen eben unsere Gefühle mit uns durch. Wir nehmen unsere Aufgaben sehr ernst.«

Ben hatte sich noch immer nicht von seinem Schock erholt. Er brachte kein Wort heraus. Seine Hände zitterten, und er wünschte sich nur noch, der andere möge ihn loslassen.

»Wir sollten uns unbedingt wieder treffen. Vielleicht in einem etwas geselligeren Rahmen.«

Ben hoffte, daß man ihm seine Kopfbewegung als Nicken und nicht etwa als unkontrolliertes Zittern auslegen würde.

»Warum kommen Sie nicht am Sonntag vormittag vorbei? Da halten wir ein paar Meilen von hier einen Gottesdienst ab. Die Kirche dort gehörte mal den Methodisten. Jetzt haben wir sie übernommen und für unsere Zwecke umgebaut. Leider ist die Vietnamesensiedlung in der unmittelbaren Nachbarschaft, aber solange Sie aus nördlicher Richtung kommen, mit dem Wind im Rücken wird Ihnen kein Gestank auffallen.«

Seine drei Gehilfen brachen in schallendes Gelächter aus.

Ben versuchte sich zu sammeln, bis er sich wieder soweit in der Gewalt hatte, daß er Dunagan die Hand schütteln und ein paar Höflichkeitsfloskeln murmeln konnte. Danach hastete er auf kürzestem Weg zum Ausgang und blieb erst wieder stehen, als das Lager außer Sichtweite war.

25

Nhung Vu setzte seine drei Kisten ab und kramte in den Hosentaschen nach den Schlüsseln für den Oldsmobile, eine Klapperkiste Baujahr 68, die jedes Gemeindemitglied von Coi Than Tien benutzen durfte. Daneben hatten sie noch ein zweites Gefährt, einen 74er Ford Pinto. Dang vom Ältestenrat hatte es jüngst gefahren – für Nhung ein Grund mehr, auf das andere Auto zu setzen.

Vorsichtig bugsierte Nhung die erste Kiste auf den Beifahrersitz. Wenn er etwas zerbrach oder verschüttete, wäre Pham ihm sicher böse, und das konnte er sich nicht leisten. Von Phams Anhängern wollten ihn immer noch viele aus der Gruppe ausschließen, und das obwohl er sie alle in der Nacht des mißglückten Überfalls vor dem Feind gerettet hatte. Er sei zu jung, meinten sie. Noch feucht hinter den Ohren.

Vorläufig hatten sie sich durchgesetzt. Pham beauftragte Nhung jetzt nur noch mit Botengängen und anderen harmlosen Dingen. Nhung störte das nicht weiter. Für sein Idol würde er alles tun. Aber wenn seine Zeit kam und Pham ihm wichtigere Aufträge anvertraute, war er bereit.

Nhung wuchtete die zweite Kiste in den Wagen. Eile war geboten. Er war spät dran, und um sechs trafen sich Pham und seine Vertrauten zu einer Besprechung. Wenn möglich, wollte auch Nhung dabeisein, denn sie würden bestimmt über den Überfall von gestern nacht und ihre weiteren Pläne diskutieren.

Nhung hatte gehofft, sie würden das ASP-Lager mit ihrer Brandbombe in Schutt und Asche legen, doch leider war ihnen das nicht gelungen. Nun, vielleicht war es diesen Fanatikern wenigstens eine Lehre, und sie ließen Coi Than Tien in Zukunft in Ruhe. Vielleicht hatte die Gewalt jetzt endlich ein Ende. Vielleicht …

»So ganz allein, Gelber?«

Zu Tode erschrocken, ließ Nhung die dritte Kiste fallen. Die Flaschen barsten, und der Inhalt ergoß sich über den Betonboden.

»Bist 'n kleiner Tolpatsch, was, du Kanake?«

Es waren insgesamt vier Männer, die ihn da umzingelt hatten. Keiner trug die ASP-Uniform, aber Nhung hatte sie bereits erkannt. Einer stierte mit einem hämischen Grinsen auf ihn herab. Es war der Wachposten von gestern nacht. Der, dem Nhung die Waffe aus der Hand geschlagen hatte.

»Bitte nicht, bitte nicht ...« Nhung wollte Tapferkeit beweisen, doch die Stimme brach ihm. »Das sind Vorräte für meine Familie. Sie sind hungrig, und meine Schwester ist schwer krank.«

Der Wachposten – offenbar der Anführer – tauchte ungerührt einen Finger in die Pfütze. »So, so, ihr eßt Brennbares. Wißt ihr Idioten denn nicht, daß das gefährlich ist? Und an Geschmacksverirrung leidet ihr obendrein.«

Die vier stimmten ein Hohngelächter an. Nhung erspähte eine Lücke und versuchte auszubrechen, wurde aber gepackt und mit solcher Wucht gegen den Wagen geschleudert, daß er mit dem Kinn auf der Motorhaube aufschlug. Als nächstes riß ihm der Anführer die Schlüssel aus der Hand, öffnete die Hintertür und stieß ihn auf den Rücksitz. Links und rechts neben ihm zwängten sich zwei ASPler auf die Bank, während die anderen zwei vorne einstiegen. Der Wachposten fuhr.

Nhung blickte gehetzt um sich. Durch das Fenster erkannte er einen Einheimischen, der gerade die Straße hinunterging. Es war der Redakteur der örtlichen Zeitung. Nhung warf sich gegen das Fenster und brüllte, was die Lunge hergab. Der Fahrer gab sofort Gas. Einer seiner Bewacher riß ihn wütend zurück und schlug ihm mit voller Wucht auf den Mund. Nhung schrie auf – diesmal vor Schmerzen. Der Typ schien freilich den Unterschied nicht zu kennen und rammte ihm erneut die Faust ins Gesicht. Nhungs Kopf flog gegen die Lehne.

Vom Rest der Fahrt bekam der Junge nicht mehr viel mit. Die Sonne ging rasch unter, und die Nacht brach herein. Wo sie waren, wohin sie fuhren, Nhung wußte es nicht. Er war zu benommen. Der Mund und der Kiefer taten ihm weh, und zwei Zähne fühlten sich wackelig an. Nhung wollte weglaufen – aber wohin und vor allem wie? Er wollte weinen, doch er wußte, daß er damit alles nur noch schlimmer machen würde.

Schließlich hatte die Fahrt ein Ende, und sie zerrten ihn ins

Freie. Sie waren irgendwo in einem Wald auf einer Lichtung. Dort hatten sich noch viel mehr ASP-Männer versammelt. Alle trugen Uniformen und verbargen die Köpfe unter Kapuzen. Ein paar von ihnen packten den jungen Vietnamesen und schleiften ihn vorbei an einem prasselnden Lagerfeuer zu einem Pfahl.

Als er davorstand, bemerkte Nhung seinen Irrtum. Das war gar kein Pfahl, sondern ein Kreuz.

Sie schlangen eine Schnur um seine Hände und Füße und fesselten ihn ans Kreuz. Die Vermummten rückten näher heran, bildeten einen stummen Kreis aus grünen Kapuzen um ihn herum. Nhung packte namenlose Angst.

Aus ihrer Mitte löste sich ein Mann. Er war kleiner und dicker als der Typ, der ihn im Auto geschlagen hatte. Einen langen Moment starrte er ihm wortlos in die Augen, dann trat er hinter ihn. Als nächstes spürte Nhung, wie ihm das Hemd über dem Rücken aufgerissen wurde.

Ein anderer von Kopf bis Fuß in Grün gehüllter Mann näherte sich ihm. Über dem Kopf schwang er eine Peitsche.

Nhung wollte alles tapfer ertragen, aber das hielt er nicht durch. Damit sie seine Tränen nicht sahen, kniff er die Augen fest zu. »Bitte nicht«, flüsterte er. »Bitte nicht ...«

Die Peitsche sauste auf seinen entblößten Rücken nieder. Nhung stieß einen Schrei aus, ein schrilles Heulen. Sein Rükken fühlte sich an, als hätten sie ihn aufgeschlitzt, als liege das feuchte Fleisch bloß.

Und wieder gab es einen Knall. Ein unsäglicher Schmerz zuckte durch seinen Rücken. Nhung brüllte. Mehr konnte ein Mensch nicht ertragen, und doch schlugen sie wieder zu.

Die Knie versagten Nhung den Dienst. Hätten sie ihn nicht mit der ans Kreuz gefesselt, er wäre zusammengebrochen. Dem Mann mit der Peitsche war das egal. Er kannte kein Erbarmen. Und er war geübt. Sämtliche Hiebe landeten fast genau an derselben Stelle. Von Mal zu Mal wurde die Wunde tiefer. Eine Steigerung von Nhungs Qualen schien nicht mehr möglich, doch bewies jeder Hieb das Gegenteil. Ein Schleier senkte sich vor Nhungs Augen. Was sich um ihn herum abspielte, bekam er nur noch verschwommen mit.

Dann plötzlich hörte das Peitschenknallen abrupt auf, wie es eingesetzt hatte. Der Wind pfiff durch die Bäume, rührte mit seinem kalten Atem an Nhungs offener Wunde, führte das Werk der Peitsche weiter, auch wenn diese verstummt war.

Langsam wichen die Vermummten zurück und scharrte sich um das Lagerfeuer. Sie hatten etwas vor, doch Nhung vermochte nicht zu erkennen, was sie dort trieben. Vereinzelt hörte er Gekicher, das sich zu einem allgemeinen hämischen Gelächter auswuchs.

Der Haufen löste sich auf, und durch Tränenschleier hindurch erblickte Nhung den kleinen Mann von vorhin, der ihm das Hemd aufgeschlitzt hatte. Anscheinend schürte er das Feuer. Zumindest hielt er einen langen, dünnen Gegenstand in die Flammen, der aussah wie ein Schürhaken.

Als er ihn herausnahm und hoch über seinen Kopf hob, erkannte der Junge, daß das kein Schürhaken sein konnte.

Es war ein Brandeisen.

Auf einmal fingen die Männer unter den Kapuzen zu grölen an. »*Blut, Blut, Blut!*« skandierten sie und »Tod, Tod, *Tod!*«

»Wir schlagen den Feind zurück!« schrie der mit dem Brandeisen. »Wir werden kämpfen und kämpfen und kämpfen, bis unser Land vom Schmutz befreit ist!«

»Bitte nicht!« wimmerte Nhung. »Bitte, bitte nicht!«

»Tod! Tod! Tod!« schallte es ihm von den Vermummten entgegen. Und immer lauter werdend, brüllten sie: »*Töten! Töten! Töten!*«

Der Mann baute sich mit dem Brandeisen vor Nhung auf und hielt es ihm dicht vor seine in Todesangst weit aufgerissenen Augen. Die Hitze versengte ihm schier die Wimpern, und er konnte nicht anders als das Zeichen anstarren. Es hatte die Form eines Kreuzes.

Der Mann riß ihm die letzten Fetzen seines Hemdes von der Brust.

»Nein!« wimmerte Nhung wieder und wieder. »Ich tu' alles, was Sie mir sagen. Bitte! *Bitte ...*«

Er hörte ein gräßliches Zischen. Es folgte ein Schmerz, der

entsetzlicher war als alles, was er bis dahin erlebt hatte, schlimmer als alles, was er sich je hätte vorstellen können. Der Schmerz fraß sich durch seine Brust hindurch und brachte jeden einzelnen Nerv zum Toben. Nhungs Schreie gellten durch den Wald, kehrten als Echo zurück. Doch das alles war noch gar nichts im Vergleich zu dem, was geschah, als der Mann das Brandeisen wieder wegnahm.

Der einzige Segen war, daß Nhung jetzt endlich das Bewußtsein verlor und nicht mehr mitbekam, was sie ihm antaten.

26

Als Ben am nächsten Morgen wieder zu seinem Mandanten wollte, hatte Deputy Gustafson zu seiner grenzenlosen Erleichterung keinen Dienst. Sheriff Collier winkte ihn einfach durch, ohne auch nur einmal zu ihm aufzusehen. Ben hätte freilich zu gern gewußt, inwieweit der Mann über die Prügel Bescheid wußte, die sein Vize ihm verabreicht hatte. Wahrscheinlich mehr, als er zugeben würde.

Diesmal war Vick wieder der einzige Insasse, was, wie Ben annahm, wohl auch der Normalfall war. Auf die Dauer mußte er sich ziemlich einsam fühlen. Nun, vielleicht hatte das sein Gutes, und der Häftling redete sich endlich seinen Frust von der Seele. Ben hoffte es zumindest.

Immerhin verließ Vick seine Pritsche, als Ben sich näherte. »Kommen Sie zu Besuch? Oder bleiben Sie wieder über Nacht?«

»Übernachten werde ich hier ganz bestimmt nicht, solange ich da noch ein Wörtchen mitreden darf.«

Vick baute sich vor dem Gitter auf. »Wie wollen Sie mich eigentlich aus diesem Drecksloch da rausholen, wenn Sie selbst halb drinsitzen?«

»Die Nacht hier war kein Zuckerschlecken für mich«, erwiderte Ben. »Aber wie Sie bemerkt haben dürften, bin ich in Freiheit, während Sie immer noch sitzen.«

»Eins zu null für Sie.« Für einen kurzen Augenblick huschte so etwas wie ein Lächeln über Vicks Gesicht. »Wie geht's Ihrem Auge?«

»Viel besser, danke.«

»Sagen Sie, was ist Gustafson denn neulich aufgestoßen?«

»Im Prinzip nur die Tatsache, daß ich Sie verteidige.«

»Oh.« Das schien Vick nun doch zu beeindrucken. Um so besser. Wenn er schon von sich aus nicht den Mund aufbrachte, motivierten ihn ja vielleicht seine Schuldgefühle.

»Tja, dann ist das nicht so gut für Ihre Karriere, wie?«

»Das sehe ich auch so. Was dagegen, wenn ich Ihnen ein paar Fragen stelle?«

Sofort wich Vick mehrere Schritte zurück. »Worüber?«

»Ihren Fall natürlich. Ich brauche Fakten. Wie soll ich Sie denn sonst verteidigen?«

»Ich habe Ihnen doch gesagt, daß ich auf ...«

»Trotzdem bin ich ohne Informationen aufgeschmissen. Soll ich sie mir etwa aus den Fingern saugen?«

»Warum nicht?«

Ben merkte, daß er keinen Schritt weiterkam, wenn er sich auf derlei Geplänkel einließ. Ohne weitere Umschweife ging er zur ersten Frage über: »Ich war in der Pension, in der Sie wohnten, und habe mich mit Mary Sue unterhalten. Sie sagt, daß Sie kurz vor dem Mord zweimal Besuch hatten.«

Vick reagierte nicht.

»Laut Mary Sue war der erste Besucher ein Vietnamese. Das könnte nicht zufälligerweise Tommy Vuong gewesen sein, hm?«

Eine tiefe Furche grub sich in Vicks Stirn. »Wozu hätte ich denn den treffen sollen?«

»Das weiß ich doch nicht. Aber ich glaube nicht, daß Sie ihn erst in der Bar kennengelernt haben. Sie hatten ihn schon länger auf dem Kieker.«

»Tja, da täuschen Sie sich leider gewaltig.«

»Ach ja? Wenn es nicht Tommy Vuong war, wer dann?«

»Mary Sue kann viel erzählen. Sie trinkt ja mehr als ihr guttut. Wahrscheinlich hat sie sich das Ganze eingebildet.«

»Ein Vietnamese zu Besuch bei einem weißen Rassisten? Kommt mir höchst unwahrscheinlich vor.«

»Vielleicht hat er jemand anderes besucht. Ich war ja nicht der einzige Mieter.«

Ben zog es vor, zu nächsten Frage überzugehen. Es hatte keinen Sinn, Vick festzunageln, selbst wenn er log. Ansonsten machte er nur wieder ganz zu.

»Mary Sue hat noch eine zweite Person erwähnt. Am Abend vor dem Mord soll eine Frau vorbeigekommen sein.«

Vicks Augen weiteten sich.

»Leugnen Sie es nicht«, setzte Ben nach. »Ich sehe doch, daß es stimmt.«

»Was wirft sie mir denn vor? Daß ich es mit der Hure von Babylon getrieben habe?«

»Ganz so schlimm ist es nicht. Spaß beiseite, sie hatte eigentlich nur den Eindruck, daß Sie miteinander gesprochen haben. Zumindest an diesem Abend. Wie hieß das Mädchen?«

Plötzlich sah Vick zur Seite. »Ich ... ich kann es Ihnen nicht sagen.«

»Warum nicht?« Ben klammerte sich an die Gitter, die sie trennten. »Ich bin Ihr Anwalt, Vick. Ich bin auf Ihrer Seite!«

»Es ... es tut mir leid, aber ich bin an ein Versprechen gebunden.«

»Wem haben Sie etwas versprochen?«

»Das darf ich Ihnen nicht sagen.«

»Mary Sue hat gesagt, Sie habe zufällig gehört ...«

»Ich will darüber nicht reden!«

»Donald, benutzen Sie doch bitte mal Ihren Kopf. Wie soll ich Sie verteidigen, wenn Sie Ihr Wissen für sich behalten?«

Vick wandte sich ab.

»Hatte der Besuch mit der Schlägerei in der Blueball Bar zu tun? Oder ging es um etwas anderes?«

Vick schwieg beharrlich.

»Was war zwischen Ihnen? Ich kann mir nicht vorstellen, daß Sie sich auf Vuong stürzten, nur weil er Vietnamese war.«

»Ich hatte gegen ihn und seine Freunde ja keine Chance!« rief der Häftling. »Sie sind urplötzlich auf mich losgegangen.«

»Aus Spaß an der Freude legten sie sich bestimmt nicht mit

den Jungs an. Vielmehr habe ich gehört, daß Sie aggressiv wurden.«

»Trotzdem haben sie …

»Aber *warum*, Donald? Von allen bekomme ich zu hören, daß Sie ein stiller, zurückhaltender Zeitgenosse sind, daß Sie nicht trinken, geschweige denn in Kneipen herumhängen. Darum denke ich mir, daß Sie nur in die Bar gegangen sind, weil Sie Vuong sprechen wollten. *Warum?*«

Vick setzte sich schweigend auf die Pritsche und drehte sich zur Wand.

»Beantworten Sie meine Frage, Donald?«

Keine Reaktion.

»Schützen Sie etwa Dunagan?«

Vick fuhr herum. Aus zu Schlitzen verengten Augen stierte er Ben wütend an. Dann drehte er sich langsam wieder zur Wand um. So schnell ließ er sich nicht ködern.

»Ich weiß, daß Sie Dunagan seit frühester Jugend kennen, daß er ein alter Freund Ihrer Familie ist und so weiter. Genauso weiß ich, daß Ihr Vater sehr streng war und hohe Erwartungen in Sie setzte, dann aber vorzeitig starb, so daß Sie sie nicht mehr erfüllen konnten – falls das überhaupt möglich gewesen wäre.« Ben überlegte kurz, ehe er fortfuhr: »Ich glaube Ihre Situation ganz gut zu verstehen. So wie ich die Sache sehe, sind Sie nur in die ASP eingetreten, um Ihrem Vater posthum eine Freude zu machen.«

Ben sah, daß Vicks Nackenmuskeln sich anspannten.

»Ist es so, Donald? Baden Sie den ganzen Scheiß aus, weil Sie den Kumpel Ihres Daddys, den erhabenen Grand Dragon Dunagan decken wollen?«

Ben wartete lange, bekam jedoch keine Antwort.

Unter anderen Umständen hätte der Anwalt das Schweigen seines Mandanten als stillschweigende Bestätigung gewertet, aber in Vicks Fall war er sich einfach nicht sicher. Hier gab es so viele Unsicherheitsfaktoren, so viele Ungereimtheiten. Da blieb ihm gar nichts übrig, als laut nachzudenken.

»Ist Ihnen klar, daß der Staatsanwalt Menschenhaare an der Mordwaffe gefunden hat? Haare, die nicht von Ihnen stammen?«

Keine Antwort.

»Was ist, Donald? Haben Sie in der letzten Zeit Bolzen durch die Gegend geschossen?«

Keine Regung.

»Ich weiß, daß auf dem ASP-Gelände auch Armbrüste gelagert werden. Ich war draußen.«

Schweigen.

»Ist Ihnen klar, was hier in der Stadt los ist? Hier herrscht die nackte Angst! Die Leute fürchten sich zu Tode, weil sie jeden Tag mit dem großen Knall rechnen. Die Stadt ist ein Pulverfaß, und jeder hat Angst, daß der Funke auf die Lunte überspringt. Die wollen *Ihren* Kopf, Donald. Die wollen Sie hängen sehen, weil sie glauben, nur so könnte die Stadt wieder werden, was sie früher einmal war, als es hier weder Sie noch die ASP gab. Verstehen Sie nicht, die brauchen einen Sündenbock – und das sind *Sie!*« Ben verstummte kurz, um mit leiser Stimme fortzufahren: »Aber das ist ein Irrtum. Silver Springs wird erst wieder zur Ruhe kommen, wenn Tommy Vuongs wahrer Mörder gestellt worden ist. Können Sie mir dabei nicht helfen? Können Sie mir nicht helfen, Ihren armseligen Hals aus der Schlinge zu ziehen?«

Keine Antwort. Vick zuckte nicht einmal.

»Na schön.« Ben wandte sich wütend ab. »Dann kann ich nur hoffen, daß Ihnen das, was Sie verdienen, erspart bleibt.«

27

Als Ben am späten Nachmittag zum Campingplatz zurückkehrte, traf er weder Jones noch Loving an. Hieß das, daß sie sich wie versprochen in ihre jeweiligen Aufgaben knieten und fleißig schnüffelten? Nun, das war doch zu hoffen.

Als einzige war Christina beim Zelt, aber sie zeigte Ben noch immer die kalte Schulter. Was hieß kalt? Eisig war der treffendere Ausdruck.

Unter dem Helikopter machte sich ein Mann zu schaffen – Mike, wie Ben annahm; er sah nur den Scheitel. Um sich herum hatte er ein gewaltiges Arsenal von Werkzeugen ausgebreitet.

»Was hast du denn vor?«

Mike brummelte irgend etwas Unverständliches. Schließlich nahm er den Schraubenschlüssel aus dem Mund, und prompt klappte die Kommunikation besser. »Ich habe mir in Silver Springs Ersatzteile besorgt. Die baue ich ein.«

»Passen sie denn?«

»Ja, wenn ich sie löte. Sorgen bereiten mir im Grunde nur die Zündkerzen. Sie sind eigentlich für Traktoren gedacht.«

»Na ja«, meinte Ben. »Traktoren, Helikopter ... Wo ist da der Unterschied?«

»Eben.« Mike richtete sich auf und öffnete die Tür zum Cockpit. »So, ich lasse jetzt den Motor an. Kannst du mal raufklettern und mir sagen, was passiert?«

»Soll das ein Witz sein?«

»Du brauchst mir ja nur zu melden, ob der Funke überspringt. Und wenn etwas klappern sollte, dann wüßte ich gern, was.«

»Du hast wohl nicht alle Tassen im Schrank! Deine lockeren Schrauben können klappern, solange sie wollen, aber ich riskiere meine Haut nicht.«

»Sei kein Hasenfuß. Ich lasse wirklich nur kurz den Motor an. Was kann da groß passieren?«

»Daß gelötete Zündkerzen mir das Gesicht verbrennen oder Alteisen sich in Schrapnelle verwandelt.«

Mike tätschelte zärtlich den Rumpf. »Ich finde es nicht nett, daß du Portia mit Alteisen gleichsetzt. Du verletzt damit ihre Gefühle. Bist du sicher, daß du dir den Motor nicht anschauen willst, wenn ich ihn starte?«

»Nur vom anderen Seeufer aus!«

»Was für ein Held! Ach, übrigens, als ich heute in der Stadt war, habe ich auch mit dem Staatsanwalt geplaudert. Sie haben die Mordwaffe sichergestellt.«

»Ja, ja, ja. Armbrust ganz in der Nähe des Tatorts. Haare in der Bolzenrinne. Habe ich alles schon gehört.«

»Wirklich?« Mike strich sich nachdenklich über das Kinn. »Dann hast du auch schon von dem Blutfleck gehört?«

»Was für ein Blutfleck?«

»Dachte ich's mir doch. Das ist eben die Art von Joker, die Strafverfolger gern bis zum letzten Moment für sich behalten.«

»Aber Swain hat mir doch von den Haaren erzählt.«

»Richtig. Aber nur, um dich auf die falsche Fährte zu lokken. Er hofft, daß du deine ganze Zeit und Energie darauf verschwendest, den Geschworenen zu erzählen, daß Haare an sich noch lange kein Schuldbeweis sind. Und wenn du fertig bist, spaziert Swain aufs Podium und schüttelt den Blutfleck aus dem Ärmel.«

»Auf der Armbrust?«

»Genau. Und Vick hat dieselbe Blutgruppe. Zu ein, zwei Härchen fällt dir vielleicht noch etwas Brauchbares ein, aber zwei Haare *und* ein Blutfleck sind eine ziemlich tödliche Mischung!«

»Verdammt! Und du bist sicher, daß das Blut von Vick stammt?«

»Wie gesagt, er hat dieselbe Blutgruppe. Ich bezweifle, daß man in diesem Kaff Analysen unter dem Mikroskop vornehmen kann. Aber ich könnte das hinkriegen« – er warf einen Blick auf Portia –, »wenn es mit möglich wäre, mal kurz nach Tulsa zu fliegen.«

»Was soll das sein? Erpressung? Ich krieche doch nicht auf diese angebliche Flugmaschine und lasse mich von losen Bauteilen erschlagen!«

»Wie du meinst. Aber ich könnte wirklich ein paar Tests veranlassen. Ich bin mir ziemlich sicher, daß der hiesige Labortechniker mir eine Probe zur Verfügung stellen würde. Tja, du kannst natürlich gerne den ganzen Weg nach Tulsa laufen.«

»Mike, benutz doch deinen Verstand.«

»Ich finde, daß ich meinen Verstand schon die ganze Zeit benutze.«

»Wie wär's mit einem Kompromiß? Ich stelle mich zwischen die Zelte. Von dort aus kann ich deinen Hubschrauber immer noch ganz gut sehen und habe wenigstens eine fünfzigprozentige Chance, nicht von losen Teilen erschlagen zu werden.«

»Besser als nichts. Einverstanden.«

Während Mike ins Cockpit kletterte, hastete Ben zu den Zelten.

Mike ließ den Motor an.

Oder zumindest nahm Ben das an. Er mußte einfach glauben, daß da vorne keine Katze abgeschlachtet wurde, obwohl das Geräusch, das vom Helikopter kam, sich viel eher danach anhörte. Es war ein gellendes Kreischen, gefolgt von einem gräßlich lauten Quietschen. Danach gab es ein etwas leiseres Klappern und zum Abschluß einen dumpfen Knall.

Ben hätte auch aus noch größerem Abstand erkannt, daß Portia nicht abhob. »Ich glaube nicht, daß es funktioniert hat!« rief er.

Mike stellte den Motor ab und kletterte deprimiert ins Freie. »Scheiße! Diesmal dachte ich wirklich, ich hätte es hingekriegt.«

»Ganz offensichtlich nicht.«

»Hast du den Knall gehört? Ich glaube, der Motor ist jetzt noch kaputter als vorher.«

Dem mußte Ben gezwungenermaßen zustimmen.

Mike stopfte mißmutig die Hände in die Hosentaschen. »Sieht ganz so aus, als müßte ich die Blutprobe mit Federal Express nach Tulsa schicken. Ich frage mich nur, ob die auch Ersatzteile für Hubschrauber befördern.«

28

Als Ben kurz nach Sonnenuntergang in Coi Than Tien eintraf, war Belinda bereits da. Das hatten sie auch so vereinbart: Weil sie und ihre Mitarbeiter bei Hatewatch von den meisten Gemeindemitgliedern dank ihres Einsatzes für die Asylanten sehr geschätzt wurden, sollte sie die ersten Gespräche führen und so den Boden für Ben bereiten. Auch wenn einige vorwiegend ältere Leute meinten, Hatewatch vergifte nur zusätzlich das Klima, so faßten sie wahrscheinlich eher zu Belinda Vertrauen als zu dem Mann, der den mutmaßlichen Mörder verteidigen wollte.

Ben parkte seinen Wagen vor dem wackeligen Bretter- und Pappverschlag, der die Dorfgrenze markierte. Den Rest bewältigte er zu Fuß.

Das größte Gebäude in Coi Than Tien war die Scheune, ein langer rechteckiger Bau, eingerahmt von zwei weiteren Schuppen. In der Scheune lagerten offenbar die Werkzeuge und Vorräte. Wozu zwei Schuppen dienten, war durch die Fenster nicht zu erkennen, doch das aus ihnen dringende Gackern verriet Ben bereits, daß dort die wichtigsten Vermögenswerte einer jeden Hühnerfarm untergebracht waren. Abgesehen davon hatte er in jüngster Zeit selbst reichlich Erfahrung mit Hühnern gesammelt.

Um die große Scheune und die Hühnerställe scharten sich die Wohnstätten. Ben war erschüttert über ihre Armseligkeit. Die meisten erinnerten eher an baufällige Baracken, nur ein paar wiesen auf Steinmauern und Wellblechdächer auf. Doch trotz der allzu offenkundigen Armut wirkte das Dorf alles andere als heruntergekommen. Im Gegenteil, die Hütten erweckten einen äußerst gepflegten Eindruck. Einige hatten sogar einen kleinen Garten. Anscheinend erzielten die Bewohner mit ihren bescheidenen Möglichkeiten die optimalen Resultate.

Seine Kollegin entdeckte Ben auf der Veranda eines dieser Häuser; dort saß sie neben einem weitaus älteren Vietnamesen. Die Veranda war fast so dunkel wie die mondlose Nacht; für notdürftige Beleuchtung sorgte lediglich der Mann mit seiner matt glühenden Pfeife.

Belinda stellte ihren Gastgeber als Duong Dang vom Ältestenrat vor.

Ben streckte die Hand aus. »Sehr erfreut.« Er fragte sich, ob Belinda den Mann schon über seine Rolle in diesem Drama aufgeklärt hatte. Wie dem auch sei, er wollte bestimmt nicht damit anfangen.

»Der ehrwürdige Dang ist der Vorsteher der Gemeinde«, erklärte Belinda.

»War«, verbesserte Dang. »Ich bin es nicht mehr. Meine Leute hören nicht mehr auf mich.«

»Es ist zu einer Art Spaltung gekommen«, fuhr Belinda

fort. »Der ehrwürdige Dang und die anderen Mitglieder des Ältestenrats sind immer dem Weg der Vernunft und Versöhnung gefolgt. Aber jetzt hat sich unter der Führung eines jungen Mannes namens Dan Pham eine zweite Partei gebildet. Der ist für ein ... aggressiveres Vorgehen. Aktiver Widerstand. Provokation. Überfälle. Er mobilisiert seine ganzen Anhänger.«

»Hat er Erfolg damit?« erkundigte sich Ben.

»Viel zuviel«, erwiderte Dang. »Inzwischen hat er schon mehr als das halbe Dorf auf seiner Seite.«

»Was genau hat er denn vor?«

»Er will die ASP mit ihren eigenen Waffen schlagen«, erklärte Belinda. »Sein Terror gegen ihren Terror.«

»Terrorismus gegen diese Wahnsinnigen?« rief Ben. »Er muß doch wissen, daß er nicht den Hauch einer Chance hat!«

»Er überschätzt sich.« Dang sah niedergeschlagen zu Boden. »Er will der Held sein, der sein Volk rettet. Aber er verkennt die Realität.«

»Wenn er sich mit der ASP angelegt, wird ihn die Realität verdammt schnell einholen«, knurrte Ben. »Na ja, vielleicht plustert er sich nur auf.«

Dang und Belinda wechselten einen Blick. »Jemand hat eine Brandbombe auf das ASP-Camp geworfen«, sage Belinda.

Ben nickte. »Ich weiß. Ich habe das versengte Gebäude gesehen. Glauben Sie, daß Pham dahintersteckt?«

»Ich kann es nicht mit Bestimmtheit sagen«, murmelte Dang. »Aber wer sonst könnte es gewesen sein?«

»Stimmt es, daß kaum Schaden angerichtet wurde?« fragte Belinda.

»Ja« erwiderte Ben. »Aber es hätte genausogut anders ausgehen können. Die Bombe hat das Munitionsdepot getroffen. Wenn die Typen das Feuer nicht rechtzeitig unter Kontrolle gekriegt hätten, wäre das ganze Lager in die Luft geflogen. So aber wurde niemand verletzt.«

»Das nicht«, sagte Dang, »aber sie haben schnell und äußerst brutal zurückgeschlagen. Heute vormittag wurde eins unserer Autos gestohlen. Und ein Junge, der fünfzehnjährige Nhung Vu, wurde überfallen und übel zugerichtet. Man hat ihm zwei Zähne ausgeschlagen und ...« – Dan, dessen Augen geschlossen waren, zögerte – »... sie haben ihm das Zeichen des Kreuzes auf die Brust gebrannt. Er war schon bewußtlos, da zerschlugen sie ihm auch noch das Gesicht. Wir haben ihn kaum wiedererkannt. Womöglich wird er auf dem rechten Auge blind bleiben.«

»Haben Sie das dem Sheriff gemeldet?«

»Selbstverständlich. Aber was kann er schon tun? Es gab ja keine Zeugen. Nhung kannte seine Entführer nicht. Und die meisten trugen ohnehin Kapuzen. Die ASP ist sehr vorsichtig.«

»Sie müssen diesem Hitzkopf von Pham klarmachen, daß er auf dem Holzweg ist«, erklärte Ben. »Mit noch mehr Gewalt schadet er Coi Than Tien nur.«

»Dafür ist es vielleicht schon zu spät«, seufzte Dan. »Gerüchte sind im Umlauf, wonach die ASP einen Vergeltungsschlag noch größeren Ausmaßes plant.«

Wenn das stimmte, mußte das Schlimmste befürchtet werden. Ben konnte sich nicht vorstellen, daß Coi Than Tien einem massiven Angriff der ASP würde standhalten können. Aber wer wäre hier in der Gegend schon dazu in der Lage?

»Hat Belinda Sie nach dem jungen Tommy Vuong gefragt?« wollte Ben wissen.

»Ich kannte Tommy seit seiner Kindheit«, antwortete Dan. »Er stammte aus einer hochangesehenen Familie. Gut, er war vielleicht ein bißchen wild, aber bei jungen Männern mit überschüssigen Kräften ist das nichts Außergewöhnliches.«

»Ich habe gehört, daß er vor ungefähr einem Jahr mit dem Gesetz in Konflikt geraten ist. Können Sie mir Näheres darüber sagen?«

»Der Sheriff ermittelte damals gegen ihn. Offenbar wurde er von einer jungen Frau beschuldigt, er habe ihr seine ... Zuneigung gewaltsam aufgezwungen.«

»Sie hielten die Anschuldigung für erfunden?«

»Dergleichen geschieht ja sehr oft«, meinte Dang. »Zwei junge Leute, die verschiedenen Rassen angehören, verlieben sich ineinander. Alles ist wunderbar, bis ihre Familien davon erfahren. Plötzlich müssen sie sich Lügen ausdenken. Hin und wieder wird eine Liebesbeziehung dann auch als Verbrechen hingestellt.«

»Dann glauben Sie also nicht, daß er sie vergewaltigt hat?« bohrte Belinda nach.

Dang musterte sie mit einem nachdenklichen Blick. »Ich weiß, daß der Staatsanwalt die Ermittlungen eingestellt hat. Wenn man die Ressentiments großer Teile der Bevölkerung gegen Coi Than Tien bedenkt, wäre Tommy mit Sicherheit verhaftet worden, falls der Verdacht sich erhärtet hätte.«

Das stimmte wohl, sinnierte Ben. Es sei den, Swain mußte damals gerade wieder sein Baby hüten.

»Wußten Sie von Vuongs Bekanntschaft mit Donald Vick?«

Dang runzelte die Stirn. »Nein. Ich bezweifle auch, daß die zwei sich vor dem verhängnisvollen Zwischenfall in dieser Bar näher gekannt haben.«

»Kurz vor dem Mord hatte Donald Vick Besuch von einem Vietnamesen. Haben Sie eine Ahnung, wer das gewesen sein könnte?«

»Es fällt mir schwer zu glauben, daß ein Bewohner von Coi Than Tien einen solchen Mann besuchen würde, und sei er noch so verzweifelt.«

»Und wissen Sie auch nicht, weswegen Vick und Vuong sich schlugen?«

»Die Männer von der ASP brauchen keinen Vorwand für so etwas. Sie sind von Haß erfüllt. Mit dem Verstand ist das nicht mehr nachzuvollziehen.«

Ben versuchte sich seinen Frust nicht anmerken zu lassen. Aber so kam er auf keinen Fall weiter. »Wissen Sie, warum Vuong an jenem Nachmittag in die Bar ging?«

Auf einmal ließ Dang den Kopf sinken. »Leider ja. Ich werde es mir mein Leben lang nicht verzeihen, aber ich habe ihn dorthin geschickt.«

»*Sie?*« Belinda war mindestens ebenso verblüfft wie Ben. »Aber warum?«

»Coi Than Tien bestellt in der Bluebell Bar regelmäßig kleinere Mengen alkoholischer Getränke. Wir brauchen sie für bestimmte Zeremonien und gelegentlich, um Sorgen zu mildern. Der Eigentümer der Bar, ein Mann namens Mac, ist so freundlich und gibt sie zu seinen Bezugspreisen an uns weiter. Das ist nicht nur billiger für uns, sondern auch sicherer.«

»Also haben Sie Vuong losgeschickt, damit der die Lieferung abholt.«

»Richtig. Ich schickte ihn zusammen mit drei anderen jungen Männern hin und dachte, ihm könne nichts passieren.« Dang blickte auf seinen langen, dünnen Hände hinab. »Und jetzt ist Tommy tot.«

29

Ben war bereits klar, daß es keinen Sinn hatte, Dang zuzureden, er solle sich nicht mit Selbstvorwürfen quälen. »Ich möchte Sie um einen Gefallen bitten. Könnten Sie mich zu diesem Pham bringen? Ich muß mit ihm sprechen.«

»Vorstellen kann ich Sie ihm«, sagte Dang. »Ob er mit Ihnen reden wird, das ist eine andere Frage.«

Dang führte die beiden Anwälte durch das inzwischen dunkle Barackendorf zu Phams Häuschen. Er durchquerte dann Vorgarten und klopfte an.

Nebenan saß auf der Veranda ein älterer Mann und las im Schein seiner Taschenlampe. Als die drei sich näherten, sah er jedoch auf und musterte sie aufmerksam.

Dann öffnete sich die Tür. Ein junger Vietnamese pflanzte sich vor Dang auf. »Ich habe Ihnen doch gesagt, daß ich unser letztes Gespräch nicht fortführen möchte!«

»Das habe ich auch nicht vor«, erklärte der ältere. »Wie ich fürchte, bist du schon zu weit gegangen, als daß die Stimme der Vernunft dich noch erreichen könnte.«

Darauf entgegnete Pham nichts, aber die Verärgerung war ihm deutlich anzumerken.

»Ich habe zwei Gäste mitgebracht, die dich sprechen möchten.« Damit war für Dang die Vorstellungszeremonie beendet. Er drehte sich um und ging.

Belinda trat als erste vor: »Mein Name ist Belinda Hamilton. Ich gehöre zu Hatewatch.«

Pham antwortete mit einem höflichen Nicken.

»Und das ist Ben Kincaid. Er unterstützt mich.« Mehr wollte sie nicht sagen. Ben schickte ein Stoßgebet zum Himmel: Gib, das er nicht den *Silver Springs Herald* liest!

Offenbar wurde er erhört. »Es ist mir eine Ehre«, sagte Pham. »Womit kann ich Ihnen dienen?«

»Wir untersuchen den Fall Donald Vick«, erklärte Belinda.

»Er muß für sein Verbrechen zur Verantwortung gezogen werden!« sagte Pham mit Nachdruck.

»Da sind wir uns alle einig ...«, versicherte ihm Belinda hastig. »Wenn er schuldig ist ...«

»Falls man diese Männer nicht stoppt, morden sie weiter, bis wir alle vernichtet sind. Haben Sie gehört, was sie mit dem armen Nhung Vu gemacht haben?«

»Leider ja.«

»Jemand muß ihnen beibringen, daß wir uns nicht so behandeln lassen. Und zwar in der einzigen Sprache, die sie verstehen.«

»Stehen Sie hinter dem Brandanschlag auf das ASP-Lager?«

Erstmals hatte sich Ben in das Gespräch eingeschaltet. Pham beäugte ihn mißtrauisch. »Was für ein Brandanschlag? Soviel ich weiß, steht das Lager ja noch.«

»Bloß weil der Anschlag gescheitert ist, heißt das noch lange nicht, daß er nicht stattgefunden hat. Außerdem haben Sie meine Frage nicht beantwortet.«

»Wir sind doch keine Schafherde!« ereiferte sich Pham. »Glauben Sie etwa, wir schauen einfach zu, wenn unsere Familien abgeschlachtet werden?«

»Nur nicht übertreiben. Bislang sind ja keine Familien abgeschlachtet worden.«

»Meine Großmutter liegt im Krankenhaus! Eine Frau von sechsundsiebzig Jahren – und so ein feiger Heckenschütze schießt auf sie! Sie überfallen unsere Alten. Sie überfallen unsere Jungen. Da müssen wir handeln!«

Belinda meldete sich wieder zu Wort. »Eigentlich wollen wir ja nur wissen, ob Sie mitbekommen haben, was sich zwischen Tommy Vuong und Donald Vick abgespielt hat.«

»Tommy war ein tapferer Mann. Er war bereit, für seine Leute zu kämpfen.«

»Haben Sie ihn je zusammen mit Vick gesehen? Oder hat er ihn je erwähnt?«

»Natürlich nicht!« rief Pham. »Es wäre unter seiner Würde gewesen, sich mit einem solchen Schwein abzugeben.«

»Offenbar nicht«, meinte Ben. »Ich halte es für möglich, daß sie sich schon vor dem Zwischenfall in der Bar kannten.«

»Ausgeschlossen! Das wäre ja Selbstmord gewesen.«

»Uns wurde gesagt, daß Vuong am Tag der Schlägerei bestellte Waren in der Bar abholte. Gehörten Sie zu seinen Begleitern?«

»Nein. Wenn ich dabei gewesen wäre, hätte die Sache ein anderes Ende genommen.«

»Ich habe nicht den Eindruck, daß Vuong noch mehr Verstärkung gebraucht hätte. Anscheinend haben ihre Freunde Vick ordentlich aufgemischt.«

»Aber Sie haben ihn am Leben gelassen.«

»Wollen Sie damit etwa sagen, daß es besser gewesen wäre, Vick hinzurichten?«

»Hätte man das getan, wäre Tommy Vuong noch am Leben; meine Großmutter läge nicht im Krankenhaus, und Nhung Vu wäre nicht halb blind.«

Ben überlief es eiskalt. Dieser Pham plante offenbar einen größeren Anschlag. Und laut Dang stand die Mehrheit der Dorfbevölkerung hinter ihm.

»Waren Sie der letzte, der Tommy lebend gesehen hat?«

»Nein.« Jetzt trat Pham aus der Tür und deutete auf die Veranda nebenan. »Diese Ehre fiel Colonel Nguyen zu.«

Der Angesprochene ließ sein Buch und die Taschenlampe sinken. Einen Moment zögerte er noch, dann kam er zu ihnen herüber.

Trotz seiner geringen Größe strahlte er eine Würde aus, die Ben auf Anhieb stark beeindruckte. Seine Haare waren kurz geschnitten, die Schläfen graumeliert.

»Colonel Nguyen ist ein Kriegsheld«, stellte Pham vor. »Er befehligte Tausende von südvietnamesischen Soldaten im

Großen Krieg und führte unser Volk zu vielen glorreichen Siegen.«

»Und was hat das gebracht?« murmelte Nguyen.

»Für den Ausgang können Sie am allerwenigsten«, sagte Pham. »Sie haben dem vietnamesischen Volk tapfer gedient. Ich wünschte nur, Sie würden dasselbe in unserem Krieg hier tun.«

»Wir haben keinen Krieg«, beschied ihn Nguyen.

»Doch!« widersprach Pham, dem die Enttäuschung ins Gesicht geschrieben stand. »Wie glücklich wäre ich, hätten Sie die Lust am Kämpfen nicht verloren.«

»Ich habe nichts verloren, sondern etwas gewonnen: die Erkenntnis nämlich, daß nichts über Vorsicht geht.«

Ben, der spürte, daß die beiden seit längerem über dieses Thema stritten, versuchte das Gespräch wieder auf sein Anliegen zu lenken: »Wie ich erfahren habe, sind Sie der letzte, der Vuong lebend gesehen hat.«

»Das ist richtig. Wir waren auf dem Heimweg von Silver Springs nach Coi Than Tien. Zu Fuß. Weil wir nur zwei Autos haben – jetzt ist ja nur noch eines da –, bleibt uns oft keine andere Wahl.«

»Wirkte Vuong ungewöhnlich nervös auf Sie? Ängstlich?«

»Nur ein Dummkopf hätte keine Angst, wenn überall das Böse lauert ...« Er zögerte. »Aber etwas an Tommy war in der Tat ... ungewöhnlich. Er hatte so eine Art Vorahnung.«

Das war ja hochinteressant. »Wissen Sie, warum?«

»Nein. Damals nahm ich an, er wolle die im ganzen Dorf herrschende Angst in Worte fassen. Erst im nachhinein frage ich mich, ob eine tiefere Bedeutung dahintersteckte.«

»Haben Sie auf dem Heimweg etwas – oder jemand – Außergewöhnliches bemerkt?«

»Nein. Wir trennten uns am Zaun. Ich kehrte zu meiner Hütte zurück, und er zu seiner, wie ich annahm.«

»Dann bekamen Sie den Mord nicht als Zeuge mit?«

Der Colonel zögerte nur einen Wimpernschlag lang. »Nein.«

»Und was geschehen ist, haben Sie nicht gesehen.«

Colonel Nguyen sah Ben in die Augen. »Nein.«

»Und über den Mord haben Sie keine weiteren Informationen?«

»Ich ... nein. Ich habe Ihnen alles gesagt, was ich weiß.«

Ben konnte es nicht beschwören, aber er war sich fast sicher, daß der Colonel etwas zurückhielt. Doch warum sollte er lügen? Na gut, fürs erste mußte er das so stehen lassen. Er wandte sich an Pham.

»Planen Sie weitere Angriffe auf das ASP-Lager?«

»Es ist mir nicht gestattet, unsere Pläne öffentlich zu erörtern.«

Ben unternahm einen neuerlichen Anlauf: »Ich weiß, daß Sie etwas Gutes bezwecken wollen, aber der Schuß könnte nach hinten losgehen.«

»Wenn wir nicht handeln, zwingen uns die Mörder noch, unsere Häuser zu verlassen.«

»Andrerseits riskieren Sie die Zerstörung von Coi Than Tien und vielleicht sogar von Silver Springs.«

»Wir beugen uns nicht ...«

Eine Detonation setzte der Diskussion ein jähes Ende. Alle vier wirbelten herum. Keine hundert Meter von ihnen entfernt stieg eine Feuersäule in die Höhe und erhellte die finstere Nacht.

In Coi Than Tien brannte es.

30

»Das Haus der Truongs!« schrie Colonel Nguyen.

Die Holzbaracke brannte wie Zunder; binnen weniger Minuten wurde sie ein Raub der Flammen.

Die drei Männer und die Frau rannten zur Brandstätte. Reifen heulten auf. Ein Wagen brauste davon. Ben glaubte einen schwarzen Pickup zu sehen. Ein Nummernschild war in der Dunkelheit nicht zu erkennen – wenn der Wagen überhaupt eins hatte.

Als sie vor dem Haus ankamen, versperrte ihnen das Feuer den Weg. Das Haus der Truongs, das größte im ganzen Ort, war bereits vom Feuer zerstört. Schwarzer Rauch wälzte sich ihnen entgegen und raubte ihnen die Luft zum Atmen.

Und der grelle Lichtschein blendete sie. Ben hielt sich die Hände schützend vor die Augen. »Gibt es hier ein Telefon?« fragte er seine Begleiter.

Colonel Nguyen schüttelte niedergeschlagen den Kopf. »Nein. Außerdem ist die nächste Feuerwehr im Nachbarcounty.«

Die Flammen schossen immer höher. Hitze breitete sich in allen Richtungen aus. Längst perlte Ben der Schweiß von der Stirn.

Der junge Anwalt überlegte fieberhaft. Für das Haus bestand keine Hoffnung mehr. Trotzdem mußten sie irgendwie hineinkommen und sich vergewissern, daß wirklich niemand drin war. Und dann mußten sie alles tun, damit das Feuer nicht auch die übrigen Gebäude erfaßte. Aber wie?

»Haben wir nicht einen Brunnen gesehen?« fragte Belinda unvermittelt.

»Ja«, erwiderte der Colonel. »Nördlich von der Scheune. Und hinter der Scheunentür gibt's Eimer.«

»Dann organisieren Ben und ich eine Kette für die Kübel«, bestimmte Belinda. »Und Sie schauen nach, ob auch wirklich niemand mehr im Haus ist.«

Keiner widersprach ihr. Colonel Nguyen nickte, und Ben folgte Belinda zur Scheune. Weil das Feuer die Nacht zum Tag machte, fanden sie den Brunnen unerwartet schnell. Und hinter der Scheunentür standen tatsächlich mehrere Dutzend Eimer. Ben füllte den ersten, wuchtete ihn aus dem Brunnenschacht und schleppte ihn zum brennenden Haus. In der Eile verlor er die Hälfte. Den kärglichen Rest schüttete er in die immer rascher um sich greifenden Flammen. Das Wasser verdampfte mit einem Zischen.

Ben rannte zum Brunnen zurück. Mittlerweile strömten die Bewohner der Siedlung aus ihren Häusern. Die meisten liefen sogleich zum Brunnen, wo Belinda zwei kräftige Männer zum Wasserschöpfen und die anderen zu einer langen Schlange bis hin zum brennenden Haus einteilte. Auf diese Weise konnten die vollen Eimer von einem zum nächsten weitergereicht werden, und der Wasserverlust hielt sich einigermaßen in Grenzen. Mit jedem Eimer wurde das Feuer um einen Bruchteil eingedämmt – um einen Bruchteil nur, doch das war besser als nichts. Belindas Feuerwehr arbeitete zügig und hochkonzentriert. Zumindest griffen die Flammen nicht auf die restlichen Häuser über.

Ben wollte gerade wieder zur Brandstelle laufen, als er den Colonel hustend und keuchend aus den Flammen torkeln sah. Er trug eine Frau auf den Schultern.

Ben rannte sofort zu ihm hin. Zusammen betteten sie die Frau vorsichtig auf die Erde. Sie war bewußtlos. Der Anwalt warf nur einen kurzen Blick auf sie, dann wandte er sich rasch ab. Sie war am ganzen Leib mit schlimmen Brandwunden bedeckt. »Brauchen Sie Hilfe?« fragte er den Colonel, weil dieser unablässig hustete, Ben fürchtete schon, er habe sich eine Rauchvergiftung zugezogen, doch dann atmete Nguyen tief durch.

»Bin ums Haus herumgegangen«, keuchte er. »... konnte durchs Fenster hineinschauen.« Ein neuerlicher Hustenanfall raubte ihm die Sprache.

»Ganz ruhig«, sagte der Anwalt. »Atmen Sie langsam und regelmäßig.«

»... Wand eingestürzt ... alles auf mich gefallen ... brennende Trümmer.«

Tatsächlich sah Ben jetzt, daß seine Kleider angesengt waren.

»Hörte einen Schrei von drinnen.« Nguyens Augenlider senkten sich. Er drohte umzukippen, stemmte sich aber gegen die Bewußtlosigkeit. »Mußte sie rausholen ...« Seine Worte gingen in erstickendes Husten über.

»Sagen Sie nichts mehr«, riet ihm Ben. »Schonen Sie sich.«

Der Colonel nickte.

Ben brachte ihm ein Glas Wasser und legte der Frau ein nasses Tuch auf die Stirn. Sie war noch immer bewußtlos. Daß sie lebte, verriet ihr – wenn auch schwacher – Pulsschlag. Aber allein konnte er ihr nicht helfen. Auf sein Rufen hin löste sich ein Mann aus der Schlange und nahm die Verletzte auf die Arme.

Ein gellender Schrei ließ Ben jäh erstarren. Er sah auf. Am Ende der Kette hatte eine Frau ihren Eimer fallen lassen. Jetzt verbarg sie ihr Gesicht in den Händen.

»Was ist los?« rief Ben.

Ihr Gesicht war verzerrt vom flackernden Schein der Flammen. Was sie sagte, verstand der Anwalt nicht, aber er sah, daß sie auf das Haus deutete.

Hinter dem dichten Rauch entdeckte Ben auf dem Boden vor der Tür ein Schemen. Er bewegte sich. Ganz kurz hörte er ein Husten und Würgen, dann wieder nur das Prasseln des Feuers.

Jemand war dort drinnen gefangen.

Ben sah sich nach Hilfe um. Die Leute in der Kette reichten fieberhaft die Eimer weiter. Sie waren ohnehin zu wenige. Jede Hand wurde gebraucht. Das hieß: Er selbst mußte es wagen. Er sammelte seine Kräfte und setzte sich in Bewegung.

»Warte!« schrie eine Frau und kippte einen Eimer über ihm aus.

Ben riß sich die Jacke herunter, sog sich die Lungen voll Luft, und stürzte sich dann mit der Jacke vor dem Gesicht in die Rauchwolke.

Und schon versengte ihm die Hitze die Augenlider. Nur nicht atmen! Er mußte sich zwingen, die Luft nicht auszustoßen. Würde er auch nur einmal einatmen, wäre er tot.

Ben kämpfte sich vor bis zu der bei der Eingangstür liegenden Gestalt. Es war eine junge Frau. Er drehte sie auf den Rücken und sah, trotz des dichten Rauchs sofort, daß das keine Vietnamesin war. Heftiger Schreck fuhr ihm durch die Glieder. Belinda? Nein, das konnte nicht sein, auch wenn sie schlank war und wie Belinda braunes Haar hatte. Sie war kleinerer und magerer. Aber was spielte das für eine Rolle? Keine zwei Meter vor ihnen tobten die Flammen!

Ben nahm sie in die Arme und hob sie hoch. Obwohl sie nicht viel wog, tobte sofort wieder ein pochender Schmerz in seinen Rippen, die sich noch kaum von den Schlägen erholt hatten. Luft entwich seinen Lungen. Nur ja nicht atmen!

Nach einer Ewigkeit tauchte er wieder aus der Rauchwolke auf und legte die Frau hustend und keuchend auf die Erde.

Gierig atmete er durch, doch wurde ihm sofort schwindlig und schlecht.

Sich hinkniend versuchte Ben, langsam wieder zu Kräften zu kommen. Als die schlimmste Übelkeit verebbt war, beugte er sich über die Frau. Auch als Laie konnte er feststellen, daß sie kaum Verbrennungen erlitten hatte und halbwegs regelmäßig atmete. Warum sie trotzdem bewußtlos war, vermochte er nicht zu beurteilen. Wahrscheinlich hatte sie zuviel Rauch eingeatmet.

Ihre Lider zuckten.

»Alles in Ordnung?« fragte Ben.

Die Frau blinzelte. Dann plötzlich weiteten sich ihre Augen; sie fuhr hoch und fing an zu kreischen.

Die Schreie gingen Ben durch Mark und Bein. Noch nie hatte er etwas derart Gräßliches gehört. Und ehe er sich von seinem Schock erholt hatte, deutete die Frau in die Flammen, unablässig Worte schreiend, die er jedoch nicht verstand. Schließlich ging ihr die Luft aus, und das Kreischen ging über in ein unkontrolliertes Schluchzen.

Ben legte ihr die Hände auf die Schultern. »Was hast du? Was ist los?«

Keine Antwort. Die Frau schüttelte nur verzweifelt den Kopf.

»Ben!«

Der Anwalt warf einen Blick über die Schulter. Es war Belinda. Sie kam um das brennende Haus herumgerannt, Ben lief ihr entgegen, und sie warf sich in seine Arme.

»Mein Gott, Ben! Jemand hat gesagt, daß du dich in die Flammen gewagt hast!«

»Das habe ich auch. Aber mir ist nichts passiert.«

»Gott sei Dank!« Sie drückte sich an ihn, und Ben fragte sich schon, ob sie ihn je wieder loslassen würde. Wenn es nach ihm ginge …

Über ihre Schulter hinweg sah er zu dem brennenden Haus hinüber. Das Feuer erstarb langsam. Nur noch an der Nordfassade schlugen vereinzelt Flammen hoch, doch auch sie waren sicher bald gelöscht. Belindas Eimerkette hatte funktioniert. Die Frau, die Ben jetzt in den Armen hielt, hatte mit ihrem beherzten Handeln das Dorf und die darin lebenden Menschen vor einer Katastrophe bewahrt.

Und während um sie herum noch Rauchwolken wirbelten, preßten sich ihre Lippen aufeinander.

»Warum hast du dich da hineingewagt?« fragte Belinda, als sie sich sehr viel später voneinander lösten.

»Eine Frau war in Gefahr. Ich mußte sie rausholen.«

Die Vietnamesin, die Ben auf die Situation aufmerksam gemacht hatte, unterbrach ihn. »Das stimmt nicht. Sie wollte nicht raus. Sie wollte *rein.*«

Ben starrte sie entgeistert an. »*Was?*«

»Ich habe es gesehen. Sie kam irgendwoher, sah das brennende Haus und rannte schreiend in die Flammen. Ich hielt sie für verrückt.«

»Wo ist sie?« fragte Belinda. »Ich muß mit ihr sprechen.«

»Sie liegt dort ...« Ben drehte sich um. »Komisch. Vorhin war sie noch da hinten.«

Er hastete hinüber. So angestrengt er auch in alle Richtungen spähte, die junge Frau war und blieb verschwunden.

»Sie ist weg.«

ZWEITER TEIL

DIE STUMMEN WÄCHTER

1

Im orangefarbenen Schein der über den Ouachitas aufgehenden Sonne begutachteten Ben und Mike den Schaden. Vom Haus der Truongs waren nichts als verkohlte Trümmer übriggeblieben. Auch die Nachbarhütten waren zum Teil abgebrannt. Über der gesamten Siedlung hing der beizende Geruch von Rauch.

Nach seinem Eintreffen hatte der Sheriff zunächst für den Abtransport der Verletzten ins Krankenhaus der Stadt gesorgt; das betraf Nguyen und Maria Truong, die Frau, die der Colonel aus dem brennenden Haus getragen hatte, sowie eine Handvoll anderer Leute mit weniger schweren Rauchvergiftungen. Die geheimnisvolle Unbekannte war nicht wieder aufgetaucht. Wer sie war oder wohin sie gegangen war, vermochte keiner zu sagen.

Sheriff Collier stand gerade vor der Ruine und kritzelte etwas in sein Notizbuch, als Ben und Mike zu ihm traten.

»Morgen, Kincaid«, brummte Collier, ohne aufzusehen. »Freut mich, Sie zu sehen, wenn Sie mal nicht hinter Gittern sind.»

So froh wie ich bist du bestimmt nicht, dachte Ben. »Was Interessantes gefunden?«

»Jede Menge verkohltes Holz. Ein paar persönliche Sachen. Sonst nichts Besonderes.«

»Haben Sie schon ermittelt, wie das Feuer ausgebrochen ist?«

»Bin ich ein Wahrsager oder was?«

Ben warf Mike einen Blick zu, doch dann nahm er sich vor, das Gespräch lieber selbst weiterzuführen. Wenn Mike anfing, den Mann über Brandstiftung zu belehren, würde Collier garantiert rot sehen.

»Haben Sie irgendwelche Indizien gefunden? Einen feuerfesten Behälter vielleicht? Ein Streichholzbriefchen? Oder eine Zündschnur?«

Sheriff Collier starrte ihn mißtrauisch an. »Warum sind Sie so sicher, daß ein Streichholzbriefchen die Brandursache sein soll?«

»Ich bin mir ja nicht sicher. Ich überlege nur laut.«

»Hören Sie, Mister – die Baracken hier sind die reinsten Feuerfallen. Wahrscheinlich hat einer von den Leuten so eine komische Pfeife im Bett geraucht, oder jemand wollte eine chinesische Laterne anzünden, und dann ist eben ein Funke übergesprungen.«

»Stimmt nicht!« widersprach Ben mit fester Stimme. »Ich war doch da, als es passierte. Das war kein normales Feuer. Wir hörten einen Knall, und eine Sekunde später stand das ganze Haus in Flammen. Und ich sah einen schwarzen Pickup davonrasen. Das war vorsätzliche Brandstiftung. Wir müssen feststellen, wer dahintersteckt.«

»Ich werden einen Teufel tun und in dem Haufen Asche rumwühlen«, knurrte Collier. »Was mischen Sie sich da überhaupt ein? Wo ist der Zusammenhang mit Ihrem Mandanten?«

»Keine Ahnung«, gab Ben zu. »Aber ich werde den Verdacht nicht los, daß es einen gibt.«

Sheriff Collier klappte sein Notizbuch zu und ging in Richtung seines Wagens. »Wenn Sie hier irgendeine abwegige Geschichte suchen, mit der Sie Ihren Jungen rauspauken wollen, können Sie sich die Mühe sparen. Wir in Silver Springs sind stinknormale Menschen. Auf Schwachsinn fallen wir nicht rein.«

»Wenn es sowieso Schwachsinn ist, haben Sie sicher nichts dagegen, wenn wir an Ihrer Stelle die Ruine durchkämmen.«

Collier runzelte die Stirn, ein untrügliches Zeichen, daß er sehr wohl etwas dagegen hatte. Doch anscheinend sah er keine Möglichkeit, es ihnen zu verbieten. »Tun Sie, was Sie nicht lassen können. Aber falls Sie doch etwas finden sollten, erwarte ich, daß Sie es mir melden.«

»Keine Angst, das werden wir.«

Der Sheriff stieg ein und brauste davon.

»Alle Achtung«, staunte Mike. »Den hast du ja ganz schön um den Finger gewickelt.«

»Schon gut.« Ben ging auf das eingeäscherte Haus zu. »Du bist doch ein Experte für Brandstiftung, oder?«

»Ich habe mal zwei Jahre lang solche Fälle bearbeitet, wenn du das meinst.«

»Das meine ich. Wie gehen wir vor?«

Mike deutete auf die niedergebrannte Nordfassade. »Du fängst da drüben mit dem Suchen an, ich hier.«

Also nahm sich Ben die Nordseite vor. Systematisch schritt er den Rand ab, um sich langsam weiter nach innen vorzuarbeiten. Jetzt war er ganz froh, daß er Handschuhe dabei hatte. Der verkohlte Schutt war immer noch glühend heiß. Erst zog er Kleiderfetzen aus der Asche, dann Plastikklumpen, die vor kurzem vielleicht noch Schüsseln, Haushaltsgeräte oder das Lieblingsspielzeug eines kleinen Kindes gewesen waren. Wie schrecklich das sein muß, wenn einem das Haus abbrennt, überlegte er. Man verliert alles, was einem je etwas bedeutet hat.

»Eigentlich weiß ich gar nicht, wonach ich Ausschau halten soll!« rief er zu Mike hinüber. »Du bist der Experte. Klär mich auf.«

»Tja, das erste auf der Liste eines Brandermittlers sind immer Indizien für kriminellen Vorsatz.«

»Suchen wir nach flüssigen oder festen Stoffen oder ...«

»Weder noch. Oder nach beidem. Eine flüssige Substanz ist in diesem Fall wohl das wahrscheinlichste. So was ist billig zu haben, und man kommt problemlos ran. Alkohol. Äther. Kerosin. Benzin.«

»Und was wäre ein fester Brennstoff?«

»Alles mögliche. Aber was hier in der Gegend reichlich vorhanden ist, das ist Kohlengrus. Damit entzündest du in Null Komma nichts ein Mordsfeuer. Und billig ist es auch.«

»Wie sieht es mit Chemikalien aus?«

»Problematisch. Aber auch kein Ding der Unmöglichkeit, nicht einmal in Silver Springs.»

»Die ASP lagert so was wahrscheinlich tonnenweise auf ihrem Gelände.«

»Wahrscheinlich, ja. Natrium und Kalium sind ziemlich gebräuchliche Chemikalien, und beide entzünden sich bei Kontakt mit Wasser. Die von der ASP könnten jederzeit behaupten, daß sie das Zeug für Sprengungen brauchen, und dann eine Superbombe draus basteln.«

»Schon was von der Blutprobe gehört, die du ins Labor geschickt hast?«

»Ich habe sie mit Federal Express nach Tulsa befördert und denen im Labor gesagt, daß es dringend ist. Trotzdem müssen wir uns wohl noch einige Tage gedulden.«

»Okay.« Ben zögerte. »Du bist ein echter Freund in der Not, Mike. Ich weiß gar nicht, wie ich dir danken soll.«

»Ach, das ist doch nicht der Rede wert.«

»Das ist viel mehr als Freundschaft ...«

»Wenn ich sage, das ist nicht der Rede wert, dann meine ich es auch so.«

»Okay, okay. Tut mir ja leid. Ich wollte dir nie unterstellen, daß du einen weichen Kern haben könntest.«

»Habe ich auch nicht. Ach, übrigens, habe ich dir erzählt, daß ich letzte Woche deine Schwester getroffen habe?«

»Nein, warum?«

»Na ja, Julia und ich haben uns ziemlich lange unterhalten. Mindestens eine Minute.«

»Bei euch ist das ja eine kleine Ewigkeit.«

»Sie hat jetzt ein Baby. Von ihrem zweiten Mann.«

»Habe ich auch gehört.«

»Aber jetzt läßt sie sich wieder scheiden.«

»Das scheint bei ihr zur Gewohnheit zu werden.«

»Stimmt. Dann habe ich ihr gesagt, daß du Urlaub machst. Sie war froh, daß du mal aus der Tretmühle rauskommst.«

»Das ist nett von ihr.«

»Und als ich ihr erzählt habe, daß du campst, hat sie einen Lachanfall bekriegt.«

Ben konzentrierte sich wieder auf die Trümmer zu seinen Füßen. »Julia hatte schon immer einen eigenartigen Humor.«

»Stimmt. Aber zu mir war sie wirklich nett.«

»Tja, mein Lieber, vielleicht findet ihr ja doch wieder zusammen.«

»Unsinn! An dieser Frau habe ich jedes Interesse verloren.«

»Mhm. Drum kriegst du auch immer Kulleraugen und wirst plötzlich so schweigsam, sobald ihr Name fällt.«

»Das sagst ausgerechnet du! Du weinst nach all den Jahren ja immer noch Ellen nach! Das ...«

Er verstummte mitten im Satz. Auf einmal herrschte eisiges Schweigen.

»Hey, tut mir leid, Ben! Ich hätte nicht damit anfangen dürfen.«

»Vergiß es einfach«, brummte Ben ohne aufzusehen.

»Okay. Es tut mir wirklich leid.«

Danach konzentrierte sich Ben verbissen auf die Suche.

Eine halbe Stunde später rief Ben plötzlich: »Mike! Ich glaube, ich habe was gefunden!«

Mike lief zu ihm hinüber und nahm den Gegenstand in Augenschein. Obwohl er total verrußt war, ließ er sich als die untere Hälfte einer zerbrochenen Colaflasche identifizieren. Mike hielt sie ins Licht.

»War das nun die Brandursache oder nur Abfall?« fragte Ben.

»Jede Wette, daß die Flasche eine hochexplosive Flüssigkeit enthielt. Daß du sie so schnell gefunden hast ...«

»Tja, ich bin eben der geborene Spurenfahnder. Du solltest mir in Zukunft etwas mehr Respekt entgegenbringen.«

»Ich werde es mir merken.« Mike gab seinem Freund die Flasche zurück. »Ist dir der Ruß an der Innenseite aufgefallen? Wenn das Feuer irgendwo im Haus ausgebrochen wäre, dann wäre nur die Außenseite schwarz. So aber muß es zuerst in der Flasche gebrannt haben. Wahrscheinlich war sie mit Benzin gefüllt. Ein Molotowcocktail. So was kann jeder anrühren. Jetzt müssen wir nach einem Docht oder Zünder suchen – sofern noch was davon übrig ist. Wahrscheinlich haben sie einen Öllumpen oder zusammengeknäueltes Papier benutzt. Wenn wir etwas in der Richtung finden, haben wir den Beweis für Brandstiftung.«

Ben nahm die Suche wieder auf. Allerdings erschwerten ihm die immer höher steigende Sonne und die von den verkohlten Trümmern ausgehende Hitze zunehmend die Arbeit. Immer wieder mußte er innehalten und sich den Schweiß von der Stirn wischen.

Irgendwann verlor er jedes Zeitgefühl. Nachdem er die Flasche praktisch auf Anhieb gefunden hatte, schien das Schicksal jetzt für ausgleichende Gerechtigkeit zu sorgen. Die Suche nach dem Zünder erwies sich als Geduldprobe. Längst waren nicht nur seine Kleider, sondern auch sein Gesicht rußverschmiert.

Langsam fragte sich Ben, ob er überhaupt noch etwas würde identifizieren können. Hier gab es ohnehin nur noch mehr oder weniger große verkohlte Trümmer. Vielleicht hatte er den Zünder sogar schon in der Hand gehalten und nichts geahnt.

»Und wenn der Zünder aus Papier war? Ist er dann nicht restlos verbrannt?«

»Schon möglich«, brummte Mike. »Aber auch dann sollten wir in der Lage ...«

Mitten im Satz brach Mike ab.

»Mike?«

Ben warf einen Blick über die Schulter. Keine Frage, sein Freund war noch da, aber er war leichenblaß.

»Was ist los, Mike? Hast du den Zünder gefunden?«

»Ich habe ...« Mike drückte den Handrücken an seine Lippen. »Das ist kein Zünder«, flüsterte er. »Das ist eine Leiche.«

»O Gott ... nein!« Ben war hin- und hergerissen zwischen Wissen- und nicht Wahrhabenwollen. »Eine ... Leiche?«

Mike nickte benommen. Er sah aus, als würde er sich gleich übergeben. »Das, was davon übrig ist. Knochen.«

Ben richtete sich langsam auf. Sie hatten also doch nicht alle rausgeholt. Was für ein entsetzlicher Tod! »Ein Mann? Eine Frau?«

Zu Bens Erstaunen kämpfte sein sonst so abgebrühter Freund mit den Tränen. Langsam schüttelte Mike den Kopf.

»Ein Baby.«

2

Belinda führte Jones die Computeranlage im Büro von Hatewatch vor. »Das da müßte das Diskettenlaufwerk sein ...«

Jones winkte freundlich ab. »Danke, ich glaube, ich komme schon zurecht.« Er schaltete den Computer ein und ging gleich in den Dateimanager. »Sie wissen wohl nicht zufällig, unter welchem Kürzel die Protokolle gespeichert sind?«

»Na ja … eigentlich kümmert sich immer John um die EDV.«

»Macht nichts. Das haben wir gleich.« Jones drückte auf ein paar Tasten, und plötzlich erschien auf dem Bildschirm in leuchtend roten Buchstaben vor blauem Hintergrund das Wort PROCOMM. »Na also.«

»Ich muß Sie auf etwas aufmerksam machen«, sagte Belinda. »Wir wollten uns vor anderen Prozessen schon öfter Einsicht in Dokumente der ASP verschaffen, doch angeblich sind sie bei einem Großbrand vernichtet worden. Und ihre Programme seien auch alle gelöscht, behaupten sie. Magnetische Aufladung der zentralen Rechenanlage. Langer Rede kurzer Sinn, bei ihnen findet man nie etwas.«

»Gut, dann brauchen wir auch keine Zeit mit Fragen zu verschwenden.«

»Vielleicht habe ich mich nicht ganz klar ausgedrückt. Wenn die sogar bei Verfahren nichts rausrücken, obwohl der Richter ihnen im Nacken sitzt, werden Sie wohl kaum mit einem normalen Rechner an ihre Daten rankommen.«

»Wieviel, glauben Sie, hat Dunagan für den Umzug berappt?« fragte Jones abrupt. »Dieses Riesenlager für so viele Leute muß ihn doch eine Stange Geld gekostet haben.«

»Keine Ahnung. Zwanzig-, dreißigtausend Dollar vielleicht. Warum fragen Sie?«

»Glauben Sie, daß Dunagan so einen Haufen Geld einfach aus der Hosentasche zieht?«

»Es würde mich doch sehr überraschen.«

»Dann müßte er also ein Darlehen aufgenommen haben. Und an die Aufzeichnungen der Banken kommen wir ran.«

»Was haben Sie davon?«

»Ganz einfach. Wir erfahren, wie hoch die Summe war und wer für ihn gebürgt hat. Auf diese Weise finde ich raus, wer außer Dunagan noch alles hinter der ASP steht. Und wenn ich die Spur weiterverfolge, weiß ich auch, was die ASP genau ist, wieviel Geld ihr zur Verfügung steht und wo und wofür sie es ausgibt.«

»Soll das ein Witz sein?«

»Nein. Die Suche ist zeitaufwendig, aber es klappt. Wenn ich das alles habe, kann ich in die Datenbanken aller möglichen Zeitungen in anderen Städten gehen und schauen, was sie mit dem Geld angestellt haben könnten. Und danach kann ich Ben einen ziemlich vollständigen Bericht über die Aktivitäten der ASP in den letzten drei Jahren liefern.«

»Sie erstaunen mich!«

»Tja.« Jones hackte wieder in die Tasten. »Ich muß die Namen herausfinden, unter denen die ASP ihre Geschäfte tätigt, und natürlich die Leute, die sie vertreten. Und dazu gehe ich ganz legal in eine Datenbank.«

»Ach Gott, das tut mir leid!« stöhnte Belinda. »Wir haben nicht den nötigen Anschluß. Für die Gebühren reicht das Budget von Hatewatch einfach nicht.«

»Das von Ben Kincaid auch nicht. Aber ich kenne da ein paar Tricks.«

»Ein paar Tricks?« Belinda sah fasziniert zu, wie Jones ein Menü nach dem anderen auf den Bildschirm zauberte.

»Moment mal. Und das ist auch garantiert nicht verboten, was Sie da machen?«

»Wollen Sie's denn wirklich genau wissen?«

»Na ja ... als Anwältin müßte ich mich eigentlich vergewissern, daß mein Vorgehen keinen Verstoß gegen die Richtlinien darstellt ...«

Jones drückte wortlos die Enter-Taste und holte damit die Aufzeichnungen des Außenministeriums über die Anglo-Saxon Patrol auf den Monitor.

Nun staunte sogar Jones. »Hat der Mensch Töne! Dabei bin ich nur ein einfacher Sekretär ... Verzeihung, Assistent der Geschäftsleitung.«

3

Colonel Nguyen näherte sich dem Hühnerstall seines Dorfes. Obwohl sie ihn aus dem Krankenhaus entlassen hatten, war er noch recht wackelig auf den Beinen, und in seinem Kopf tobten Schmerzen, als bearbeiteten ihn ein Dutzend Schmiede mit ihrem Vorschlaghämmern.

Langsam wurde er doch zu alt für Heldentaten, hielt er sich vor. Aber welche Wahl hatte er denn gehabt? Wäre er nicht in das brennende Haus gelaufen, könnte Maria Truong jetzt tot sein.

Er hatte sie nach seiner Entlassung besucht. Vielleicht wäre es besser gewesen, sie sterben zu lassen.

Seine Frau hatte die ganze Nacht an seiner Seite im Krankenhaus verbracht. Lan war keine, die viel redete oder vor anderen weinte, aber diesmal konnte sie ihre Gefühle nicht verbergen. Sie machte sich schreckliche Sorgen angesichts all der Drohungen, zumal bei jedem Anschlag ihr Mann mitten drin gesteckt hatte.

Und jedesmal rückte damit das Böse auch seiner Familie ein bißchen näher.

Wenn nun ihren Töchtern etwas zustieße, wäre es aus. Das würde ihm Lan nie verzeihen, soviel stand für Nguyen fest.

Als sie in der Nacht im Krankenhaus bei ihm gewacht hatte, war ihm klar geworden, wieviel sie ahnte. Auf alle Fälle spürte sie, daß er ihr nicht alles, was er über Vuongs Tod wußte, anvertraut hatte. Waren ihr die Flugblätter unter die Finger gekommen? Nein, die hatte er gleich nach seiner Rückkehr überprüft – sie lagen unangetastet in ihrem Versteck. Lan war eine kluge Frau. Sie hatte es nicht nötig, zu fragen oder hinter ihm herzuschnüffeln.

Und jetzt machte sie sich Sorgen.

Der Colonel trat lautlos in den Schuppen, in dem die Käfige für die Hennen standen. In der Mitte, den Blicken verborgen, beratschlagten Dan Pham und fünf seiner engsten Vertrauten. Normalerweise hielten sie ihre Treffen in der Scheune ab, aber dort waren vorläufig diejenigen Dorfbewohner untergebracht, die nach dem Brand noch nicht in ihre Häuser zurückkehren konnten.

Was die zornigen jungen Männer besprachen, konnte der Colonel nicht verstehen, aber er wußte genau, worum es sich handelte. Auch durch den gestrigen Überfall ließ sich Pham nicht einschüchtern. Daß sie den anderen in jeder Hinsicht unterlegen waren, würde er nie zugeben. Nein, er sann auf Rache.

Nguyen schlich sich näher heran. Die Hühner gackerten, aber darauf achtete schon lange keiner mehr. So fand er unbemerkt einen geeigneten Platz zum Lauschen und verstand auch endlich ein paar Worte. »Parade«, hörte er Pham mehrmals sagen. Was konnte er damit nur meinen? »Überraschung«, meinte ein anderer, woraufhin alle in gedämpftes Gelächter ausbrachen. Und dann hörte er von Pham laut und deutlich das Wort »Angriff«.

»Wollten Sie sich uns anschließen, Colonel Nguyen?«

Der ehemalige General blickte auf. Unmittelbar vor ihm stand Pham und starrte ihm in die Augen. Es hatte keinen Sinn, so zu tun, als sei er hier rein zufällig gelandet. »Nein, das will ich nicht.« Trotzdem ging er zu Pham und seinen Anhängern hinüber und setzte sich in den Kreis.

»Wollen Sie uns vielleicht Ihre Dienste anbieten? Ihren Rat als erfahrener Soldat?«

»Ihr solltet mir sagen, was ihr plant.«

»Ich glaube nicht, daß das sehr klug wäre.«

»Ich muß wissen, ob Coi Than Tien Gefahr droht. Denk doch auch an die anderen Gemeindemitglieder, Pham. Denk an unsere Familien.« Seine Augen verengten sich zu Schlitzen. »Denk an deine Großmutter.«

Phams Gesicht nahm einen harten Zug an. »Es betrübt mich, die Bitten eines so großen Mannes wie Ihnen abschlagen zu müssen; aber wenn Sie sich uns nicht anschließen wollen, halte ich es für das Klügste, wenn wir unsere Pläne für uns behalten.«

»Mit deinen Plänen beschwörst du große Gefahr für uns alle heraus. Und besonders für unsere Familien.«

»Das sind nicht die Worte eines Kriegshelden«, spottete Pham. »Sie hören sich eher an wie der weiße Wichtigtuer, der gestern da war und meinte, er müsse sich unbedingt in unsere Angelegenheiten einmischen.«

Nguyen begriff, daß damit nur der Anwalt gemeint sein konnte. Der Mann, den er angelogen hatte. Oder dem er zumindest die Wahrheit verschwiegen hatte.

Natürlich war ihm klar, was die Absicht des Anwalts gewesen war. Ihn hatte die Frau von Hatewatch mit ihrer schnellen Zunge nicht täuschen können. Im Gegensatz zu den meisten Dorfbewohnern ging er jeden Tag nach Silver Springs, und er las die Zeitung. Darum wußte er, daß der Weiße Donald Vick verteidigte, den Mann, der des Mordes an Tommy Vuong beschuldigt wurde.

Den Mann, der mit an Sicherheit grenzender Wahrscheinlichkeit nicht der Täter war.

Zweifellos suchte der Anwalt Informationen, mit deren Hilfe er einen Unschuldigen vor der sicheren Verurteilung retten konnte.

Und Nguyen hatte sein Wissen nicht preisgegeben.

»Der junge Mann, der uns gestern besuchte, hatte recht, als er sagte, daß Gewalt nur neue Gewalt erzeugt. Terrorismus ist keine Lösung. Er schürt nur das Feuer des Hasses.«

»Dann nehmen Sie doch Ihre Familie und gehen Sie!« stieß Pham hervor.

»Du willst dir nicht einmal anhören, was ich noch zu sagen habe?«

»Es sind genug Worte gesprochen worden. Jetzt ist es Zeit, zu handeln.«

»Und was halten deine Freunde davon? Wir sind jetzt in Amerika. Laß sie abstimmen.«

Pham sprang wütend auf. »Ich spreche für meine Leute! Aber von mir aus: Dann stimmen wir eben ab. Wer ist dafür, Colonel Nguyen in unsere Pläne einzuweihen?«

Die fünf Männer sahen einander stumm an. Keiner hob die Hand.

»Da haben sie Ihre Abstimmung, Colonel Nguyen. Jetzt gehen Sie.«

Niedergeschlagen verließ Nguyen den Hühnerstall. Im Moment war jeder Versuch, Pham zur Vernunft zu bringen, zum Scheitern verurteilt. Nichts und niemand konnte ihn aufhalten, es sei denn die wütende Rache der ASP. Doch dann würde Coi Than Tien dem Erdboden gleichgemacht.

Der Colonel überlegte, ob er seine Familie wecken, die wenigen Habseligkeiten packen und mitten in der Nacht fortgehen sollte. Doch dann schämte er sich. Damit würde er Pham doch nur recht geben, denn dann wäre er wirklich ein Feigling. Er mußte einen anderen Weg finden.

So nahm er sich vor, auch morgen wieder nach Silver Springs zu gehen. Er wollte herausfinden, was Pham mit *Parade* und *Überraschung* gemeint haben könnte. Er wollte versuchen, Pham und seine Spießgesellen aufzuhalten, bevor der letzte Würfel fiel.

Bevor es zu spät war für sie alle.

4

»Ist sie bei Bewußtsein?« erkundigte sich Ben.

Der Arzt nickte. »Phasenweise. Wir verabreichen ihr per Infusion Schmerzmittel. Deswegen ist sie permanent benommen, was unter den gegebenen Umständen auch das Beste für sie ist.«

Ben und Belinda befanden sich in der Notaufnahme des Krankenhauses von Silver Springs. Dort hatte man kurzfristig einen Behandlungsraum für Maria Truong umfunktioniert. Der Arzt, mit dem Ben sprach, war ein hochgewachsener Mittvierziger namens Harvey Patterson.

»Wie schlimm sind die Brandwunden?« fragte Belinda.

»Leider sehr gravierend. Wir müssen mit dem Schlimmsten rechnen. Die Lunge ist geschädigt, und sie hat am ganzen Körper Verbrennungen dritten Grades erlitten. Von den Händen ist so gut wie nichts mehr übriggeblieben.«

»Sie haben etwas von Schmerzmitteln gesagt?«

»Richtig. Manche Verbrennungen gehen so tief, daß dort die Nerven abgestorben sind. An diesen Stellen spürt sie keine Schmerzen mehr. Die weniger gravierenden Wunden dagegen bereiten ihr schreckliche Qualen. So makaber es klingt, die Wunden, unter denen sie leidet, sind vergleichsweise harmlos, die, die sie nicht mehr spürt, können ihren Tod bedeuten.«

»Sie glauben also, daß sie …«

»Wir haben eine Skala für Verbrennungen. Demnach sind

über siebzig Prozent ihres Körpers betroffen, meistens mit Verbrennungen dritten Grades. Brandopfer, die zu sechzig Prozent geschädigt sind, überleben in den seltensten Fällen. Und selbst wenn sie es schaffen ...« Er führte den Satz nicht zu Ende.

»Können wir denn gar nichts für sie tun?« fragte Belinda.

»Wir haben unser Möglichstes versucht. Jetzt kann ihr nur noch eine Spezialklinik in Little Rock weiterhelfen. Einen Rettungshubschrauber haben wir bereits angefordert. Dort bekommt sie die bestmögliche Behandlung – vorausgesetzt, sie will das überhaupt.«

»Was meinen Sie damit?«

Dr. Patterson warf einen Blick auf die Patientin. »Die Klinik ist auf dem neuesten Stand: ausgeklügelte Tests, Hauttransplantationen und plastische Chirurgie. Allerdings glaube ich nicht, daß ihr das noch etwas bringen würde. Sehen Sie sich doch nur Hände und Gesicht an! Selbst wenn sie überlebt – was für ein Leben wäre das dann? Sie wird nie mehr richtig arbeiten können und permanent unter unsäglichen Schmerzen leiden.«

Der Arzt ließ sich auf einen Sessel fallen. »Ich bin seit vierundzwanzig Stunden pausenlos im Einsatz und habe getan, was in meinen Kräften stand, um sie vielleicht doch noch zu retten. Aber die ganze Zeit frage ich mich, ob ich das überhaupt hätte tun sollen.«

»Sie handeln schon richtig«, versicherte ihm Ben, obwohl er selbst alles andere als zuversichtlich war. »Sagen Sie, dürfte ich mit ihr sprechen?«

»Ich glaube nicht, daß ihr das schadet. Aber vergessen Sie nicht: Sie steht unter dem Einfluß starker Medikamente. Da kann ich nicht für die Zuverlässigkeit ihrer Antworten bürgen.«

Gemeinsam traten Ben und Belinda auf Marias Bett zu. »Mrs. Truong?«

Ihr Kopf war fast völlig in einen Verband gehüllt. War das der Grund, warum die Augen so unnatürlich groß und hohl wirkten? Dann erst bemerkte Ben, daß die Augenbrauen und Wimpern vollständig fehlten.

Langsam schlug Maria die Augen auf. »Ja?«

»Ma'am, mein Name ist Ben Kincaid.«

»Sind Sie ... der Mann, der mich ... aus dem Feuer ...«, stammelte sie mit brechender Stimme.

»Nein, das war Colonel Nguyen. Er hat Sie aus dem Haus getragen und Ihnen das Leben gerettet.«

Sie benetzte sich die Lippen. »Der Colonel. Ja. Ein großer Mann.«

»Ma'am, ich würde Ihnen gern ein paar Fragen stellen. Mit Ihrer Familie habe ich bereits gesprochen, aber keiner konnte mir weiterhelfen. Vielleicht haben aber Sie jemanden gesehen und wissen mehr. Sollte Ihnen das Sprechen zu große Mühe bereiten, sagen Sie es mir bitte; dann lasse ich Sie sofort in Ruhe.«

Maria versuchte zu nicken, hatte aber extreme Schwierigkeiten, den Hals zu bewegen. Wo ihre Haut nicht von Verbänden bedeckt war, wirkte sie dick und lederig, die Wunden verkrusteten bereits.

Als Belinda ihr behutsam das verrutschte Kissen unter den Kopf schob, lächelte Maria sie dankbar an.

»Haben Sie gestern abend etwas bemerkt?«

»Auto«, flüsterte die Verletzte. »Schwarz. Haben etwas geworfen ...«

»Konnten Sie erkennen, was das war?«

Sie versuchte den Kopf zu schütteln.

»Haben Sie gesehen, wer im Auto saß?«

Wieder der Ansatz eines Kopfschüttelns.

»Haben Sie eine Vorstellung, warum die sich ausgerechnet Ihr Haus herausgesucht haben?«

Ganz offensichtlich war ihr das auch ein Rätsel. Tränen traten ihr in die Augen. Sie versuchte, den Arm zu heben, doch ein Schlauch behinderte sie. Ben schob den Schlauch beiseite und wollte gerade ihre Hand ergreifen, als er erstarrte. Dort war kaum mehr ein Stummel!

Sehr behutsam streifte er ihre Schulter. Oder war das ein Fehler? Er hoffte nur, daß sie an dieser Stelle nichts spürte. »Soviel ich weiß, lebten Sie mit Ihrem Mann und Ihrem zehnjährigen Sohn in diesem Haus, richtig?«

»Ja. Sind sie ...«

»Ihnen geht es gut, Ma'am. Der Junge ist ein bißchen durcheinander, aber unverletzt.«

»Und Vanh?«

»Genauso. Die zwei waren vorhin bei Ihnen, aber da schliefen Sie noch. Sie werden sicher bald wiederkommen.«

»Das ist ... schön.«

»Wissen Sie, warum ...« Wie sollte er es nur sagen? Am besten kurz und schmerzlos. »Wissen Sie, warum ein Baby in Ihrem Haus war?«

Auch wenn sie kaum noch in der Lage war, den Mund zu verziehen, spürte Ben sofort, daß die Frau aus allen Wolken fiel.

»Haben Sie Freunde oder Verwandte, die vielleicht ihr Baby bei Ihnen gelassen haben?«

»Ein Baby?« ächzte Maria. »Ich ... wollte immer ein Baby ... Tim ist mein Stiefsohn. Als ich seinen Vater heiratete, war er fünf.«

»Haben Sie eine Ahnung, wo das Baby herkommen könnte?« wiederholte Ben.

»Keine Ahnung.« Ihre Augen weiteten sich vor Entsetzen. »Ist das Baby ...«

»Nein, nein«, sagte Ben hastig. »Dem Baby geht es gut. Außer Ihnen sind alle unverletzt davongekommen.« Sollte ihn einen Lügner nennen, wer mochte. Diese Frau war mit ihren Schmerzen genug gestraft.

Maria versuchte sich auf die Seite zu wälzen, doch das mußte ihr unsägliche Qualen bereiten. Sie keuchte, und plötzlich stieß sie einen unterdrückten Schrei aus. Sofort drehte sie sich wieder auf den Rücken. Ihr Gesicht war schmerzverzerrt.

Ben kämpfte mit den Tränen. Die Frau tat ihm unendlich leid. Verbrennungen mußten wirklich die schlimmsten aller Qualen sein.

Dennoch setzte er die Befragung fort: »Können Sie sich noch an etwas anderes erinnern, das mit der Brandursache zu tun haben könnte?«

Es sah Maria an, daß sie angestrengt nachdachte, doch ihr fiel nichts mehr ein. Sie hatte auch wahrlich andere Sorgen.

Ben stand auf. Überflüssig, die arme Frau noch länger zu quälen. »Vielen Dank für Ihre Hilfe. Ich habe gehört, daß Sie in eine Spezialklinik gebracht werden sollen, wo ...«

»Nein!« stöhnte die Frau auf einmal. »Keine ... Behandlung mehr!«

»Aber dort kann man Ihnen helfen, Ma'am.«

»Nein.« Sie hob die Arme und starrte die verstümmelten Hände an. »Ich bin am Ende.«

»Mrs. Truong«, murmelte Belinda, »wir wissen, das hilft Ihnen nach diesem Schicksalsschlag nicht viel – aber unserer aufrichtigen Anteilnahme können Sie gewiß sein.«

»Nicht so schlimm«, flüsterte die Verletzte. »Mein Junge ist gerettet, und mein Mann ... auch.« Ihre Augen fielen zu. »Das ist genug.«

5

Am nächsten Morgen erwachte Ben kurz nach Sonnenaufgang. Normalerweise sahen seine ersten Schritte jeden Sonntag so aus: sich mehr oder weniger blind aus dem Bett fallen lassen, die Katze füttern, in die Küche tapsen, Getreideflocken in eine Schale geben, Milch drüber schütten und beim Frühstück das Kreuzworträtsel der *Tulsa World* lösen. Heute hatte er leider weder Katze noch Müsli noch Kreuzworträtsel. Er mußte sich mit einer schnellen Wäsche und Rasur am See zufriedengeben.

Wenigstens hatte er im großen und ganzen gut geschlafen, sah man einmal von seinen Träumen ab. Schreckliche Alpträume von einem Brand. Ben hoffte, ihm würden Feuer in Zukunft erspart bleiben.

Beim Zähneputzen überdachte er den weiteren Tagesablauf. Es gab genug zu tun. Vor allem mußte er vor Prozeßbeginn noch eine ganze Reihe von Leuten sprechen.

Als er fertig angezogen war, holte er aus einer im Zelt verstauten Plastiktüte einen Doughnut und wartete, bis sein Personal eintrudelte. Zu seiner Überraschung traf als erste Christina ein. Seit ihrem letzten Streit hatten sie kein Wort mehr miteinander gewechselt.

»Morgen«, brummte Ben. »Ich dachte du wohnst jetzt bei Mary Sue?«

»Tue ich auch«, erwiderte sie mit tonloser Stimme. »Ich wollte ein paar Barsche fangen und war der Meinung, daß du noch schläfst … Wie ich gehört habe, willst du heute in die Kirche?« Aus der Kühltasche angelte sie sich eine Coladose und riß die Lasche ab.

»Warum nicht?» brummte Ben. »Immerhin ist heute Sonntag.«

»Und du gehst mit … dieser Frau da?«

Er kniff die Augen zusammen. »Belinda? Ja. Sie wird jeden Moment kommen.«

»Ihr verbringt ja neuerdings ganz schön viel Zeit miteinander …«

»Das stimmt.« Er hüstelte. Aus irgendeinem Grund fühlte er sich auf einmal nicht wohl in seiner Haut. »Sie ist eine wahnsinnig tapfere Frau. Und intelligent obendrein.«

Christina starrte ihre Coladose an. »Ich verstehe. Und warum gehst du mit ihr in die Kirche?«

»Allein zu gehen wäre doch blöd. Und du willst ja nichts mehr mit mir zu tun haben.«

»Ben, ich …«

»Noch ist es nicht zu spät, Christina. Der Prozeß hat noch nicht angefangen. Und ich brauche eine Assistentin … Na ja, das stimmt nicht ganz. Ich brauche dich.«

»Das kann ich nicht, Ben … Wenn ich mich darauf einließe, könnte ich in der Nacht kein Auge mehr zumachen. Wie kommst du überhaupt darauf …« Sie schüttelte verständnislos den Kopf.

»Ich dachte, daß du mich noch am ehesten verstehen würdest«, erwiderte Ben leise.

Sie wandte sich abrupt ab. »Dann hast du dich eben getäuscht.«

Zu ihrer beider Erleichterung kroch in diesem Moment Jones aus seinem Zelt. »Hast du meinen Bericht gefunden, Boß?«

Jones hatte am Vortag einen ganzen Stoß Informationen über die mehr oder weniger offiziellen Tätigkeiten der ASP in den letzten drei Jahren und ihre Geldquellen ausgedruckt und in Bens Zelt gelegt. Ben hatte ihn noch vor dem Einschlafen gelesen. Er enthielt alles Wissenswerte über das Überlebenstraining der Organisation, die Camps, ihre Einschüchterungsmethoden und ihre terroristischen Anschläge in Montgomery, Birmingham und anderswo.

»Vielen Dank«, sagte Ben. »Du hast wirklich großartige Arbeit geleistet.«

»Ich lebe, um anderen eine Freude zu machen.«

»Schön zu hören, daß es wenigstens einen Menschen von der Sorte gibt. Ich habe auch schon einen neuen Auftrag für dich.«

»Schieß los.«

»Vorgestern nacht habe ich bei dem Feuer in Coi Than Tien eine Frau aus den Flammen gezogen. Braune Haare, schlank – höchstens fünfzig Kilo. Eine Weiße. Glaube ich zumindest. Bei dem vielen Rauch konnte ich das nicht so genau sehen.«

»Okay. Was ist mit ihr?«

»Ich möchte wissen, wer sie ist und warum sie sich im Dorf aufhielt.«

»Warum hast du sie nicht selbst gefragt?«

»Sie war weg, ehe ich dazu kam.«

»Und seitdem hast du nichts mehr von ihr gehört?«

»Leider nein.«

»Sehr viele Anhaltspunkte sind das ja nicht gerade. Aber ich werde mein Bestes versuchen. Was dagegen, wenn Loving mir hilft?«

»Natürlich nicht. Wenn er Zeit dafür hat.«

»Die wird er schon finden. Die Schläger, die er bearbeitet, kommen so gut wie nie vor dem Dunkelwerden raus. Sind so was wie Vampire.«

Vom Ufer her näherte sich ihnen Mike. »Wo hast du dich denn rumgetrieben?« fragte Ben.

»Nur ein bißchen Gymnastik gemacht. Und natürlich mein übliches Rendezvous mit der Natur gehabt. Du weißt schon, frei nach Henry David Thoreau.«

»Schwachkopf. Hast du Portia wieder hingekriegt?«

»Kein Kommentar.« Er holte sich mit säuerlicher Miene zwei Doughnuts aus der Tüte, je einen für die linke und die rechte Hand, und fing an, abwechselnd hineinzubeißen.

»Hast du was über das Baby in Erfahrung gebracht?« Beim bloßen Gedanken an das verkohlte Skelett wurde Ben schlecht, aber er mußte es wissen.

»Mhm«, brummte Mike und wischte sich die Brösel von den Lippen. »War tatsächlich ein Säugling. Ein Mädchen.«

»Hat sich jemand ihretwegen gemeldet?«

»Noch nicht. Niemand weiß, wer sie sein könnte oder wer sie dorthin gebracht hat.«

»Die Truongs auch nicht«, sagte Ben. »Ich habe mit ihnen gesprochen.«

»Das kann ich mir aber kaum vorstellen.«

»Schon möglich. Aber ich glaube ihnen. Immerhin gelang es ihnen, aus dem Haus zu entkommen. Da hätten sie bestimmt auch noch einen Säugling tragen können. Wenn sie gewußt hätten, daß einer da war.«

»Das ist schon ein merkwürdiger Fall, Ben. Auch eine Art, Urlaub zu machen.« Mike stopfte sich die beiden letzten Bissen gleichzeitig in den Mund.

Ben nickte. »Normalerweise kommt langsam Licht ins Dunkel, wenn man seine Informationen sammelt. Aber hier ist es genau umgekehrt. Je mehr wir in Erfahrung bringen, desto undurchschaubarer wird das Ganze.«

Auf dem Feldweg tauchte ein Wagen auf und hupte zweimal.

»Klingt ganz so, als würde ich abgeholt«, brummte Ben. »Bis später. Ich gehe in die Kirche.«

»In die Kirche?« Mike hätte sich fast an seinem Doughnut verschluckt. *»Du?«*

»Natürlich. Heute ist doch Sonntag, oder?«

»Weil Belinda mitgeht«, grinste Jones und zwinkerte Mike zu.

»Wirklich? Wie romantisch!«

»Ich komme ja wieder.« Ben setzte sich in Bewegung, blieb aber noch einmal stehen. »Bis bald, Christina. Wir führen unser Gespräch später fort, okay?«

Christina sah auf, erwiderte jedoch nichts.

6

Belinda parkte ihren Jeep auf dem Platz vor der Aryan Christian Church, einer altmodischen Holzkirche mit einem Turm und einer Glocke. Dahinter stand ein Bau jüngeren Datums, vermutlich die Garage. Angegliedert an die Kirche war ein Häuschen, in dem, wie Ben vermutete, der Pfarrer lebte. Und daneben befand sich ein umzäumtes Gehege, das fünf wild kläffende Jagdhunde beherbergte.

»Sieht so aus, als wäre der Pfarrer auch Jäger«, brummte Ben.

»Das würde mich nicht überraschen«, meinte Belinda. »Die Männer hier in der Gegend nehmen die Jagd furchtbar ernst. Warte erst mal ab, bis die Hirschsaison eröffnet wird. In dieser Zeit findest du im Umkreis von hundert Meilen keinen einzigen Handwerker.«

»Hetzen sie die Hunde auf Hirsche?«

»Nein. Der Pfarrer dürfte Enten jagen oder vielleicht Waschbären.« Sie stellte den Motor ab, machte aber keine Anstalten, auszusteigen. »Und du meinst wirklich, wir sollen da reingehen?« Sie sah ihm ernst in die Augen.

»Hey, ich wurde ja schließlich eingeladen.«

»Aber ich nicht. Wenn die mich sehen, drehen sie durch.«

»Ich brauche deine Hilfe, Belinda. Du hast viel mehr Erfahrung mit der ASP als ich.«

»Stimmt. Und vielleicht sollten wir beide die Finger davon lassen.«

»Ich bin verpflichtet, meinen Mandanten nach bestem Wissen und Gewissen zu verteidigen. Der Prozeß geht am Montagnachmittag los. Überleg doch nur: Womöglich ist der wahre Mörder unter diesen Männern zu finden. Soll ich da wirklich auf ein Gespräch mit ihnen verzichten?«

»Wahrscheinlich hast du recht. Es ist nur ... Als du vorgestern nacht in das brennende Haus gelaufen bist, um die Frau zu retten, hatte ich schreckliche Angst um dich.« Sie rutschte näher an ihn heran. »Wir hatten unsere Schwierigkeiten miteinander, Ben. Aber ich will nicht, daß dir etwas zustößt.«

Ihre Lippen fanden die seinen. Zuerst war der Kuß vorsichtig, zögernd, dann wurde er fordernder, intensiver. Ihre Körper drängten sich aneinander.

»So kommen wir nie in die Kirche«, murmelte Ben schließlich. »Machen wir doch später in einer etwas intimeren Umgebung weiter. Und du brauchst dich wirklich nicht um mich zu sorgen.« Er löste sich – wenn auch widerstrebend – von ihr.

»Trotzdem, paß auf dich auf.«

Sie sprangen aus dem Jeep und gingen zur Kirche. »Kaum zu glauben, aber die Kirche ist keine hundert Meter von Coi Than Tien entfernt«, bemerkte Belinda. »Ein gespenstischer Zufall.«

»Das ist bestimmt kein Zufall. Eher dürfte das zur Taktik der ASP gehören: Einschüchterung des Gegners.«

Als sie am Gehege vorbeikamen, fingen die Hunde wie wild zu toben an.

»Wie der Herr, so das Gescherr«, meinte Ben.

»Ha-ha!« Sie nahm die Tiere genauer in Augenschein. »Sie sehen ziemlich unterernährt aus.«

»Das sind sie wohl auch. Manche Leute halten ihre Hunde absichtlich zu kurz. Dann werden sie aggressiver. In Tulsa gibt es eine Gruppe von Tierschützern, die ich schon öfter in solchen Sachen vertreten habe. Ich könnte dir eine ganze Latte von herzzerreißenden Geschichten erzählen.«

»Glaubst du, daß die auch mal ausbrechen könnten?«

»Nur wenn ihnen jemand Drahtscheren gibt. Außerdem scheint das ein elektrischer Zaun zu sein. Würde mich interessieren, wo der Schaltkasten ist.«

Sie stiegen die Stufen zum Portal hinauf und traten ein. Der Innenraum war sehr schlicht gehalten – kein Vergleich mit der episkopalischen Kirche, in die Ben immer als Kind gegangen war. Als erstes fiel Ben ein gleich neben dem Portal angebrachtes Schaltbrett mit allen möglichen leuchtenden Knöpfen auf. Wahrscheinlich wurde von dort aus auch das Hundegehege bedient.

Der Gottesdienst hatte bereits begonnen. Ben und Belinda schlüpften in die letzte Bankreihe.

Der erste Teil unterschied sich kaum von anderen Messen dieser Art, die Ben in seinem Leben kennengelernt hatte. Es waren die üblichen Lieder und Gebete. Nur die lange schwarze Kutte des Pfarrers, eines gewissen Brother Curtis, fiel Ben auf. War es möglich, daß er ein Gewehr darunter verbarg?

In der Predigt traten die Unterschiede allerdings deutlich zutage. Brother Curtis mahnte nicht etwa zur christlichen Nächstenliebe, nein, er trief praktisch zu den Waffen! Dieser Pfarrer interpretierte Armageddon als einen weltweiten Krieg zwischen den Rassen, den letztlich nur die Nachfahren der Angelsachsen gewinnen könnten. Anscheinend gehörte seine Version zur offiziellen Doktrin der Aryan Christian Church, derzufolge die Erlösung ausschließlich die Weißen betraf.

»Die Regierung wird in den Flammen zugrundegehen!« donnerte Curtis. »Sie hat das Vertrauen derer, denen sie ihre Existenz verdankt, mißbraucht. Sie wird beherrscht von Juden, Schwarzen, Latinos und Asiaten« – zustimmendes Gemurmel – »von Kommunisten und Katholiken und sonstigem Geschmeiß, das sich die Zerstörung eines Amerikas, wie wir es kennen, auf die Fahnen geschrieben hat!«

Nach diesen Tiraden rief die Gemeinde mehrmals inbrünstig *»Amen!«* und *»Gepriesen sei der Herr!«*

»Niemand hat die Juden auserwählt! Wir, das arische Volk, sind die auserwählte Rasse!« Wieder laute Beifallsrufe. »Die minderwertigen Rassen sind Abkömmlinge des Satans. Sie sind Teufel! Sie haben uns unser Erstgeburtsrecht gestohlen. Doch die Zeit ist gekommen, es uns zurückzuholen!« Er stampfte auf. »Wir müssen all diejenigen bekämpfen, die uns um unser Erbe betrügen wollen! Wir müssen all die Gottlosen bekämpfen, die unser Land besudeln! Wir müssen die Dämonen bekämpfen, die es wagen, sich uns in den Weg zu stellen. Wir müssen die dämonischen Rechtsverdreher bekämpfen, die unsere gerechte Sache ins Gegenteil verkehren wollen!«

Ben warf unwillkürlich einen Blick über die Schulter. Dämonische Rechtsverdreher? Wo denn?

»Wir müssen kämpfen und kämpfen und nochmals kämpfen, bis auch das letzte Hindernis beseitigt ist auf dem Weg zur einen und wahren Kirche, zur Neuen Nation! Einer Nation, in der es nur Weiße gibt, einer Nation, die begründet ist auf unserem Schweiß, unserer Arbeit und unserem Blut!«

Unter allgemeinem Jubelgeschrei und Hallelujarufen flüsterte Ben ins Ohr Belindas: »Sehr viel mehr stehe ich nicht durch.«

»Das ist noch harmlos«, erwiderte sie mit einem Achselzucken. »Du solltest sie mal hören, wenn sie richtig in Fahrt kommen.«

Ben schnitt eine Grimasse. Verabscheut hatte er diese Leute schon seit jeher wegen all der Dinge, für die sie eintraten. Doch jetzt war Abscheu nicht mehr das passende Wort. Was die hier trieben, war Gotteslästerung in Reinkultur! Gab es denn etwas Schlimmeres, als die Kirche als Podium für seine eigenen von Haß geprägten Ziele zu mißbrauchen?

Brother Curtis rief zum nächsten Lied auf. Es stammte allerdings nicht aus dem Gebetbuch, sondern lag als Flugblatt auf jeder Bank. Ben las den Text, während die Gemeinde lauthals sang.

Weiß und stolz,
ich bin aus gutem Holz.
Stürmend durch die Straßen ich feg'
räume den Unrat aus dem Weg.
Wir stehen über dem Abschaum, der Masse!
Wir wissen um die Stärke unsrer Rasse!
Arier, vereinigt euch!
Bekämpft das Verbrechen, ihr seid im Recht!
Steht ein für die Reinheit in unsrem Geschlecht!
Brüder und Schwestern, steht mir zur Seite,
kämpft mit gegen die heidnische Meute!

Einer Anmerkung entnahm Ben, daß der Text von einem zwölfjährigen Mädchen stammte. Er warf das Machwerk zu Boden. Seine größte Hoffnung in diesem Moment war, daß es ihm gelingen würde, ein halbwegs zivilisiertes Gespräch mit den Leuten zu führen.

7

Nach dem Gottesdienst trafen sich die meisten Teilnehmer zu einem kleinen Plausch unter dem Portal.

»Ben! Du hier? Mit dir habe ich nicht gerechnet.«

Es war Sonny Banner, heute in schicker Sonntagskluft – blaue Trainingsjacke und Khakihose. Er trug sogar eine Krawatte mit einem kleinen goldenen Emblem – einem Schutzschild mit einem brennenden Kreuz darauf. Ein Blick in die Runde bestätigte Ben, daß sie meisten anderen eine ähnliche Zierde zur Schau trugen.

»Grand Dragon Dunagan hat mich zum Gottesdienst eingeladen.«

»Großartig!« dröhnte Banner, um sich dann zu Bens Ohr zu beugen und zu flüstern: »Während des Verfahrens brauchst du dir um deine Sicherheit keine Sorgen zu machen. Das haben wir alles geregelt.«

Der Unterton gefiel Ben ganz und gar nicht. »Was soll das heißen?«

»Ich und noch mindestens zwei andere werden die ganze Zeit im Gerichtssaal sitzen. Dazu werden sich einige unserer Männer vor den zwei Ausgängen postieren. Wenn jemand Zoff macht, gibt's kurzen Prozeß.«

Ben runzelte die Stirn. Banners Wortwahl sprach Bände.

»Und wenn das Gesocks dann immer noch nicht Ruhe gibt, halten sie spätestens nach unserer Parade still.«

»Gewalttätige Demonstrationen sind doch nicht ...«

»Vorsicht ist die Mutter der Porzellankiste«, erklärte Banner. »Ich habe von Gerüchten gehört, wonach die Gelben was im Schilde führen. Nach dem Feuer in Coi Than Tien wollen sie Rache.«

»Apropos Feuer, Sie wissen nicht zufällig, wer es gelegt hat?«

»Keine Ahnung. Die ASP hatte jedenfalls nichts damit zu tun.«

»Woher wissen Sie das so genau?«

»Weil Grand Dragon Dunagan sich öffentlich davon distanziert hat.«

»Wer würde so was auch schon freiwillig zugeben?«

»Grand Dragon Dunagan lügt nicht!«

»Nicht einmal für die Kampagne?«

»Wir führen einen heiligen Kreuzzug! Lügen oder Tricks haben wir nicht nötig!«

Ben merkte, daß er den Mann reizte. Nur zu gern hätte er weiter gestichelt, doch ihm war klar, daß er sich damit einen Bärendienst erweisen würde. Er wechselte das Thema. »Sagen Sie, fährt einer von Ihnen einen schwarzen Pickup?«

»Ein paar von uns, unter anderem auch ich«, meinte Banner mit einem Achselzucken. »Warum fragst du?«

»Nur so, aus Neugier.«

Plötzlich bekam Ben von hinten einen Klaps auf die Schulter. »Sie sind also doch noch gekommen! Das ist aber eine Freude!«

Es war Seine Hoheit Grand Dragon Dunagan persönlich, heute in einem braunen Mantel, unter dem die Krawatte mit dem unvermeidlichen Emblem hervorschaute. »War es schwer, uns zu finden?«

»Nein. Wir sind kurz vor Coi Than Tien einfach links abgebogen.«

Eine Augenbraue wanderte fast unmerklich nach oben. »Sie waren in Coi Than Tien?«

»Natürlich. Das gehört ja mit zu meinen Ermittlungen.«

»Ich verstehe ...«

»Ich war sogar im Ort, als das Feuer ausbrach.«

Dunagan nickte. »Schlimme Tragödie. Auch wenn ich nach wie vor der Meinung bin, daß diese Leute hier nichts zu suchen haben, finde ich es dennoch schrecklich, daß so etwas passieren mußte. Andererseits bin ich nicht sonderlich überrascht. Wer mit dem Feuer spielt, wird im Feuer sterben.«

»Ist das aus der Bibel?«

»Es stammt von mir.«

»Oh. Wie ich hörte, haben Sie sich in einer offiziellen Verlautbarung vom Überfall auf Coi Than Tien distanziert?«

»Richtig. Wenn es überhaupt ein Überfall war. Soviel ich weiß, hätte genausogut jemand im Bett eine von diesen komischen chinesischen Pfeifen rauchen können.«

»Nach den bisherigen Ermittlungen läuft alles auf Brandstiftung hinaus.«

Dunagan kratzte sich nachdenklich am Kinn. »Wirklich? Das kommt mir zum erstenmal zu Ohren. Mich wundert nur diese plötzliche Anwandlung von Scharfsinn bei den hiesigen Behörden.«

»Sie wissen also nicht, wer es war?«

»Verlassen Sie sich auf mein Wort, Ben. So kurz vor Ihrem Prozeß würden wir doch kein Haus anzünden! Ich halte mir ein gewisses Maß an Intelligenz zugute. Auf keinen Fall möchte ich miterleben, wie Lou Vicks Junge hingerichtet wird.«

Ben wollte hoffen, daß das stimmte; trotzdem beschlichen ihn leise Zweifel. »Haben Sie eine Ahnung, wer das Baby gewesen sein könnte?«

Dunagan legte die Stirn in Falten. »Baby? Was für ein Baby?«

»Das Baby, das im Feuer umgekommen ist.«

»Man hat einen Säugling verbrennen lassen? Gottlose Heiden sind das! Manche Menschen sollten keine Kinder haben dürfen!«

»Offenbar gehörte es nicht ...«

»Eine Schande, so etwas! Der Kerl, der die gottverdammte Pfeife geraucht hat, gehört hinter Schloß und Riegel!«

Dunagan steigerte sich in eine regelrechte Wut hinein. Immer mehr Leute sahen zu ihm herüber.

»Nur die Ruhe, Sir«, versuchte Ben ihn zu beschwichtigen. »Der Sheriff hat die Sache unter ...«

»Wer hat denn die hier reingelassen?« brüllte Dunagan plötzlich. Ben wirbelte herum und sah, daß er Belinda meinte.

Sie trat näher. »Guten Morgen, Mr. Dunagan. Schön, Sie mal wieder zu treffen. Ohne Kapuze sehen Sie viel besser aus.«

»Dämonin Hamilton!« fauchte der Grand Dragon. »Wie können Sie sich auf unsere heilige Erde wagen?«

»Ich habe sie eingeladen«, schaltete Ben sich ein.

Dunagan starrte den Anwalt entgeistert an. »Sie haben ... *was*? Was in Gottes Namen haben Sie sich dabei nur gedacht?«

»Mrs. Hamilton leistet mir bei meinen Ermittlungen wertvolle Dienste.«

»Dämonin Hamilton ist vom Teufel gesandt!« spuckte Dunagan. »Hure Babylons! Falsche Isebel!«

»Moment mal!« rief Ben. »Sie vergreifen sich wohl etwas im Ton …«

»Seit über fünf Jahren versuchen diese Frau und ihre Kumpane unseren gerechten Kampf zu hintertreiben!«

Das wollte Belinda so nicht stehen lassen. »Wir haben nur versucht, Sie daran zu hindern, auf den Köpfen wehrloser Minderheiten herumzutrampeln!«

»Diese Frau hat es gewagt, in Birmingham einen Prozeß anzustrengen. Und zwar gegen mich!«

»Richtig. Und deswegen haben Sie Ihre Gorillas losgeschickt – nur um mich zu verprügeln und zu demütigen. Jetzt steht es eins zu eins, würde ich sagen.«

»Weiche von mir, Satanas!« brüllte Dunagan. Er winkte Banner zu sich. »Diese Frau muß auf der Stelle entfernt werden.«

Doch bevor Banner eingreifen konnte, hatte sich Brother Curtis dazwischengestellt. »Auf ein Wort, mein Sohn.«

Dunagan schob ihn einfach beiseite. »Bitte mischen Sie sich da nicht ein, Brother Curtis. Um diese Angelegenheit kümmere ich mich selbst.«

Der Pfarrer ließ sich jedoch nicht so schnell abspeisen. »Das ist meine Kirche und meine Herde. Was hier geschieht, geht vor allem mich etwas an.«

»Sie ist eine gottlose Ketzerin.«

Brother Curtis musterte Belinda von oben bis unten, dann meinte er lakonisch: »Sie sieht nicht aus wie ein Mitglied der minderwertigen Rassen.«

»Sie ist eine Sympathisantin.«

»Dann ist es um so besser, wenn sie an unseren Gottesdiensten teilnimmt.«

»Aber ich will sie nicht hier haben!« stieß Dunagan hervor.

»In der Kirche zählt Gottes Wille, nicht Ihrer«, erwiderte der Pfarrer. »Gott hat sie zu uns geführt. Wir können Seine Fügung nicht einfach hin und herdrehen, bis sie uns in den Kram paßt.«

Mit diesen Worten wandte er sich ab. Anscheinend ging er davon aus, daß sein – und Gottes – Wille befolgt würde.

Dunagan maß Ben mit einem wütenden Blick. »Das werde

ich Ihnen nie vergessen«, zischte er. »Dämon Kincaid!« Mit diesen Worten wandte er sich ab und stürzte hinaus.

Beim Verlassen der Kirche flüsterte Belinda ihrem Kollegen ins Ohr: »Ich fürchte, damit hast du dir die Sympathien der arischen Kirche verscherzt.«

Ben nickte. »Ich glaube, du hast recht.«

8

Mit energischen Schritten durchmaß Colonel Nguyen die Scheune. Diesmal brauchte er sich nicht anzuschleichen. Sie rechneten ja damit, daß er kommen würde, und er konnte sich denken, was sie vorhatten. Mit ihren Hämmern, Sägen und Schlagbohrern veranstalteten sie genügend Lärm.

Pham und seine Anhänger hatten es nicht mehr nötig, im Untergrund zu operieren. Längst stand die Mehrheit im Dorf hinter ihm, und der Anschlag auf das Haus der Truongs hatte ihm zusätzlichen Rückenwind beschert.

In dieser Scheune gab es mehrere Hinterräume. Im größten, dessen Tür normalerweise immer offen stand, wurden die Geräte und Werkzeuge aufbewahrt. Heute war die Tür jedoch verriegelt, und davor hatte sich Pham mit einem seiner Getreuen postiert.

Der Colonel wollte wortlos an ihnen vorbeigehen, doch sie stellten sich ihm in den Weg.

»Laß mich durch, Pham.«

Das Gesicht des Jüngeren verriet keinerlei Regung. »Ich bedauere, aber das ist nicht möglich.«

»Ich will wissen, was ihr da hinten treibt.«

»Ich würde es Ihnen nur zu gern zeigen. Aber unter den gegebenen Umständen kann ich das nicht. Sie haben mir ja unmißverständlich klargemacht, daß Sie gegen mich sind.«

»Ich bin nur gegen Blutvergießen. Ich bin gegen die unnötige Opferung von Menschenleben – und die Gefährdung unserer Familie.«

»Ich nicht minder.«

»Merkst du denn nicht, daß du Coi Than Tien in den Untergang führst?«

»Ich glaube, daß ich Coi Than Tien die Chance biete, ein Leben ohne Ehrverlust zu führen und zwar dort, wo es uns paßt.«

So kamen sie nicht weiter. Unzählige Male hatten sie diese Debatte bereits geführt, und nie war Pham, dieser Dickkopf, auch nur einen Millimeter von seinem Standpunkt abgewichen. »Was machen deine Männer da hinten?«

»Wir ... bauen etwas.«

»Das höre ich. Was baut ihr?«

Pham biß die Lippen aufeinander.

»Ist es für eure *Parade*?«

Phams Augen weiteten sich.

»Seit Wochen scheinst du ja über die Aktivitäten der ASP bestens Bescheid zu wissen. Nenn mir deine Informationsquelle.«

»Mich würde viel brennender interessieren, was Sie wissen, Colonel Nguyen.«

»Ich weiß, daß ihr auf Konfrontation aus seid. Ein Überraschungsangriff?«

»Eine Warnung«, erwiderte Pham knapp.

»Andere scheinst du ja für dein Leben gern warnen zu wollen, aber die an dich gerichteten Warnzeichen übersiehst du.«

»Was für Warnzeichen?«

»Was ist mit Nhung geschehen? Was ist mit deiner Großmutter passiert? Hältst du das für einen Zufall? Sei kein Narr!« Unvermittelt stieß Nguyen den jüngeren zu Boden. Er hatte schon die Hand am Riegel, als Phams Gehilfe ihn zurückriß. Mit geballter Faust bedrohte er den Colonel.

Pham rappelte sich auf und hielt Nguyen gemeinsam mit dem anderen fest. Vorerst passierte jedoch nichts. Alle drei warteten ab, wer den ersten Zug wagen würde.

Colonel Nguyen spannte jeden Muskel an, ein Reflex, den sie ihm bei der Armee antrainiert hatten. Er richtete sich auf einen Kampf Mann gegen Mann ein. »Legt euch nicht mit mir an!« Seine Stimme war ein kaum vernehmbares Zischen.

»Sie lassen mir keine andere Wahl«, entgegnete Pham.

»Ich halte nichts von einem Kampf mit den eigenen Leuten.«

»Ich auch nicht. Gut, ein Mann wie Sie kann vielleicht mich und meinen Gefährten außer Gefecht setzen, aber vergessen Sie nicht: Hinter der Tür warten noch zwanzig andere auf Sie.«

Nguyen atmete tief durch. Der Junge vor ihm war nicht sein Freund, das durfte er nicht vergessen, auch im Zorn nicht. Ein Kampf würde niemandem etwas bringen.

»Bitte überleg es dir noch mal gründlich«, sagte der Colonel schließlich. »Uns allen zuliebe.«

Pham nahm seinen Posten vor der Tür wieder ein. »Leider muß ich Ihnen erneut eine Absage erteilen. Bitte gehen Sie jetzt.«

Langsam wich Nguyen zurück.

»Sie werden schon noch sehen, daß ich recht habe!« rief ihm Pham nach. »Morgen beginnt eine neue Ära!«

Richtig, dachte der Colonel, als er in die gleißende Mittagssonne trat. Das fürchtete er auch.

Ab morgen würde nichts mehr so sein, wie es einmal gewesen war.

9

Ben traf um Punkt neun Uhr im Gericht von Silver Springs ein. Richter Tyler, Bezirksstaatsanwalt Swain und der angebliche zweite Verteidiger, Harlan Payne, hatten bereits im winzigen Büro des Richters Platz genommen. Es roch stark nach Alkohol. Ben ging davon aus, daß Tylers Whiskyflasche mehrmals herumgereicht worden war.

Der junge Anwalt zwängte sich auf den einzigen freien Stuhl zwischen Swain und Payne. »Wo ist Amber?« erkundigte er sich bei seinem Gegenspieler.

»Heute kümmert sich Marjorie um sie«, erwiderte Swain, der diesmal etwas verlegen wirkte.

»Schade«, spottete Ben. »Ich hatte so gehofft, Sie würden ihr im Gerichtssaal etwas vorsingen.«

»Die kleine Amber ist jederzeit bei mir willkommen«,

meinte der Richter mit einem verschmitzten Lächeln. »Singen sollten Sie aber lieber zu Hause, Mr. Swain. Fangen wir an, meine Herren?«

Beide Anwälte versicherten ihm, daß sie bereit wären.

»Gut, dann nützen wir unsere Zeit und klären die möglichen Probleme im voraus, denn ich möchte den Prozeß so reibungslos wie möglich über die Bühne bringen. Ich erwarte einen großen Andrang, und wir wollen doch nicht als Hinterwäldler dastehen. Es reicht, daß Mr. Kincaid uns für welche hält.«

»Euer Ehren!« protestierte Ben. »Ich habe nie behauptet, daß ...«

»Nur die Ruhe«, unterbrach ihn Richter Tyler. »Was kann ich also für Sie tun?«

Ben räusperte sich. »Nun, ich hatte da einige Probleme bei den Ermittlungen.«

»Und die wären?«

»Die Staatsanwaltschaft hat mir keine Zeugenliste gegeben.«

Der Richter wandte sich an Swain. »Stimmt das?«

»Sie würde ihm sowieso nichts nützen. Vicks Schuld steht doch fest.«

Ben beugte sich vor. »Euer Ehren ...«

Der Richter hob beschwichtigend beide Hände. »Nicht nötig. Mr. Swain, unabhängig von Ihrer persönlichen Einschätzung führen wir hier ein sauberes Verfahren. Geben Sie Mr. Kincaid also die Liste.«

»Jawohl, Sir.«

»Und ermöglichen Sie ihm auch ein Gespräch mit den Zeugen, wenn er mit ihnen plaudern will, bevor sie in den Zeugenstand treten.«

»Jawohl, Sir.«

»Sehen Sie?« brummte der Richter mit einem Seitenblick auf Ben. »Vielleicht verstehen wir Hinterwäldler trotz allem doch etwas von unserem Geschäft. Was kann ich noch für Sie tun?«

»Ich würde gern sämtliche Beweisstücke sehen. Und zwar vor dem Prozeß.«

»Warum denn? Meines Wissens haben Sie nur das Recht, die als entlastend eingestuften Beweisstücke zu observieren.«

»Swain hält ja überhaupt nichts für entlastend, weil für ihn die Schuld des Angeklagten sowieso feststeht.«

Richter Tyler spielte ungeduldig mit seinem Bleistift. »Mr. Swain, ich hielte es für das klügste, wenn Sie Ihrem Kollegen sämtliche Beweisstücke zur Verfügung stellten.«

»Aber … Sir!«

»Ich denke, Sie schaffen das bis Mittag.«

Swain schluckte. »Ich werde mein Bestes tun, Sir.«

»Sehr gut. Ich werde Mabel bei Ihnen vorbeischicken, nur damit Sie es nicht vergessen.«

»Ähm … eine großartige Idee, Sir.«

»Sehr schön, dann hätten wir das schon mal erledigt. Was kann ich noch für Sie tun, Gentlemen? Haben Sie noch andere Anträge auf Lager?«

»Ja, Euer Ehren«, meldete sich Ben. »Zwei.«

»Zwei?« Tyler fuhr sich mit der Hand über die Stirn. »Sie machen ja ganz schön Wind. Ich habe schon Fälle gehabt, da wurde nicht ein Antrag gestellt, und Sie kommen gleich mit zweien angetanzt.«

»Ich halte sie für sehr wichtig, Euer Ehren.«

»Natürlich. In punkto Kreativität seid ihr Advokaten aus der großen Stadt uns Bauerntrampeln ja um Längen voraus.«

Ben ging nicht weiter auf den Seitenhieb ein. »Beim ersten handelt es sich um einen Antrag *in limine*.«

Der Richter kniff die Augen zusammen. »Sagen Sie das noch mal.«

»Ein … ein Antrag zum Ausschluß bestimmter Beweismittel.«

»Ich weiß selbst, was ein Antrag *in limine* ist, junger Mann.«

»Er will die Beweise gegen seinen Mandanten vom Verfahren ausschließen«, meldete sich Swain zu Wort.

Richter Tyler fixierte Ben mit einem strengen Blick. »Was genau wollen Sie vom Verfahren ausschließen?«

»Einen nirgendwo verbürgten Satz, den mein Mandant nach einer Schlägerei in der Bluebell Bar angeblich gesagt haben soll.«

Swain warf sich in Pose. »Mein Zeuge wird Ihnen unter

Eid bestätigen, was Vick geschrien hat: ›Dich krieg ich noch, du perverses kleines Vietnamesenschwein!‹«

»Diese Aussage hätte keinerlei Beweiskraft«, beharrte Ben. »Aber sie würde sich nachteilig für meinen Mandanten auswirken. Außerdem beruht sie nur auf Hörensagen.«

»Das mag ja stimmen«, gab der Richter zu bedenken, »aber ist dieser Ausruf nicht als Geständnis zu werten, womit die Hörensagen-Bestimmung außer Kraft gesetzt wäre?«

»Meine Rede!« rief Swain.

»Nein«, widersprach Ben. »Was soll Vick denn gestanden haben? Daß Vuong ein perverser Vietnamese ist? Das sind doch nur Schimpfworte.«

»Darum geht es ja, Euer Ehren!« rief Swain. »Damit hat Vick seinen Haß kenntlich gemacht. Das ist ein Motiv.«

»Besten Dank«, sagte Ben. »Mr. Swain hat soeben zugegeben, daß er einen bloßen Ausruf als Beweis für die Behauptung wertet, Vick habe den Mord an Vuong geplant. Seine Strategie beruht auf Hörensagen und ist damit unzulässig.«

Der Richter schürzte die Lippen. »Haben Sie dazu etwas zu sagen, Mr. Swain?

»Ähm, nein, Euer Ehren.«

»Mr. Kincaid«, sagte Tyler, jedes Wort abwägend, »Ihrem Antrag wird hiermit stattgegeben.«

Swain sprangen die Augen schier aus dem Kopf. *»Was?«*

»Ich glaube, Sie haben mich gehört.«

Ben war fast genauso erstaunt wie sein Kollege. Er hatte sich auf ein längeres Wortgefecht eingestellt, aber mit einem so glatten Sieg hatte er nicht gerechnet. Wunder gab es immer wieder.

Swain gab sich jedoch noch nicht geschlagen. »Moment mal bitte, Richter. Ich brauche diese Aussage. Es geht ja praktisch um ein Geständnis.«

»Ich habe meine Entscheidung bereits getroffen. Ist das alles?«

»Ich habe noch einen Antrag«, murmelte Ben. Warum sollte er jetzt lockerlassen, wo es so gut für ihn lief? »Ich möchte, daß dieser Prozeß in einer anderen Stadt geführt wird.«

»Wie kommen Sie denn plötzlich auf so was? Gefällt es Ihnen in unserer schönen Stadt nicht?«

»Mir geht es ...«

»Wollen Sie etwa noch ein paar Winkeladvokaten aus der Stadt einschalten und gemeinsam absahnen?«

»Nein, Richter. Ich glaube nur nicht, daß Donald Vick in Silver Springs einen fairen Prozeß erwarten kann. Letzte Woche haben Sie es ja selbst gesagt: Diese Stadt ist ein Pulverfaß, und die Leute haben alle Angst. Wenn die Geschworenen aus der hiesigen Bevölkerung rekrutiert werden, könnten sie meinen Mandanten unter Umständen trotz weiterhin bestehender Zweifel schuldig sprechen, nur weil sie hoffen, daß danach wieder Ruhe im Ort einkehrt.«

»Können Sie Ihre Theorie beweisen, Mr. Kincaid?«

»Wie soll das gehen? Ich habe keine Meinungsumfrage gemacht.«

»Ist denn schon jemand auf Sie zugekommen und hat Ihnen gesagt, daß er den Angeklagten komme was wolle schuldig sprechen würde?«

»Natürlich nicht.«

»Sie haben die Möglichkeit, jeden Geschworenen einzeln zu befragen. Wenn Sie jemanden für voreingenommen halten, können Sie ihn jederzeit ablehnen.«

»Euer Ehren, niemand wird zugeben, daß er sich ein schnelles Ende des Verfahrens wünscht, nur weil er Angst hat.«

»Worauf soll sich dann meine Entscheidung begründen? Antrag abgelehnt.«

»Richter, ich war noch nicht fertig mit der Begründung.« Ben hatte gehofft, er könne das zweite Argument für sich behalten, doch jetzt mußte er alles auf eine Karte setzen. »Der zweite Grund für die Verlegung des Verfahrens besteht in der offensichtlichen Befangenheit des Vorsitzenden Richters.«

»Was? Sie wagen es, zu ...«

»Sie haben ja selbst eingeräumt, daß Sie die Akte des Staatsanwalts gelesen haben. Das ist nicht statthaft. Wörtlich sagten Sie außerdem, es sehe ziemlich schlecht für meinen Mandaten aus. Das heißt, Ihr Urteil steht bereits fest.«

»Ich habe lediglich die Tatsachen zusammengefaßt.«

»Es ist die Aufgabe der Geschworenen, die Tatsachen zu

bewerten. Der Richter hat sich an ihr Urteil zu halten. Ich verlange die Verlegung.«

Tyler richtete sich bedrohlich vor Ben auf. »Mr. Kincaid, allmählich wird mir klar, warum es ihnen so schwerfällt, einen Job zu behalten! Ich sitze diesem Gericht seit achtundzwanzig Jahren vor, und in der ganzen Zeit ist mir kein einziges Mal Voreingenommenheit unterstellt worden!«

»Sie mögen sich dessen nicht bewußt sein, aber …«

»Seien Sie still! Ich habe Ihnen zugehört, jetzt lassen Sie gefälligst mich ausreden! Mit einem haben Sie ja recht: Ich kann Ihren Mandanten nicht ausstehen. Und langsam werden Sie mir noch unsympathischer als dieser Kerl. Aber meine Sympathien und Antipathien haben nicht das geringste mit der Sache zu tun. Mir kommt es hier einzig und allein auf Gerechtigkeit an. Und ich werde nach bestem Wissen und Gewissen dafür sorgen, daß gleiches Recht für alle gilt.

Ihr Mandant bekommt einen fairen Prozeß. Wenn er verliert, dann nur, weil die Beweislast gegen ihn keinen Zweifel mehr zuläßt und die Geschworenen von seiner Schuld überzeugt sind. Ist das klar?«

»Jawohl, Sir.« Eine Widerrede wäre zwecklos gewesen.

»In Ordnung. Ihr Antrag ist damit abgelehnt. Verstanden?«

Ben nickte.

»Sonst noch was?«

Die drei Anwälte schüttelten den Kopf.

»Sehr schön. Meine Herren, wir sehen uns im Gerichtssaal wieder.«

10

Bei Bens Eintreffen stand Vick über die Spüle gebeugt und wusch sich den Schlaf aus dem Gesicht.

»Morgen«, sagte Ben freundlich.

Vick sah nur kurz auf, dann setzte er seine Waschprozedur fort.

»Heute haben Sie wahrscheinlich die letzte Gelegenheit zu einer Aussage, bevor der Prozeß losgeht.«

Vick warf sein Handtuch zornig auf den Boden. »Wieso gibt es noch einen Prozeß? Habe ich Ihnen nicht gesagt, daß Sie auf schuldig plädieren sollen?«

Ben wog seine Worte sorgfältig ab. »Der Staatsanwalt war zu einem Vergleich nicht bereit.« Um den er den Mann auch nie gebeten hatte.

»Das ist mir scheißegal. Plädieren Sie auf schuldig!«

»Hören Sie zu, Vick. Sie sind jung, unerfahren und ... etwas weltfremd. Deswegen lassen Sie sich mal aufklären. Ob Sie nun wollen oder nicht, Ihr Fall kommt vor Gericht. Damit haben Sie Ihr Ziel erreicht: Wen auch immer Sie sich in den Kopf gesetzt haben zu decken, er läuft frei herum. Vielleicht befürchten Sie jetzt, der Staatsanwalt könnte allen möglichen anderen Verdächtigen nachspüren, falls die Geschworenen auf Unschuldig befinden. Stimmt nicht. Staatsanwälte setzen alles auf den ersten Angeklagten. Wenn sie gewinnen, schön für sie. Wenn sie verlieren, jammern sie, der Richter, der Verteidiger oder die böse Presse hätten sie in die Pfanne gehauen. Aber einen zweiten Tatverdächtigen präsentieren sie nach so einem Freispruch praktisch nie. Das hieße ja, sie hätten beim ersten einen Fehler gemacht.«

»Ich brauche keine ...«

»Ruhe! Und passen Sie gut auf. Der Prozeß nimmt seinen Lauf, und es sieht nicht gut für Sie aus. Es sei denn, es findet sich jemand, der – am besten im Fernsehen – lauthals verkündet, er habe Vuong ermordet. Die Frage lautet also: Pauke ich Sie raus, oder verpaßt man Ihnen die tödliche Spritze?«

Vick wich erschrocken zurück.

»Den Leuten hier ist das egal. Ihnen wahrscheinlich weniger. Überlegen Sie es sich. Soll ich nicht wenigstens versuchen, Ihr Leben zu retten?«

Ohne den Blick von Ben zu wenden, ließ sich Vick auf die Kante seiner Pritsche sinken. »Ich bin an ein Versprechen gebunden«, murmelte er.

»Schön. Dann halten Sie Ihr verdammtes Versprechen. Wir finden schon einen Weg darum herum.«

Vick starrte ihn an. »Was wollen Sie wissen?« fragte er.

Halleluja! »Man hat einen Blutfleck an der Armbrust gefunden. Die Blutgruppe ist mit Ihrer identisch, wurde festgestellt. Haben Sie eine Ahnung, wie das Blut dorthin gelangt ist? Ich könnte mir vorstellen, daß Sie sich mal beim Üben in den Finger geschnitten haben. Später hat vielleicht ein anderer diese Armbrust genommen und damit Vuong getötet.«

»Das glaube ich nicht.«

»Die Laborbefunde lügen nicht. Wenn ich keine plausible Erklärung liefere, wie Ihre Haare und das Blut an die Armbrust gelangt sein könnten, reibt sich der Staatsanwalt die Hände.«

»Nichts in der Art ist geschehen«, erklärte Vick.

»Na gut, einen Versuch war es jedenfalls wert.«

Mit Vicks Antworten war nicht viel Staat zu machen, dennoch fühlte Ben sich ermutigt. Auch wenn sein Mandant nicht gerade seine Unschuld beteuerte, so gab er immerhin zu verstehen, daß er auf eine Fahrkarte in die Todeszelle keinen gesteigerten Wert legte.

»Haben Sie vom Brand in Coi Than Tien gehört?«

»Ich habe es in der Zeitung gelesen, die mir der Sheriff gegeben hat.«

»War das eine Operation der ASP?«

»Woher soll ich das wissen? Ich sitze ja seit Wochen im Gefängnis. War das Feuer ... schlimm?«

»Ein Haus brannte nieder, zwei wurden beschädigt.«

»Gab es Verletzte?«

»Ein paar Leute mit Rauchvergiftung, eine Frau mit schlimmen Brandwunden. Wir wissen nicht, ob sie überleben wird.«

Vick sah auf seine Hände hinunter. Auf Ben wirkte er aufrichtig besorgt.

»Tja«, fuhr Ben fort, »wenn Sie also wissen sollten, wer ...«

»Ich weiß es nicht«, sagte Vick mit fester Stimme. »Ich habe keinen blassen Schimmer.«

Der Mann quälte sich sichtlich mit Schuldgefühlen herum. Allein schon deswegen wollte Ben ihn nicht zusätzlich belasten. Andererseits witterte er eine Chance, mehr über die Brandnacht zu erfahren.

»In dem abgebrannten Haus war auch ein Baby«, sagte er

mit sanfter Stimme. »Wir haben es in der Asche gefunden. Oder vielmehr seine Überreste.«

Vick starrte ihn mit entsetzt aufgerissenen Augen an. »Ein ... Baby?« stammelte er.

»Ja. Ein neugeborenes Mädchen. Wir wissen nicht, woher es kam. Haben Sie vielleicht eine Ahnung?«

»Ich doch nicht.«

»Ich dachte nur, weil Sie ja so ...«

»Ich habe Ihnen doch gesagt, daß ich nichts weiß!« rief Vick so laut, daß seine Stimme durch den Korridor hallte. »Was zum Teufel hat das mit dem Mord an Vuong zu tun?«

»Ich glaube sehr wohl, daß es einen Zusammenhang gibt«, sagte Ben, »auch wenn ich noch nicht weiß, was für einen. Eins kann ich Ihnen jedoch garantieren: Für die Leute in der Stadt steht jetzt schon fest, daß der Brand auf das Konto der ASP geht. Genauso setzen sie voraus, daß der Mörder aus den Reihen der ASP kommt. Und aus diesem Kreis werden Ihre Geschworenen ausgewählt.«

»Vielleicht sollten Sie Ihr Glück mal im Lager versuchen.«

»Habe ich schon«, entgegnete Ben. »Ohne Erfolg. Apropos Ihre Freunde im Lager – ich hatte nicht das Gefühl, daß Sie besonders gut mit ihnen auskamen. Gibt es dafür bestimmte Gründe?«

Vick wich seinem Blick aus. »Ich bin neu im Club. Es dauert wohl eine Weile, bis man Freunde gefunden hat.«

Ben vermutete, daß Vick Jahrzehnte zum Club hätte gehören können und trotzdem allein geblieben wäre. Er paßte einfach nicht dazu.

»Sie haben sich diesem Haufen doch nur Ihrem Vater zuliebe angeschlossen, richtig?«

Vick gab keine Antwort.

»Donald, kein Mensch ist das, was seine Eltern aus ihm machen wollen. Irgendwann kommt der Zeitpunkt, an dem er sich davon befreien muß. Sie müssen Sie selbst sein.«

Ben hielt inne. Die eigenen Worte klangen ihm in den Ohren nach. Guter Rat, Ben.

»Donald, Ihr Vater ist tot. Wenn dieser ASP-Unsinn nichts für Sie ist, dann schütteln Sie ihn doch einfach ab!«

Fast im Zeitlupentempo wandte ihm Vick den Kopf zu.

Um seine Lippen spielte so etwas wie ein Lächeln. »Ist es dafür nicht ein bißchen zu spät?«

Ben konnte nur hoffen, daß Vick sich irrte.

11

Beim Verlassen des Gefängnisses empfing Ben dröhnende Blasmusik. Anscheinend kam sie aus einer Lautsprecheranlage am oberen Ende der Main Street.

Dann registrierte Ben eine Bewegung, konnte aber nicht erkennen, was das war. Ein grünes Feld, das sich über das Pflaster auf ihn zuschob, so kam es ihm vor.

Ein kalter Schauer lief ihm den Rücken hinunter.

Auch die Musik näherte sich – eine Art Militärmarsch. Und dann erkannte Ben die grünen Tarnuniformen der ASP und Holzkreuze, die die Fanatiker vor sich hertrugen.

Es waren Dutzende – jeweils sechs in einer Reihe.

Die ASP marschierte auf.

Sie kamen in großer Gala: grüne Jacken mit dem brennenden Kreuz als Emblem auf der Brust. Einige trugen Transparente. LASST DONNY VICK FREI, stand auf einem; GLEICHES RECHT FÜR ALLE, forderte ein anderes. Auf einem besonders großen prangte: DER FEIND DES EINEN IST DER FEIND ALLER.

Kein Zweifel, sie hielten kurz vor dem Prozeß ihre Parade ab. Damit machten sie den noch zu wählenden Geschworenen klar, daß sich nach einem Schuldspruch der Zorn der ASP über der Stadt entladen würde.

Ben entdeckte Jones und Loving, die nicht weit von ihm auf dem Bürgersteig standen. Loving filmte die Demonstration mit seiner Videokamera.

»Was macht ihr denn hier?« fragte der Anwalt.

»Ein Dokument für die Nachgeborenen«, erklärte Jones. »Ich liebe Paraden.«

»In der Bluebell reden sie seit Tagen von nichts anderem«, meinte Loving. »Soll eine mordsmäßige Show werden.«

Ben biß die Zähne aufeinander. »Ich kann immer noch nicht glauben, daß mir der Richter eine Verlegung in eine andere Stadt verweigert hat. Das ist der helle Wahnsinn!«

»Wieso meckerst du?« brummte Loving. »Wenn sie den Geschworenen gehörig Angst einjagen, steigen deine Chancen beim Prozeß.«

Ben schüttelte den Kopf. »Da bin ich mir nicht so sicher. Ich habe eher das Gefühl, die Leute hier haben die Schnauze voll von Radaubrüdern.«

In langsamem, regelmäßigem Tempo marschierte die ASP-Streitmacht die Main Street hinunter. Offenbar kam es ihnen darauf an, von jedem gesehen zu werden. Als auch die Nachhut oben am Berg erschien, begriff Ben, daß laute Musik, Uniformen und Kreuze noch längst nicht alles waren. Den Abschluß bildete ein riesiger Galgen auf Rädern. Und am Balken baumelten drei Strohpuppen. Daß es ich bei ihnen um angebliche Feinde der ASP handelte, belegte ein an den Galgen genageltes Spruchband. DER FEIND stand darauf in übergroßen Buchstaben.

Wer das im einzelnen sein sollte, erkannte Ben auf den ersten Blick. Es waren die Aktivisten der Hatewatch, also Dämon Carroll, Dämon Pfeiffer und neben ihnen natürlich eine schlanke Brünette in einem eleganten blauen Kleid.

»Mist! Warum mußte ich auch das blaue Kleid tragen? Das rote steht mir viel besser, findest du nicht auch?«

Es war Belinda, die hinter Ben getreten war und ebenfalls die Parade verfolgte. Ben ergriff ihre Hand. Frauen, die in Momenten, in denen sie symbolisch gehängt wurden, noch Witze reißen konnten, gefielen ihm.

»Ist dir klar, daß sie alles daran setzen, den Prozeß zu verhindern?«

Ben nickte.

»Glaubst du, das könnte Ihnen gelingen?«

»Eher nicht. Der Staatsanwalt wird ...«

Er verstummte. Aus der entgegengesetzten Richtung näherte sich nun ebenfalls Musik. Sie dröhnte aber nicht aus Lautsprechern, sondern wurde gesungen. Live.

Ben und Belinda drängelten sich weiter vor und sahen, daß

eine andere Gruppe direkt auf die ASP zumarschierte. Und das waren Vietnamesen.

Ganz vorne erkannte der Anwalt den jungen Pham. Auch seine Leute trugen Transparente, auf denen immer dasselbe stand: WIDERSTAND.

Als die ASPler auf die Gegendemonstration aufmerksam wurden, verlangsamten sich ihre Schritte, bis der Mann an ihrer Spitze seine Leute ungeduldig nach vorne winkte. Das war natürlich Grand Dragon Dunagan. Einer wie er gab bestimmt nicht nach.

Beide Gruppen schienen es auf eine Konfrontation anzulegen. Und auch die Vietnamesen hatten einen Blickfang dabei: einen Panzer. Wenn auch keinen echten. Um den klapprigen Oldsmobile, ihr letztes fahrtüchtiges Auto, hatten sie aus Pappe und Draht eine Panzerattrappe gebastelt. Als Kunstwerk war das Ding erbärmlich, doch die Botschaft kam an.

Dunagan trieb seine Leute zwar unentwegt weiter, doch der Zug war eindeutig ins Stocken geraten. Vermutlich hatten sie sich auf einen netten Spaziergang in der Sonne gefreut. Eine Auseinandersetzung mit ihren geschworenen Feinden hatte jedenfalls nicht auf ihrer Rechnung gestanden.

Die Parade der ASP kam nun gänzlich zum Stillstand. Sekunden danach blieben auch die Vietnamesen stehen. Mit grimmigen Mienen starrten die Kontrahenten einander an. Der Abstand zwischen den zwei Gruppen betrug kaum mehr als zehn Meter.

»Wir wollen keinen Ärger!« rief Dunagan.

»Wir auch nicht!« erwiderte Pham.

Dann herrschte Schweigen. Auf den Bürgersteigen drängten sich die Zuschauer. Wie würde es weitergehen? Die Spannung war mit Händen zu greifen.

»Wir haben eine Genehmigung für unseren Marsch«, sagte Dunagan schließlich. »Und ihr?«

»Das sieht euch ähnlich«, knurrte Pham. »Euch hinter Paragraphen und Anwälten zu verschanzen.«

Ben spürte die Blicke der Neugierigen auf sich. Und ihm war auch bewußt, was sie jetzt dachten: daß er doch auch in grüner Uniform neben seinen Gesinnungsgenossen stehen müßte. Von seinem endgültigen Zerwürfnis mit der ASP wußte ja niemand.

»Wir haben die Genehmigung, die Main Street hinunter und dann durch die Maple Street zum Stadtrand zu marschieren. Geht uns also gefälligst aus dem Weg.«

»Du kannst dir deine Genehmigung an den Hut stecken!« schrie Pham.

Zu einer Antwort kam der Grand Dragon nicht mehr. Ein ohrenbetäubendes Donnern ließ die Menge zusammenschrecken. Was den Krach ausgelöst hatte, konnte Ben nicht erkennen, aber seine Auswirkung sah er sehr wohl.

Der Galgen der ASP brannte lichterloh.

»Feuer!« brüllte Dunagan. Sofort stürmten seine Leute nach hinten, um zu retten, was zu retten war. Ein Uniformierter, der zu nahe beim Galgen gestanden hatte, wälzte sich auf dem Boden und versuchte, die Flammen, die ihn erfaßt hatten, zu ersticken.

Wieder eine Brandbombe, dachte Ben. Die gleiche wie beim Anschlag auf das Munitionsdepot der ASP.

Da sich genug Leute um das Feuer kümmerten, konzentrierten sich die meisten ASPler auf ihre Gegner. Und plötzlich, ohne daß es eines Befehls bedurft hätte, stürmten sie los. Die Vietnamesen empfingen sie mit Messern, Stöcken, Steinen und anderen improvisierten Waffen.

»Haltet sie auf!« brüllte Ben, doch keiner achtete auf ihn. Die Friedhofsstille von vorhin war einem heillosen Durcheinander gewichen. Gellende Schreie, geballte Fäuste, Getrampel. Nackte Gewalt. Das, was alle befürchtet hatten, war eingetreten. Der Rassenkrieg war mitten unter ihnen ausgebrochen.

Die Frontreihen prallten aufeinander, und schon flogen die Fäuste. Ben sah, wie zwei Vietnamesen zu Boden gingen. Er beobachtete auch, wie Pham sich unter einem Fausthieb duckte und sich auf Dunagan stürzte.

Die Main Street wurde zum Schlachtfeld. Rauch hing in der Luft und raubte allen die Sicht. Die Verwirrung war komplett. Schmerzgeheul und Angstschreie drangen an Bens Ohr. Knüppel sausten mit einem Übelkeit erregenden dumpfen Geräusch auf Köpfe nieder.

Menschen sackten zu Boden. Durch die Rauchschwaden sah Ben, wie ein Stiefeltritt den Schädel eines Vietnamesen schwer traf. Mehrere Einheimische versuchten, die Kämpfenden auseinanderzuzerren, bekamen zur Belohnung aber nur selbst Fausthiebe oder Schläge mit den Knüppeln. Ben erkannte Dr. Patterson, der einem Verletzten erste Hilfe leisten wollte, bis ein Ziegelstein seinem Bemühen ein jähes Ende bereitete; er fiel auf den Mann, um den er sich gekümmert hatte. Zwei ASPler trampelten einfach über den Bewußtlosen hinweg. Gegenüber stürzten sich sechs oder sieben junge Männer ins Getümmel. Ben erkannte Garth Amick und seine Spießgesellen. Eine Schlägerei ohne sie – das durfte es offenbar nicht geben.

Ein junger Vietnamese, der sich an der Eimerkette beim Brand in Coi Than Tien beteiligt hatte, rannte einen Baseballschläger schwingend um den Panzer herum und drosch das Ding einem Uniformierten in den Rücken. Dessen Schrei gellte Ben in den Ohren, als stünde er unmittelbar daneben.

In der Aufregung bekam der Anwalt gar nicht mit, daß auch er angegriffen wurde. Zunächst registrierte er nur ganz erstaunt, daß er keinen Boden mehr unter den Füßen spürte. Und dann knallte er auch schon mit dem Hintern aufs Pflaster.

»Du Drecksack! Mit dir habe ich noch eine Rechnung offen!«

Es war wieder einmal Garth. Teilweise konnte Ben ihn sogar verstehen. Auch wenn er ziemlich beschränkt war, irgendwie versuchte der Mann eben, seinen Freunden zu helfen. Andererseits wollte Ben sich nicht so ohne weiteres zu Brei schlagen lassen.

Wie ein Torpedo sauste Garths Faust auf ihn zu. Ben konnte sie gerade noch abfangen und stemmte sich mit beiden Händen dagegen. Doch auch Garth drückte. Und er konnte den ganzen Körper einsetzen.

Binnen Sekunden lag Ben flach auf dem Boden, und Garth hockte rittlings auf ihm. Daneben standen jede Menge Leute, doch keiner hielt es für nötig, Ben zu helfen. So mußte der Anwalt sich ganz allein Garths linker Faust erwehren und achtete infolgedessen nicht auf seine rechte.

Und die landete mit voller Wucht auf seinem Kinn. Ben knallte mit dem Hinterkopf auf den Betonbelag und blieb benommen liegen. Hilflos mußte er mit ansehen, wie sein Gegner zum nächsten Hieb ansetzte.

Doch auf einmal schwebte Garth wie durch ein Wunder in der Luft, und sein Schlag ging ins Leere.

Ben rappelte sich benommen auf. »Was zum Teufel...«

Es war Loving. Er hatte Garth am Gürtel gepackt und hielt den hilflos mit Armen und Beinen rudernden Halbstarken ganz einfach in die Höhe.

»Soll ich ihn außer Gefecht setzen, Skipper?«

»Ach, nein.« Ben rieb sich das Kinn. Der Kiefer hatte den Hieb anscheinend überstanden, tat aber höllisch weh. Das hatte ihm am ersten Prozeßtag gerade noch gefehlt. »Werf ihn doch einfach in die nächstbeste Mülltonne.«

»Alles klar.« Loving schleuderte Garth drei Meter durch die Luft und ging zufrieden weiter.

Zu Bens Erleichterung trafen jetzt Sheriff Collier und vier seiner Deputys ein. Der Sheriff schoß mehrmals in die Luft, und die meisten Streithähne lösten sich voneinander. Diejenigen, die trotzdem weiter um sich schlugen, wurden nach und nach von den Beamten getrennt. Der mit dem Baseballschläger wurde kurzerhand mit Handschellen an eine Straßenlampe gekettet. Allmählich lichtete sich die Meute.

Über ein Dutzend Gestalten lagen regungslos und verkrümmt auf dem Pflaster, zwei in grüner Uniform, zehn aus Phams Gruppe, und auch ein paar Neugierige. Blut strömte aus ihren Wunden. Ob alle noch atmeten, vermochte Ben nicht zu beurteilen. Er konnte nur hoffen, daß diese Schlacht keine Todesopfer gefordert hatte.

Das Feuer an dem Galgen war von selbst ausgegangen. Vom Pfosten war nur noch ein verkohlter Stumpf übriggeblieben. Darum herum lagen die Überreste der Puppen, mehrere Vietnamesen und – noch eine Figur.

Langsam näherte sich Ben der Plattform. Tatsächlich, dort lag eine Puppe, die vorher von den anderen verdeckt gewesen war.

Kein Vergleich mit Madame Tussauds Kunstwerken, aber das Ding war auch nicht von schlechten Eltern. Mittelgroß, braune Haare, ziemlich schlank. Ben schluckte.

Unter der Gestalt entdeckte er eine angesengte Inschrift. Vorsichtig wischte er die Asche weg und las:

DÄMON KINCAID.

12

Der Gerichtssaal war das reinste Tollhaus; längst war er hoffnungslos überfüllt, doch noch immer drängten Leute herein. Wer keinen Sitzplatz gefunden hatte, stand zwischen der letzten Reihe und der Wand oder hatte sich ganz einfach im Gang auf dem Boden hingehockt. Bens erster Gedanke war, daß die Leute vor der Massenschlägerei Zuflucht gesucht hatten, aber als keiner Anstalten machte, hinauszugehen, obwohl die Gefahr gebannt war, dämmerte es ihm: Sie wollten sich die Show nicht entgehen lassen!

Der Anwalt zwängte sich zwischen den Leuten auf dem Gang hindurch. Nur nicht nervös werden, hielt er sich vor. In Silver Springs war es der erste Mord seit – was hatte Richter Tyler gesagt? – zwölf Jahren. Kein Wunder, daß die Leute so aufgeregt waren.

Als Ben endlich vorne ankam, flammte unmittelbar vor seinem Gesicht ein Blitzlicht. Erschrocken schirmte er sich die Augen ab. War das ein Reporter des *Silver Springs Herald*? Dem wollte er gehörig …

Das Gesicht hinter der Kamera gehörte jedoch einem kleinen Jungen von vielleicht zehn Jahren. »Ein Souvenir für dein Sammelalbum?« fragte Ben.

Plötzlich wurde der Junge leichenblaß und rannte davon.

Großartig, dachte Ben. Jetzt habe ich es sogar zum Kinderschreck gebracht. Zu gern hätte er gewußt, ob er das dem Herald zu verdanken hatte oder irgendwelchen Gruselgeschichten, die der Junge von seinen Eltern gehört hatte. Oder vielleicht beiden. Wirklich ein toller Urlaub. Keinen einzigen Fisch gefangen, aber dafür zum Buhmann von Silver Springs geworden. Wenn das keine Leistung war …

Swain trat durch eine Seitentür ein und bahnte sich einen

Weg zu seinem Pult. Er trug ein legeres Sakko, eine schwarze Hose, Hosenträger und eine poppige Krawatte.

Und der Verteidiger? Ein Unterschied wie Tag und Nacht! Ben hatte seinen edlen Anzug mit Weste an – den ihm Jones freundlicherweise mitgebracht hatte. Vermutlich spielte er Swain damit sogar in die Hände: Ich bin einer von euch, wollte sein Gegner den Geschworenen unterschwellig vermitteln. Kincaid hingegen …

Ben beugte sich über sein Pult und fing an, seine Unterlagen herzurichten. Da kam zu seiner Überraschung Swain auf ihn zu.

»Ich biete Ihnen einen Deal an, Kincaid.«

»Ist es dafür nicht ein bißchen spät? Ich glaube, die ehrbaren Bürger von Silver Springs wollen einen Prozeß mit allem Drum und Dran.«

»Die wollen keinen Prozeß, Kincaid. Die wollen eine Hinrichtung. Deswegen komme ich ja zu Ihnen. Ich habe gesehen, was heute auf der Straße los war und habe tatsächlich Angst gekriegt. Wenn irgend möglich, möchte ich der Stadt noch größeren Schaden ersparen.« Er nestelte an seiner Krawatte herum und löste den obersten Hemdknopf. »Außerdem finde ich ums Verrecken keinen Babysitter.«

»Was schwebt Ihnen vor?«

»Wenn er gesteht, kommt er mit lebenslänglich davon.«

»Und das nennen Sie einen Deal?«

»Besser als die Todesstrafe ist es allemal. Und bei guter Führung lassen sie ihn nach neun Jahren frei.«

»Ach? Und dafür braucht er nur einen Mord zu gestehen, den er nicht begangen hat?«

Swain stellte seine Aktentasche auf Bens Pult. »Kincaid, ich weiß doch, daß Sie keine Zeit hatten, sich richtig in den Fall einzuarbeiten, geschweige denn, eine ordentliche Strategie zu entwickeln. Glauben Sie mir, Sie haben keine Chance. Wir haben mehr als genug Beweise. Und das sage ich nicht, um Sie einzuschüchtern. Es ist die Wahrheit. Meine einzige Sorge ist, daß Silver Springs in Rauch aufgeht, während wir hier Anwalt spielen.«

»Tut mir leid, Swain. Mein Mandant will einen Prozeß haben.« Gott sei Dank hatte Vick sich wenigstens dazu geäußert.

»Mein Angebot gilt nur bis zum Prozeßbeginn. Wenn der Zirkus erst mal losgegangen ist, ziehen wir die Sache durch bis zum Todesurteil!«

»Danke für die Warnung, Mr. Swain. Wenn Sie mich jetzt bitte entschuldigen würden? Ich muß mich noch vorbereiten.«

Mitleidig den Kopf schüttelnd, zog Swain ab. Ben wiederum war sich gar nicht so sicher, ob er vielleicht einen tragischen Fehler begangen hatte. Aber es ging ihm nun mal gegen den Strich, daß sein Mandant sich eines Verbrechens schuldig bekennen sollte, das gar nicht auf sein Konto ging. Seiner Meinung nach artete das amerikanische Strafrecht wegen der Flut von Vergleichen immer mehr zu einem Glücksspiel aus. Doch er riskierte viel, das war ihm klar. Und er durfte sich keinen Patzer erlauben, denn jetzt ging es um nicht weniger als um Donald Vicks Leben.

Payne hatte schon vor einiger Zeit am Pult der Verteidigung Platz genommen. Er wollte sich zwar nicht am Prozeß beteiligen, mußte jedoch dabeisitzen, damit der Anschein von zwei gleichberechtigten Anwälten gewahrt blieb. Ben sah es positiv. Wenn ein angesehener Einheimischer ihm zur Seite stand, konnte das seiner Sache bestimmt nicht schaden. Swain brauchte sich in dieser Hinsicht gewiß nicht zu sorgen. Ihn kannte wahrscheinlich so gut wie jeder.

Zwei Deputys führten Donald Vick in den Gerichtssaal und fesselten ihn mit Handschellen an die Anklagebank. In Tulsa hatte Ben bislang immer die Möglichkeit gehabt, seine Mandanten für den Prozeß etwas herzurichten – ihnen einen sauberen Haarschnitt verpassen zu lassen, sie in anständige Kleider zu stecken. Hier mußte Vick in seiner Gefängniskluft anmarschieren. Folglich würden die Geschworenen genau das sehen, was er auch war: einen Angeklagten, der die letzten Wochen hinter Gittern verbracht hatte.

»Wie fühlen Sie sich?« erkundigte sich Ben. Dumme Frage, wie er sich gleich selbst sagte, aber etwas Besseres brachte er im Moment einfach nicht zuwege.

»Hab' mich schon mal besser gefühlt«, erwiderte Vick in maßloser Untertreibung. Die Nervosität stand ihm ins Gesicht geschrieben.

»Der Staatsanwalt hat mir einen Vergleich angeboten. Wenn Sie sich schuldig bekennen, kommen Sie mit lebenslänglich davon. Auch nicht gerade angenehm, aber besser als die Todesstrafe.«

»Was haben Sie ihm gesagt?«

»Daß Sie Ihren Auftritt vor Gericht wollen. Aber noch ist es nicht zu spät, das Angebot anzunehmen.«

Vick überlegte fieberhaft. »Na ja«, brummte er schließlich, »wann geht die Show denn los?«

Wenige Minuten später betrat Richter Tyler in seiner langen schwarzen Robe den Saal. Auf der Stelle verstummten die Zuschauer. Der Gerichtsdiener rief den Fall auf, und Tyler vergewisserte sich, daß alle Parteien anwesend waren.

»Die Sache Donald Vick wird aufgerufen!« intonierte der Gerichtsdiener mit sonorer Stimme. »Mögen alle beteiligten Parteien bitte vortreten.«

»Meine Herren«, sagte Richter Tyler mit einem Blick auf Ben und dessen Mandanten, »der Prozeß hat begonnen.«

13

»Mr. Kincaid«, knurrte der Richter, »ich habe Ihre Stellungnahme in der Morgenzeitung gelesen.«

»Was für eine Stellungnahme? Ich habe nie ...«

»Lassen Sie sich eines gesagt sein: Für abschätzige Bemerkungen über dieses Gericht in der Presse habe ich nicht das geringste übrig. Wenn Sie ein Problem mit mir haben, können Sie es mir ins Gesicht sagen. Und noch etwas: Unter meinem Vorsitz haben noch nie irgendwelche juristischen Tricks den Ausgang bestimmt, und ich habe auch nicht vor, auf meine alten Tage damit anzufangen.«

»Euer Ehren, ich kann Ihnen versichern ...«

»Genug! Ich hoffe, mein Hinweis ist angekommen. Schreiten wir zur Auswahl der Geschworenen. Gerichtsdiener, rufen Sie bitte die Kandidaten auf.«

Der Beamte fing an, aus einer Art metallenem Korb, der Erinnerungen an altmodische Losurnen weckte, Namen zu ziehen und feierlich zu verlesen. Teils zögernd, in jedem Fall aber nervös, schritten die Aufgerufenen zur Geschworenenbank. Als alle Platz genommen hatten, forderte der Richter den Staatsanwalt auf, mit der Auswahlprozedur zu beginnen.

»Danke, Euer Ehren.« Swain baute sich mit ausgebreiteten Armen und einem warmen, freundlichen Lächeln direkt vor den Kandidaten auf. »Meine Damen und Herren, wir haben uns heute inmitten eines bedrohlichen Konflikts versammelt. Schwelender Haß war die Brutstätte des entsetzlichsten aller Verbrechen – Mord an einem Mitmenschen. Ich brauche Sie nicht auf die Bedeutung der Aufgabe hinzuweisen, der wir uns nun stellen. Aber eins muß ich Sie fragen: Gibt es hier jemanden, der aus irgendeinem Grund glaubt, er könne seine Pflicht vor Gott und diesem Gerichtshof nicht erfüllen?«

Erwartungsgemäß hob niemand die Hand.

»Wenn wir den über jeden Zweifel erhabenen Beweis der Schuld des Angeklagten führen – und das werden wir –, muß er bestraft werden. Gibt es jemanden, der sich nicht in der Lage sieht, die für dieses verabscheuungswürdige Verbrechen vom Gesetz vorgesehene Höchststrafe zu befürworten?«

Wieder blieben alle Hände unten. Aber vielleicht war ja noch nicht allen klar, worauf der Staatsanwalt hinaus wollte ...

»Gibt es hier jemanden, der oder die sich außerstande fühlt, die Todesstrafe auszusprechen, wenn das Gesetz dies erfordert?«

Nach langem Warten hob ein junger Mann ganz am Rand zögernd die Hand.

»Mr. Clemons«, sagte Swain, »könnten Sie gegebenenfalls die Todesstrafe aussprechen?«

»Na ja ... ich weiß es einfach nicht.« Der Angesprochene rutschte verlegen auf seinem Stuhl hin und her. Er war sich nur zu bewußt, daß jetzt alle Augen auf ihm ruhten. »Ich meine, die ... Todesstrafe ist so schrecklich hart. Da weiß ich einfach nicht, ob ich zu so was in der Lage bin.«

»Ich verstehe«, brummte Swain. Gleichwohl war ihm die Mißbilligung anzumerken. »Aber danke für Ihre ehrlichen Worte.« Er warf einen Blick zum Richter hinüber. Solange alle zuhörten, würde Swain weder Clemons noch sonst jemanden von der Kandidatenliste streichen, aber sobald sie sich ins Büro des Richters zurückzogen, war Clemons garantiert der erste, der ausgesondert wurde. »Noch jemand?«

Offenbar schreckte die Aussicht, zum Henker zu werden, sonst niemand ab.

»Sehr schön«, sagte Swain. »Vielen Dank für Ihre Bereitschaft.« Er kehrte zu seinem Pult zurück.

Nanu! staunte Ben. Schon fertig? Bei Kapitalverbrechen dauerte die Auswahl der Geschworenen oft mehrere Tage, ja, bisweilen sogar länger als der Prozeß selbst. Und Swain war nach nicht einmal fünf Minuten fertig!

Eindeutig ein schlechtes Vorzeichen. Entweder Swain kannte die Geschworenen persönlich und ging davon aus, daß sie ohnehin auf seiner Seite standen, oder er war sich seiner Sache so sicher, daß es ihn nicht kümmerte, wer auf der Geschworenenbank saß. Oder beides.

»Mr. Kincaid«, sagte Richter Tyler. »Sie können mit der Befragung beginnen.«

»Danke.« Ben erhob sich. »Meine Damen und Herren Geschworenen – ich gehe davon aus, daß Sie mit der Formel der über jeden Zweifel erhabenen Beweisführung, die Bezirksstaatsanwalt Swain soeben erwähnt hat, bestens vertraut sind. Nun, der Schuldbeweis ist die Latte, an der der Ankläger sich messen lassen muß. Wenn Sie allerdings zu dem Schluß kommen, daß er diesen Beweis nicht erbringen konnte, dann müssen Sie meinen Mandanten Donald Vick für nicht schuldig befinden.«

»Das ist kein Plädoyer, Mr. Kincaid«, fiel ihm der Richter ins Wort. »Setzen Sie lieber die Auswahl der Geschworenen fort.«

»Das versuche ich ja bereits«, versicherte ihm Ben.

»Nun, in Tulsa mag man schon bei der Vereidigung der Jury den ganzen Fall durchhecheln«, beschied ihn Tyler streng. »Bei mir gibt es das nicht.«

Aus den Zuschauerrängen war ein unterdrücktes Kichern zu hören. Falls die Geschworenen noch nicht gewußt haben sollten, daß Ben kein Einheimischer war, jetzt war es jedem klar.

Ben näherte sich der Geschworenenbank. Noch war er unsicher, wo er sich hinstellen sollte. So nahe wie Swain? Er versuchte es, doch da einige aus der ersten Reihe unwillkürlich zurückwichen, achtete er lieber auf mehr Abstand. Er sollte ihnen nicht zu nahe kommen; sie fühlten sich in ihrer Privatsphäre angegriffen. Die Botschaft lag auf der Hand: Swain war ihr Freund, Ben nicht.

Aber er durfte sich nicht beirren lassen. »Meine erste Frage an Sie lautet: Trauen Sie sich zu, die Regel von der zweifelsfrei erwiesenen Schuld umzusetzen?«

Keine Reaktion. Die Hände blieben unten.

»Vielleicht sollte ich erklären, was ich damit meine. Zweifelsfrei erwiesene Schuld bedeutet ...«

»Dagegen muß ich Einspruch erheben!« rief Swain. »Es steht ihm nicht zu, den Begriff von der zweifelsfrei erwiesenen Schuld zu erklären. Das darf er nicht einmal während des Plädoyers. Das ist Ihr Job, Euer Ehren.«

»Dem Einspruch wird stattgegeben«, erklärte Richter Tyler.

Ben kniff verärgert die Augen zusammen. Aber er mußte Ruhe bewahren. »Lassen Sie es mich anders formulieren. Wer von Ihnen hat bereits etwas über diesen Mordfall gelesen?«

Achtzehn Hände flogen hoch.

»Euer Ehren«, sagte Ben. »Unter diesen Umständen muß ich meinen Antrag auf Verlegung ...«

»Abgelehnt. Setzen Sie die Befragung fort.«

Ben seufzte. »Na gut. Wer von Ihnen hat sich bereits ein Urteil gebildet?« Die achtzehn Hände wurden heruntergenommen. Mit Ausnahme von Clemons wollten unbedingt alle am Urteil mitwirken. Da gab natürlich keiner zu, daß er voreingenommen war.

»Kennt jemand unter Ihnen den Beschuldigten persönlich? Hatte jemand schon einmal Kontakt mit ihm?«

Eine Dame mittleren Alters hob zögernd die Hand.

»Danke sehr ... Und Sie sind ...«

»Das ist Mrs. Conrad«, informierte ihn Swain.

Herr Bezirksstaatsanwalt, herzlichen Dank für den Hinweis, daß du hier jedermann kennst und ich nicht, dachte Ben. »Mrs. Conrad, wie haben Sie Donald Vick kennengelernt?«

»Das war so ... Weil doch dieser Tornado im Frühjahr die Nordmauer meines Hauses umgerissen hat, bin ich in eine Pension gezogen, wo auch dieser Mann da wohnte.«

»Ich verstehe. War das Mary Sues Pension?«

»Äh ... ja.« Die Frau war sichtlich über seine Kenntnisse überrascht. Ein Punkt für den Außenseiter.

»Hatten Sie Kontakt zu Mr. Vick?«

»Na ja, nicht besonders viel. Er war einer von der ruhigen Sorte. Wollte lieber für sich sein. War auch immer ziemlich kurz angebunden. Mir kam es immer so vor, als würde er grübeln ... oder was im Schilde führen ...«

»Vielen Dank, Mrs. Conrad. Ich glaube, ich weiß, was Sie meinen. Noch jemand?«

Ben setzte seine Befragung noch eine halbe Stunde fort, fand aber nur das bestätigt, was er sich schon gedacht hatte. Alle wußten genug, um eine vorgefaßte Meinung zu haben, doch keiner gab das zu. Bei der Auswahl mußte Ben sich also auf seinen Instinkt verlassen.

Leider traute er sich in dieser Hinsicht selbst nicht über den Weg. In solchen Situationen hing er von Christina ab. Sie hatte einfach ein Gespür für das, was andere verschwiegen. Aber Christina hatte sich ausgeklinkt. Sie saß nicht einmal im Gerichtssaal.

Bei der Beratung im Büro des Richters lehnte Swain dann lediglich Mr. Clemons ab, während Ben Mrs. Conrad und vier ältere Frauen von der Liste strich. Betagte Damen erwiesen sich seiner Meinung nach oft als die strengsten Richter. Eine kaum tragfähige Verallgemeinerung, wie Ben selbst wußte, aber er hatte ja sonst nichts, woran er sich hätte halten können.

In gerade mal einer Stunde hatten sie die Geschworenen

ernannt. Und diese zwölf Männer und Frauen sollten über Donald Vicks Schicksal bestimmen.

Nachdem der Richter und die Anwälte in den Gerichtssaal zurückgekehrt waren, vereidigte Tyler die Jury.

»Ich bin froh, daß wir das erledigt haben«, verkündete er abschließend. »Anwälte können ja ganz schön geschwätzig sein; drum habe ich immer das Gefühl, etwas geleistet zu haben, wenn die Auswahl der Geschworenen weniger als einen Tag dauert. Die übrigen Kandidaten sind entlassen.« Er sah auf die Uhr. »Für heute machen wir Schluß. Gehen Sie heim und regeln Sie alles Nötige mit Ihrem Arbeitgeber und Ihrer Familie. Erscheinen Sie morgen pünktlich um neun. Das betrifft natürlich auch die Herren Anwälte. Halten Sie Ihre Eröffnungsplädoyers bereit und beschränken Sie sich auf maximal eine halbe Stunde. Und dann werden wir ja sehen, wie's weitergeht.«

14

»Vergiß das Dinner nicht«, mahnte Belinda beim Verlassen des Gerichtssaals. »Du hast es mir versprochen, Ben.«

»Ich habe nicht vor, mein Wort zu brechen«, erwiderte Ben. »Allerdings muß ich vorher einen Berg Papiere durcharbeiten. Und dann will ich noch unbedingt etwas erledigen, bevor die Geschäfte zumachen.«

»Kannst du mich um halb neun im Büro von Hatewatch abholen?«

»Abgemacht.«

Ben ging die Main Street hinunter. Als er an der Bluebell Bar vorbeikam, widerstand er der Versuchung, bei einem Bierchen mit Mac zu plaudern; er ahnte schon, daß der Wirt sich nicht allzusehr über ein Wiedersehen freuen würde. Womöglich verlangte er am Ende sogar Schadenersatz für den Flipperautomaten. So lief Ben dann doch geradeaus weiter, bis er vor der Redaktion des *The Silver Springs Herald* stand.

Zu seinem Pech sah ihn der Redakteur, ein Herr mittleren

Alters mit Tweedanzug, vom Fenster aus und sprintete zum Eingang. Ben brachte gerade noch den Fuß in die Tür.

»Tut mir leid«, sagte der Mann. »Wir haben geschlossen.«

Der Anwalt ließ sich nicht abwimmeln. »Ich muß den Herausgeber sprechen.«

»Er ist nicht da!« rief der Typ, der auf dem Sakko ein Namensschild mit der Aufschrift HAROLD MCGUINESS – HERAUSGEBER trug. »Tatsächlich – Mr. McGuiness?« fuhr Ben ihn an. »Sie sind doch der Mann, der ständig Lügengeschichten über mich verbreitet. Ich habe ein Hühnchen mit Ihnen zu rupfen.«

»Ich schreibe *sämtliche* Artikel für den *Herald*. Was dagegen? Trotzdem ist das Büro geschlossen.« McGuiness versuchte, Ben hinauszuschieben.

»Mein Name ist Ben Kincaid.«

»Und Sie meinen, das wäre mir unbekannt? Glauben Sie etwa, ich lese meine eigene Zeitung nicht?«

»Ich bin in Ihrem Weltblatt falsch zitiert worden. Und nicht nur einmal. Ich verlange eine Gegendarstellung.«

»Tut mir leid, das ist nicht möglich. Wenn Sie jetzt bitte Ihren Fuß entfernen würden …«

»Ich entferne ihn dann, wenn Sie einen Widerruf drucken. Es ist schlimm genug, daß Sie den Leuten weisgemacht haben, ich sei eine schmierige Type, die hinter dem Rücken Richter Tylers über ihn herzieht. Was Sie mir unterstellen, habe ich nie gesagt.«

»Und ich habe das nie behauptet. So, jetzt schleichen Sie sich aber.« Er drückte mit aller Kraft gegen die Tür.

»Ich könnte Sie wegen Verleumdung anzeigen. Angebliche Äußerungen von mir wurden von Ihnen sogar in Redezeichen gesetzt.«

»Ja und? Deswegen muß das Zitat ja nicht hundertprozentig stimmen. Das sagt zumindest der Supreme Court. Solange ich nicht böswillig handle, bewege ich mich voll und ganz im Rahmen der Gesetze.«

Zu Bens Leidwesen hatte der Mann recht. Der Anwalt kannte das entsprechende Urteil nur zu gut. »Hören Sie, ich will ja auch gar nicht mit Ihnen streiten, sondern nur ein paar

Dinge richtigstellen. Warum interviewen Sie mich nicht einfach …«

»Nein danke, keine Lust. Ich habe meine eigenen Quellen.«

»Sie haben meinen Ruf ruiniert! Die Leute halten mich für einen arroganten Schnösel, der mit irgendwelchen Spitzfindigkeiten einen Mörder rauspauken will.«

»Na und? Tun Sie das etwa nicht?«

»Mein Ziel ist es, Vick ein gerechtes Verfahren zu ermöglichen. Aber das macht mir Ihre Zeitung so gut wie unmöglich.«

»Wenn Sie meinen, daß ich jetzt Tränen für Ihren Mandanten vergieße, haben Sie sich getäuscht.« Plötzlich trat er Ben gegen das Schienbein, der zog den Fuß unwillkürlich weg, und schon hatte McGuiness die Tür zugeknallt.

Ben holte Belinda gegen neun ab, und Arm in Arm schlenderten sie ins Bo-Bo's, ein chinesisches Restaurant. Außer der Bluebell Bar, in die es Ben garantiert nicht zog, war das die einzige Gaststätte, die um diese Zeit noch geöffnet hatte. Allerdings kamen Ben einige Zweifel an der Authentizität des Bo-Bo's. Das lag zum einen am Namen des Eigentümers und vor allem an der Speisekarte. Bislang hatte Ben noch kein fernöstliches Restaurant erlebt, in dem rote Bohnen mit Reis, geschälte Maiskörner und gebratener Speck auf einem Teller serviert wurden.

Hinter einer Vietnamesin, die sich gerade ein Essen zum Mitnehmen aussuchte, mußten Ben und Belinda warten, bis ihnen ein Tisch zugewiesen wurde. Die Kasse war verwaist. Ein junges Mädchen, vermutlich die Kassiererin, stand in der Tür zur Küche und wehrte mehr oder weniger halbherzig die Annäherungsversuche eines Jungen mit Kochmütze ab. Nach einiger Zeit gelang es der Vietnamesin schließlich, die Aufmerksamkeit des Mädchens auf sich zu lenken, und sie bekam mehrere Pappkartons gereicht. Allerdings drehte sich das Mädchen auch dabei immer wieder kichernd zu dem Jungen um.

»Siebzehn zweiundfünfzig, bitte.«

Die Vietnamesin reichte ihr einen Schein über die Theke, den sie annahm, ohne hinzusehen.

»Zwanzig Dollar. Dann bekommen Sie zwei achtundvierzig raus.« Das Mädchen öffnete die Kasse und zählte das Wechselgeld ab. »Das wären eins, zwei ...« Jetzt erst warf sie einen Blick auf den Geldschein. »Moment mal, Sie haben mir einen Zehner und keinen Zwanziger gegeben!«

Die Vietnamesin starrte sie mit ausdruckslosen Augen an.

»Wollen Sie mich verarschen? Ich gebe Ihnen doch nicht auf zwanzig raus, wenn ich bloß zehn kriege!«

»Sieben Dollar«, sagte die Frau. »Ich gezahlt.« Sie griff nach dem Zehndollarschein, der immer noch oben auf der Schublade lag.

»Finger weg!« Das Mädchen knallte die Kasse zu. »Geben Sie mir sofort das Essen zurück!«

Doch die Frau drückte die Kartons fest an sich. »Schon gezahlt.«

»Mein Daddy hatte also doch recht«, jammerte das Mädchen. »Er hat gleich gesagt, daß man diese gelben Langfinger keine Sekunde aus den Augen lassen darf. Barbara!«

Vom hinteren Teil des Restaurants näherte sich eine etwas ältere Frau mit toupierter Hochfrisur. »Was ist los?«

»Diese Frau da wollte mir einen Zehner als Zwanziger andrehen. Und jetzt weigert sie sich, das Essen zurückzugeben.«

Die andere runzelte die Stirn. »Dann hole ich den Sheriff.«

»Jetzt halten Sie mal bitte die Luft an!« mischte sich Belinda ein. »Diese arme Frau hat niemandem etwas andrehen wollen. Das hört doch jeder, daß sie kaum ein Wort Englisch versteht. Wahrscheinlich hat sie Sie mißverstanden.«

Das Mädchen stemmte empört die Hände in die Hüften. »Sie wollte mir einen Zehner als ...«

»Sie hat wahrscheinlich sieben statt siebzehn Dollar verstanden. Sie dachten, es wären zwanzig und haben nicht hingesehen.«

»Wie kommen Sie eigentlich dazu, mir ...«

»Stimmt es etwa nicht, daß Sie die ganze Zeit mit dem Jungen in der Küche geflirtet und sich nicht um Ihren Job gekümmert haben? Und jetzt wollen Sie eine Unschuldige als Sündenbock hinstellen, damit keiner Ihren Fehler bemerkt.«

Das Mädchen blitzte Belinda wütend an. »Mir ist schleierhaft, warum Sie sich so für eine dämliche Gelbe einsetzen.«

Die ältere Frau schob das Mädchen kurzerhand beiseite. »Die Frau schuldet uns immer noch sieben Dollar und zweiundfünfzig Cent. Haben Sie das Geld, Ma'am?«

Das Gesicht der Vietnamesin war ein einziges Fragezeichen.

»Da sind zehn Dollar«, schnaubte Belinda und warf einen Schein über die Theke. »Der Rest ist für Sie.«

Das Mädchen stapfte wortlos in die Küche zurück.

Nachdem Barbara den zwei Anwälten mit ausgesuchter Kälte einen Tisch zugewiesen hatte, fand Ben erstmals die Sprache wieder. »Das war ja übel!«

»Das«, sagte Belinda, »war der ganze Rassenhaß im Kleinformat. Meist fängt es als ein harmloses Mißverständnis an. Der Fremde macht einen Fehler, der Einheimische macht einen Fehler. Eine harmlose Sache eigentlich. Aber heute nacht wird das Mädchen seinem Daddy erzählen, daß eine Vietnamesin sie betrügen wollte und daß sie sich deswegen Ärger mit ihrer Chefin eingehandelt hat. Und Daddy wird sagen: ›Meine Rede, mich bescheißen sie schon lange. Für meine Hühner kriege ich jetzt auch nicht mehr soviel wie früher.‹ Und bald sind die Vietnamesen so ziemlich an allem schuld, was in ihrem Leben schiefgelaufen ist.«

»Und die ASP wird in die Stadt geholt.«

Belinda nickte. »So ungefähr läuft das.«

Ben und Belinda führten an diesem Abend ein äußerst angeregtes Gespräch. Ihn erstaunte, wieviel er ihr zu sagen hatte und wie leicht ihm die Worte über die Lippen kamen. Normalerweise war er ja nicht gerade ein Frauenheld. Im Gegenteil – er stotterte oft, stolperte über Teppiche und schaffte es gleich in der ersten Minute, bei der Mutter seiner neuen Eroberung ins Fettnäpfchen zu treten. Doch heute nacht lief es ideal. Er und Belinda mochten dieselben Bücher (*Bleakhaus* und *Wutheringshöhen*) und dieselben Filme (*Die zwölf Geschworenen* und *Wer die Nachtigall stört*). Dazu glaubten sie an die gleichen Werte.

Sie mochten einander.

Ben war schon fast mit Essen fertig, als er plötzlich zwei Tische weiter Christina bemerkte. Sie gehörte zu einer größeren Gruppe – wahrscheinlich ebenfalls Mieter in Mary Sues Pension. Anders als er schien sie sich glänzend mit den Einheimischen zu verstehen. Sie plauderten freundlich mit ihr und lachten über ihre Witze.

Der Typ neben Christina kam Ben bekannt vor. Der Anwalt beugte sich weiter vor – und tatsächlich, das war Garth Amick! Der Typ, der sich Schlagringe überstreifte, sobald Ben sich in seine Nähe wagte. Christina schien freilich kein Problem mit ihm zu haben.

Nachdem sie ihr Hühnchen mit Cashewnüssen, das in erster Linie Sellerie enthielt, und hinterher Moo Goo Gai Pan, das fast nur aus Reis bestand, verspeist hatten, bestellten Ben und Belinda Kaffee.

»Eigentlich war es gar nicht so schlecht«, meinte Ben. »Ans Ri Le reicht es allerdings nicht heran. Wenn du mal nach Tulsa kommst, lade ich dich dorthin ein.«

»Darauf freue ich mich jetzt schon.«

Der Kellner kehrte mit Kaffee und Glückskeksen zurück und fragte, ob er abräumen könne.

»Noch nicht«, sagte Belinda. »Ich möchte die Reste gern nach Hause mitnehmen.«

»Dann bringe ich Ihnen eine Tüte.«

»Nicht nötig, ich habe meine eigene dabei.« Tatsächlich zog sie eine Plastiktüte aus ihrer Handtasche und füllte den Rest ihres Reisgerichts hinein.

»Du nimmst immer eine Tüte für Essensreste mit?« fragte Ben erstaunt.

»Spare in der Zeit, dann hast du in der Not, hat schon meine Tante gesagt. Eigentlich habe ich das ja nicht mehr nötig, aber alte Gewohnheiten wird man nicht so leicht los. In meinem Innersten existiert wohl immer noch die Angst, ich könnte alles verlieren und müßte wieder Schokolade aus Mr. Carneys Laden klauen, um nicht abzumagern.«

»Hast du das wirklich getan?«

»Einspruch. Laut der fünften Zusatzklausel darf kein Verdächtiger gezwungen werden, sich selbst zu belasten.«

»Dem Einspruch wird stattgegeben. Wie bist du drauf gekommen, Hatewatch zu gründen?«

»Nachdem ich erst die Universität und dann auch noch meine erste Ehe – die eine größere Katastrophe war – überstanden hatte, suchte ich nach einer Möglichkeit mit meinem Diplom etwas halbwegs Nützliches anzufangen. Ich hatte ja aus erster Hand mitgekriegt, wie übel das Leben manchen Menschen mitspielen kann und wollte alles tun, um ihnen ihr Dasein etwas lebenswerter zu gestalten. So fing ich als Rechtsberaterin in einer Sozialstation an. Danach arbeitete ich für verschiedene Menschenrechtsgruppen, die den organisierten Rassismus bekämpfen. Dadurch habe ich übrigens auch Morris Dees kennengelernt. Wenn es heute noch Helden gibt, dann ist er einer. Er leistet wirklich Großes, aber allein schafft er es nicht. Deswegen habe ich vor fünf Jahren Hatewatch gegründet.«

»Vor fünf Jahren erst? Dafür, daß ihr so jung seid, habt ihr ja erstaunlich viel auf die Beine gestellt.«

»Zuviel, wenn du bestimmte Leute fragst. Grand Dragon Dunagan zum Beispiel. Im Fall *Wisconsin gegen Mitchell* hat der Supreme Court entschieden, daß bei Verbrechen, die aus Haß gegen andere Rassen begangen wurden, eine Erhöhung des Strafmaßes durch die Verfassung gedeckt ist, und darauf haben wir uns in vielen straf- und zivilrechtlichen Prozessen gestützt. Im Augenblick geht Hatewatch zum drittenmal gegen eines von Dunagans kleinen Lagern vor. In Florida hatte die ASP Latinos aufs Korn genommen, in Birmingham Schwarze, und jetzt sind es die Vietnamesen. Folter, Vergewaltigung, Mord – das geht alles auf ihr Konto. Als Pfadfinderstreiche würde ich das nicht mehr bezeichnen. Hey, ich habe ja meinen Glückskeks noch gar nicht aufgemacht!«

Sie brach den Keks entzwei und las: »›Bald wirst du große Gewässer überqueren.‹ Na ja, ich weiß nicht, ob ich mich dafür erwärmen kann.«

»Wahrscheinlich heißt das nur, daß du auf die Bermudas fliegst«, tröstete sie Ben, der nun seinen Keks aufbrach. »›Vögel verfangen sich mit den Füßen und Männer mit dem Herzen.‹« Er schnitt eine Grimasse. »Die Kekse kommen wohl aus Draculas Fabrik in Transsylvanien. Mich wundert nur, daß sie hier so was zulassen. Welches Restaurant will denn schon seine Kunden verstören?«

Sie lächelte ihn an. »Hattest du auch ein Nebenfach an der Uni?«

»Äh – ja, Musik. Und du?«

Um ihre Lippen spielte noch immer ein Lächeln. »Komm doch einfach mit zu mir, dann kriegst du eine kleine Kostprobe.«

»Ist das was Gefährliches?« fragte Ben mißtrauisch.

Sie ergriff seine Hand. »Aber nein. Gefährlich ist nur der Teil, bei dem ich dich an Mary Sue vorbei in mein Zimmer schmuggele.«

»Bist du dir auch wirklich sicher?« fragte Ben durch die Badezimmertür.

»Absolut!« versicherte ihm Belinda. »Komm raus.«

»Gut ... aber mach das große Licht aus.«

»Habe ich längst. Ich sehe kaum noch den Tisch.«

»Und du schaust auch wirklich weg?«

»Ich drücke die Augen ganz fest zu. Kommst du jetzt endlich?«

Ben öffnete die Tür einen Spaltbreit. Erleichtert stellte er fest, daß Belinda in die andere Richtung schaute, und huschte ins Zimmer. Bis auf seine Boxershorts hatte er alles ausgezogen. Zwar hatte Belinda verlangt: *alle Hüllen müßten fallen*, aber von seinen Boxershorts wollte er sich auf keinen Fall trennen. Einen Rest an Schamgefühl mußte man ja sich wohl bewahren dürfen.

Er legte sich auf den Tisch und deckte sich mit einem Handtuch zu. »Okay, ich bin fertig.«

»Sehr schön.« Belinda drehte sich grinsend um. »Tolle Boxershorts hast du an.«

»Wie ...« Ben bemerkte, daß ein Stoffzipfel unter dem Handtuch hervorlugte und zupfte es zurecht, um danach so zu tun, als wäre nichts gewesen. »Daß du eine ausgebildete Masseuse bist ...«

»Tja, jetzt kriegst du eine kostenlose Behandlung. Habe ich dir vorhin nicht erzählt, daß ich etwas Nützliches tun wollte? Als erstes mal eine schwedische Massage.« Sie fing an, seine Schultern zu kneten.

»Wunderbar«, stöhnte Ben. »Ich fühle mich schon richtig schwedisch.«

»Die schwedische Massage stellt eine Weiterentwicklung der in China üblichen physischen Manipulation dar. Sie besteht aus fünf Grundtechniken, die alle einen Namen haben, komischerweise jeweils einen französischen: Effleurage, Petrissage, Friction, Tapotemant und Vibration.«

»Junge, Junge, ich kriege nicht nur eine Massage, sondern dazu auch noch einen Vortrag. Das nenne ich Service!«

Belinda fing mit der Effleurage an, die, wie sie erklärte, aus einem wiederholten sanften Streicheln der Haut in Richtung Herz bestand. »O Mann!« rief sie beim Bearbeiten seines Rückens. »Hast du Verspannungen!«

»Ich habe ja auch eine anstrengende Woche hinter mir.«

»Zum Glück bist du noch rechtzeitig vor der Verhandlung bei mir auf dem Tisch gelandet.«

Sie machte sich daran, das restliche Repertoire durchzuführen: Kneten, drücken, klopfen und schütteln. »Natürlich gibt es zu jedem Element verschiedene Varianten«, führte sie aus.

»Ich finde, wir sollten sie alle ausprobieren«, stöhnte Ben wollüstig.

»Jetzt kommt die Anara-Technik.«

Ben spürte, daß ihre Hände noch aktiver wurden. Auch das war eine wahre Wonne.

Sie walkte nun seine Schenkel durch. »Für einen Bürohengst hast du ja ganz schön kräftige Beine«, kommentierte sie.

»Das liegt an meinem Training. Ich muß ständig meiner Katze nachrennen.«

»Wer kümmert sich denn um sie, wenn du Urlaub machst?«

»Mrs. Marmelstein, meine Vermieterin. Sie hilft gern. Wenn sie die Katze hütet, hat sie einen Vorwand, in meinen Schränken herumzustöbern.«

Belinda war inzwischen bei seinen Unterschenkeln angelangt. »O Mann, das ist ja unglaublich, wie verspannt du bist. Frißt wohl alles in dich hinein, was?«

Dazu gab Ben keinen Kommentar ab.

»So, jetzt eine Probe der Shiatsu-Technik.«

Zu Bens Überraschung tanzten ihre Finger ganz leicht über seine Sohlen. »Hey, das kitzelt!«

»Ach, in dir steckt also doch etwas Leben? Und zum Abschluß jetzt die berühmte Montgomery-Massage.«

»Montgomery-Massage?«

»Richtig.« Sie fing an, seinen Rücken sanft zu küssen und arbeitete sich langsam bis zu seiner Halsgrube vor.

»Kitzelt das auch?«

»So könnte man es ausdrücken.« Ben wälzte sich zur Seite und schloß Belinda in die Arme. »Darf ich mitspielen?«

»Ich bitte darum.«

Eine ganze Serie von Küssen folgte, die immer leidenschaftlicher wurden. Dann löste sich Belinda kurz von Ben, griff hinter sich, und im nächsten Moment lagen ihre Kleider auf dem Boden – und sie beide im Bett.

Bens Herz pochte zum Zerspringen. »Du bist wunderschön«, murmelte er.

Belinda beugte sich über ihn. Noch einmal küßte sie ihn auf den Mund, dann ließ sie ihre Lippen aufs Geratewohl über seinen Körper wandern. »Ich bin mir nicht ganz sicher, aber ich habe das Gefühl, du bist nicht mehr so angespannt«, flüsterte sie, während ihre Finger mit seinen Brusthaaren spielten.

Bens Hände folgten den Konturen ihres perfekten Körpers. »Hast du wirklich einen Abschluß in Physiotherapie?«

Lächelnd rollte sie sich über ihn. »Eigentlich nicht. Aber ich wollte unbedingt einen Blick auf deine Boxershorts riskieren.«

15

Am nächsten Morgen war Ben lange vor neun im Gericht und ging noch einmal seine Aufzeichnungen durch. In dieser Nacht hatte er hervorragend geschlafen, nachdem Belinda und er irgendwann zur Ruhe gekommen waren.

Wenig später brachten zwei Deputys Vick zu seiner Bank, und langsam strömte auch das Publikum in den Saal. Die meisten Gesichter kannte Ben bereits von gestern. Neu waren allerdings Grand Dragon Dunagan sowie ein paar Muskelprotze aus seiner Leibwache.

»Was führt Sie hierher?« fragte Ben den ASP-Häuptling im vorbeigehen.

»Ich muß Sie im Auge behalten«, lautete die Antwort.

»Ich dachte, Sie sehen in mir einen Vertreter der Kräfte des Guten?«

»Da wußte ich noch nicht, daß Sie mit dem Vietcong sympathisieren und mit dieser Hure, der Dämonin Hamilton, unter einer Decke stecken!«

Ben biß die Zähne zusammen. »Sie haben kein Recht, so von Belinda zu sprechen!«

»Ich weiß, wovon ich rede! Und Sie habe ich auch durchschaut!« Zum Glück gingen Dunagans Worte im lauten Stimmengewirr unter.

»Sie widerwärtiger ...« Ben schluckte gerade noch ein böses Schimpfwort hinunter und ging weiter. Er erkannte Colonel Nguyen unter den Zuschauern, und in der ersten Reihe saß Belinda zwischen ihren Partnern Frank Carroll und John Pfeiffer.

Um Punkt neun Uhr betrat Richter Tyler den Saal. Schlagartig herrschte Stille. »Zu den Eröffnungsplädoyers, meine Herren. Herr Staatsanwalt, Sie haben das Wort.«

»Danke, Euer Ehren.« Wie gestern strich Swain seine Vertrautheit mit den Zuschauern heraus und pflanzte sich unmittelbar vor den Geschworenen auf.

»Thuy Quang Vuong – bei seinen Freunden besser bekannt als Tommy – war ein Amerikaner vietnamesischer Herkunft. Aber darum soll es in diesem Verfahren nicht gehen. Er war ein junger Mann und hatte mit Problemen zu tun, die in seinem Alter keine Seltenheit sind. Aber auch darum soll es hier nicht gehen. Tommy Vuong war ein Mensch. Er lebte, er atmete und hatte dasselbe Recht auf sein Leben wie jeder von uns, meine Damen und Herren Geschworenen.«

Swain beugte sich vor und stellte Blickkontakt mit jedem Mitglied der Jury her. Mit eindringlicher Stimme fuhr er fort: »Und nur darum geht es in diesem Fall. Denn, meine Damen und Herren Geschworenen, Tommy Vuong wurde das Recht auf sein Leben genommen. Ihm wurde das Recht zu heiraten genommen, das Recht Kinder zu bekommen, das Recht, die schlichten Freuden des Lebens zu genießen, die für uns alle eine Selbstverständlichkeit sind. Am 25. Juli hat jemand in einer schwülen Nacht sein Leben ausgelöscht. Aus nächster Nähe hat dieser Jemand mit einer Armbrust zwei Metallbolzen auf ihn abgefeuert und ihn an der Brust und am Hals getroffen.«

Er warf einen bedeutungsschweren Blick auf Vick. »Und dann hat der Mörder ein brennendes Kreuz über Tommys blutüberströmtem Kopf aufgestellt!«

Die Leute im Gerichtssaal schnappten nach Luft. Dieses Detail war bislang sogar der Presse verschwiegen worden. Leider schien damit Vickys Schuld praktisch schon festzustehen.

»Jetzt werden Sie vielleicht denken, daß zwei Armbrustbolzen einen schnellen Tod bedeuten. Weit gefehlt! Tommy Vuongs Leben ist langsam erloschen. Er lag in seinem Blut und litt entsetzliche Qualen. Aber als ob das noch nicht gereicht hätte, griffen die Flammen des brennenden Kreuzes auf seine Kleider über, und er verbrannte bei lebendigem Leib!«

Wieder schnappte der ganze Saal nach Luft. Selbst den Verteidiger überlief es eiskalt.

Ben hätte Einspruch einlegen können. Diese dick aufgetragene Version der Ereignisse war kaum dazu angetan, den Geschworenen die Wahrheitsfindung zu erleichtern, andererseits war Ben klar, daß hier mit Vernunft kein Blumentopf zu gewinnen war. Jeder Staatsanwalt hatte nun einmal das Recht, die Fakten so melodramatisch wie nur möglich darzustellen. Swains Ziel war es, Mitleid mit dem Opfer zu wecken und Haß gegen den Beschuldigten zu schüren. Und das gelang ihm vorzüglich. Die Geschworenen hatten bereits eine Abneigung gegen Vick gefaßt. Ben sah, wie sie verstohlen zu ihm hinüberschauten und den Blick gleich wieder abwandten. Bei all dem hatten sie noch kein einziges Indiz gesehen, das den Verdacht auf seine Schuld hätte erhärten können.

»Zu einem so abscheulichen Verbrechen wie diesem ist nicht jeder imstande«, fuhr Swain fort. »Die wenigsten sind so ... kaltblütig. So abgestumpft. So gefühllos. Nein, für dieses Verbrechen bedurfte es einer bestimmten Art von Mensch. Einen von seinem Haß verzehrten Mann!« Er wandte sich abrupt zu Vick um. »Meine Damen und Herren, wir werden den über jeden Zweifel erhabenen Beweis führen, daß der Mann, der dieses entsetzliche Verbrechen begangen hat, der Mann ist, der hier auf der Anklagebank sitzt – Donald Vick!«

Swain und Vick starrten einander lange in die Augen. Es war wie ein Kräftemessen, wer den stärkeren Willen hatte. Keiner wollte nachgeben. Schließlich wandte sich Swain ab und setzte sein Eröffnungsplädoyer fort.

Konkrete Anhaltspunkte gab er noch nicht preis. Ben überlegte schon, ob die Indizien und Zeugenaussagen vielleicht gar nicht so eindeutig waren, wie Swain behauptet hatte. Für wahrscheinlicher hielt er es allerdings, daß sein Gegenspieler ihm keine Angriffsfläche bieten wollte. Swain machte nur vage Andeutungen auf Beweisstücke an der Armbrust, Vicks Schlägerei mit Vuong und ein angebliches Geständnis. Hellhörig wurde Ben jedoch bei einer nebulösen Bemerkung über »Vicks verhängnisvollen Fehler – die Wahl der exotischen Armbrust als Instrument des Todes«.

Am Ende seiner Vorstellung bedankte sich Swain und nahm neben seinem Pult Platz.

Richter Tyler ergriff kurz das Wort: »Mr. Kincaid, möchten Sie Ihr Eröffnungsplädoyer jetzt halten oder lieber bis nach der Vernehmung des Beschuldigten warten?«

»Ich halte es jetzt«, sagte Ben und stand auf. Er wäre verrückt gewesen, hätte er es verschoben. Die Geschworenen hätten möglicherweise mehrere Tage lang nur die Version des Staatsanwalts im Ohr gehabt.

Ben vermutete, daß er es in puncto schauspielerisches Geschick nicht mit Swain aufnehmen konnte. Darum und angesichts seiner Stellung in diesem Ort versuchte er es erst gar nicht. Statt dessen wählte er einen ruhigen, besonnenen Ansatz. Er nahm sich vor, die Geschworenen lediglich daran zu erinnern, zu welchem Zweck sie sich hier versammelt hatten.

»Das Amt eines Geschworenen ist eine der größten Ehren, die eine freie Demokratie einem Bürger verleihen kann. Aber wie alle Ehrenämter ist es mit einer hohen Verantwortung verbunden. Und mit Pflichten. Ihre Pflicht als Geschworene ist es, zu gewährleisten, daß Ihre Entscheidung, wie immer sie auch ausfallen mag, nicht auf Emotionen oder Vorurteile beruht, sondern ausschließlich auf den Fakten, die Ihnen während dieses Verfahrens vor Augen geführt werden. Darauf sind sie vereidigt worden. Das ist Ihre heilige Pflicht.«

Einen Versuch war es auf alle Fälle wert, die Geschworenen bei ihrer Ehre zu packen. Nach Bens Erfahrung nahmen die meisten ihre Aufgabe sehr ernst.

»Bezirksstaatsanwalt Swain hat Ihnen bis ins letzte grausige Detail geschildert, wie Tommy Vuong ermordet wurde. An den Fakten selbst läßt sich nicht rütteln. Wir bestreiten weder den Tathergang noch leugnen wir, daß es eine schreckliche Tragödie war. Wir bestreiten nur einen Punkt: die Frage des Täters. Denn Donald Vick hat Tommy Vuong nicht getötet.«

Bens Blick wanderte über die Gesichter der Geschworenen. Wenn ihr Urteil bereits feststand, würde es ihm wohl kaum noch gelingen, sie umzustimmen. Aber wenigstens hörten sie ihm zu.

»Die Staatsanwaltschaft wird Ihnen alle möglichen Indizien vorlegen, mit deren Hilfe sie einen Unschuldigen überführen will. Aber stellen Sie sich dabei immer eine Frage: Beweist das, daß Donald Vick tatsächlich Tommy Vuong getötet hat, oder heißt es nicht viel mehr, daß er ihn getötet haben *könnte*? Wie wir alle wissen, meine Damen und Herren, wären sehr viele Menschen in der Lage gewesen, Tommy Vuong zu töten. Und Sie können Donald Vick nur dann des Mordens an Tommy Vuong für schuldig befinden, wenn die Staatsanwaltschaft einen lückenlosen Beweis geführt hat, daß er wirklich der Mörder war. Daß es eindeutig Donald Vick war und niemand sonst. Die Beweislast liegt beim Staatsanwalt, und wenn er seine Aufgabe nicht erfüllt, dann wird Richter Tyler Sie darauf hinweisen, daß Sie Donald Vick für unschuldig befinden müssen.«

Ben verlor noch ein paar Worte über die Beweismittel der Anklage. Dabei blieb er gezwungenermaßen vage. Er hatte ja selbst keine Ahnung, was der Staatsanwalt vorlegen würde, geschweige denn wie er selbst darauf reagieren konnte. Soweit er wußte, hatte der Angeklagte nur einen Zeugen: sich selbst.

Und dieser Zeuge schwieg beharrlich.

Als Ben seine Ansprache beendet hatte, schenkte er Vick demonstrativ ein warmherziges, aufmunterndes Lächeln und nahm neben ihm Platz. Manche Verteidiger klopften ihrem Mandanten auf die Schulter oder reckten den Daumen in die Höhe, nur um den Geschworenen zu zeigen, daß sie ihn mochten. Angesichts seiner Stellung hier vor diesem Gericht erschien das Ben freilich unangemessen. Ein Lächeln mußte genügen.

»Sehr schön«, dröhnte Richter Tyler. »Sieht ganz so aus, als könnten wir vor der Mittagspause noch ein paar Aussagen abhandeln. Mr. Swain, rufen Sie Ihren ersten Zeugen auf.«

16

Swain begann mit dem gerichtsmedizinischen Befund. Das war das übliche Vorgehen – man brachte die langweiligen Details hinter sich, solange die Geschworenen noch ausgeruht waren und nicht einzunicken drohten.

Sein erster Zeuge war der Coroner David Douglas, der zunächst Tommy Vuongs Tod bestätigte. Keine weltbewegende Neuigkeit, aber in Mordprozessen zwingend vorgeschrieben.

Über die Todesursache war sich Douglas nicht im klaren. War es die Armbrust oder das Feuer? Oder beides zusammen? Im Kreuzverhör durch Ben räumte er ein, daß er Vuongs Tod auf den Blutverlust zurückführte, jedoch keinen eindeutigen Beweis dafür hatte. Was freilich an der Tatsache, daß Vuong tot war, nichts änderte.

Als nächster stand ein Labortechniker aus Little Rock namens Darryl Stephens auf der Liste. Dieser Mann bereitete Ben schon größere Kopfschmerzen, denn er würde sich mit Sicherheit zu den an der Armbrust gefundenen Spuren äußern. Mike hatte ja selbst eine Probe eingeschickt und wartete im Postamt auf die Ergebnisse, die heute eintreffen sollten. Er hatte Ben versprochen, direkt zum Gericht zu kommen, sobald er sie in Händen hielt. Bis jetzt hatte er sich allerdings nicht blicken lassen.

Nach einer Befragung zur Person bat Swain um Auskünfte über die in der Nähe des Tatorts gefundene Armbrust. »Hatten Sie die Möglichkeit, Mr. Stephens, die aus der Leiche entfernten Bolzen genauer zu untersuchen?«

»Allerdings.«

»Und ist es Ihnen gelungen, Sie mit der Armbrust in Zusammenhang zu bringen?«

Stephens faltete die Hände über dem Schoß. »Ja, Sir.«

»Gab Ihnen das irgendwelche Aufschlüsse?«

»Ja.« Stephens beugte sich vor – für Ben ein untrügbares Zeichen, daß er nun den Lehrmeister rauskehren würde. »Armbrüste und die dazugehörigen Bolzen können ähnlichen ballistischen Tests unterzogen werden wie auch Feuerwaffen und Kugeln. So wie jeder Gewehrlauf seine einzigartigen Spuren an den daraus abgeschossenen Kugeln hinterläßt, so kann man auch anhand der Verformung jedes Bolzens nachweisen, von welcher Armbrust er abgeschossen wurde. Die Spuren sind schwerer zu erkennen, aber es ist möglich.«

»Faszinierend!« staunte Swain. »Das wußte ich noch gar nicht.«

Die Wette halte ich, dachte Ben.

»Konnten Sie aus der Analyse der Armbrust und der Bolzen Schlußfolgerungen ziehen?«

»Ja. Wir haben mit der Armbrust, die in der Nähe des Tatorts gefunden wurde, Bolzen abgeschossen und dieselben Verformungen festgestellt wie an denjenigen, die wir aus der Leiche entfernt hatten. Die Bolzen wurden mit dieser Armbrust abgefeuert.«

»Ich verstehe«, sagte Swain und hielt das Beweisstück hoch. »Diese Armbrust ist also eindeutig die Mordwaffe. Gut, später werden wir noch ausführlicher darüber sprechen. Sagen Sie, Mr. Stephens, haben Sie auch irgendwelche Spuren an der Armbrust sicherstellen können?«

»In der Tat.« An der Art und Weise, wie Stephens den Staatsanwalt ansah, glaubte Ben zu erkennen, daß die beiden diese Aussage geprobt hatten. »Ich habe zwei Haare gefunden, die sich in der Abschußvorrichtung verfangen hatten.«

»Wirklich?« Swain starrte ihn mit gespieltem Erstaunen an. »Haben Sie auch Tests mit diesen Haaren durchgeführt?«

»Ja. Ich habe eine spektroskopische Analyse vorgenommen und sie mit zwei Haaren vom Kopf des Angeklagten verglichen.«

»Und?«

»Die Haare aus der Armbrust entsprachen denen von Donald Vick.«

»Ich verstehe«, sagte Swain. »Das wäre fürs erste alles, Euer Ehren.«

Der Richter nickte Ben zu. »Irgendwelche Fragen, Mr. Kincaid?«

Ben warf einen Blick zur Tür. Verdammt, Mike war immer noch nicht da. Na gut, dann mußte er es eben ohne ihn versuchen.

Für das Kreuzverhör wählte er sich einen Platz zwischen den Geschworenen und Stephens – ein alter Trick, mit dem Blickkontakt zwischen den Mitgliedern der Jury und dem Zeugen verhindert werden sollte. Er wandte sich an Stephens. »Ein erstaunlicher Zufall, nicht wahr?«

Der Mann sah ihn fragend an. »Äh ... ich verstehe nicht ganz.«

»Finden Sie nicht auch, daß das ein erstaunlicher Zufall ist?«

»Äh … was soll ein Zufall sein?«

Ben drehte sich etwas, so daß sowohl die Geschworenen als auch der Zeuge sich angesprochen fühlen konnten. »Die Haare an der Armbrust. Wie kamen sie überhaupt in die Abschußvorrichtung?«

»Wahrscheinlich sind sie dem Mörder ausgegangen.«

»Und da verfingen sie sich rein zufällig? Sehen Sie, das habe ich vorhin mit Zufall gemeint. Wenn ihm nur *ein* Haar ausfiele und im Abschußmechanismus hängenbliebe, würde ich das schon für erstaunlich halten – aber gleich *zwei*?«

»Äh – ja und?«

»Halten Sie das denn nicht auch für höchst unwahrscheinlich, Sir?«

»Manchmal geschehen die unglaublichsten Sachen …«

»Sir.« Ben trat nun dicht an den Zeugen heran, der mit übergeschlagenen Beinen auf seinem Stuhl saß. »Ist es denn nicht sehr viel wahrscheinlicher, daß jemand diese Haare absichtlich dort angebracht hat?«

Die Geschworenen wurden unruhig.

»Es … liegt wohl im Bereich des Möglichen.«

»Und wenn es so war, dann hielt sich Donald zum fraglichen Zeitpunkt vielleicht ganz woanders auf, richtig?«

»Nun ja … theoretisch …«

»Vorhin haben Sie ausgesagt, die Haare an der Armbrust hätten denen von Donald Vick *entsprochen*. Was verstehen Sie unter diesem Ausdruck?«

»Nun – gleiche Beschaffenheit, gleiche Farbe, gleiche Rasse …«

»Sir, trifft es denn nicht zu, daß es gegenwärtig keine Methode gibt, ein Haar eindeutig einer bestimmten Person zuzuordnen?«

»Wir arbeiten immerhin mit den neuesten Analyseverfahren zur Bestimmung der DNS …«

»Hatten die zwei Haare überhaupt noch eine lebende Wurzel?«

»Äh … nein.«

»Aber Sir, man kann doch nur von einem lebenden Haar einen genetischen Fingerabdruck abnehmen, richtig?«

»Das stimmt wohl ...«

»Und selbst wenn die Wurzeln nicht abgestorben wären, Sie waren in diesem Fall ohnehin nicht vorhanden.«

»Richtig.«

»Demnach konnten Sie auch keinen wissenschaftlichen Nachweis führen, daß die fraglichen Haare tatsächlich von Donald Vick stammten, oder täusche ich mich da?«

Der Zeuge starrte Ben wütend an. »So gesehen, haben Sie recht.«

»Vielen Dank, Sir. Keine Fragen mehr.«

»Herr Staatsanwalt?« fragte der Richter.

Swain stürmte bereits zum Zeugensitz. »Unbedingt! Mr. Stephens, sprechen wir doch über das Szenario, das Mr. Kincaid da entwickelt hat. Glauben Sie denn, daß Donald Vick nicht einmal in die Nähe der Armbrust kam?«

»Nein. Ich weiß, daß er sie benutzt hat.«

»Woher wissen Sie das?«

»Die Haare waren ja nicht die einzige Spur. Da war auch noch ein Blutfleck.«

»Ein Blutfleck!« Swain wirbelte zu Ben herum. Ganz offensichtlich wollte er sich an seiner verdatterten Miene weiden. Doch Ben tat ihm den Gefallen nicht. Dank Mikes Tip hatte er dies ja kommen sehen.

»Haben Sie den Blutfleck ebenfalls Tests unterzogen?« fuhr Swain fort.

»Natürlich. Wir haben die Blutgruppe festgestellt und sie dann mit einer Donald Vick abgenommenen Blutprobe verglichen. Es war die gleiche.«

»Und welche Blutgruppe hat Donald Vick?«

»Rhesus B negativ.«

»Ist das eine weitverbreitete Blutgruppe?«

»Ganz und gar nicht.«

»Also wurden nicht nur Donald Vicks Haare an der Armbrust gefunden, sondern auch sein Blut. Waren auch Spuren dabei, die auf eine andere Person hätten schließen lassen können?«

»Nein, Sir.«

»Das wäre es dann wohl. Keine Fragen mehr.«

Richter Tyler hatte das Ganze mit auf das Pult gestemmten Ellbogen und auf den Händen ruhendem Kinn verfolgt. »Dann sind Sie wieder dran, Mr. Kincaid«, brummte er.

»Richtig.« Ben stand schon wieder vor dem Zeugen. »Mr. Stephens, Sie haben Rhesus B negativ als eine ungewöhnliche Blutgruppe bezeichnet. Wie ungewöhnlich ist sie denn?«

»Ungefähr zehn Prozent der Bevölkerung haben diese Blutgruppe«, verkündete der Mann, dem es offensichtlich behagte, sein Wissen in aller Öffentlichkeit zur Schau zu stellen.

»Und wie viele Menschen leben in Silver Springs?«

»Wenn man die Umgebung mit dazu zählt? Oh, ich würde sagen, etwa dreitausend.«

»Und wieviel sind zehn Prozent von dreitausend?«

Stephens hüstelte. »Mathematik war nie meine starke Seite, aber das wären dreihundert.«

»Wenn Sie also sagen, daß das Blut auf der Armbrust Donald Vicks Blutgruppe aufwies und dreihundert Einwohner aus der näheren Umgebung dieselbe Blutgruppe haben, dann heißt das doch, daß Donald Vick einer von dreihundert Verdächtigen ist, stimmt das?«

»So gesehen haben Sie wohl recht ...«

Ein Geräusch von der Tür her ließ Ben aufhorchen. Er drehte sich um und sah, daß Mike den Saal betreten hatte. Mike gestikulierte, doch Ben war klar, daß Richter Tyler ihm an dieser kritischen Stelle keine Unterbrechung gewähren würde.

»Haben Sie das Blut analysiert?« fragte Ben den Zeugen.

»In der Tat, ja.«

»Wirklich?«

»Ja. Wir konnten die Blutzellen unter dem Mikroskop untersuchen.« Und stolz fügte er hinzu: »Das Mikroskop haben wir erst dieses Jahr gekriegt.«

»Und was war das Ergebnis?« Noch mitten in der Frage fiel Ben auf, daß Mike verzweifelt abwinkte. Und das konnte nur heißen: *Stell diese Frage nicht!*

Zu spät. »Die Analyse hat ergeben, daß das Blut auf der Armbrust von Donald Vick stammte. Nicht von einem von dreihundert, sondern eindeutig von Donald Vick.«

Ben registrierte, wie Mike auf einen Stuhl plumpste. In Tulsa hatten sie anscheinend dasselbe festgestellt.

Und noch etwas anderes sah Ben: Hinter vorgehaltener Hand grinste Swain übers ganze Gesicht. Der Kerl hatte ihn in die Falle gelockt, und sein Zeuge hatte den Treffer gelandet. Doch ihm konnte Ben keinen Vorwurf machen. Den entscheidenden Fehler hatte er selbst begangen. Man verstieß eben nicht gegen die Grundregel jedes Kreuzverhörs, die besagte: Stell keine Frage, wenn du die Antwort nicht von vornherein weißt.

»Danke«, sagte Ben leise. »Keine weiteren Fragen.«

»Und Sie, Herr Staatsanwalt?« fragte Tyler.

»O nein!« rief Swain fröhlich. »Ich denke, jeder hier im Saal hat die Bedeutung des Laborbefunds genau verstanden.«

»Sehr schön. Mr. Stephens, Sie sind entlassen. Meine Damen und Herren« – und dabei huschte ein Grinsen über Tylers sonst regungsloses Gesicht –, »ich habe Hunger. Gönnen wir uns eine Mahlzeit. Der Prozeß geht um halb zwei weiter.«

17

Nach der Mittagspause rief Swain Marie Sue Mullins, die Eigentümerin der gleichnamigen Pension, in den Zeugenstand. Die Schürze hatte sie ausnahmsweise zu Hause gelassen. Stattdessen trug sie ein hellgrünes Kleid mit Seidenkragen, vermutlich ihr Sonntagsstaat.

Als sie an Ben vorbeiging, fiel ihm ein leichtes Zittern auf. Hatte sie Angst vor dem Kreuzverhör? Oder fühlte sie sich ohne Old Sally nicht wohl in ihrer Haut?

Bei den Formalitäten beschränkte sich Swain auf das Nötigste. Die Geschworenen und, wie Ben vermutete, alle im Saal wußten, wer sie war.

»Kennen Sie den Beschuldigten?« fragte Swain.

»O ja, ich kenne Donald seit mehreren Monaten.«

»Und wie sieht Ihre Bekanntschaft aus?«

»Er hat ein Zimmer in meinem Haus gemietet. Nummer 6, im ersten Stock.«

»Haben Sie ihn oft zu Gesicht bekommen?«

»Ab und zu. Tagsüber war er weg. Im Lager halten sie doch immer diese Manöver ab. Ich denke, daß er daran teilgenommen hat.«

»Einspruch!« rief Ben. »Das ist Spekulation.«

Tyler nickte. »Stattgegeben. Die Zeugin soll sich auf das beschränken, was sie gesehen oder gehört hat.«

Mary Sue sah etwas beleidigt drein, doch bewahrte sie die Fassung. »Meistens kam er zum Abendbrot zurück, und danach verzog er sich in sein Zimmer.«

»Dann würden Sie Donald Vick also jederzeit wiedererkennen?«

»Keine Frage. Er sitzt da drüben in dem grauen Overall.«

»Gut. Wo waren Sie am Nachmittag des 25. Juli?«

»In Macs Bar. Sie wissen schon, in der Bluebell.«

»War sonst noch jemand dort?«

»Ja. Tommy Vuong und drei seiner Freunde.«

»Kennen Sie ihre Namen?«

»Nein. Aber es waren alles Vietnamesen. Leute aus Coi Than Tien, würde ich sagen.«

»Was geschah, als Donald Vick die Bar betrat?«

»Einspruch«, fuhr Ben dazwischen. »Die Frage impliziert eine Wertung zuungunsten meines Mandanten.«

Swain verdrehte theatralisch die Augen. Mit Worten hätte er nicht treffender zum Ausdruck bringen können, für wie pedantisch er seinen Gegenspieler hielt.

Richter Tyler benetzte die Lippen. »Tut mir leid, aber er hat recht. Wir halten uns an die Regeln.«

»Na gut.« Der herablassende Ton verriet allzu deutlich, was Swain von Bens Einspruch hielt: ein harmloses Ärgernis, das ihn aber gewiß nicht an der Enthüllung der Wahrheit hindern würde. »Versuchen wir es also andersherum. Hat jemand die Bar betreten, als Sie dort waren?«

»Ja. Donald Vick.«

»Was für eine Überraschung!« Er grinste die Geschworenen an, und auch sie konnten sich ein Lächeln nicht verkneifen. »Hat sich Mr. Vick neben Sie gesetzt, um mit Ihnen zu plaudern?«

»O nein!« Sie verschränkte die Hände über ihrer Handtasche und beugte sich zu den Geschworenen vor. Man hätte meinen können, sie wolle wie mit ein paar Hausfrauen tratschen. »Er ist schnurstracks auf Tommy Vuong zugegangen.«

»Und was ist dann passiert?«

»Donald hob die Faust. So, sehen Sie« – sie ballte beide Hände zu Fäusten – »und hat sie Vuong einfach in den Rükken gedroschen. Ohne jede Vorwarnung! Wie ein wildes Tier im Blutrausch war er! Er hat geschlagen und geschlagen!«

»Das klingt ja entsetzlich!« rief Swain. »Und was ist mit Tommy Vuong geschehen?«

»Er hat gar nicht mehr mitgekriegt, was los war. Er ist irgendwie über die Theke gekippt. Hat sich überhaupt nicht mehr gerührt. Aber das war Donald Vick egal. Er schlug einfach weiter. Ich dachte schon, er schlägt den armen Jungen zu Brei.«

»Ist es denn so gekommen?«

»Nein. Gott sei Dank haben Vuong dann seine Freunde geholfen. Sie zerrten Vick von ihm fort und überwältigten ihn dann. Jetzt, wo sie den Spieß umgedreht hatten, war Vick gar nicht mehr so stark. Ich muß sagen, sie haben ihn ganz schön verprügelt. Vicks Gesicht war blutüberströmt, und der Rest von ihm sah auch nicht mehr besonders gut aus.«

»Was geschah als nächstes?«

»Sie haben ihn zur Tür rausgestoßen.« Anscheinend hatte Swain ihr eingetrichtert, sie solle die angebliche Morddrohung nicht erwähnen, nachdem Richter Tyler eine Aussage dazu nicht gestattet hatte. »Das war das letzte, was wir von ihm gesehen haben. Ich dachte mir, daß er sich nie wieder blicken lassen würde. Wie hätte ich denn ahnen können, daß er ...«

»Das glaube ich Ihnen gern, Mary Sue. Ich habe keine weiteren Fragen.«

»Mr. Kincaid?«

Ben trat mit bedächtigen Schritten auf den Zeugenstand zu. Noch im Gehen überlegte er fieberhaft seine weitere Strategie. Ob er ihr nun glaubte oder nicht, Mary Sue war eine ältere Dame und ein angesehenes Mitglied der Gemeinde. Da wäre es ein Riesenfehler, sie hart anzufassen.

Folglich tat er so, als hätte es das unerfreuliche Gespräch in ihrer Pension nicht gegeben und stellte sich ihr noch einmal vor. Um ihr die Befangenheit zu nehmen, plauderte er zunächst ein bißchen mit ihr, stellte nur harmlose Fragen. Als er dann aber merkte, daß die Geschworenen sich zu langweilen anfingen, stieß er zum Kern vor.

»Nun, Madam, ist Ihnen Donald Vick in der Zeit vor der Schlägerei in dieser Bar als besonders hitzköpfig aufgefallen?«

»O nein, im Gegenteil! Er war einer von der ruhigen Sorte. Fast sogar schüchtern. Aber wissen Sie« – sie senkte die Stimme zu einem Flüstern – »die stillen Wasser sind immer besonders gefährlich tief.«

»Aber in Ihrem Haus hat Donald Vick nie eine Schlägerei angefangen, nicht wahr, Ma'am?«

»O nein!«

»Und er hat Sie auch nie bedroht, oder?«

»Nein. Andererseits bin ich ja auch keine Vietnamesin.«

»Das ist ja ein interessanter Gedanke.« Langsamen Schrittes ging Ben zur Anklagebank hinüber und lenkte damit die Aufmerksamkeit der Geschworenen fort von der Zeugin. »Donald hatte doch auch vietnamesischen Besuch, nicht wahr?«

»Das würde mich allerdings sehr überraschen.«

»Haben Sie nicht selbst hinausposaunt, daß zwei Tage vor dem Mord ein Vietnamese zu Donald ins Zimmer kam?«

»Na ja ... das ist richtig.«

»Wer war das?«

»Keine Ahnung.«

»War es Tommy Vuong?«

»Ganz bestimmt nicht.«

»Oder jemand, der hier im Saal sitzt?«

Mary ließ den Blick über die Gesichter schweifen. »Das glaube ich nicht.«

»Und wie verhielt es sich mit dem anderen Besuch?« Ben machte eine Kunstpause. »Der Frau?«

»Ich … ich weiß nicht …«

»Ist in der Nacht vor dem Mord etwa keine Frau zu Donald Vick gekommen?«

»Äh … doch …«

»Und war sie nicht auch eine ganze Weile bei ihm im Zimmer?«

Ein Raunen ging durch den Saal. Fast hatte Ben Mitleid mit der alten Frau. Der gute Ruf von Mary Sues Pension war fürs erste im Eimer.

»J-ja.«

»Wissen Sie, wer diese Frau war?«

»Ich sah sie zum erstenmal.«

»War sie Vietnamesin?«

»Nein, eine Weiße.«

»Würden Sie sie wiedererkennen?«

»Wahrscheinlich.«

»Sitzt sie heute im Gerichtssaal?«

Erneut musterte Mary Sue die Gesichter. »Ich sehe sie nicht.«

»Hatte Donald Vick noch andere vietnamesische Besucher?«

»Nicht daß ich wüßte.«

»Ist es möglich, daß ihn Leute besuchten, wenn Sie gerade außer Haus waren?«

»Na ja … auszuschließen ist das vielleicht nicht.«

Sein erstes Etappenziel hatte Ben erreicht, aber er mußte weiterbohren. »Sprechen wir über den Tag danach, den Nachmittag in der Bluebell Bar. Sie sagten, Donald habe ohne Vorwarnung auf Tommy Vuong eingeschlagen. Aber Hand aufs Herz, Ma'am, hat es davor nicht ein Gespräch in der einen oder anderen Form gegeben?«

»Äh … ein Gespräch?«

»Richtig. Zwischen Vick und Vuong?«

Mary Sue legte die Stirn in Falten. »Äh … ja … Sie haben miteinander geredet …«

»Hat Vuong meinen Mandanten angesprochen?«

»Nein, soweit ich mich erinnere, war es eher umgekehrt.«

»Haben Sie verstanden, worüber sie gesprochen haben?«

»Nein. Er ist doch Ihr Mandant. Warum fragen Sie ihn nicht selbst?«

Wenn das nur so einfach wäre! »Wie lange hat das Gespräch gedauert?«

»Na ja, ich hab' nicht auf die Uhr geschaut. Eine Minute vielleicht.«

»Hat einer von Vuongs Freunden zugehört?«

»Das glaube ich nicht. Es war ziemlich laut in der Bar.«

»Und was ist dann geschehen?«

»Vuong hat Vick einfach den Rücken zugekehrt, obwohl der immer noch redete. Er hat ihn einfach ignoriert.«

»Und dann hat Donald zugeschlagen?«

»So ist es in etwa gewesen.«

»Die Schlägerei ergab sich also aus diesem Gespräch. Wahrscheinlich ein Streit. Ein Streit, der womöglich zwei Abende davor in Ihrer Pension angefangen hatte.«

»Ich habe Ihnen doch gesagt, daß Tommy Vuong nicht Donald Vicks Besucher war!«

»Sind Sie sicher?«

»Absolut. Gott ist mein Zeuge.«

»Ma'am, ich möchte Ihnen nicht zu nahe treten, aber sprechen Sie nicht gerne der Flasche zu?«

»Wie bitte?«

»Ich möchte Sie nicht bloßstellen, aber Sie haben doch ein Alkoholproblem, nicht wahr?«

»Ich ... genehmige mir vor dem Zubettgehen hin und wieder ein Gläschen Sherry.«

»Nun, laut Ihren Angaben waren Sie am Nachmittag vor dem Mord in der Bluebell Bar. Am hellichten Tage also. Richtig?«

Mary Sue streckte empört das Kinn vor. »Ja, und?«

»Und Sie hatten nicht vor, Flipper zu spielen, richtig?«

Mary Sue starrte stumm ihre Hände an.

»Ma'am, die Geschworenen warten auf Ihre Antwort.«

»Nein«, sagte sie leise. »Ich war nicht dort, um Flipper zu spielen.«

»Und bisweilen trinken Sie auch schon am Vormittag ein, zwei Gläschen, stimmt das?«

Auf einmal quollen Tränen aus ihren Augen. »Manchmal ist es so schwer ... vor allem seit Johns Tod, und da ... und da ...«

»Mir geht es um folgendes«, unterbrach sie Ben, der hoffte, es ihr damit etwas leichter zu machen. »Der Alkohol beeinträchtigt doch Ihr Wahrnehmungsvermögen, oder?«

»Na ja, ich weiß nicht ... vielleicht ...«

»Ma'am, hatten Sie an den Abenden vor dem Mord etwas getrunken?«

»Es ... könnte schon so gewesen sein.«

»Sind Sie wirklich sicher, daß es nicht Tommy Vuong war, der Donald Vick zwei Abende vor dem Mord in Ihrem Haus besuchte?«

»Ich hab' Ihnen doch gesagt, daß er es nicht war!«

»Das stimmt.« Ben drehte sich bedächtig zu den Geschworenen um. »Aber haben Sie nicht auch gesagt, daß die Vietnamesen alle gleich aussehen?«

Mary Sues Lippen öffneten sich, dann erstarrte sie. Sie wollte etwas sagen, brachte aber kein Wort heraus.

»Danke«, sagte Ben und ging zurück zur Anklagebank. »Keine weiteren Fragen.«

18

Im Büro von Hatewatch durfte Ben ein winziges Hinterzimmer als seine Schaltzentrale benutzen. Dort brütete er nach dem Ende der ersten Verhandlung über seinen Notizen für den morgigen Prozeßtag, als Mike und Jones eintraten.

»Toll, wie du die Pensionsinhaberin beharkt hast!« gratulierte Mike. »Als glaubwürdige Belastungszeugin dürfte sie jetzt kaum noch in Frage kommen.«

»Stimmt«, brummte Ben. »Aber das ändert nichts an den Tatsachen. Vick hat nun mal wenige Stunden vor Vuongs Ermordung eine Schlägerei mit ihm angefangen. Eine höchst unangenehme Kombination von Fakten, die die Geschworenen bestimmt nicht vergessen werden.«

»Wahrscheinlich hast du recht ... Suchst du was?« Mike war aufgefallen, daß Ben über seine Schulter zum Fenster spähte.

»Ach, nein ... Ich dachte nur, daß vielleicht ...«

»Christina? Tut mir leid. Ich habe sie heute in der Stadt gesehen. Sie kaufte alle möglichen Sachen für ein Picknick. Es ist wirklich erstaunlich, wie gut sie sich mit den Einheimischen versteht. In der Hinsicht könntest du dir durchaus ein Scheibchen abschneiden.«

»Oh.« Ben sah auf seine Aufzeichnungen hinunter. »Ist nicht so wichtig. Ich dachte nur, daß sie es sich ...«

»Daß sie es sich anders überlegt hat?« fragte Jones. »Christina? Vergiß es, Boß.«

»Wie dumm von mir. Na ja, im Moment habe ich auch wirklich andere Probleme. Trotzdem ... eine Assistentin könnte ich gerade jetzt gut gebrauchen.«

Jones zog einen Stoß Papiere aus seiner Aktentasche. »Ich habe heute nachmittag Nachforschungen über die gerichtliche Verwertbarkeit von Geständnissen angestellt. Das sind die Ergebnisse. Die dürften dir morgen weiterhelfen.«

»Oh, danke.«

»Tut mir leid, daß ich es nicht rechtzeitig zum Gericht geschafft habe«, murmelte Mike. »Leider ist das Labor in Tulsa genau zum selben Schluß gekommen. Für sie besteht kein Zweifel, daß das Blut an der Armbrust von Vick stammt. Wie lange, meinst du, dauert der Prozeß noch?«

»Zwei, drei Tage. Warum?«

»Nach den Unruhen von gestern ist es nur eine Frage der Zeit, bis das FBI anrückt. Wenn du glaubst, es könnte nicht schlimmer kommen, dann warte nur ab, was passiert, wenn diese Burschen die Stadt auf den Kopf stellen.«

»Na, großartig. Übrigens, was hast du für morgen vor?«

»Wenn ich dir irgendwie helfen kann, sag es mir bitte. Ansonsten würde ich versuchen, noch ein paar Ersatzteile aufzutreiben. Irgendwie muß ich Portia doch wieder hinkriegen.«

»Auch gut«, murmelte Ben. »Es hat ja auch wenig Sinn, im Gerichtssaal herumzuhängen und bei meiner Abschlachtung zuzusehen.«

»Laß den Kopf nicht hängen, Ben. Wenn ...«

In diesem Moment trat Belinda ein.

»Jones«, sagte Mike, »wollten wir nicht noch was erledigen?«

»Nicht daß ich ... *Au!*« Ein Ellbogenstoß von Mike schien seinem Gedächtnis nachzuhelfen. »Ach ja, richtig. Jetzt fällt's mir wieder ein.«

»Los, komm«, sagte Mike und zerrte ihn zur Tür. »Ich spendiere dir einen Drink in der berühmten Bluebell Bar.«

Kaum waren sie gegangen, setzte sich Belinda lächelnd neben Ben. »Wie läuft's?«

»Leider nicht besonders.«

»Dein Auftritt heute war doch ganz gut.«

»Danke, aber er dürfte nicht gereicht haben.«

»Ben ... du kennst ja meinen Standpunkt. Ich ...« Sie hielt inne, suchte nach den richtigen Worten. »Ich weiß selbst nicht, warum ich das sage, aber ich will nicht, daß ein Unschuldiger ins Gefängnis muß. Oder daß es noch schlimmer für ihn kommt. Ich muß dir etwas sagen.«

Ben sah sie erstaunt an. »Was denn?«

»Mary Sues Aussage hat nicht ganz gestimmt. Das Gespräch zwischen Vick und Vuong hat nicht nur eine Minute gedauert, sondern mindestens fünf. Und es war auch nicht Vick allein, der den Streit angefangen hat. Alle beide waren schuld.«

»Woher weißt du das?«

»Ich war dabei.«

Ben fuhr wie elektrisiert hoch. »*Du?*«

»Ja. John und ich wollten mal kurz eine Pause machen. Da sind wir zu einem Drink in die Bluebell gegangen.«

»Und du hast alles mitgekriegt?«

»Das war ja unvermeidlich. Während der Schlägerei hat einer Vick am Kopf gepackt und ihn mit voller Wucht mitten auf unseren Tisch geknallt.«

»Warum hast du mir nicht vorher davon erzählt?«

»Ich hab's dem Staatsanwalt gesagt. Wie konnte ich denn ahnen, daß es mal für dich wichtig werden könnte? Offen gesagt, hielt ich es für klüger, die Schlägerei so wenig wie möglich zu erwähnen.«

Ben nickte. »Wenn ich raffinierter wäre, würde ich dir wohl beipflichten. *Wenn* ...«

Belinda warf einen Blick auf die über den Schreibtisch verstreuten Unterlagen. »Mußt du noch viel vorbereiten?«

»Und ob! Ich stehe vor einem Berg ungelöster Fragen. Ein einziges Chaos ist das! Wenn ich wenigstens die Zeit gehabt hätte, Nachforschungen anzustellen ...«

Belinda ergriff seine Hand und drückte sie an ihre Brust. »Du hast nicht zufällig Zeit für eine Pause?«

Ben zog seine Hand weg. »Belinda ... ich weiß nicht, wo mir der Kopf steht ...«

»Nicht einmal ein kleines Päuschen?«

»Es wäre wohl nicht sehr klug.«

Nun war Belinda verletzt. »Habe ich was Falsches gesagt?«

»Du doch nicht!«

»Weil du mir heute so verändert vorkommst.«

»Ich? Wie denn?«

»Ich weiß nicht. So ... abweisend.«

Ben wich ihrem Blick aus. »Belinda ... das von gestern nacht ... war ...«

Sie stand abrupt auf. »So ist das also. Du willst es mir schonend beibringen, was? Spar dir die Mühe. Ich habe schon verstanden.«

»Warte doch!«

»Viel Spaß mit der Vorbereitung! Und wenn du fertig bist, kannst du dich ja in deinem Kämmerchen einsperren.« Sie stürmte hinaus.

Ben stieß einen langen Seufzer aus. Was war nur los mit ihm? Belinda war eine aufregende Frau, und er ...

Es war jedesmal das gleiche Problem. So tief auch seine Gefühle für Belinda sein mochten, sie erinnerten ihn doch nur an etwas anderes: die Geister der Vergangenheit.

Und plötzlich war er wieder in Toronto, spürte Schnee unter den Füßen und war bis über beide Ohren verliebt.

Ellen. Die Frau seiner Träume.

All die Bilder jagten an seinem Auge vorbei: das Queen's College, die Kirche, die Austauschstudentin aus Schottland, die Schneeballschlacht im Hof. Und natürlich die Futonliege im Mansardenzimmer, der Ring und Ellens schimmerndes braunes Haar.

Er schloß die Augen, versuchte die Bilder zu vertreiben, doch sie schwappten über ihn hinweg. Die Abschlußprüfung, ihre großen Pläne, der Karneval von Harbourmouth. Und dann war er im U-Bahnhof, sah die Tränen, hörte die Schreie, und überall war Blut …

Ben preßte die Hände gegen die Schläfen. Diese entsetzliche Tragödie! Und das Schlimmste war: Er hatte sein Wort nicht gehalten. Er hatte sie im Stich gelassen!

Er sprang auf. Herrgott, das lag doch Jahre zurück! Mensch, werde doch endlich erwachsen, hielt er sich vor. Laß es hinter dir!

Aber sagte er sich das nicht seit vielen, vielen Jahren – ohne je etwas zu ändern?

Doch diesmal mußte er es schaffen. Er drosch mit der Faust auf den Tisch. Sofort fühlte er sich ruhiger und schloß wieder die Augen. Nichts kehrte zurück, weder die schrecklichen Bilder, noch die vergeudete Zeit, noch die unvermeidlichen Folgen.

Aber was gab er sich mit seinen privaten Problemen ab? Der Prozeß stand an.

Und er mußte seinem Leben einen neuen Sinn geben.

19

Die Sterne, die glitzernden Wächter der Nacht, beleuchteten für Colonel Nguyen den Weg zurück in sein Dorf. Erinnerungen wurden in ihm wach. Früher hatte er sich immer am Sternenhimmel orientiert, hatte in ihm Beständigkeit und Antworten auf viele Fragen gesucht. Jetzt waren die Sterne nichts als weiße Lichter weit oben. Stumme weiße Lichter, sonst nichts.

Lan saß auf der Veranda, die Nguyen gleich nach dem Anschlag wiederaufgebaut hatte. Die Füße hatte sie auf die Brüstung gelegt, ihr Blick war gen Himmel gerichtet.

Sie war so schön wie die Blume, deren Namen sie trug. Der Anblick ihres ebenmäßigen, friedlichen Gesichts wärmte Nguyen das Herz. Fast war ihm, als drohte gar keine Gefahr, als sei ihre Veranda nie zerstört worden.

Er trat auf leisen Sohlen an sie heran und küßte sie leicht auf die Wange. »Die Kinder?«

»Sind im Bett.« Sie ergriff seinen Arm und legte ihn um ihre Schulter.

»War es schwierig?«

»Von Nacht zu Nacht wird es schlimmer. Sie haben Angst, Ungeheuer könnten sie überfallen. Was soll ich ihnen da nur sagen? Die Ungeheuer kommen ja tatsächlich.«

»Wie hast du sie dann ins Bett gekriegt?«

»Ich habe ihnen gesagt, ihr Vater würde sie beschützen. So wie er es immer getan hat. Und immer tun wird.«

Nguyen setzte sich neben sie. »Vielleicht kommen heute nacht wirklich keine Ungeheuer. Vielleicht bleibt es friedlich.«

»Warum sagst du das? Was hast du gemacht?«

Nach kurzem Zögern entschied er sich, sie doch lieber einzuweihen, bevor sie sich das Allerschlimmste ausmalte. »Ich habe eine kleine Vorrichtung vor der Einfahrt zum Dorf angebracht.«

»Glaubst du, die lassen sich von so etwas aufhalten?«

Es wäre ja so viel leichter gewesen, sie anzulügen, aber dazu sah er sich nicht imstande. »Das nicht. Aber wenigstens würden wir ihren schwarzen Pickup kommen hören.«

»Vielleicht ist der Konflikt ja jetzt vorbei. Vielleicht lassen sie die Sache auf sich beruhen.«

Der Colonel schüttelte den Kopf. »Nein. Ich habe Da Pham und seine Kumpane belauscht. Was sie genau im Schilde führen, konnte ich nicht herausfinden, aber etwas haben sie vor. Und ich bin sicher, daß es wieder mit einem Anschlag auf das Camp der ASP zu tun hat.«

»Meinst du nicht, daß der Prozeß die Gemüter etwas beruhigen könnte?«

»Wie kommst du darauf?«

»Vielleicht begreift Dan Pham endlich, daß wir nicht so isoliert sind, wie er glaubt. Und vielleicht verstehen die Männer von der ASP, daß sie nicht ungesühnt Schandtaten begehen dürfen.« Sie sah mit ihren klugen braunen Augen zu ihm auf. »Vorausgesetzt, Vick wird verurteilt.«

Colonel Nguyen wandte den Kopf. »Glaubst du denn, daß man ihn überführt?«

»Ich bete zu Gott, daß es gelingt.«

Nguyens Blick wanderte zum Himmel hinauf, zu den Garanten der Beständigkeit, den Sternen. Wie sehr er sich wünschte, zu ihnen zu gehören, mit ihnen durch das Nichts zu fliegen, überall zu sein, nur nicht hier.

»Man darf keinen Unschuldigen verurteilen.«

»Davon weiß ich nichts«, sagte Lan. »Aber ich weiß, was für meine Kinder gut ist. Und für meine Freunde. Und für meinen Mann.«

Deutlicher hätte sie es gar nicht ausdrücken können. Mehr gab es zu diesem Thema nicht zu sagen.

»Gehst du morgen wieder in die Stadt zum Prozeß?«

Er ergriff ihre Hände. »Ich sehe es als meine Pflicht an.«

»Und auf der Farm hast du keine Pflichten?«

»Die Farm wird auch ein paar Tage ohne mich auskommen können.«

Sie antwortete mit einem knappen Nicken. Dann plötzlich entzog sie ihm ihre Hände. »Ich werde am Abend auf dich warten. Nicht nur ich. Wir alle.«

Unwillkürlich schloß der Colonel sie in seine Arme und drückte ihren Kopf an seine Brust. Sie war so warm, so unendlich gütig. Ohne sie wäre er nichts.

»Mein einziger Wunsch ist, daß ich das Richtige tue«, murmelte er nach langem Schweigen.

»Das wirst du schon«, versicherte sie ihm. »Auf dich ist immer Verlaß.«

»Ich bin mir da nicht so sicher.«

»Du bist ein guter Mann.«

»Auch ein guter Mann wird einmal ... alt und müde.«

»Wer sagt das? Der Held der 112. Brigade? Der Mann, der erst neulich Maria Truong gerettet hat?«

»Trotzdem ... ich weiß nicht, ob ich mir das alles noch zutrauen kann.«

»Ich weiß, daß du das Richtige tun wirst. Für mich, deine Kinder, uns alle.«

Colonel Nguyen starrte in das stumme schwarze Nichts über ihm. Ein kalter Windstoß fuhr über sein Gesicht, zwang ihn, die Augen zu schließen. Wenn er nur Gewißheit hätte. Wenn er …

Er umarmte seine Frau. Und richtete sich auf eine lange, kalte Nacht ein.

20

Am nächsten Morgen war der Gerichtssaal wieder brechend voll. Anscheinend hatten die ersten zwei Prozeßtage den Bürgern von Silver Springs den Mund erst so richtig wäßrig gemacht. Inzwischen war Ben auch mit den Gesichtern der einzelnen Leute vertraut.

Diesmal eskortierten gleich vier Deputys Donald Vick zur Anklagebank. Das erstaunte Ben nun wirklich. Hatte Collier die Sicherheitsmaßnahmen verschärft, weil er einen Anschlag befürchtete, oder hatten seine Beamten heute sonst nichts zu tun? Wie dem auch sei, Ben war froh, daß sein spezieller Freund, Gustafson, nicht dazugehörte.

In dem Moment, in dem Vick den Gang hinunterging, schreckte ein Klirren die Leute auf. Ein Fenster zerbarst, und tausend winzige Scherben fielen zu Boden. Und damit nicht genug! Gleich darauf sauste ein großer Stein durch die Öffnung. Schreiend duckten sich die Zuschauer.

Wer auch immer den Stein geworfen hatte, er war ungemein kräftig und zielsicher. Das Geschoß verfehlte Vick nur um Haaresbreite.

Ben rannte geistesgegenwärtig zum Fenster und entdeckte zwei Gestalten in Overalls, die um die Ecke liefen. Identifizieren konnte er sie natürlich nicht, zumal er sie ja nur von hinten sah. Andererseits war der größere der beiden von der Statur her Garth Amick auffallend ähnlich.

Nachdem der Gerichtsdiener die Scherben weggefegt hatte, kehrte allmählich wieder Ruhe in den Saal ein. Sicher fühlte sich freilich niemand mehr.

Wenig später eröffnete Richter Tyler den dritten Verhandlungstag. Als ersten Zeugen berief Swain Sheriff Collier, und nach dessen Vereidigung ging der Staatsanwalt sogleich in die vollen.

»Wann haben sie von Tommy Vuongs Tod erfahren?«

»Fast unmittelbar nach dem Mord. Wir hatten ziemliches Glück.« Der Mann gab sich bescheiden, doch sein stolzes Gehabe strafte seine Worte Lügen. »Zwei von meinen Deputys, die gerade in der Gegend patrouillierten, sahen den Rauch von diesem brennenden Kreuz aufsteigen und fuhren sofort hin. Und als sie die Leiche entdeckten, alarmierten sie mich auf der Stelle.«

»Welche Anweisungen gaben Sie ihnen?«

»Zunächst ordnete ich an, sie sollten das Feuer löschen, was sie auch taten. Dann stellten sie den Tod des Opfers fest. Bei meiner Ankunft untersuchten sie gerade seine Brieftasche. Zum Glück war sie aus Leder, so daß sein Führerschein halbwegs intakt geblieben war. Die Schrift war nicht mehr zu entziffern, aber anhand des Fotos konnte ich ihn identifizieren. Mit Vuong war ich ja vertraut, nach all dem Ärger, den er letztes Jahr gemacht hatte.«

»Gut, gut, schildern Sie uns doch den weiteren Fortgang der Ermittlungen«, sagte Swain hastig, der natürlich kein Interesse daran hatte, daß das Bild vom Opfer als Unschuldslamm einen Kratzer abbekam.

»Weil wir ja wußten, daß Vuong in Coi Than Tien lebte, holten wir gleich alle Einwohner aus ihren Häusern und befragten sie. Aber keiner schien etwas zu wissen.«

»Wie sind Sie dem Angeklagten auf die Spur gekommen?«

Der Sheriff verzog die Mundwinkel zu einem süffisanten Grinsen. »Gewissermaßen hat er uns selbst auf seine Spur gebracht. Wir waren schon auf dem Rückweg in die Stadt, als ich ihn am Straßenrand entdeckte. Ich fragte ihn, was er um diese Zeit noch da draußen triebe.«

»Und wie lautete Mr. Vicks Alibi?«

»Einspruch!« Ben war aufgesprungen. »Mit der Verwendung des Wortes ›Alibi‹ wird seine Aussage unterschwellig als erfunden gewertet, und das ...«

»Ist ja gut!« Wie schon am Vortag legte Swain eine Sondereinlage für die Geschworenen hin und verdrehte gekonnt die Augen – der Staatsanwalt als der einzige, der nach der Wahrheit strebt, die der Verteidiger nach allen Regeln der Kunst zu verbergen trachtet. »Dann formuliere ich es eben anders: Welche Begründung gab Mr. Vick für seinen Aufenthalt unweit des Tatorts so kurz nach dem Mord an?«

Danke, du Arschloch, dachte Ben.

Collier wandte sich nun direkt an die Geschworenen: »Er sagte, er wolle ein bißchen Bergluft tanken.« Ein paar grinsten, einer lachte sogar laut heraus. Für sie stand offenbar fest: Nur ein Lügner konnte eine derart faule Ausrede erfinden. Im ganzen Gerichtssaal war Ben anscheinend der einzige, der eben diesen Umstand umgekehrt wertete. Wenn einer schon log, dann dachte er sich doch sicher etwas Glaubwürdigeres aus.

»Warum lachen die?« fragte Vick.

Ben starrte ihn verblüfft an. Zum erstenmal seit dem Prozeßbeginn hatte sein Mandant den Mund aufgemacht.

»Es war wirklich nur ein Spaziergang. Das machte ich jeden Abend so.«

»Das werden wir später groß rausbringen«, versprach ihm Ben, obwohl er sich nicht vorstellen konnte, daß auch nur einer ihm glauben würde.

»War an dem Angeklagten irgend etwas Auffälliges?« wollte Swain von seinem Zeugen wissen.

»Und ob! Er hatte einen riesigen Blutfleck auf der Brust.«

Ein Raunen ging durch den Saal. Schon wieder ein belastendes Indiz, von dem noch keiner gewußt hatte.

»Wie haben Sie reagiert?«

»Na ja, ich hielt ein paar Fragen für angebracht. Also sagte ich: ›Vick, ich habe soeben Tommy Vuongs Leiche entdeckt.‹ Das schien ihn etwas zu überraschen. Anscheinend hatte er nicht damit gerechnet, daß wir die Sache so schnell rausfinden würden. Dann sagte ich: ›Vuong ist tot, und jetzt sehe ich dich mitten in der Nacht mit einem großen Blutfleck auf der Brust hier draußen rumlaufen. Hast du ihn umgebracht?‹«

Swain ließ etwas Zeit verstreichen, ehe er die nächste Frage stellte. »Und wie lautete Mr. Vicks Antwort?«

»Na ja, zunächst war er still. Ich dachte schon, er würde mir überhaupt keine Antwort geben, da kam plötzlich doch noch Leben in ihm. Ganz aus heiterem Himmel sagte er: ›Vuong hat es verdient, zu sterben.‹«

Die Geschworenen blickten einander an. Jeder wollte wissen, wie die anderen reagierten. Erneut breitete sich Schweigen aus, und erneut zog Swain es in die Länge. »Keine weiteren Fragen mehr«, sagte er schließlich. »Der Verteidiger hat das Wort.«

Ben ließ einige Minuten verstreichen. Das erschien ihm als die beste Strategie: Spannung erzeugen und gleichzeitig Zuversicht und Gelassenheit ausstrahlen. Außerdem gewann er so ein bißchen Zeit, denn er hatte keine Ahnung, was er diesen Mann eigentlich fragen sollte.

»Haben Sie meinem Mandanten vor dem Verhör eigentlich seine Rechte vorgelesen?« fing er an.

»Nein, wozu denn auch? Es war doch nur ein Schuß ins Blaue. Ich hatte ja keine Ahnung, daß er gleich mit einem Geständnis rausrücken würde.«

»Jetzt aber mal langsam – das war doch gar kein Geständnis.«

»Für mich war es eines, wie es im Buche steht.«

»Hat er denn gesagt: ›Ich habe Vuong umgebracht?‹«

»Nicht mit diesen Worten.«

»Mit keinem Wort, würde ich sagen, oder sehen Sie das anders?«

»Nun ja – aber warum sagt er dann: ›Vuong hat es verdient, zu sterben?‹«

»Wahrscheinlich haben viele Menschen den Tod verdient, aber das heißt doch nicht, daß Vick sie umgebracht hat.«

»Kommt drauf an, ob man ihr Blut auf seinem Hemd findet, oder?«

»Gut, sprechen wir über das Blut. Haben Sie es analysieren lassen?«

»Nein, wozu denn auch?«

»Dann können Sie auch nicht wissen, wessen Blut es ist.«

»Von wem soll es denn sonst stammen? Es sei denn, Ihr Mandant hat in der gleichen Nacht noch jemand umgebracht.«

»Eine durch nichts erwiesene Tatsachenbehauptung«, sagte Ben. »Ich ersuche das Gericht, die Geschworenen auf ihre Unzulässigkeit aufmerksam zu machen.«

Richter Tyler gab dem Antrag unverzüglich statt.

»Hat Ihnen Donald Vick in dieser Nacht sonst noch etwas gesagt?«

»Kein Wort. Er war total zugeknöpft.«

»Demnach behaupten Sie seit Wochen, Donald hätte gestanden, obwohl er in Wirklichkeit nur erklärt hat, daß er Vuong nicht besonders mochte?«

»So würde ich das nicht ...«

»Danke«, unterbrach ihn Ben. »Keine weiteren Fragen.« Er nahm an, daß aus diesem Zeugen, der aus seiner Parteinahme für den Staatsanwalt keinen Hehl machte, nicht mehr herauszuholen war. Darum hielt er es für das Beste, den Mann zu entlassen, ehe er noch mehr Schaden anrichtete.

Auch Swain wollte die Sache auf sich beruhen lassen. Eine Zeitlang war nicht klar, ob er überhaupt noch etwas vorhatte, bis dem Richter schließlich der Geduldsfaden riß.

»Haben Sie noch einen Zeugen?« fragte Tyler gereizt.

Swain erhob sich. »Ja. Die Staatsanwaltschaft ruft Daniel Dunagan in den Zeugenstand.«

21

Zwischendurch hatte es immer wieder auf den Zuschauerrängen aufgeregtes Geflüster gegeben, doch damit war es schlagartig vorbei, als Grand Dragon Dunagan zum Zeugenstand schritt. Der ganze Saal hielt die Luft an. Würde dieser Mann nun gegen einen der eigenen Gefolgsleute aussagen?

Nein, Ben mußte seinen ersten Eindruck korrigieren: Nicht allen hatte es die Sprache verschlagen. Einer war die Gelassenheit in Person: Der Grand Dragon selbst. Mit geschlossenen Augen hörte er sich die Eidesformel an, die ihm der Gerichtsdiener vorlas, und schwor dann mit donnernder Stimme: »So wahr mir Gott helfe.«

Swain brachte die Formalitäten schnell hinter sich. In der Stadt wußte ohnehin jeder, daß Dunagan der Grand Dragon der ASP war.

»Ist das nicht ein eigenartiger Titel?« fragte der Staatsanwalt. »Warum werden Sie so genannt?«

»Er ist eine Million Jahre alt«, erklärte Dunagan etwas verlegen. »Schon in vorgeschichtlichen Zeiten haben sämtliche angelsächsische Organisationen Titel wie diesen verwendet. Offen gesagt versuche ich seit Jahren, meine Leute so weit zu bringen, daß sie mich mit Präsident anreden. Aber alte Gewohnheiten halten sich hartnäckig.«

Swain nickte andächtig, als gehe er voll darauf ein. »Meines Erachtens besteht teilweise noch Aufklärungsbedarf über die ASP. Könnten Sie den Geschworenen etwas Hintergrundwissen vermitteln?«

»Die ASP ist ein eingetragener Verein zum Zweck der Herbeiführung von politischen Veränderungen.«

»Welche Veränderungen verfechten Sie denn?«

»Lassen Sie mich zunächst klarstellen, daß wir nichts *verfechten*. Das Wort ist mir zu martialisch. Wir wollen keine Gesetze, die nicht-angelsächsischen Rassen schaden könnten. Mein Motto war von jeher: Leben und leben lassen. Wir sind nur für Rassentrennung. Die Leute sollen unter sich bleiben, dann können sie tun und lassen, was sie wollen. Ich weiß, daß einige das nicht gern hören, aber nur weil es bei uns sehr lange so lief, ist Amerika groß geworden, und, ehrlich gesagt, die meisten wären froh, wenn es heute noch so wäre wie früher.«

»Wie versuchen Sie Ihre politischen Ziele zu erreichen?«

»Wir schicken unsere Interessenvertreter nach Washington. Und wir errichten Camps für Menschen, die unter Gleichgesinnten leben wollen.«

»Werden in diesen Camps auch Waffen gelagert?«

»Ja. Wir unterweisen unsere Mitglieder in ihrem Gebrauch – allerdings nur zu Verteidigungszwecken. Wer wie wir weit draußen, fern des schützenden Arms der Behörden lebt, muß lernen, für sich selbst zu sorgen. Doch mit Gewalt oder Terrorismus haben wir nicht das geringste zu tun.«

»Dann würde die ASP beispielsweise nie einen Wagen in Brand setzen?«

Ben traute seinen Ohren nicht. Dieser Swain stellte dem Kerl doch glatt einen Persilschein aus! Offensichtlich mußte ihm dringend an seiner Aussage gelegen sein.

»Auf keinen Fall.«

»Und die ASP würde auch keine Brandbomben auf Häuser werfen?«

»Natürlich nicht. Das, was neulich in Coi Than Tien passierte, ist eine schreckliche Tragödie. Gerade solche Siedlungen befürworte ich doch. Das ist praktizierte Rassentrennung – eine Gemeinschaft, die sich selbst genügt. Davon sollte es mehr geben.«

»Gibt es in der ASP Mitglieder, die ein anderes Verhältnis zum Gebrauch von Gewalt haben?«

Dunagan holte tief Luft, um sie langsam wieder ausströmen zu lassen. »Nun ... ich spreche nicht gern über meine Männer ...«

»Sie stehen unter Eid, vergessen Sie das nicht.«

»Also gut. Da ist der Angeklagte, Donald Vick ...«

Aus den Augenwinkeln registrierte Ben, wie sich die Geschworenen gespannt vorbeugten.

»Vick war für die Anwendung von Gewalt?«

»Vick ist ein Heißsporn. Das war er schon immer. Ich kenne ihn seit Jahren, und er hat sich nicht geändert.«

Ben starrte Dunagan entgeistert an. Was wurde da nur gespielt? War das am Ende ein Kuhhandel? Wieso verkaufte der Mann den Sohn seines alten Weggefährten Lou Vick?

»Was wollte Vick?«

»Ach, er hatte eine ganze Reihe von wirklich gefährlichen Ideen ... Lassen Sie mich überlegen ... Na ja, er hatte sich in den Kopf gesetzt, brennende Kreuze in den Vorgärten der Vietnamesen aufzustellen.«

Ein Wink mit dem Zaunpfahl. Der Mörder hatte ja auch ein brennendes Kreuz verwendet.

»Sonst noch etwas?«

»Ständig brach er Streit vom Zaun. Die Schlägerei mit dem armen Vuong war beileibe kein Einzelfall. Und immer völlig ohne Grund! Und er warf auch ganz gern Molotowcocktails.«

»Etwa vergleichbar mit dem Anschlag auf das Auto in der Maple Street, bei dem drei Menschen schlimme Brandwunden erlitten?«

»Jetzt, da Sie es erwähnen«, murmelte Dunagan nachdenklich, »frage ich mich natürlich, ob nicht vielleicht ...«

Bedächtig kehrte Swain zu seinem Pult zurück und fing an, in seinen Akten zu blättern. Ben war klar, daß der Mann nichts nachsehen mußte – ihm kam es nur darauf an, daß Dunagans Worte auch richtig auf die Geschworenen wirkten, ehe er zum nächsten Thema überging.

»Mr. Dunagan, wissen Sie, wo Donald Vick in der Nacht des Mordes war?«

»Nein. Er verließ das Lager am frühen Nachmittag. Seinen Kameraden sagte er nur, er hätte was zu erledigen. Tat recht geheimnisvoll. Jetzt ist mir natürlich klar, daß er die Schlägerei in dieser Bar anzetteln wollte.«

»Einspruch!« rief Ben. »Das konnte mein Mandant nicht vorhaben!«

»Ganz richtig«, brummte Richter Tyler. »Stattgegeben.«

»Mr. Dunagan«, setzte Swain das Verhör fort, »lagern Sie in Ihrem Camp auch Armbrüste?«

»O ja, wie gesagt, zu Verteidigungszwecken.«

»Haben Sie die Armbrust, die als die Mordwaffe identifiziert wurde, schon einmal gesehen?«

»Selbstverständlich.«

»Haben Sie eine Vorstellung, woher sie kommen könnte?«

»Leider ja«, seufzte Dunagan und sah unvermittelt Vick an. »Sie stammt aus unserem Arsenal.«

»Und wer hatte zu diesem Arsenal Zugang?«

»Es ist nicht verschlossen. Jeder, der will, kann reingehen.«

Swain beugte sich zum tödlichen Hieb vor. »Einschließlich Donald Vick?«

Dunagan zog eine betrübte Miene. »Einschließlich Donald Vick.«

Ben beobachtete, wie die Geschworenen sich zurücklehnten. Ein Alarmzeichen. Allem Anschein nach hatten sie genug gehört.

»Danke, Mr. Dunagan.« Swain wandte sich lächelnd an Ben. »Ihr Zeuge, Mr. Kincaid. Viel Glück.«

22

Am liebsten hätte Ben auf Dunagans Vernehmung verzichtet. Der Mann war ja anscheinend fest entschlossen, Donald Vick zu vernichten und würde sicher noch mehr belastende Details auspacken. Doch irgendwie mußte er diese Aussage entkräften, sonst stand das Urteil der Geschworenen fest, noch ehe er seinen eigenen Zeugen präsentierte.

Freilich hätte es überhaupt keinen Sinn, so zu tun, als stünde er mit diesem Kerl auf gutem Fuß. Im Gegenteil!

»Wollen Sie den Geschworenen weismachen, die ASP sei ein friedliebender Verein für brave Buben à la Pfadfinder?«

»Nun, für Sarkasmus sehe ich keinerlei Anlaß«, erwiderte Dunagan.

»Grand Dragon, lautet das Motto der ASP denn nicht ›Nur ein toter Gelber ist ein guter Gelber‹?«

»Ich habe keine Ahnung, wovon Sie da reden!«

In der Tat konnte ihn Ben nicht der Lüge überführen, denn dummerweise hatte er seine Flugblätter nicht eingesteckt.

»Stimmt es denn nicht, daß Sie und Ihre Anhänger täglich mit dem Ausbruch eines Rassenkrieges rechnen?«

»Manche Menschen glauben das tatsächlich, darunter auch viele Nichtmitglieder der ASP. Ich hoffe nur, daß diese Befürchtungen sich als grundlos erweisen.«

»Also bitte, trifft es etwa nicht zu, daß Sie überall Waffenlager errichten, um den ganzen Süden unseres Landes in einen gigantischen Club exklusiv für Weiße zu verwandeln?«

»Euer Ehren!« beschwerte sich Swain. »Ich sehe keinerlei Zusammenhang mit diesem Prozeß. Mr. Dunagan steht nicht vor Gericht.«

»Stattgegeben. Weiter zur nächsten Frage, Mr. Kincaid.«

»Euer Ehren!« rief Ben. »Der Staatsanwalt selbst hat diese Form des Verhörs gewählt. Ich habe erhebliche Zweifel an der Glaubwürdigkeit des Zeugen.«

»Ich habe gesagt, weiter zur nächsten Frage!«

Zähneknirschend mußte Ben sich beugen. »Haben Sie mir denn nicht anvertraut, daß in Ihrem Lager keine Bolzen vorrätig sind, die zu der gestohlenen Armbrust passen?«

»Da muß ich mich wohl getäuscht haben. Nach unserem Gespräch wurde mir mitgeteilt ...«

»Gerüchte interessieren mich nicht!« schnitt ihm Ben das Wort ab. Was Dunagan gesagt hätte, konnte er nicht wissen, aber es hätte ihn mit Sicherheit nicht weitergebracht. »Ist eine Armbrust schwer zu bedienen?«

»Überhaupt nicht. Man braucht sie ja nur zu spannen und den Abzug zu betätigen.«

»Üben Sie das Armbrustschießen mit Ihren Männern?«

»Selbstverständlich. Einschließlich Donald Vick.«

»Auch wenn Ihnen Donald Vick offensichtlich ein Dorn im Auge ist – hatten nicht alle ihre Männer Zugang zum Waffenlager und waren im Gebrauch von Armbrüsten geübt?«

»Das ist richtig.«

»Danke. Ich habe keine ...«

»Aber natürlich hielten sich meine Männer zum Zeitpunkt des Mordes ausnahmslos im Camp auf. Der einzige, der fehlte, war Donald Vick.«

Ben kniff frustriert die Augen zu. Ein Widerspruch wäre zwecklos gewesen. Die Geschworenen hatten es ja schon gehört. Und zusätzliche Fragen fielen ihm beim besten Willen nicht ein. Mit jeder Sekunde, die Dunagan im Zeugenstand blieb, verschlechterten sich die Aussichten seines Mandanten. »Keine weiteren Fragen, Euer Ehren.«

Ben setzte sich auf seinen Platz neben dem Angeklagten. Es sah nicht gut für ihn aus. Seine einzige Hoffnung war, daß er den Grand Dragon vielleicht wieder ein bißchen ins Zwielicht gerückt hatte und daß die Entscheidung der Geschworenen noch offen war.

Doch eigentlich bezweifelte er das.

23

Als sich der Gerichtssaal nach der Mittagspause füllte, herrschte weitgehend Ruhe. Zumindest flogen keine Steine mehr durchs Fenster.

Mit der Frage »Hat die Staatsanwaltschaft noch weitere Zeugen?« nahm Richter Tyler das Verfahren wieder auf.

»Nur noch einen«, erklärte Swain. »Aber er wird sich kurz fassen. Wir rufen Richard Litz auf.«

Der neue Zeuge war ein unauffälliger Mann mit braunem, lockigem Haar und einem dichten Schnauzer. Ben hatte noch nie von ihm gehört, und dem Gesichtsausdruck der meisten Zuschauer nach zu urteilen kannten sie ihn ebensowenig.

Bis auf Henry Swain. »Mr. Litz, würden Sie den Geschworenen bitte sagen, wie Sie Ihren Lebensunterhalt bestreiten?«

»Ich arbeite in der Bestellannahme von ›Domestic Soldier‹ in Hot Springs.«

»Und was ist Domestic Soldier?«

»Domestic Soldier ist ein auf Camping und Freiluftsport spezialisierter Versandhandel – Zelte, Kompasse, Wanderstiefel; kurz, wir erfüllen fast jeden Wunsch.«

»Führen Sie auch Waffen im Sortiment?«

»Ja.«

»Sogar Armbrüste?«

»Selbstverständlich. In allen Größe und Formen.«

»Bolzen auch?«

»Es hätte ja wohl wenig Sinn, eine Armbrust ohne Bolzen zu verkaufen.« Er schmunzelte über seinen eigenen Scherz.

»Haben Sie auch schon mal das Camp der ASP in der Nähe von Silver Springs beliefert?«

Nun dämmerte Ben, worauf sein Widersacher abzielte. Und die Sache gefiel ihm ganz und gar nicht.

»Oft sogar. Sie sind Stammkunden.«

»Führen Sie auch Bolzen für die« – Swain hielt das Beweisstück hoch und entzifferte – »KL-44 Carvelle?«

»Ja. Wir sind eins der wenigen Häuser, die sie beschaffen können. Sie sind nicht leicht zu bekommen.«

»Verkaufen Sie diese Bolzen auch an die ASP?«

»Normalerweise nicht. Aber vor wenigen Wochen wurden sie bei uns bestellt. Es war das erste und bislang einzige Mal.«

»Jetzt kommt eine sehr wichtige Frage, Sir. Bitte nehmen Sie sich für die Antwort genug Zeit.« Swains Bitte war eindeutig weniger an den Zeugen als vielmehr an die Geschworenen gerichtet. Sie sollten jetzt die Ohren spitzen. »Wann ist diese Bestellung eingegangen?«

»Am 21. Juli. Die Bolzen wurden am 24. ausgeliefert.«

Swain nickte bedächtig. »So so. Und der Mord wurde am 25. Juli verübt.« Mit gemessenen Schritten kehrte er zu seinem Pult zurück. Kurz bevor er es erreichte, drehte er sich jedoch abrupt zu dem Zeugen um. »Eine letzte Frage. Wer hat die Bestellung am 21. Juli aufgegeben?«

»Ein Mann namens Donald Vick.«

Aufgeregtes Gemurmel im Saal. Richter Tyler mußte mit dem Hammer auf den Tisch schlagen, damit wieder Ruhe einkehrte.

»Das ist alles«, sagte Swain.

Ben schlenderte betont lässig zum Zeugenstand hinüber. Sein Verstand arbeitete jedoch fieberhaft.

»Sie nehmen also die telefonischen Bestellungen in Ihrem Versand entgegen, richtig?«

»Das habe ich ja schon gesagt.«

»Demnach haben Sie Donald Vick bei der Aufnahme der Bestellung gar nicht gesehen?«

»Tja …«

»Es war irgendeine Stimme?«

»Richtig, aber …«

»Dann hätte es auch irgend jemand sein können«, fuhr Ben fort. »Jemand, der sich als Donald Vick ausgab?«

»Das mag stimmen«, räumte Litz ein, »aber zufällig weiß ich, wer die Ware annahm.«

»Wie bitte? Ich dachte, das sei ein Versand?«

»Richtig. Aber diese Bolzen wurden persönlich abgeholt. Und zwar von dem Mann im grauen Overall, der da drüben sitzt.« Er deutete auf Vick. »Ich habe ihn mit eigenen Augen gesehen.«

Swain sprang auf. »Lassen Sie im Protokoll festhalten, daß

der Zeuge den Mann, der die Bolzen abgeholt hat, als Donald Vick identifizierte!«

»Es wird berücksichtigt«, bestätigte Richter Tyler. »Noch Fragen, Mr. Kincaid?«

Verflucht! Sein Mandant kam in diesem Kreuzverhör denkbar schlecht weg, aber neue Fragen fielen Ben auch diesmal nicht ein.

»Nein, Euer Ehren.«

»Und Sie, Mr. Swain?«

»Dafür sehe ich keine Notwendigkeit«, sagte der Staatsanwalt lächelnd. Geradezu demonstrativ kehrte er vor den Geschworenen seine Siegesgewißheit heraus. »Die Anklage verzichtet für heute auf weitere Anträge.«

»Sehr schön«, brummte der Richter. »Morgen um ein Uhr geht das Verfahren mit den Zeugen der Verteidigung weiter. Bis dahin ist die Verhandlung ausgesetzt.«

Er schlug mit seinem Hammer auf das Pult, und sofort strömten die Zuschauer erregt diskutierend zum Ausgang. Zurück blieben lediglich die Geschworenen. Ben fiel auf, daß die zwölf Augenpaare ausnahmslos auf Donald Vick gerichtet waren.

Er beugte sich vor und versperrte ihnen so die Sicht. »Warum zum Teufel haben ausgerechnet Sie die Bolzen abgeholt?« flüsterte er Vick ins Ohr.

»Das war meine Aufgabe. Ich war für den Nachschub zuständig.«

»Wirklich?« Wenn Ben das gewußt hätte, wäre es ihm möglich gewesen, das im Kreuzverhör herauszustreichen. Jetzt war es dafür zu spät. »Warum Sie?«

»Wer sonst. Dunagan ließ mich immer die Drecksarbeit verrichten.«

Ben entging nicht, daß Vick dem erhabenen Grand Dragon längst nicht mehr soviel Ehrerbietung entgegenbrachte. Wenigstens hatte er jetzt endlich begriffen, was ihm der Mann angetan hatte.

»Ich muß Sie morgen in den Zeugenstand rufen, Donald.«

Vick blitzte ihn wütend an. »Ich habe Ihnen doch schon gesagt, daß ich schweigen werde.«

»Die Themen, zu denen Sie nichts sagen wollen, werde ich ja nicht anschneiden. Ihren Streit mit Vuong lasse ich aus dem Spiel. Aber die Geschworenen müssen von Ihnen zumindest hören, daß Sie ihn nicht getötet haben. Wenn Sie dazu nicht bereit sind, gebe ich Ihnen offen gestanden keine Chance mehr.«

Vick starrte ihn betroffen an. Daß das Verfahren nicht so gut lief, hatte er sicher auch schon vorher begriffen, doch es war etwas ganz anderes, wenn einem der eigene Verteidiger erklärte, daß alles auf die Todesstrafe hindeutete.

»Ich ... ich will darüber nachdenken«, sagte er mit erstickter Stimme.

»Morgen früh komme ich zu Ihnen und bereite Sie auf Ihre Aussage vor.«

Vick nickte. Im nächsten Moment kamen die Deputys und führten ihn zurück ins Gefängnis.

Ben blickte seinem Mandanten nach, bis er verschwunden war. Von Mal zu Mal geriet sein erstes Bild vom fanatischen Rassisten immer mehr ins Wanken. Statt dessen verdichtete sich sein Eindruck, daß es sich hier um einen verängstigten kleinen Jungen handelte, der nicht mehr ein noch aus wußte.

Und das Tragische an der Sache war, daß es seinem Verteidiger ganz ähnlich ging.

24

Ben las noch einmal den fünften Entwurf für die Befragung seines einzigen Zeugen, Donald Vick, durch. Um ein besseres Gefühl für die Fragen zu bekommen, bildete er mit den Lippen lautlos die Worte nach.

Es war dies die schwierigste Vernehmung, die er je vorbereitet hatte. Während ihrer Dauer hatte Vick ja nicht als Angeklagter zu gelten, sondern als Zeuge. Aber das war gar nicht das Hauptproblem. Normalerweise ließ Ben einen Zeugen einfach seine Geschichte erzählen – ein Kinderspiel. In Vicks Fall wagte er sich freilich auf ein Minenfeld. Ständig mußte er damit rechnen, ein gefährliches Thema anzuschneiden, bei dem sein Mandant plötzlich zumachte. Und wenn er ihm die Antworten aus der Nase zog, mußte das so flüssig wirken, daß die Geschworenen gar nicht auf die Idee kamen, er könnte bestimmte Themen umschiffen.

Jones und Mike kamen hereingeschneit, doch keiner hatte Neuigkeiten zu vermelden. Die rätselhafte Frau von der Brandnacht war und blieb verschollen. Und Zeugen, die Vick hätten entlasten können, hatten sie ebensowenig aufgetrieben. Loving spielte wie auch schon in den letzten Nächten in der Bluebell Bar Billard. Ob er hinter einer heißen Spur her oder ganz einfach versumpft war, vermochten sie nicht zu beurteilen.

Und Christina verweigerte ihm nach wie vor kategorisch jede Hilfe.

Es war fast schon halb elf, als Belinda leise die Tür öffnete und sich in gebührendem Abstand auf einen Stuhl setzte. Lange sagten weder er noch sie ein Wort, bis schließlich sie das Schweigen brach.

»Woran arbeitest du gerade?«

»An einer Befragung meines Mandanten.«

»Du willst ihn in den Zeugenstand rufen? Hältst du das wirklich für klug?«

»Die meisten Verteidiger verzichten nach Möglichkeit darauf, aber mir bleibt keine andere Wahl. Vick hat ja keine Entlastungszeugen. Sogar die ASP hat ihn aufgegeben. Wir haben nur eine Chance: ihn aussagen zu lassen und zu hoffen, daß die Geschworenen ihm glauben.«

Sie nickte. Freilich war ihr anzumerken, daß sie nur mit halbem Ohr hinhörte. Sie war wegen etwas ganz anderem gekommen, wagte aber nicht, es anzusprechen. »Na ja, das meiste von dem, was der Staatsanwalt vorbringt, beruht doch nur auf Indizien.«

»Das meiste? Alles! Das Dumme ist nur, daß es so viele Indizien sind. Diese Menge muß die Geschworenen ja beeindrucken.«

»Meinst du, daß sie zu einem Schuldspruch tendieren?«

»Ich habe schon Fälle erlebt, bei denen eine dürftigere Beweislage ausreichte.«

Belinda räusperte sich. »Ben ... Ich weiß, daß du deine Aufgabe sehr ernst nimmst, und dafür bewundere ich dich auch. Vergiß aber nicht, wen du da verteidigst: Es handelt sich um Donald Vick, der einen Vietnamesen meuchlings ermordet hat. Er ist der Mann, der wahrscheinlich hinter dem Brandanschlag steht, bei dem drei Menschen zu Krüppeln gemacht wurden. Der Mann, der Vuong in der Bluebell Bar zusammenschlagen wollte. Selbst wenn er in diesem Fall wirklich unschuldig sein sollte, hat er wahrscheinlich anderes auf dem Kerbholz, das viel schlimmer ist.«

»Wenn er dieses Verbrechen nicht begangen hat, darf er auch nicht dafür verurteilt werden.«

Belinda seufzte. »Ben ... eigentlich wollte ich über etwas ganz anderes mit dir reden. Du weißt schon, über welches Thema ... Natürlich, wenn du es so willst, dann ist ja alles klar ...«

»Belinda! Ich versichere dir, daß das nicht ...«

»Aber es ist mir nicht möglich, einfach so Schluß zu machen. Wenn du deine Gefühle einfach begraben kannst, ist das deine Sache. Ich bringe es jedenfalls nicht fertig!«

»Belinda!« Er starrte sie unverwandt an, sah ihre tränennassen Augen. »Das stimmt doch alles gar nicht. Es hat absolut nichts mit dir zu tun. Schuld daran bin allein ich.«

»Dann laß uns darüber sprechen.«

Jetzt erst ergriff Ben ihre Hand. »Das ist nicht mehr nötig. Ich habe es überwunden. Ich kann nicht ewig in der Vergangenheit herumwühlen. Damit ist es endgültig vorbei!«

»Glaubst du, es reicht, wenn du es immer nur lautstark wiederholst?«

»Nein, es ist die Wahrheit!«

Belinda schloß die Augen. »Ich hatte schon Angst, ich hätte einen Fehler gemacht, ich wäre zu aggressiv gewesen oder zu ... wie soll ich sagen, zu hysterisch, und du hättest dich deswegen zurückgezogen.«

»Meine Gefühle zu dir haben sich nicht geändert.«

»Wirklich?«

Die rote Neonreklame für Coors-Bier vor der Bluebell Bar, leuchtete durch das Fenster ins Büro herein. Ganz schwach drang Mary-Chapin Carpenters Stimme an ihre Ohren. *Come on … it's getting late now …*

Ben zog Belinda näher zu sich heran. »Ich liebe dich«, flüsterte er. Und dann fanden ihre Lippen zueinander.

Erst nach zwanzig Minuten kamen sie auf die Idee, die Vorhänge zuzuziehen.

25

Den nächsten Vormittag verbrachte Ben damit, Vick auf seine Aussage vorzubereiten. Dabei sorgte er sich weniger um das, was sein Schützling sagen würde, sondern vielmehr um die Art und Weise, wie er es vorbringen sollte. Mit seinem Auftreten stand und fiel alles. Wenn er Unsicherheiten verriet, zögerte oder mehrdeutige Antworten gab, würden die Geschworenen die Version des Staatsanwalts für die richtige halten.

Als dann die Mitglieder der Jury auf ihren Bänken Platz nahmen, klopfte Ben seinem Mandanten aufmunternd auf die Schulter. »Versuch dir keine Sorgen zu machen.«

Vick dankte ihm mit einem Lächeln – einem äußerst bemühten Lächeln.

Die Formalitäten hakte Richter Tyler an diesem dritten Prozeßtag in einem atemberaubenden Tempo ab. Anscheinend war er nicht minder gespannt auf das Tagesprogramm als die Zuschauer.

Gleich danach rief Ben Donald Vick in den Zeugenstand.

»Würden Sie den Geschworenen bitte Ihren Namen nennen?«

»Donald Allan Vick.« Seine Stimme hörte sich ruhig und klar an. Selbstbewußt, aber keineswegs großspurig. Aufrichtig, ohne bemüht zu wirken. Genau so, wie Ben es mit ihm geübt hatte.

Als erstes durchleuchtete der Verteidiger mit gezielten Fragen Vicks Hintergrund in Alabama, seine Kindheit, seine Erziehung, das Familienleben daheim. Danach ging er zu jüngeren Ereignissen über.

»Wann sind Sie Mitglied der ASP geworden?«
»Mit achtzehn.«
»Hatten Sie einen bestimmten Grund?«
»Seit der Gründung der ASP vor hundertzwanzig Jahren war bislang jeder männliche Vick Mitglied der Organisation.«
»Eine Art Familientradition?«
»Das kann man so sagen.«
»Erwartete Ihr Vater das von Ihnen?«
Vick nickte. »Er bestand sogar darauf. Er hätte mich sonst rausgeworfen.«
»Erinnern Sie sich noch an den Tag, an dem Sie Mitglied wurden?«
»O ja. Ich trat zum frühestmöglichen Zeitpunkt ein. Das war mein achtzehnter Geburtstag. Die ASP empfängt jedes neue Mitglied mit großem Pomp – jeder trägt eine Uniform und hält eine Fackel in der Hand. Sie sagten, jetzt würde ich den entscheidenden Schritt vom Jungen zum Mann machen.«
»Ist das ein Ritus, der sich bei allen männlichen Vicks am achtzehnten Geburtstag wiederholt?«
»Genau.«
»Einspruch, Euer Ehren!« Swain war aufgesprungen. »Bislang haben wir diesem trauten Zwiegespräch geduldig zugehört, aber mir ist nicht klar, was es mit dem Mord zu tun haben soll.«
Natürlich hatte er nur zu gut verstanden: Ben verfolgte die Absicht, den Geschworenen den Menschen Donald Vick zu zeigen. Bis dahin hatten ihn andere immer nur als einen Erzschurken beschrieben.
»Euer Ehren«, sagte Ben. »Ich brauche das Gericht wohl nicht daran zu erinnern, daß meinem Mandanten ein Kapitalverbrechen zur Last gelegt wird. Die Geschworenen sollten die Möglichkeit erhalten, diesen Mann, über dessen Leben sie entscheiden werden, aus allen Blickwinkeln kennenzulernen. Darum bitte ich Sie, mir den größtmöglichen Spielraum zu gewähren.«
Zwar runzelte Richter Tyler ärgerlich die Stirn, doch er lehnte den Einspruch ab.

»Wie oft waren Sie in diverse Aktionen der ASP eingebunden?« fuhr Ben fort.

»Neue Mitglieder müssen in den ersten zwei Jahren eine Art Lehre absolvieren. Eigentlich hätte ich ja lieber studiert, aber« – er zuckte hilflos mit den Schultern – »mein Vater und die ASP hatten andere Pläne mit mir.«

Vick schlug sich gar nicht einmal so schlecht. Hin und wieder wandte er sich direkt an die Geschworenen, stellte er zwanglos Kontakt her. Dabei wirkte er frisch und unverbraucht, also durchaus sympathisch. Vielleicht war seine Lage ja doch nicht so hoffnungslos. Ein bißchen hatte freilich Ben bei diesen Blickkontakten nachgeholfen. Er stand direkt neben der Geschworenenbank, so daß Vick unwillkürlich auch in ihre Richtung schaute.

»Wie sah diese ... Lehre aus?«

»Zunächst mußte ich in der Zentrale in Montgomery in der Schreibstube arbeiten. Papierkrieg eben. Als dann vor wenigen Monaten das neue Lager bei Silver Springs errichtet wurde, versetzte man mich dorthin.«

»Hat man Ihnen hier neue Pflichten zugewiesen?«

»Nein. Im wesentlichen bin ich immer noch für den Bürokram zuständig. Bestellungen, Lebensmittel, alles Routinesachen. Aus welchem Grund auch immer – Mr. Dunagan hat mich von den anspruchsvolleren Aufgaben ferngehalten.«

»Gehörte zur Arbeit in der Schreibstube auch die Bestellung von Waffen?«

»Ja. Ich mußte *alles* bestellen und auch abholen. Nicht nur die Bolzen für die Armbrüste.«

Ben warf einen Blick zu den Geschworenen hinüber. Ihre Mienen verrieten ihm, daß sie verstanden hatten. Vicks Aussage ließ das bisher Vernommene in einem ganz anderen Licht erscheinen.

»Warum haben Sie ein Zimmer in der Stadt gemietet? Hätten Sie nicht auch in einer der Baracken im Camp bleiben können?«

»Doch, klar. Aber ... ich weiß auch nicht ... Manchmal will ich eben meine Ruhe haben. Und die findet man im Camp mit all den Leuten garantiert nicht.«

»Warum ist das bei Ihnen so?«

»Keine Ahnung ... Wahrscheinlich haben wir nicht soviel gemeinsam.«

»Was treiben die Männer bei der ASP denn so?«

»Trinken. Sie kippen kübelweise Alkohol runter. Und sie reden über Frauen, als ob sie ... Sie verstehen schon, in einer Art und Weise, die ich einfach nicht richtig finde. Und dann erzählen sie, was sie alles mit den Vietnamesen anstellen wollen. Meistens ist es ja nur dummes Gerede. Die wenigsten würden diese Dinge wirklich tun. Aber sie blasen sich für ihr Leben gern auf.«

»Wie fühlten Sie sich bei diesen Gesprächen über die Vietnamesen?«

»Ich konnte mich nie so recht dafür erwärmen.«

»Warum nicht? Sie sind doch Mitglied der ASP, oder?«

»Sicher ... ich bin ... Mitglied.«

»Dann glauben Sie doch bestimmt auch an die Überlegenheit der weißen Rasse?«

»Vielleicht, ja. Aber das heißt doch nicht, daß wir Leute mit einer anderen Hautfarbe schikanieren müssen. Im Gegenteil, meiner Meinung nach sollten wir in der Lage sein, friedlich mit ihnen zusammenzuleben, wenn wir ihnen denn wirklich so überlegen sind.«

Ben wartete. Das sollten die Geschworenen erst einmal verarbeiten: Der angebliche Rassist hatte viel mehr von einem Philosophen an sich, als wohl die meisten für möglich gehalten hätten.

»Donald, vor wenigen Monaten wurde hier ein Anschlag auf ein Auto verübt. Haben Sie daran teilgenommen?«

»Nein. Ich habe zwar die Materialien besorgt, die dafür wohl verwendet wurden, aber damals hatte ich keine Ahnung, daß so etwas passieren würde. Ich führte nur einen Befehl aus.«

»Wer hat Ihnen diesen Befehl erteilt?«

Vick zögerte. »Mr. Dunagan. Er war der Alleinverantwortliche für die Lagerbestände und die Munition. Ich kaufte nur dann Nachschub, wenn er es mir auftrug.«

»Donald, wissen Sie noch, was Sie am Abend des 25. Juli taten?«

»Ja. Nach dem Abendbrot ging ich spazieren. Das war so gegen zehn.«

»Klingt das nicht ein bißchen eigenartig?«

»Überhaupt nicht. Ich ging fast jeden Abend raus. Das war eine Gewohnheit von mir. Mary Sue hätte es bestätigen können, wenn man sie gefragt hätte.«

Klar, dachte Ben. Reib's mir nur rein. »Und warum gingen Sie jeden Abend spazieren?«

»Brauche ich einen Grund dazu? Die Landschaft hier ist wunderschön, vor allem in der Nacht.« Sehr gut; die meisten Geschworenen waren erfahrungsgemäß Lokalpatrioten. »Außerdem entkam ich so dem ständigen Gefluche und großspurigen Getue der anderen. Da konnte man ja nie einen klaren Gedanken fassen.«

»Erinnern Sie sich auch noch an die Begegnung mit Sheriff Collier bei Ihrem Spaziergang?«

»Natürlich.«

»Waren Sie über ihn verärgert?«

»Nein, er tat ja nur seine Pflicht. Er war sogar netter zu mir als andere, die ich hier erlebt habe.«

»Was geschah denn genau?«

»Ach, es war im Prinzip so, wie Sheriff Collier es geschildert hat.«

»Von wem stammte das Blut auf Ihrem Hemd?«

Alle hielten gespannt den Atem an. Endlich eine Frage, die auf den zentralen Nerv der ganzen Angelegenheit zielte.

»Es war mein Blut. Bei der Schlägerei in der Bluebell Bar war ich ziemlich verletzt worden. Ich hätte mich wohl umziehen müssen, aber irgendwie dachte ich nicht mehr daran.«

»Und weil der Sheriff das Blut nicht analysieren ließ, konnte er auch nicht feststellen, daß es von Ihnen stammte?«

»Richtig.«

»Der Sheriff behauptet aber auch, sie hätten gesagt: ›Vuong hat es verdient, zu sterben‹, als Sie von seinem Tod erfuhren. Trifft das zu?«

»Ja«, bestätigte Vick nach kurzem Zögern.

»Und warum haben Sie so etwas gesagt?«

»Weil es die Wahrheit ist.« Vick wandte sich direkt an die Geschworenen. »Das soll nicht heißen, daß ich mich über seinen Tod freue. Ich wünsche keinem Menschen den Tod und schon gar nicht einen so gräßlichen. Trotzdem hat er es nicht anders verdient.«

»Donald.« Ganz langsam ging Ben auf seinen Zeugen zu. »Haben Sie Tommy Vuong getötet?«

»Nein. Er mag den Tod verdient haben, aber ich bin kein Henker. So etwas würde ich nicht tun. Und ich habe es nicht getan.«

»Danke, Donald. Fürs erste habe ich keine Fragen mehr.«

Die Geschworenen wirkten sehr nachdenklich, als Ben zur Anklagebank zurückkehrte. Er war sich nicht sicher, doch seiner Einschätzung nach hatten Vicks ehrliche Worte ihre Wirkung nicht verfehlt.

»Sehr schön.« Richter Tylers Stimme war seltsam gedämpft. Offenbar hatte die Aussage des Angeklagten auch ihn berührt. »Mr. Swain, Sie haben das Wort.«

26

»Tja, Mr. Vick«, fing Swain an, »ich wußte gar nicht, daß ihr bei der ASP so sensible Bürschchen seid.«

Sein Sarkasmus kam im Publikum nicht an. Keiner verzog eine Miene.

»War das eine Frage, Sir?« erkundigte sich Vick höflich.

Swain räusperte sich. »Nein. Aber jetzt kommt eine. Ihre Geschichte klingt ja ganz nett, aber ein sehr wichtiges Detail scheinen Sie völlig vergessen zu haben. Wo waren Sie denn am Nachmittag vor dem Mord, so gegen vier Uhr?«

Verdammt! Ben hatte so gehofft, Swain würde zuallererst zum bisher Gesagten nachfragen – aber nein: der Mann steuerte direkt den wunden Punkt an.

»Ich war in der Bluebell Bar.«

»Einfach nur so für einen Drink?«

»Nein. Ich trinke keinen Alkohol.«

Swain grinste. »Natürlich nicht. Ein Gesundheitsapostel, was?«

Vick ging nicht darauf ein.

»Was wollten Sie dann in der Bluebell Bar, wenn Sie nicht trinken?«

»Ich suchte jemanden.«

»Wen?«

Vick holte tief Luft. »Tommy Vuong.«

»Und warum suchten Sie Tommy Vuong?«

Vick sah zu seinem Verteidiger hinüber. Sein Mund blieb verschlossen.

Ben sprang erregt auf. »Einspruch!«

Tyler bedachte ihn mit einem kritischen Blick von oben. »Haben Sie einen bestimmten Grund, oder wollen Sie einfach verhindern, daß der Beschuldigte sich dazu äußert?«

»Ich ... halte die Frage für irrelevant, Euer Ehren.«

»Die Frage ist sehr wohl relevant!« rief Swain. »Sie bezieht sich direkt auf das Motiv des Angeklagten. Außerdem soll sie eine bereits bestehende Bereitschaft zur Gewalt dem Opfer gegenüber aufdecken helfen.«

»Wir können getrost davon ausgehen, daß Donald dem Opfer nicht wohlgesonnen war, Euer Ehren. Darum ist die Frage überflüssig.«

Tyler schüttelte den Kopf. »Der Einspruch ist abgelehnt.«

Trotzdem wollte Ben sich immer noch nicht geschlagen geben. »Dann erhebe ich Einspruch wegen ... unzureichender Begründung.«

»Muß ich wirklich darauf eingehen, Richter?« fragte Swain.

»Nein.« Tyler deutete mit seinem Hämmerchen auf Ben. »Herr Verteidiger, die Qualität Ihrer Einwendungen läßt zunehmend zu wünschen übrig. Ich schlage vor, Sie setzen sich wieder.«

Widerwillig leistete Ben Folge.

»Lassen Sie mich die Frage noch mal stellen«, sagte Swain. »Warum suchten Sie Tommy Vuong?«

»Dazu möchte ich lieber nichts sagen.«

»Ach ja?« Swain sah zum Richter auf. »Tja, Euer Ehren, der Zeuge möchte lieber nichts sagen.«

Tyler runzelte die Stirn. »Der Zeuge wird die Frage beantworten!«

Vick schluckte. »Nein.«

»*Was*?« donnerte Tyler. »Was soll das heißen?«

»Das heißt, daß ich die Frage nicht beantworten werde. Ich darf nicht.«

»Mr. Vick, Sie haben unter Eid geschworen, die Wahrheit zu sagen. Die reine Wahrheit.«

»Ja, aber lange davor habe ich jemandem ein Versprechen gegeben, und das kann ich nicht brechen.«

Tyler musterte ihn streng. »Wenn Sie die Frage des Staatsanwalts nicht beantworten, hat das Folgen für Sie.«

»Und wenn ich sie beantworte, zerstöre ich das Leben eines anderen Menschen. Es bleibt dabei: Ich sage nichts.«

Die Mienen der Geschworenen verhießen Ben nichts Gutes. Sie waren sichtlich schockiert über Vicks plötzliche Aufsässigkeit. Vick war drauf und dran, den Kredit, den er beim Verhör durch Ben gewonnen hatte, wieder zu verspielen.

»Euer Ehren«, schlug Ben vor, »könnte Mr. Swain die Frage etwas anders formulieren?«

»An mir soll's nicht scheitern«, brummte der Staatsanwalt. »Was haben Sie mit Vuong beredet?«

»Ich … ich kann es Ihnen nicht sagen.«

»Wir haben gehört, daß Sie mehrere Minuten lang miteinander sprachen. Worüber?«

»Es tut mir leid. Ich darf es nicht verraten.«

Swain breitete resigniert beide Arme aus. »Euer Ehren, was soll ich da machen?«

»Noch einmal«, sagte der Richter. »Ich weise den Zeugen an, die Frage zu beantworten.«

»Es tut mir leid, Sir. Ich will nicht unhöflich sein, aber ich werde nichts sagen.«

»Und ob Sie reden werden!« Tyler schlug wütend mit dem Hammer auf sein Pult. »Ich dulde keine Mißachtung des Gerichts.«

»Sie werden es müssen, Sir.«

»Das werden wir ja sehen. Und wenn wir die ganze Nacht dableiben!«

»Dann muß ich mich bei allem Respekt auf mein Schweigerecht berufen, das ich als Angeklagter habe.«

Ben schloß verzweifelt die Augen. Es war zum Heulen. Warum hatte er den Mann nur in den Zeugenstand geholt? Jetzt hatte er den Salat.

»Und Sie wissen, was Sie tun?« fragte Tyler.

»Jawohl, Sir.«

»In dem Fall ist eine Fortführung des Verhörs sinnlos«, stellte Swain fest. »Keine weiteren Fragen.«

Klar, dachte Ben. Du hast dein Ziel ja erreicht. Die Gesichter der Geschworenen verrieten alles. Ihr anfängliches Wohlwollen war unverhüllter Feindseligkeit gewichen. In ihren Augen hatte Vick etwas zu verbergen.

»Na gut«, brummte Tyler. »Mr. Vick, wir sind fertig mit Ihnen.«

Vick hastete zurück zur Anklagebank. Sein Blick war gesenkt. Wenigstens etwas – die Mienen der Geschworenen hätten ihn garantiert nicht aufgemuntert.

»Weitere Aussagen, Mr. Kincaid?«

»Nein, Sir. Mr. Vick ist mein einziger Zeuge.«

»Und der Staatsanwalt?«

Swain schüttelte lächelnd den Kopf. »Ich sehe keine Veranlassung dazu, Euer Ehren.« Natürlich nicht. Sein Interesse konnte nur sein, das Verfahren möglichst schnell zu Ende zu bringen, solange die Geschworenen noch unter dem Eindruck von Vicks totaler Verweigerung standen.

»Sehr gut.« Tyler warf einen Blick auf die Uhr. »Sieht ganz so aus, als könnten wir die Plädoyers noch heute über die Bühne bringen. Und dann, meine Damen und Herren Geschworenen, ruht der Fall in Ihren Händen.«

27

Bezirksstaatsanwalt Swain begann sein Plädoyer mit so gedämpfter Stimme, daß der Protokollführer Mühe hatte, die einzelnen Worte zu verstehen.

»Donald Vick will nicht, daß Sie die ganze Wahrheit erfahren. Mit ein paar Häppchen will er Sie abspeisen, und zwar den Teilen, die ihn in ein scheinbar besseres Licht rücken. Wir dagegen haben Ihnen die ganze Geschichte offenbart. Wir haben Ihnen sämtliche Beweisstücke vorgelegt. Wir haben nichts zurückgehalten. Darum bin ich überzeugt, daß jeder einzelne von Ihnen beurteilen kann, was wirklich geschehen ist.«

Er verließ nun sein Pult und ging langsam auf den Angeklagten zu, so daß die Geschworenen zwangsläufig in dessen Richtung schauten. »Wir wissen, daß Donald Vick Mitglied einer militanten Gruppe namens ASP ist, daß er ein geschworener Feind der vietnamesischen Mitglieder unserer Gemeinde ist und daß er ein Fanatiker ist, der ständig gegen die Vietnamesen agitiert, ja, zu brutalen Überfällen gegen sie aufgerufen hat.

Weiter wissen wir, daß er am Nachmittag des 25. Juli Tommy Vuong gesucht und in der Bluebell Bar gefunden hat. Das hat er selbst zugegeben. Allerdings hat er sich geweigert, Ihnen zu sagen, worüber sie sprachen. Zeugen haben uns bestätigt, daß Vick sehr bald tobend vor Wut auf Vuong einschlug. Hätten nicht andere beherzt eingegriffen, hätte er ihn womöglich schon an Ort und Stelle umgebracht.

Wir wissen auch, daß Vick Zugang zur Mordwaffe hatte und die Armbrustbolzen nicht nur bestellt, sondern auch persönlich abgeholt hat. Und schließlich wissen wir, daß er sie auch benutzte – seine Haare verfingen sich im Abschußmechanismus, und die Armbrust war noch mit seinem Blut verschmiert, als sie kurz nach der Tat gefunden wurde. Und nur wenige Stunden davor hatte Vick sein Opfer in der Bluebell Bar angegriffen.«

Er kehrte zu seinem Ausgangspunkt direkt vor der Geschworenenbank zurück. »Ich bitte Sie nun, die Beweise, die Ihnen vorgelegt wurden, zu prüfen. Hören Sie dabei sowohl auf Ihren Verstand als auch auf Ihr Herz. Ich frage Sie: Lassen all diese Beweise einen anderen Schluß zu als den, daß Donald Vick die tödlichen Bolzen abgeschossen hat?« Er ließ die Hände mit einer dramatischen Geste fallen. »Es gibt keinen, meine Damen und Herren. Wir wollen doch alle in einer sicheren Stadt leben. Wir wollen dort leben, wo wir eine Familie gründen, wo unsere Kinder spielen, wo die Älteren ihren Lebensabend verbringen können – und das ohne Angst. So war Silver Springs früher einmal. Früher. Jetzt nicht mehr. Jetzt können Sie sich nicht mehr auf die Straßen wagen, ohne zu befürchten, daß jemand aus dem Schatten tritt und mit einer Armbrust auf Sie zielt.«

Ben wollte Einspruch erheben, verzichtete jedoch. Swains Plädoyer grenzte an Demagogie. Der Mann forderte die Geschworenen praktisch dazu auf, Vick schuldig zu sprechen, um die Gemeinde von allem Bösen zu bewahren. Der Schuldbeweis stand eindeutig im Hintergrund. Freilich war Ben klar, daß die Geschworenen seinen Mandanten ohnehin schon ablehnten. Mit einem Einspruch zur falschen Zeit hätte er ihre Feindseligkeit nur zusätzlich geschürt.

»So muß es aber nicht kommen«, fuhr Swain fort. »Wir können unsere Stadt für uns zurückgewinnen. Sie, meine Damen und Herren Geschworenen, haben es in der Hand, dafür zu sorgen, daß Terrorismus, Gewalt und Intoleranz in diesem Landstrich nicht länger geduldet werden.

Wir haben Ihnen alles vor Augen geführt: Donald Vicks Motiv, sein fadenscheiniges Alibi, seinen Zugang zur Mordwaffe, die nachweisbaren Spuren an dieser Waffe, die uns zu Donald Vick führten. Bei aller Bescheidenheit kann ich sagen, daß wir der Beweislast genüge getan haben. Und nun bitte ich Sie, ja, zu unser aller Wohl *appelliere ich in aller Eindringlichkeit* an Sie, Donald Vick für schuldig im Sinne der Anklage zu befinden.«

Nachdem Swain Platz genommen hatte, erhob sich Ben und trat langsam auf die Geschworenen zu. Mit jedem Schritt wurde ihm die Schwere seiner Verantwortung eindringlicher bewußt. Hier ging es eben nicht darum, ein möglichst mildes Urteil herauszuholen.

Er kämpfte um das Leben eines Mannes.

»Meine Damen und Herren Geschworenen. Die ASP steht nicht vor Gericht. Auch die Zukunft von Silver Springs steht nicht vor Gericht. Vor Gericht steht einzig und allein Donald

Vick. Punkt. Von Ihnen wird nicht verlangt, über das Wohl und Wehe der Gemeinde, Ihrer Kinder oder gar zukünftiger Generationen zu entscheiden. Von Ihnen wird auch nicht verlangt, daß Sie an militanten Gruppen, Rassisten oder Terroristen ein Exempel statuieren. Sie sollen nur eine einzige Frage beantworten, und die lautet: Konnte die Staatsanwaltschaft den über jeden Zweifel erhabenen Beweis führen, daß Donald Vick des vorsätzlichen Mordes schuldig ist? Wenn Ihre Antwort nein lautet, wird der Richter Sie darauf aufmerksam machen, daß Sie auf unschuldig befinden *müssen* – nicht sollten oder könnten, sondern müssen!«

Ben kehrte zu seinem Pult zurück und rückte so wieder Vick ins Blickfeld der Geschworenen. Er wollte sie daran erinnern, daß sie über einen Menschen aus Fleisch und Blut zu urteilen hatten.

»Bei jedem einzelnen Beweisstück, das Ihnen der Staatsanwalt vorgelegt hat, handelt es sich um ein Indiz. Als Beweis, daß Donald Vick dieses Verbrechen tatsächlich begangen hat, taugt kein einziges davon. Niemand war Augenzeuge, niemand war Ohrenzeuge, niemand hat Blut an seinen Händen gesehen.«

Ein dummer Fehler – die Geschworenen würden automatisch an das Blut auf dem Hemd denken. Zu spät. Aber er mußte unbeirrt weitermachen.

»Bei der Version der Staatsanwaltschaft handelt es sich im besten Fall um eine von vielen möglichen. Eine unausweichliche Schlußfolgerung ist sie nicht. Stellen Sie sich doch mal diese einsame Landstraße mitten in der Nacht vor. Stellen Sie sich die Szene vor, wie sie sich in der Mordnacht darbot – mit einer Ausnahme: Diesmal gehen *Sie* dort um Mitternacht spazieren.

Nehmen wir weiter an, daß Sie sich am Nachmittag mit jemandem gestritten haben. Wetten, daß jeder von Ihnen irgendwann im Leben einen Streit hatte! Wetten, daß jeder von Ihnen einmal wütend wurde und etwas gesagt oder getan hat, das ihm später leid tat. Gehen wir nun noch einen Schritt weiter und nehmen an, daß der Mensch, über den Sie sich so geärgert haben, kurz nach dem Streit getötet wurde. Weil Sie von dem Mord nichts wußten, haben Sie sich auch kein tolles Alibi ausgedacht. Und was macht die Polizei? Sie verhaftet Sie. Jetzt stellen Sie sich vor, Sie säßen auf der Anklagebank. In einem Verfahren auf Leben und Tod.

Absurd, sagen Sie? Das könnte Ihnen nie passieren? Aber genau so sieht es in diesem Fall aus! Der Staatsanwalt will, daß Sie Donald Vick schuldig sprechen, weil er Tommy Vuong nicht mochte, weil er sich mit ihm geschlagen hat und weil er kein Alibi vorweisen kann. Das könnte ja jedem passieren, sagen Sie jetzt. Eben. Sie haben voll und ganz recht. Es kann jedem passieren.«

Ben legte die Hände auf das Geländer, das ihn von den Geschworenen trennte. So weit wie jetzt hatte er sich noch nie zuvor an sie herangewagt. »Nur weil es denkbar ist, können Sie niemanden des vorsätzlichen Mordes schuldig sprechen. Sie können ihn nicht schuldig sprechen, nur weil er es getan haben *könnte*. Sie können ihn nur schuldig sprechen, wenn vorher alle anderen Möglichkeiten widerlegt worden sind. Sie müssen sich sicher sein – ohne eine Spur von Zweifel sicher sein.

Und soll ich Ihnen noch etwas sagen? Sie sind sich gar nicht so sicher. Das können Sie auch nicht sein. Ich glaube, daß jeder von Ihnen Zweifel hat. Vielleicht sind sie nicht sehr groß, vielleicht nagen sie nur irgendwo im Hinterstübchen, aber das genügt. Solange ein Rest von Zweifel bestehen bleibt, haben Sie keine Wahl. Ihre Entscheidung muß heißen – unschuldig!«

Ben sah jedem Geschworenen einen langen Moment in die Augen, dann kehrte er zu seinem Pult zurück.

Das Plädoyer war ihm besser gelungen als erwartet. Doch leider hatte er nicht das letzte Wort.

»Noch Anmerkungen dazu, Mr. Swain?« fragte der Richter.

»Ich denke, ja.« Swain sprang auf und stürmte vor. Er spürte wohl, daß die Geschworenen die langen Reden satt hatten und wollte sich deshalb möglichst kurz fassen.

»Tja, Mr. Kincaid war ganz schön dramatisch, wie?«

Das hieß den Teufel mit dem Beelzebub austreiben, dachte Ben.

»Aber er hat ein paar Kleinigkeiten ausgelassen. Die Tatsache zum Beispiel, daß Donald Vick uneingeschränkten Zugang zum Waffenarsenal hatte und die Bolzen am Tag vor dem Mord persönlich kaufte. Daß er mit einem blutbefleckten Hemd in der Nähe des Tatorts aufgegriffen wurde.«

Wie schon am ersten Tag packte Swain die Armbrust und wedelte damit in der Luft herum. »Hat Mr. Kincaid denn vergessen, daß Vicks Haare und sein Blut am Bolzen nachgewiesen werden konnten?« rief er. »Nun, das kann ich mir nicht so recht vorstellen, aber ich glaube, er spekuliert auf Ihre Vergeßlichkeit. Doch dieses Verbrechen kann nicht irgendwer begangen haben. Wer hat denn das Opfer vorher zusammengeschlagen? Wer hat denn vorher die Bolzen bestellt? Wer hat denn dem Sheriff gesagt, Tommy Vuong hätte es verdient zu sterben?« Plötzlich wirbelte er herum und deutete auf den Angeklagten. »Niemand außer einem! Niemand außer *Donald Vick*!«

Er drehte sich wieder zu den Geschworenen um. Für einen Moment schloß er die Augen, dann sah er sie der Reihe nach eindringlich an. »Eine andere Möglichkeit gibt es nicht. Und Sie haben nur eine Wahl, wenn in dieser Welt wieder Gerechtigkeit herrschen soll. Ich bitte Sie, Donald Vick des vorsätzlichen Mordes für schuldig zu befinden.« Und damit nahm er wieder an seinem Pult Platz.

Der Richter erinnerte die Geschworenen noch einmal an ihre gesetzlich vorgeschriebene Rolle und ihre Verantwortung. Dabei konnte er sich die Aufforderung nicht verkneifen, sie sollten sofort mit der Beratschlagung anfangen und möglichst noch heute zu einem Urteil kommen. Danach führte der Gerichtsdiener sie in einen Nebenraum.

So wie der Richter sich anhörte, stand für Ben bereits fest, daß er nicht mit einer langen Diskussion rechnete.

DRITTER TEIL
DIE SAAT DES HASSES

1

Die Sonne war gerade untergegangen, als Colonel Nguyen und Lan Hand in Hand durch den Kiefernwald vor Coi Than Tien spazierten. Es war idyllisch hier draußen, so friedlich, daß sie fast das Chaos um sich herum vergaßen.

Der Colonel hatte den Gerichtssaal nach den Schlußplädoyers verlassen. Bis jetzt waren die Geschworenen noch nicht zurückgekehrt. Immer wieder sagte sich Nguyen, daß er keine Gedanken lesen konnte, andererseits war die Beweislast erdrückend. Kein Zweifel, alles lief auf einen Schuldspruch hinaus, und das bedeutete, daß man die Todesstrafe gegen Donald Vick verhängen würde.

Ein Mensch – und dessen war er sich fast ganz sicher –, der das Verbrechen nicht begangen hatte.

Lans Stimme riß ihn aus seinem Grübeln. »Wir wollten hier draußen Frieden finden, aber ich spüre, daß dich etwas bedrückt. Deine Probleme lassen dich wohl nicht los.«

Er lächelte sie tapfer an. Auf einmal fragte er sich, ob sie vielleicht die schwerere Bürde trug. Immerhin mußte sie alles ausbaden: seine Sorgen, seine schlechte Laune, seine Unentschlossenheit. Er hatte es wenigstens in der Hand, eigene Entscheidungen zu treffen; sie dagegen hing von den seinen ab.

»Denkst du noch an den Prozeß?«

Er nickte stumm.

»Sie werden den Mann bestimmt schuldig sprechen. Es wäre auch das Beste. Für uns. Für Coi Than Tien.«

In gewisser Weise stimmte das. Nguyen wußte genau, daß Dan Pham und seine Gefolgsleute sich in der Scheune versammelt hatten und gespannt auf die Entscheidung der Geschworenen warteten. Sie hatten von Anfang an zu verstehen gegeben, daß sie die Höchststrafe für Donald Vick wünschten. Wenn das Gericht zu einer anderen Entscheidung kam, würden sie das Gesetz selbst in die Hand nehmen.

So sahen also die Alternativen aus. Ein Schuldspruch würde den Tod eines Unschuldigen bedeuten, ein Freispruch hätte neue Gewalt, einen Aufstand und womöglich das Ende von Coi Than Tien zur Folge.

Lans Griff um seine Hand wurde fester. »Kann ich denn gar nichts tun, um deine Sorgen zu mildern?«

»Nein, wir müssen abwarten und sehen, was …«

Ein Höllenlärm beim Tor zum Dorf ließ ihn verstummen – die Blechdosen, die er dort verlegt hatte. Ein Auto war über den Draht gefahren und zog sie hinter sich her. Sekunden später donnerten in wütendem Stakkato Schüsse los. Automatische Gewehre.

»Bleib hier!« befahl er seiner Frau und rannte, ohne ihre Antwort abzuwarten, zum Dorf zurück. Weil es zum Tor noch eine gute Minute war, wählte er den kürzesten Weg und kletterte über den mehr als mannshohen Zaun.

Es war wieder der schwarze Pickup mit den getönten Scheiben. Er war also zurückgekehrt, um Coi Than Tien erneut mit Tod und Zerstörung heimzusuchen. Durch die vier Fenster vorne und hinten ragten Gewehrläufe und spuckten wahllos Kugeln in alle Richtungen.

Nguyen rannte auf das Auto zu, während seine Nachbarn mit ihren Familien in panischer Angst flohen.

Nguyen erreichte die Scheune und jagte die Straße zu seinem Haus hinunter. Dort entdeckten ihn die Feinde. Mit heulendem Motor schleuderte der Pickup in eine Kehrtwende, und man eröffnete das Feuer auf ihn. Kugeln pfiffen nur Zentimeter über seinen Kopf hinweg. Der Colonel ließ sich fallen, robbte weiter zur Tür, stieß sie auf und rettete sich ins Innere.

Holly stand mitten im Wohnzimmer neben der Wiege, in der Mary wie am Spieß brüllte.

»Ich bin beim Baby geblieben, Daddy«, sagte die Ältere. »So wie du es mir aufgetragen hast.« Und auf einmal quollen Tränen aus ihren Augen.

»*Deckung*!« Nguyen riß seine Tochter zu Boden, und schon fegte eine Geschoßgarbe durch die Fenster. Holly kreischte, und ohne auf die Schüsse zu achten, riß Nguyen die kleine Mary aus der Wiege, drückte sie fest an sich und warf sich mit ihr auf den Boden. Jetzt blieb ihm nichts mehr als zu beten, daß die Gefahr vorübergehen würde. Er hörte den Pickup draußen rangieren. Wer sich jetzt noch in der Scheune oder in einem der Häuser aufhielt, saß in der Falle.

Eine neuerliche Salve zerschmetterte die Eingangstür, die er erst vor zwei Tagen repariert hatte. Rasende Wut stieg in Nguyen hoch. Diese Schweine machten nicht einmal vor Kindern Halt! In Stücke hätte er sie reißen können, doch er durfte seine Töchter nicht allein lassen.

»Geh nur«, sagte eine Stimme hinter ihm.

Es war Lan. Sie mußte sich unbemerkt durch das Dorf geschlichen haben und war durch die Hintertür ins Haus gekommen.

»Geh ruhig. Ich kümmere mich um die Kinder.«

Sobald der Colonel sich vergewissert hatte, daß der Pickup ein anderes Ziel gefunden hatte, kletterte er vor dem Bücherregal auf einen Stuhl und zog hinter zwei Folianten auf dem obersten Regal, das die Kinder nicht erreichen konnten, seine Pistole hervor.

Die Pistole, die ihm schon in seinem früheren Leben lange Zeit so wertvolle Dienste geleistet hatte.

Nun mußte er sie wieder benutzen.

Als er zur Tür rannte, hörte er erneut Schüsse, doch diesmal kamen sie aus einer anderen Richtung. Tatsächlich, die Scheune stand offen, und von dort aus wurde das Feuer erwidert.

Das konnten nur Pham und seine selbsternannten Widerstandskämpfer sein. Sie hatten sich also doch Waffen besorgt, obwohl sie stets das Gegenteil behauptet hatten. Nun, vielleicht war es besser so.

Im Gegensatz zu den anderen hatten sie freilich keine automatischen Gewehre. Dafür waren sie ihren Feinden zahlenmäßig überlegen und in der Scheune gut versteckt. Der Pickup stand im Moment zwischen dem noch nicht wiederaufgebauten Haus der Phams und der Scheune.

Colonel Nguyen ließ sich auf ein Knie sinken, nahm die Pistole in beide Hände und zielte. Die erste Kugel zerfetzte den linken hinteren Reifen des Pickup, die zweite den vorne links.

Die Insassen des Pickup mußten gemerkt haben, daß sich das Blatt gewendet hatte, denn plötzlich gaben sie Gas. Der

Motor heulte auf, doch zunächst wirbelten die Felgen nur Staub auf. Dann setzte sich der Wagen mühsam in Bewegung. Nguyen feuerte einen dritten Schuß ab, auf das Heckfenster diesmal, das zerplatzte. Dennoch holperte der Pickup davon und verschwand durch das Tor.

Nguyen raste hinterher, doch das Gefährt war in der Dunkelheit nicht mehr auszumachen. Sie hatten also wieder zugeschlagen. Sollten sie auch diesmal ungestraft entkommen, wie es ihnen schon so oft gelungen war?

Aus dem Inneren der Scheune stürzte Dan Pham. »Bravo!« rief er. »Der große Colonel Nguyen hat wieder einmal über den Feind triumphiert!«

Nguyen fixierte ihn mit einem strengen Blick. »Du hast mich angelogen. Ihr habt euch Waffen besorgt.«

»Ja, und?« erwiderte der andere ungerührt. »Sie wußten ja, daß es gelogen war.«

Nach und nach wagten sich auch seine Anhänger aus der Scheune. Die meisten trugen Gewehre oder Pistolen.

Dan Phams Antwort versetzte Nguyen in Rage. Er packte den jüngeren an der Jacke. »Bist du noch zu retten? Siehst du denn nicht, was hier los ist? Jeder Angriff führt zu noch mehr Gewalt! Das wird nie aufhören!«

»Es wird aufhören«, versprach Pham unter dem Jubel seiner Anhänger. »Die Zerstörung hat ein Ende, sobald die ASP weggefegt ist.«

Nguyen musterte die Gesichter, die ihn anstarrten. Es waren die Gesichter zorniger junger Männer, die zu allem entschlossen waren, die nur auf den Befehl warteten, das ASP-Camp zu stürmen und es in seine Einzelteile zu zerlegen. Es waren vom Haß verzerrte Gesichter.

Der gleiche Haß, der vorhin in Nguyen hochgestiegen war.

»Wenn ihr es auf offenen Kampf ankommen laßt, mähen sie euch nieder.«

»Daran habe ich keinen Zweifel«, gab Dan Pham zu. »Aber das ist auch nicht unsere Absicht. Dank unserer Informationsquelle haben wir uns eine ganz andere Strategie zurechtgelegt. Wir werden sie so treffen, daß sie es garantiert nie vergessen.«

»Tu's nicht!« Nguyen schüttelte den anderen wütend.

Pham riß sich los. »Zu spät. Der Plan steht längst fest. Wir wollten nur das Urteil gegen diesen Typen abwarten. Aber von Prozessen hat sich die ASP ja nie aufhalten lassen. Mit Prozessen ist denen nicht beizukommen!« Er drehte sich zu seinen Gefolgsleuten um. »Wir haben es in der Hand! Heute schlagen wir zu!«

Sie brachen in frenetischen Jubel aus.

»Das ist Selbstmord, ich lasse diesen Wahnsinn nicht zu!« schrie Nguyen, doch im nicht enden wollenden Gebrüll hörte ihn kaum jemand.

Auf einmal gellte ein schriller Schrei durch die Nacht. Das Gejohle verstummte abrupt.

»Mein Gott«, ächzte Nguyen. »Was kommt jetzt?«

Aus dem notdürftig wiederaufgebauten Haus der Truongs kam Dangs jüngste Tochter Cam gestürzt. Von einem Weinkrampf geschüttelt, preßte sie die Hand gegen den Mund.

»Was hatte sie da drin zu suchen?« überlegte der Colonel laut. »Das Haus ist doch noch gar nicht fertig.«

Er mußte nicht lange auf die Antwort warten. Das Mädchen rettete sich in seine Arme und verbarg schluchzend den Kopf an seiner Brust. »Ich wollte nachschauen, ob auch niemand getroffen wurde«, wimmerte sie. »Ich weiß selbst nicht, warum ich reingegangen bin. Ich hatte nur so eine ... Vorahnung. Ich wollte gründlich sein, und da habe ich ...«

Nguyens Augen weiteten sich vor Entsetzen. Er überließ das Mädchen einem von Phams Männern und rannte in Truongs Haus.

Auf dem Boden lang zusammengekrümmt eine Gestalt. Eine Frau. Eine Kugel hatte ein Loch in ihre Schläfe gerissen.

Um ihren Kopf und ihre Schultern hatte sich eine dunkelrote Pfütze gebildet. Das Loch in ihrer Schläfe war sternförmig und fast so groß wie eine Faust. Nguyen tastete nach ihrem Handgelenk, doch war ihm bereits klar, daß er keinen Puls mehr fühlen würde. Da kam jede Hilfe zu spät. Wahrscheinlich war sie sofort tot gewesen. Und wieder hatte es die Truongs getroffen. Als ob sie nicht schon genug gestraft wären.

Er wischte sich den Schweiß aus den Augen.

Aber ... die Frau gehörte ja gar nicht dem Clan der Truongs an! Er starrte auf die Hand, das Gesicht, den cremefarbenen Teint.

Das war eine Weiße!

Was hatte sie hier nur gesucht? Er strich ihr die Haare aus der Stirn und sah sich das Gesicht – oder vielmehr das, was davon noch übrig war – genauer an.

Eindeutig, das war eine Weiße. Und irgendwie kam sie ihm bekannt vor.

Mit einem Schlag strömten ihm die Tränen aus den Augen. Er, der abgebrühte Krieger, konnte sie nicht länger zurückhalten. Zu lange hatte er seine eigenen Gefühle unterdrückt. Und jetzt gab es kein Halten mehr. Ob er sich wehrte oder nicht, die Tränen kamen von selbst.

Niemand war mehr in Sicherheit. Eine Unschuldige hatte das Leben lassen müssen. Und in seiner Wut würde Pham unschuldige Männer töten, Männer, deren einziges Verbrechen darin bestand, daß sie sich einem nicht sehr beliebten Verein angeschlossen hatten. Die ASP würde mit ihrem Gegenschlag nicht zögern und Pham mitsamt seinen Leuten, vielleicht sogar ganz Coi Than Tien, auslöschen. Niemand war mehr in Sicherheit!

Plötzlich traf ihn die Erkenntnis mit voller Wucht: Schuld an dieser Tragödie war größtenteils er selbst! Aus Sorge um seine Familie hatte er den schlimmsten Schaden angerichtet. Aus Eigennutz hatte er die Bemühungen der Behörden, für Frieden und Gerechtigkeit zu sorgen, torpediert.

Und was hatte er damit erreicht? Nur noch größeren Schaden. Verhindert hatte er gar nichts. Seine Worte – Staubkörner im Wind.

Plötzlich merkte er, daß er immer noch den Arm der Toten festhielt. Doch statt ihn sinken zu lassen, drückte er ihn an sich.

Eins konnte er noch tun. Wenigstens den Tod eines Unschuldigen konnte er verhindern. Wenigstens ein Mensch sollte nicht das tragische Ende der Frau erleiden, die vor ihm in ihrem Blut lag.

Er hatte es in der Hand. Und er würde nicht mehr zögern.

2

»Mr. Kincaid. Kann ich Sie einen Augenblick sprechen?«

Ben und Mike sahen erstaunt auf und blickten in ein zerfurchtes Gesicht mit tiefliegenden Augen und graumelierten Schläfen.

»Aber selbstverständlich. Darf ich vorstellen? Mein Freund, Lieutenant Mike Morelli. Sie sind Colonel Nguyen, nicht wahr?«

»Colonel Khue Van Nguyen«, bestätigte der Vietnamese mit einer knappen Verbeugung. »Sie haben ein gutes Gedächtnis.«

»Ich habe Sie im Gericht gesehen. Wo Sie den Prozeß verfolgten.«

»Richtig.«

Ben spürte, daß sein Besucher zögerte, als habe er etwas Wichtiges zu sagen, könne sich aber nicht dazu durchringen. »Führt Sie ein besonderer Grund hierher?«

»Neugier. Die Geschworenen sind noch nicht fertig?«

»Nein. Sie lassen sich Zeit. Sieht so aus, als würde es sich bis morgen hinziehen. Mindestens.«

»Das ist sehr bedauerlich.« Der Colonel rieb sich nervös die Hände.

»Colonel Nguyen, verzeihen Sie meine Unverblümtheit, aber wenn mich nicht alles täuscht, wollten Sie mir etwas anderes mitteilen.«

»In der Tat. Donald Vick ist nicht Tommy Vuongs Mörder.«

Ben sprang wie elektrisiert auf. »*Was?* Woher wollen Sie das wissen?«

»Ich war dabei.«

»Heißt das, daß Sie ihn umgebracht haben?«

»Nein, aber ich habe es gesehen.«

»Sie waren mit ihm zusammen, als er ermordet wurde?«

»Ich traf weniger als eine Minute danach ein. Das Kreuz stand noch in Flammen. Ich hörte seine letzten Worte und sah, wie seine Leiche verbrannte.«

Ben packte den Mann am Arm. »Wer hat Tommy Vuong ermordet?«

»Das weiß ich nicht. Ich sah nur den Umriß einer Gestalt, die im Wald verschwand.«

»Und das war nicht Vick?«

»Nein. Da bin ich mir ganz sicher. Der Mörder war schmaler und kleiner. Es war jemand anderes.«

Ben warf einen Blick auf Mike. »Du bist mein Zeuge.«

»Alles klar.«

»Colonel Nguyen, warum haben Sie mir das nicht schon vor oder während der Verhandlung gesagt?«

»Ich befürchtete ... schlimme Folgen«, murmelte Nguyen. »Nicht für mich ... sondern für meine Frau, meine Kinder. Ich durfte nicht zulassen, daß ihnen etwas geschieht. Das soll jetzt keine Rechtfertigung sein, sondern eine ... Erklärung.«

»Warum haben Sie es sich dann doch noch anders überlegt?«

»Haben Sie gehört, was heute nacht in Coi Than Tien geschehen ist?«

»Nicht schon wieder ein Brand?«

»Nein. Ein bewaffneter Überfall. Männer mit automatischen Gewehren in einem schwarzen Pickup.«

»ASP?«

»Vermutlich. Aber wir haben keinen Beweis. Es war wie bei den anderen Überfällen.«

»Gab es Verletzte?«

Nguyen schob das Kinn vor. »Eine Tote. Eine Weiße.«

»Eine Weiße? Wer war es?«

»Das weiß ich nicht.«

»Ermittelt schon jemand vor Ort?« schaltete Mike sich ein.

»Sheriff Collier untersucht den Fall«, erwiderte der Colonel. »Aber ich glaube, er ist überfordert.«

»Ben«, sagte Mike, »wenn du nichts dagegen hast, fahre ich raus und sehe zu, daß ich mich nützlich machen kann.«

»Tu das. Auf den Spruch der Geschworenen kann ich ja auch allein warten.«

»Danke.« Mike riß seine Jacke vom Haken und eilte davon.

»Mike ist Detective bei der Mordkommission von Tulsa«, erklärte Ben dem Vietnamesen. »Er schafft das schon.«

»Sehr gut.«

»Colonel Nguyen, was können Sie mir noch über den Tod Tommy Vuongs sagen?«

Nguyen zog aus seiner Jackentasche einen Stoß Flugblätter. »Die habe ich neben Tommys Leiche entdeckt.«

Ben nahm die Pamphlete entgegen und untersuchte sie kurz. Es handelte sich ausnahmslos um Hetzparolen wie ›Die Welt den Weißen!‹ oder ›Haltet eure Nachbarschaft rein!‹ Alle waren mit dem Logo der ASP gekennzeichnet, und auf der Rückseite stand der Vermerk, daß sie im ASP-Lager von Birmingham gedruckt worden waren.

»Ist es möglich, daß sie dort vor dem Mord abgelegt wurden?«

»So nahe bei Coi Than Tien? Ausgeschlossen.«

»Und Sie haben sie nicht dem Sheriff gezeigt?«

»Nein. Ich machte mir Sorgen ... Die Flugblätter beweisen ja, daß der Mörder der ASP angehört.«

»Zumindest sollen sie das«, murmelte Ben und verstaute sie in seiner Schublade. »Aber etwas ist faul an der Sache. Vielen Dank für Ihre Hilfe, Colonel Nguyen. Sagen Sie, kann ich etwas für Sie tun?«

Der Vietnamese schüttelte bekümmert den Kopf. »Leider nein. Wenn Pham erfährt, was ich getan habe, wird er meinen Ausschluß aus der Gemeinschaft verlangen. Und wenn meine Frau es erfährt ...« Verzweifelt verbarg er den Kopf in den Händen. »Ich fürchte, ich werde Coi Than Tien allein verlassen müssen.«

Auf einmal flog die Tür auf, und Loving stürmte herein. Soviel Schnelligkeit hätte Ben diesem untersetzten Mann nie zugetraut.

»Skipper!« brüllte Loving aufgeregt. »Wir müssen miteinander reden!«

Doch Ben ging nicht darauf ein. Hinter ihm entdeckte er eine Frau. »Christina!«

»*Skipper!*« drängte Loving. »Wir müssen unbedingt ...«

»Gleich. Christina, schön, dich wiederzusehen. Ich hatte gar nicht mehr damit ...«

»Ich bin nur wegen Loving gekommen«, fiel sie ihm ins Wort und warf ihre roten Haare zurück. »Ich saß gerade im

Bo-Bo's, als ich ihn hier reinlaufen sah. Da bin ich ihm gefolgt. Vielleicht kann er mich mit dem Auto mitnehmen.«

»Oh. Dann bist du nicht wegen ...«

»Hör endlich zu, Skipper! Es ist dringend!«

Ben wandte sich betrübt von Christina ab. »Was ist los?«

»Die ASP! Sie planen was Größeres! Und zwar noch heute nacht!«

»Woher weißt du das?«

»Ein paar Stammkunden im Bluebell haben etwas in der Richtung angedeutet. Ich treibe mich dort seit Tagen mit ihnen rum. Sie halten mich für einen der ihren. Mensch, die haben mich praktisch angeheuert.«

»Und du bist sicher, daß die große Sache nicht schon gestiegen ist? Heute früh haben sie nämlich Coi Than Tien überfallen.«

»Es ist was anderes. Um Mitternacht soll es losgehen. Eine Art Treffen.«

»In ihrem Lager?«

»Nein. Ein streng geheimgehaltener Ort. Keine Ahnung, wo der sein könnte.«

»Gruppen wie die ASP halten doch ständig geheime Treffen ab. Warum bist du gerade jetzt so aufgeregt?«

»Weil die Clowns nicht von einem Treffen gesprochen haben.«

»Wovon denn?«

»Sie nannten es einen *Prozeß*.«

3

»Einen Prozeß? Gegen wen?«

»Das weiß ich nicht, Skipper. Aber es muß irgendwie mit Vick zu tun haben. Mensch, vielleicht wollen die den wahren Mörder bestrafen.«

»Dem würden Sie eher einen Orden umhängen.«

»Vielleicht«, mutmaßte der Colonel, »steht Grand Dragon Dunagan vor Gericht. Weil er gegen einen seiner eigenen Männer ausgesagt hat.«

»Das halte ich für unwahrscheinlich«, seufzte Ben, der allerdings mit seinen Gedanken woanders war.

»Ich habe noch was über dieses große Treffen gehört«, brummte Loving. »Die Jungs im Bluebell haben Andeutungen über ein Waffenlager fallenlassen. Die bewaffnen sich. Skipper, die Sache stinkt zum Himmel.«

»Ich habe es kommen sehen!« stöhnte Nguyen. »Armageddon. Sie rüsten auf, wir rüsten auf. Wir rotten uns gegenseitig aus!«

»Hast du noch mehr in Erfahrung gebracht?« fragte Ben.

»Nein, das ist alles.«

»Ein Prozeß«, wiederholte Ben. »Was das nur bedeuten könnte? Aber du hast recht. Irgendwie muß es mit Donald Vick zu tun haben. Und es kann durchaus sein, daß wir dort die fehlenden Teilchen unseres Puzzles bekommen, und dann wissen wir endlich, was in der Mordnacht wirklich passiert ist. Loving, du bist ein Meisterdetektiv. Wenn ich nicht soviel zu tun hätte, würde ich dir jetzt einen Kuß geben.«

Loving schnitt eine Grimasse. »Skipper!«

»Beruhige dich, Mann. War ja nur ein Scherz. Aber jetzt muß ich los.«

»Wohin willst du?«

»Zum geheimen ASP-Treffen.«

»Unmöglich, Skipper! Die Typen reißen dir den Kopf ab, wenn sie dich sehen.«

»Das muß ich riskieren.«

»Gut, dann komme ich mit.«

»Nein. Du bringst Christina heim. Und laß sie nicht allein. Wenn es heute nacht einen Aufstand gibt, könnte er leicht auf die Stadt übergreifen.«

»Aber wie willst du den Treffpunkt finden? Ich habe dir doch gesagt, daß ich nicht weiß, wo er ist.«

»Ich auch nicht«, erwiderte Ben und schlüpfte in seine Jacke. »Aber ich kenne jemanden, der es mir sagen kann.«

Zu Bens Entsetzen war ausgerechnet Deputy Gustafson der einzige diensthabende Beamte im Gefängnis.

»Ich will meinen Mandanten sehen«, sagte er. »Sofort.«

Gustafson kräuselte die Oberlippe. »Ach, tatsächlich? Das

ist aber wirklich schade. Ich glaube nämlich nicht, daß ich große Lust habe, Sie da reinzulassen.«

»Ihnen wird nichts anderes übrigbleiben. Er hat das Recht, seinen Anwalt zu sprechen.«

»Klar, aber nur während des Verfahrens. Das ist meines Wissens aber abgeschlossen.«

»Ich habe keine Zeit für Ihren Blödsinn. Wo ist Sheriff Collier? Ich will ihn sprechen.«

»Draußen in Coi Than Tien. Sieht so aus, als hätten die Vietnamesen wieder Ärger. Und er leitet die Untersuchungen dort. Alle anderen sind auch draußen. Alle außer mir.« Er entblößte seine Zähne zu einem häßlichen Feixen.

Da riß Ben der Geduldsfaden. Er beugte sich über den Schreibtisch, packte Gustafson an der Krawatte und wickelte sie sich blitzschnell um die Faust. »Jetzt hör mir mal gut zu, du Einfaltspinsel. Du kotzt mich an. Letzte Woche hast du mir ein paar übergebraten, und ich habe dich danach nicht hingehängt.«

»Weil du dir vor Angst in die Hose geschissen hast!«

»Falsch. Weil ich auch eine Schwester habe und nicht will, daß ihr jemand was antut. Wenn einer das wagen würde, wäre ich wahrscheinlich genauso aufgebracht wie du, und wenn mir das Schwein in die Finger käme, könnte ich für nichts garantieren. Aber deine Mätzchen lasse ich mir nicht länger bieten! Ich hatte mit diesem Brandanschlag auf das Auto nichts zu tun, und jetzt habe ich keine Zeit, mich mit einem so dämlichen Redneck wie dir rumzustreiten. Du meinst wohl, du wirst deine Schuldgefühle los, wenn du mir Knüppel zwischen die Beine wirfst? So, und jetzt rückst du die verdammten Schlüssel raus!«

Gustafsons Augen verengten sich zu Schlitzen. Mehrere Sekunden lang stierte er Ben stumm an, doch dann schob er den Schlüssel zu ihm hinüber.

»Danke für deine Hilfsbereitschaft.« Ben riß den Schlüssel an sich und sperrte die Tür zum Zellentrakt auf.

Wie auch in den Tagen zuvor war nur Vicks Zelle belegt.

»Wir müssen miteinander sprechen«, sagte Ben.

Vick sah ihn ängstlich an. »Sind die Geschworenen schon fertig?«

»Sie beratschlagen noch immer. Aber deswegen bin ich nicht gekommen. Die ASP hält heute eine konspirative Versammlung an einem streng geheimgehaltenen Ort ab. Ich will von dir wissen, wo das ist.«

»Ich bin seit Wochen in dieser Zelle eingesperrt. Wie soll ich da ...«

»Spiel nicht die Unschuld vom Lande! So viele geheime Treffpunkte gibt es wohl nicht. Du mußt doch eine Ahnung haben, wo sie sich immer versammeln.«

Vick starrte betreten zu Boden. »Mr. Kincaid ... ich habe einen Eid geleistet.«

»Verschon mich mit deinem Eid!«

»Aber ich habe versprochen ...«

»Deine dämlichen Versprechen hängen mir zum Hals raus! Jetzt laß dir mal was gesagt sein, Junge: Ich bin der einzige Freund, den du in dieser Stadt hier hast. Aus irgendeinem Grund warst du fest entschlossen, deinen dämlichen Hals in eine Schlinge zu stecken, und ich Trottel war genauso entschlossen, ihn da wieder rauszukriegen, obwohl ich dabei selber ganz schön in der Scheiße gelandet bin. Jetzt habe ich eine Chance, diesen ganzen Kuddelmuddel zu lösen, und der Teufel soll mich holen, wenn ich sie mir entgehen lasse, nur weil du so einen idiotischen Eid abgelegt hast!« Ben packte das Gitter und blitzte den anderen an. »Ich habe für dich getan, was ich konnte. Und du hast für mich nicht einen Finger krumm gemacht. Aber das wird sich ändern. Und zwar jetzt sofort!«

4

Ben tastete sich zwischen den hohen grünen Kiefern hindurch, die die Aryan Covenant Church umstanden. Im Wald war es dunkel und fast totenstill. Doch der Schein trog. Der Anwalt wußte, daß es hier von bösen Menschen wimmelte. Da war höchste Vorsicht angebracht. Wenn sie ihn erwischten, war es aus.

Auch in der Kirche war es dunkel. Nichts wies darauf hin,

daß sich dort jemand aufhielt. Aber auch darauf hatte Vick ihn vorbereitet. Ben würde ihnen nicht auf den Leim gehen.

Er schlich weiter in Richtung Hintereingang. Dann knackte plötzlich ein Zweig unter seinen Füßen. Verdammt! Auch wenn er unbedingt in die Kirche wollte, durfte er nichts überstürzen. Auf Zehenspitzen huschte er am Hundegehege vorbei. Zum Glück schliefen Brother Curtis' Jagdhunde offenbar am anderen Ende. Die Meute brauchte bloß loszukläffen, und schon hatte er die ganze Bande am Hals.

Ben befand sich gerade auf der Höhe der Garage, als ein Klappern ihn erstarren ließ. Er spähte in alle Richtungen. Hatten sie ihn entdeckt? Aber er sah niemanden. Abgesehen davon war es hier stockdunkel.

Er wischte sich den Schweiß aus den Augen und versuchte tief durchzuatmen. Sein Herz klopfte zum Zerspringen, und seine Hände zitterten.

Gerade wollte er sich wieder in Bewegung setzen, als er erneut dieses Klappern hörte. Es klang jetzt lauter.

Und es kam aus der Garage.

Auf Zehenspitzen huschte er dorthin. Das Tor war zu, doch direkt daneben war ein Fenster, durch das er hineinschauen konnte. Im Schein einer Öllampe entdeckte er zwei Männer. Ihre Namen kannte er nicht, doch bei der ASP-Parade waren sie neben Dunagan marschiert.

Und jetzt machten sie sich an einem Wagen zu schaffen. Einem schwarzen Pickup.

Zumindest teilweise war er noch schwarz. Einer von den Männern hielt einen Pinsel in der Hand, der andere hantierte mit einer Spritzpistole. Sie lackierten das Auto rot.

So funktionierte das also. Die Gorillas von der ASP überfielen Coi Than Tien, rasten davon und verschwanden spurlos in dieser Garage, die keine hundert Meter vom Dorf entfernt war. Kein Wunder, daß man sie nie erwischte. Der Sheriff hatte keine Chance, ihnen auf die Schliche zu kommen. Und sollte er wirklich einmal in der Garage nachsehen, wäre der Pickup rot, und jede Spur der Operation beseitigt.

Ben fiel auf, daß die Reifen links platt waren, aber das würde sich ändern, sobald die Farbe getrocknet war. Gleich daneben lehnten neue Reifen an der Wand. Etwas schwieriger würde es allerdings sein, das zerborstene Heckfenster zu ersetzen. Geschah ihnen ganz recht. Leider waren die beiden Burschen unversehrt geblieben.

Ein Rätsel hatte Ben damit gelöst, doch das reichte nicht aus. Er orientierte sich gerade wieder in Richtung Kirche, als eine Stimme in seinem Rücken ihn anfauchte:

»Keine Bewegung!«

In panischer Angst wirbelte er herum und erkannte ...

»Christina! *Christina!*«

»Keine Bewegung, habe ich gesagt!« zischte sie. »Bist du etwa scharf auf ein Tête à Tête mit diesen Mördern in der Garage?«

»Christina?«

Sie war von Kopf bis Fuß in Schwarz gekleidet: schwarze Jeans, schwarzer Rollkragenpulli, und über die Schulter hatte sie sich eine schwarze Tasche gehängt.

Gemeinsam schlichen sie sich weiter von der Garage fort, bis sie außer Hörweite waren.

»Wie bist du hierhergekommen?«

»Ich bin dir gefolgt.«

»Aber ... warum?«

»Irgend jemand muß schließlich auf dich aufpassen, Ben. Du würdest dich doch sogar auf dem Heimweg vom Einkaufen verlaufen. Insofern ist es ein Wunder, daß du überhaupt hergefunden hast.«

»Ich verstehen nicht ganz ... Vorher wolltest du mir doch auch nicht helfen ...«

»Bist du dir da wirklich so sicher? Wer, meinst du, hat denn Mike, Jones und Loving geholt?«

»Ich ...« Sie hatte recht. Eigentlich hätte er es sich ja denken können, sogar müssen. »Aber der Prozeß ...«

»Der ist vorbei. Oder so gut wie.«

»Sicher. Aber ...«

»Hör zu, Ben. Die Sache gefällt mir immer noch kein bißchen. Daß du den Fall angenommen hast, war eine Riesendummheit. Zum erstenmal hatte ich das Gefühl, du würdest mich endlich ernstnehmen, und genau in dem Moment behandelst du mich wie Luft und übernimmst im Alleingang die Verteidigung eines Faschisten. Ich verstehe bis heute nicht, wie du auf diese Schnapsidee kommen konntest. Aber ich kann nicht zulassen, daß du den Leuten jetzt ins offene Messer rennst!«

Die nächsten Fragen verkniff sich Ben lieber. Damit hätte er alles wieder kaputtgemacht. Nur eines wollte er nicht auf sich sitzenlassen: »Weißt du, ich komme durchaus auch alleine zurecht.«

»Schon gut. Komm, vertrödeln wir keine Zeit.«

»Die Typen in der Garage, das sind diejenigen, die ständig Coi Than Tien terrorisieren.«

»Danke, aber darauf bin ich auch schon gekommen.«

»Schade, daß du keinen Fotoapparat dabei hast.«

»Und du glaubst, daß du allein zurechtkommst?« Sie öffnete ihre Tasche und zog Jones' Videokamera heraus. »Da, du James Bond. Sie ist betriebsbereit.«

»Kann man damit auch in der Nacht Aufnahmen machen?«

»Klar. Sie ist mit allen Schikanen ausgestattet.«

Ben nahm die Kamera und schlich noch einmal zur Garage. Nachdem er die Vorgänge drinnen eine gute Minute gefilmt hatte, kehrte er zu Christina zurück. Das Material reichte aus, um die Typen für lange Zeit hinter Schloß und Riegel zu bringen.

Er näherte sich nun der Kirche und bedeutete seiner Gefährtin, ihm zu folgen.

Christina zögerte. »Wir gehen da doch nicht durch den Hintereingang rein, oder?«

»Nein.« Er blieb vor der Falltür zum Keller stehen.

»Halten die ihre Versammlung etwa im Keller ab?«

»Der Anschein kann bisweilen täuschen.« Ben öffnete die Tür und kletterte vorsichtig eine Leiter hinunter.

Das Gewölbe am Fuß der Leiter war zwar nicht beleuchtet, im Lichtschein, der von einem weiter hinten gelegenen Raum hereinsickerte, konnte Ben jedoch sofort erkennen, daß es sich um keinen herkömmlichen Keller handelte. Die Wände waren vollgestellt mit Regalen, die über und über mit Dokumenten, Karten und Fotografien beladen waren.

»Was ist das?« flüsterte Christina.

»Wenn mich nicht alles täuscht, sind wir in der eigentlichen Kommandozentrale der ASP. Der Ort, wo sie ihre widerwärtigen Pläne aushecken. Wahrscheinlich haben sie alle belastenden Materialien hierher geschafft, um sie vor der Staatsanwaltschaft zu verstecken. Vielleicht haben sie das Zeug aber auch schon von Anfang an hier aufbewahrt. In unmittelbarer Nachbarschaft zu Coi Than Tien.«

Christina deutete auf einen Gang. Von dessen Ende her war summender Lärm zu hören. Eine Art Schlachtgesang.

»Ist das ihre Versammlung?« fragte sie.

»Finden wir's raus.«

Mit angehaltenem Atem schlich Ben auf Zehenspitzen den Gang hinunter bis zu einer Tür, die in einen erleuchteten Raum führte. Das plötzliche grelle Licht blendete ihn zunächst, erst nachdem seine Augen sich daran gewöhnt hatten, merkte er, daß er sich vor einem richtigen Saal befand, der sogar einen Namen hatte. Auf einem Schild über dem Eingang prangte in Großbuchstaben BRUDERSCHAFTSHALLE. Wenn das nicht makaber war ... Nun sah er auch, daß es hier keine Fenster gab. Sie befanden sich immer noch unter der Erde, kein Wunder also, daß man von außen kein Licht sehen konnte.

Die Mitglieder der ASP hatten sich am anderen Ende des Saals um einen riesigen runden Tisch versammelt. Grand Dragon Dunagan stand dahinter in voller Montur.

Ben und Christina huschten näher heran, bis sie sich hinter mehreren aufeinandergestapelten Mineralwasserkisten verbergen konnten.

Ben konnte es nicht lassen und spähte um die Ecke. Zum Glück waren die Augen aller Versammelten auf ihren Anführer gerichtet.

»Haben die Geschworenen ihr Urteil gefällt?« fragte Dunagan mit tiefer, feierlicher Stimme.

Was sollte das denn? War die Jury etwa in seiner Abwesenheit in den Gerichtssaal zurückgekehrt?

Ben brauchte nicht lange zu rätseln. Ein Mann näherte sich dem Grand Dragon. »Jawohl, Sir.« Der Anwalt bemerkte nun elf weitere Gestalten, die der ersten folgten. Es handelte sich also nicht um den Prozeß in Silver Springs, sondern um eine ASP-interne Angelegenheit.

Der Sprecher der Geschworenen überreichte dem Grand Dragon einen winzigen Fetzen Papier. Dunagan las ihn und zerknüllte ihn lächelnd. »Die Geschworenen befinden Donald Vick in absentia des Hochverrats für schuldig.«

Die Menge brach in donnernden Applaus und ohrenbetäubendes Triumphgeheul aus. Daraus entwickelte sich ein Schlachtgesang. »Blut, Blut, *Blut*!« skandierten sie und reckten im Rhythmus dazu die geballten Fäuste in die Höhe.

»Donald Vick hat die schlimmste aller Todsünden begangen«, verkündete Dunagan. »Verrat an der ASP. Aus niedrigen Motiven hat er uns alle verraten und unsere heiligen Ziele hintertrieben. Sein Name soll für immer aus den Listen der ASP getilgt werden, als wäre er nie einer der unseren gewesen. Er ist tot!«

Tosender Jubel, doch noch immer hallten Dunagans letzte Worte in Bens Ohren wider. Was mochten sie nur bedeuten? Eine Erklärung oder eine Ankündigung?

Dann plötzlich schlug sich Ben an die Stirn. »Bin ich dumm ...«, flüsterte er.

Christina sah ihn fragend an. »Was ist denn?«

»Ich hätte das Ganze filmen sollen. Gib mir die Kamera.«

»Laßt das eine Warnung für all unsere Feinde sein!« schrie Dunagan mit sich überschlagender Stimme. »Keiner soll es wagen, sich uns in den Weg zu stellen. Ob der Feind von außen oder von innen kommt, die Rache der ASP wird fürchterlich sein.«

»Blut, Blut, *Blut!*« grölten seine Männer. »Tod, Tod, *Tod!*«

Das Gebrüll ging Ben durch und durch. Er zitterte an sämtlichen Gliedern. Damit der Film nicht verwackelte, packte er die Kamera mit aller Kraft.

»Einen gewissen *esprit de corps* kann man den Leuten ja nicht absprechen«, flüsterte Christina in sein Ohr.

»Zuviel für meinen Geschmack.«

Sobald seine Anhänger verstummt waren, setzte Dunagan die Predigt fort. »Wer uns zum Kampf fordert, wird darin so gewiß sterben, wie die nicht weißen Rassen den Tod durch

Gottes flammendes Schwert finden werden. Wir haben unsere Feinde schon einmal niedergemetzelt, und wir werden es wieder tun!«

Diesmal legte sich der Jubel erst nach über einer Minute. Ben schwenkte die Kamera herum und versuchte, sie alle einzeln festzuhalten. *Dann lächelt mal schön.*

Dunagan hob die rechte Hand, und seine Anhänger taten es ihm sofort nach. Nun stimmte er eine Art Gebet an, in das bald der ganze Saal einfiel. Sie kannten es auswendig.

»Ich bin Arier. Ich diene den Mächten, die meine arische Rasse beschützen. Ich bin bereit, meine Rasse mit meinem Leben zu verteidigen.«

Ihr Sprechgesang schwoll zu einem immer gewaltiger werdenden Chor an. »Ich bin Arier. Ich werde nie einen anderen Arier verraten. Ich werde die Feinde der arischen Rasse bis zum letzten Atemzug bekämpfen. Ich werde mich nie ergeben.

Ich bin Arier. Auch als Kriegsgefangener im Kerker werde ich meiner Pflichten als Arier gedenken. Im Verhör werde ich nur meinen Namen, mein Alter und meine Herkunft angeben. Jeder Versuchung, die der arischen Sache schadet, werde ich widerstehen. Immer und zu jeder Zeit werde ich den Anweisungen meiner Vorgesetzten Folge leisten.«

In der gleichen Manier dröhnten drei oder vier weitere Strophen durch den Saal, dann brachen sie erneut in ohrenbetäubendes Gejohle aus, bis Dunagan mit erhobener Hand Schweigen gebot. »Euch wird vielleicht interessieren, daß unsere Aktion gegen die Ungläubigen in Coi Than Tien ein voller Erfolg war!«

Das Gegröle seiner Anhänger stellte alles Bisherige in den Schatten. Ben, der immer noch filmte, befürchtete schon, sie würden jeden Moment zu den Waffen greifen und losstürmen.

Doch Dunagan war noch nicht fertig. »Mit jedem unserer Schläge schwächen wir unsere Feinde. Bald werden sie sich überhaupt nicht mehr wehren können und müssen dieses Gebiet denjenigen überlassen, denen es von Rechts wegen gehört, den Angehörigen der angelsächsischen Rasse. Die heutige Aktion ist meinen Anordnungen entsprechend durchgeführt worden. Ich danke euch.«

Ben zoomte Dunagans Gesicht näher heran. Danke für dein Geständnis, Mr. Grand Dragon. Und viel Spaß im Gefängnis. Anstiftung zum Mord ist kein Pappenstiel.

Der Anwalt war so mit Dunagan beschäftigt, daß er die Schritte hinter sich nicht hörte.

»Fremde!«

Mit einem Schlag verstummte die ganze Versammlung.

Und schon klatschten zwei Pranken mit solcher Wucht auf Bens Schulter, daß er die Kamera fallen ließ. Zwar riß er sich noch einmal los, doch zwei andere Pranken schlossen sich wie Schraubstöcke um seine Arme. »Christina! Lauf weg!«

Zu spät. Sie hatten sie schon. Einer schnappte sich ihre Tasche, ein anderer drückte ihr mit dem Unterarm die Kehle zu. Sie mochte noch so wütend treten und beißen, es half ihr nichts.

»Sie sind zu zweit!« schrie der Mann, der Ben überwältigt hatte.

Als Dunagan Ben erkannte, verengten sich seine Augen zu Schlitzen. Haßerfüllt starrte er den Anwalt an. Nach einer ganzen Weile knurrte er schließlich: »Bringt sie zu mir.«

5

Die zwei Männer, die Ben überwältigt hatten, schleiften ihn durch die Reihen der ASPler auf den runden Tisch zu. Ein anderer zerrte Christina hinter sich her. Ben wehrte sich aus Leibeskräften – vergebens. Und selbst wenn er sich hätte losreißen können, er wäre nicht weit gekommen. An die fünfzig Tobsüchtige warteten nur darauf, ihren Zorn an ihm auszulassen.

»Dämon Kincaid!« preßte Dunagan hervor. »Wie schön, Sie wieder zu sehen.«

»Die Freude ist ganz und gar nicht auf meiner Seite.«

»Ich rate Ihnen dringend, mich nicht noch mehr zu reizen. Das Maß ist voll. Wer ist die da? Auch so eine Hure von Hatewatch?«

»Sie gehört meinem Mitarbeiterstab an und ist nur mitgekommen, weil ich es angeordnet habe. Lassen Sie sie gehen.«

»Dafür ist es leider zu spät.«

»Wehe, Sie krümmen ihr auch nur ein Haar, Dunagan! Ich habe alles gehört. Einschließlich Ihres Geständnisses, daß Sie hinter den Angriffen auf Coi Than Tien stehen.«

»Unser Land muß gesäubert werden.«

»Ihre ›Säuberungsaktion‹ von heute morgen hat zum Tod einer Frau geführt. Das bedeutet, daß wir Sie wegen Anstiftung zum Mord belangen können. Das ist ein Kapitalverbrechen, Dunagan. Genauso wie vorsätzlicher Mord.«

Dunagans Züge erstarrten. »Dann muß ich eben dafür sorgen, daß Sie keine Gelegenheit erhalten, Ihr Wissen weiterzugeben.«

Einer seiner Männer stürmte aufgeregt mit der Kamera fuchtelnd heran. »Die Eindringlinge haben das hier verloren!«

Dunagan riß ihm das Gerät aus der Hand, ohne auch nur einen Moment den Blick von Ben zu wenden. Leider kannte er sich mit Camcordern aus. Er ließ das Band zurücklaufen und sah sich die ersten Bilder im Sucher an. »Das sind Spione!« schrie er. »Feinde!«

Wütendes Zischen rings um Ben.

»Wie gut, daß unsere Jury ohnehin schon tagt«, fuhr der Grand Dragon fort. »Meine Herren Geschworenen, ich lege Ihnen das Beweisstück Nummer eins vor.«

Er übergab die Kamera dem Mann, der kurz vorher Donald Vick schuldig gesprochen hatte, und dieser reichte sie an seine Kollegen weiter. Einige inspizierten sie kurz, andere würdigten sie nicht eines Blicks.

»Sind Sie in der Lage, ein Urteil zu fällen?« fragte Dunagan.

»Moment mal!« schrie Ben. »Was für ein Verfahren ist denn das? Ich muß mich zumindest zu den Vorwürfen äußern dürfen!«

Dunagan schlug ihm mit dem Handrücken ins Gesicht. »Ihre Untaten sprechen lauter als Ihre Worte dies je tun könnten. Ich frage Sie noch einmal, sehr geehrte Herren Geschworene: Haben Sie zu einer Entscheidung gefunden?«

Die zwölf Männer steckten für nicht einmal zehn Sekunden die Köpfe zusammen, dann meldete ihr Sprecher: »Wir befinden die Eindringlinge der Spionage gegen die ASP für schuldig.«

Ben versuchte sich freizukämpfen, kam aber gegen den eisernen Griff seiner Häscher nicht an. Doch sie hatten vergessen, ihn zu knebeln. »Ich lasse mich von Ihrem windigen Femegericht nicht einschüchtern, Dunagan! Gerechtigkeit ist für Sie ein Buch mit sieben Siegeln!«

Erneut schlug Dunagan zu, diesmal mit der Faust.

»Na gut.« Er wandte sich nun an die Versammlung. »Die Geschworenen haben die Eindringlinge der Spionage für schuldig befunden. Wie soll das Urteil lauten?«

»Tod!« brüllte einer, und die anderen fielen mit ein: »Tod, Tod, *Tod!*«

Ben wußte nicht mehr, ob das nun Wirklichkeit oder ein Alptraum war. Das war doch unmöglich! So handelte doch kein Mensch! Niemand konnte so vom Haß zerfressen sein, so frei von jeder Menschlichkeit! Und schon gar nicht so viele! Doch hier herrschte die Mentalität des Mobs. Massen ließen sich leichter manipulieren als einzelne. Und dieser Haufen stand völlig unter Dunagans Kontrolle.

»Tod, Tod, Tod, Tod, *Tod!*« grölten sie alle.

»Die Geschworenen haben gesprochen«, verkündete Dunagan.

»Es ist und bleibt Mord, was Sie da planen, Dunagan. Egal, wie Sie es bemänteln!«

Dunagan achtete nicht mehr auf Ben. Er winkte zwei seiner Leute herbei, und ehe der Anwalt wußte, was los war, drückten sie ihm ein feuchtes Tuch gegen Nase und Mund.

Chloroform! Er versuchte, die Luft anzuhalten, aber was nützte ihm das schon? Vorher war er nicht mehr zum Einatmen gekommen.

Und Christina? Er wandte den Kopf in ihre Richtung. Mit ihr verfuhren sie genauso. Ihre Augenlider flatterten, dann klappten sie zu. Auch vor Bens Augen verschwamm alles. Er stemmte sich gegen die Bewußtlosigkeit. Nur ja nicht die Augen schließen …

In die Menge um ihn kam Bewegung. Moment mal! Irgend etwas stimmte da nicht! Einige Männer deuteten auf das andere Ende des Raums, dann rannten sie alle los …

Die ASPler stoben in wilder Flucht davon. Aber warum nur? Ben schwankte benommen.

Und plötzlich gab es dort hinten eine Explosion. Ein grelles weißes Licht blitzte auf. Und heiß war es! Ständig wechselte es die Form ... Und es wuchs!

Ben hatte so etwas doch schon mal gesehen. Vor viel zu kurzer Zeit.

Feuer!

In dem Moment, in dem ihm schwarz vor Augen wurde, begriff Ben, daß die Kirche brannte.

6

Würgend und hustend kam Ben wieder zu sich. Im dichten Rauch um ihn herum war kaum noch etwas zu erkennen.

Mit einem heftigen Kopfschütteln versuchte er die Benommenheit loszuwerden. Er war im Bruderschaftssaal. Glaubte er zumindest. Wie konnte man sich da auch sicher sein? Noch immer war er betäubt, und ein Hämmern zwischen den Schläfen ließ keinen klaren Gedanken zu. Er mußte ...

O Gott! Christina!

Er schrie ihren Namen, erhielt aber keine Antwort. Verzweifelt sah er sich um – ein hoffnungsloses Unterfangen in diesem Qualm. Und schlimmer noch, die Flammen in der Kommandozentrale der ASP griffen nun auch auf den Saal über. Dort hinten mußte jemand das Feuer gelegt haben. Wahrscheinlich war der Brandstifter durch die Falltür hereingekommen, die Ben hatte offenstehen lassen.

»Christina!«

Er rannte um den Tisch herum – irgendwo mußte sie ja liegen. Oder hatten sie sie mitgenommen? Warum dann aber sie und nicht ihn? Das ergab überhaupt keinen Sinn.

»Christina!«

Er überlegte, wo er sie zuletzt gesehen hatte. Sie hatten sie festgehalten, dort hinten beim Tisch ...

Plötzlich stolperte er praktisch über sie. Sie lag, den Kopf unter den Armen und Händen verborgen, auf der Seite. Ihre Augen waren geschlossen.

»Christina!« Er streichelte ihre Hand und rief unablässig ihren Namen.

Sie schlug benommen die Augen auf und wollte etwas sagen, doch dann atmete sie den Rauch ein und bekam einen Hustenanfall.

Ben half ihr, sich aufzusetzen. »Was ist los?« keuchte sie.

»Jemand hat die Kirche in Brand gesteckt. Die ASPler sind geflohen. Und uns haben sie zurückgelassen.«

»Herrlich. Wie ...« Erneut mußte sie husten.

»Ich glaube, du hast mehr Chloroform abgekriegt als ich. Kannst du aufstehen?«

Sie nickte, und Ben half ihr.

»Ich will dich nicht drängen, aber das Feuer hat uns schon den Weg zur Kellertreppe blockiert. Wir müssen schleunigst zum Hauptportal!«

Er schlang den Arm um ihre Schulter und brachte sie zur Treppe, die ins Kircheninnere führen mußte. Auch dort hatte sich bereits schwarzer Rauch festgesetzt, doch sie schafften es bis nach oben.

Trotzdem kamen sie zu spät. Auch das Hauptportal brannte lichterloh.

Ben biß entsetzt die Zähne aufeinander. »Das muß ein zweiter Brandherd sein! Der Typ wollte ihnen alle Fluchtwege abschneiden.«

»Irgendwie hat das aber nicht geklappt«, sagte Christina, deren Gesicht längst rußverschmiert war. »Die von der ASP sind schließlich rausgekommen.«

»Die Hintertür!« schrie Ben. »Weißt du noch, wir sind auf dem Weg zur Kellertür daran vorbeigegangen. Sie muß hinter der Kanzel sein. Los, komm!«

»Warte!«

»Mensch, wir haben keine Zeit!«

»Hör doch!«

Ben verstummte. Tatsächlich, nach wenigen Sekunden hörte er im Tosen der Flammen noch etwas anderes.

Das Winseln von Hunden.

Christina rannte zum Glasfenster in der Kapelle. Einen Durchschlupf bot es nicht; dafür war es zu eng. Aber man konnte die Hunde sehen. »Das Feuer hat auch das Gehege erfaßt. Die Hunde sind gefangen!«

»So leid es mir tut«, erwiderte Ben, »aber dafür haben wir jetzt keine Zeit. Wir müssen selber schauen, daß wir hier rauskommen!«

»Wir können nicht zulassen, daß die armen Tiere verbrennen!«

Ben unterdrückte einen Fluch. »Neben dem Hauptportal ist eine Schalttafel. Ich habe sie bei meinem ersten Besuch gesehen. Von dort aus läßt sich das Gehege elektronisch öffnen.«

»Zeig sie mir!«

Sie hasteten zum Hauptportal zurück. Binnen einer Minute hatte sich das Feuer um mehr als das Doppelte ausgebreitet. Die Hitze wurde unerträglich.

»Schau!« rief Ben. »Die Schalter sind dort drüben, in der Nische.«

»Es ist zu heiß!« schrie sie. »Ich komme nicht ran!«

Ben hatte eine Eingebung; er rannte zur Herrentoilette und drehte den Wasserhahn auf. Blitzschnell zog er sich die Jacke aus, durchnäßte sie und warf sie sich über den Kopf.

»Sei vorsichtig!« warnte Christina, als er an ihr vorbeisprintete.

Ben rannte weiter zur Schalttafel. Schon versengte ihm die Hitze die Haut, da konnte auch die nasse Jacke nicht viel bewirken. Hoffentlich endete er nicht so wie Maria Truong. Alles, nur das nicht!

Ben hatte keine Ahnung, welcher von den blinkenden Knöpfen der richtige war. So schnell er konnte, probierte er sie alle aus. Nach dem dritten Versuch hörte er Christina schreien: »Geschafft! Jetzt komm schnell! Wir müssen raus!«

Ben rannte zu ihr zurück. Die Flammen hatten bereits an seinen Füßen geleckt, aber noch lebte er. Durch das Fenster konnte er sehen, wie die Hunde davonstoben. »Los, weg hier!«

Er packte sie an der Hand und zerrte sie weiter. Genauer gesagt, so weit die Flammen es zuließen.

Die kurze Verzögerung kam sie teuer zu stehen, denn mittlerweile hatte sich der Brand im Keller durch die Decke gefressen.

Der Weg zur Tür war ihnen versperrt.

»Das war's dann wohl«, murmelte Ben. »Wir sitzen in der Falle.«

7

Christina klammerte sich an Ben. »Etwas müssen wir doch tun können!«

»Sieh dir nur an, wie schnell das Feuer um sich greift!« Ben starrte gebannt in das gelb-rot flackernde Flammenmeer. »Das alte Holz brennt wie Zunder.«

»So schnell gebe ich mich nicht geschlagen. Wenn wir hier unten nicht rauskommen, müssen wir es eben ein Stockwerk höher versuchen.«

Plötzlich kam Ben ein Gedanke. »In der Kapelle ist eine Holztreppe ...«

»Na dann los!«

Sie rannten, so schnell sie konnten, in die Kapelle und hatten gerade die Treppe erreicht, als ein gewaltiger Knall, gefolgt von einem weißen Blitz, sie erstarren ließ.

Irgendwo mußte eine Gasleitung explodiert sein. Und mit einem Schlag stand die ganze Kapelle in Flammen.

Das Feuer war ihnen auf den Fersen.

Das obere Stockwerk bestand aus einem einzigen Raum, der abgesehen von vielen an die Wände gelehnten Klappstühlen und -tischen völlig unmöbliert war. Wahrscheinlich diente er für die Sonntagsschule oder kleinere Feiern.

»Hier gibt es ja keine Fenster!« rief Christina entsetzt.

Ben sah sich um. Es stimmte.

»Ich hatte gehofft, es würde einen Weg ins Freie geben, ein Fenster oder einen Ventilationsschacht ... aber jetzt sitzen wir wirklich fest.«

Ben merkte ihr die Panik an. Christina wußte sich keinen Rat mehr, und von ihm versprach sie sich erst recht keine Hilfe. In brenzligen Situationen war bislang immer ihr, nicht ihm etwas eingefallen. Doch jetzt schien sie resigniert zu haben.

»Gehen wir wieder runter«, murmelte Ben, doch das erwies sich als unmöglich. Das Feuer hatte inzwischen den Fuß der Treppe erreicht.

»Ben«, stöhnte Christina, »mir ist so komisch.« Sie kauerte sich auf den Boden und verbarg den Kopf unter den Armen, bis sie ein plötzlicher Hustenanfall schüttelte.

Ben war klar, daß sie zuviel Rauch eingeatmet hatte. Hoffentlich keine Vergiftung oder Schlimmeres ...

Verzweifelt sah er, daß das Feuer bereits über die Treppenstufen züngelte. Bald würde von der Kirche und den Menschen in ihren Mauern nichts mehr übrig sein.

»Luft!« ächzte Christina.

Ben sah sich ratlos um. Gab es denn gar keinen Ausweg? Er hatte alles versucht. Aber, Moment mal ... Was war mit der Decke? Er starrte nach oben. Über ihm war tatsächlich etwas – eine Falltür.

Er griff nach dem nächsten Klappstuhl, öffnete ihn und stieg darauf.

Die Falltür ließ sich mühelos aufstoßen. Und durch die Öffnung sah er den Glockenturm. Natürlich! Irgendwie mußte der Pfarrer ja die Glocke läuten.

Die Flammen schlugen nun schon in den Raum. Jetzt zählte jede Sekunde. Ben sprang noch einmal vom Stuhl und beugte sich über Christina. »Siehst du die Luke?«

Sie nickte fast unmerklich.

»Glaubst du, du schaffst es?«

Sie gab keine Antwort, und ihr Blick verriet Ben, daß sie es sich nicht mehr zutraute.

»Ich klettere zuerst rauf. Wenn du stehen kannst, ziehe ich dich hoch, okay? Wirst du mir folgen?«

Sie brachte ein mattes Lächeln zustande. »Tue ich das nicht immer?«

Ben schob den Kopf und die Arme durch die Luke und stemmte sich hoch. Klimmzüge waren in der Schulzeit nie seine Stärke gewesen, aber in der Not wuchs er über sich hinaus.

Kaum hatte er das Dach erreicht, legte er sich flach auf den Boden und streckte den Arm nach Christina aus. Sie stand bereits auf dem Stuhl, reckte sich ihm entgegen – doch er konnte sie nicht erreichen. Verdammt, warum war auch ausgerechnet seine Assistentin so klein geraten? Beide machten sich so lang wie sie konnten, und endlich bekam er ihre Hand zu fassen und zog mit aller Kraft. Als schließlich ihr Kopf in der Öffnung auftauchte, konnte sie mit den Armen nachhelfen. Sekunden später stand sie neben ihm auf dem Dach.

Gerade noch rechtzeitig. Unter ihnen brannte der ganze Raum inzwischen lichterloh.

»Geschafft!« stöhnte Ben. »Gott sei Dank.«

Christina sog in gierigen Zügen die frische Luft ein. »Geschafft!« keuchte auch sie. »Aber was haben wir davon?«

Sie sprach Ben aus der Seele. Das Feuer breitete sich in rasendem Tempo aus und würde in wenigen Minuten auch das Dach erreichen. Oder – was noch wahrscheinlicher war – die Flammen fraßen einfach die Stützbalken, und das Dach würde in einem Hexenkessel versinken.

Ben warf einen bangen Blick über die Dachkante. Sie waren so weit oben, daß ein Sprung einem Selbstmord gleichgekommen wäre. Abgesehen davon stand auch schon unten alles in Flammen.

Und nirgendwo war Hilfe in Sicht. Die einzigen, die das Feuer bemerkt hatten, waren wohl die Bewohner von Coi Than Tien, und die hatten bestimmt andere Sorgen.

Ben und Christina sahen sich an. Sie waren von allen Seiten von den Flammen eingeschlossen.

8

Es war aus. Resigniert kauerte sich Ben neben Christina. Er hatte auf der ganzen Linie versagt. Ein bißchen Zeit hatte er herausgeschunden, aber was nützten ihnen schon die wenigen Minuten?

Christina hustete nicht mehr, doch dafür ging ihr Atem nur noch rasselnd. Sie mußte starke Schmerzen haben.

»Du hast getan, was du konntest«, ächzte sie. »Mach dir keine Vorwürfe.«

»Wie kommst du darauf?«

Sie lächelte ihn matt an. »Weil du immer alles auf dich nimmst.«

Ben wandte sich ab. Ihr Anblick war einfach zuviel für ihn. Natürlich war es seine Schuld. Schließlich war sie doch nur seinetwegen mitgekommen.

»Christina«, murmelte er. »Es tut mir so leid, alles.«

Sie hustete trocken. »Ich habe dir doch gesagt, du sollst dir keine Vorwürfe machen«, flüsterte sie.

»Darum geht es nicht. Ich habe alles verpfuscht. Ich hätte ...«

»Du hast dein Bestes gegeben. Wie immer.« Wieder wurde sie von einem Hustenanfall geschüttelt.

»Aber es war nicht genug. Dieses Ende hast du nicht verdient.« Er ergriff ihre Hand. »Das wollte ich dir noch sagen, bevor es zu spät ist. Ich ...«

Ein Geräusch ließ ihn aufhorchen. Mit dem Feuer konnte es nichts zu tun haben, denn sonst wäre es ihm nicht erst jetzt aufgefallen. Aber was war es dann? Ein Vogel vielleicht, weil es aus der Luft zu kommen schien?

Aber Vögel ratterten nicht.

Plötzlich deutete er aufgeregt zum Himmel. »Das ist ja Portia!«

Christina spähte angestrengt nach oben. »Wer?«

Scheinwerferlicht drang durch die Rauchwolken.

»Ich meine, es ist Mike *mit* Portia! Er hat das verdammte Ding also doch noch hingekriegt!«

Das Rattern wurde lauter, bis der Hubschrauber über ihnen in der Luft schwebte.

»Toll«, keuchte Christina. »Aber wie kommen wir da rauf?«

Wie zur Antwort öffnete sich eine Klappe, und eine Strickleiter flatterte zu ihnen herunter.

»Sehr vertrauenerweckend sieht das ja nicht gerade aus«, schniefte Christina.

»Überleg dir mal die Alternative!«

»Sicher, aber ...«

»Christina, Klettern war noch nie meine Sache, aber ich steige jetzt da rauf. Und wenn ich mir das zutraue, schaffst du es erst recht!«

»Vielleicht, aber ...«

»Geh du voran.«

Er führte sie zur Strickleiter und drückte sie ihr in die Hand. Zögernd setzte sie den Fuß auf die erste Sprosse und kletterte vorsichtig höher. Als sie zur Hälfte oben war, wagte sich auch Ben auf die Leiter. Die Sprossen waren weich und viel elastischer, als ihm lieb war, aber sie hielten. Und er stand nicht mehr auf dem Dach.

»Bring uns hier weg!«

Der Helikopter stieg höher, die brennende Kirche wurde kleiner. In der Luke erschienen zwei Köpfe, und Ben erkannte Sheriff Collier und Loving. Sie kurbelten die Strickleiter mit einer Winde hoch.

Ben hing noch immer zwischen Himmel und Erde, als er ein entsetzliches Getöse hörte. Unwillkürlich sah er hinunter. Das Dach war eingestürzt. Die Kirche hatte sich in einen gewaltigen Feuerball verwandelt.

Gerade noch rechtzeitig, Mike. Gerade noch rechtzeitig.

Von seiner Höhe aus konnte Ben sehen, daß der Brand sich bei weitem nicht auf die Kirche beschränkt hatte. Mit atemberaubender Geschwindigkeit breitete er sich in alle Richtungen aus. Die herrlichen Kiefern, das Hundegehege, die Garage mit seinem Beweismittel, dem Pickup, alles stand in Flammen.

Aber das Schlimmste war: das Feuer wälzte sich in südlicher Richtung weiter.

In Richtung Coi Than Tien.

9

Der Zaun um Coi Than Tien herum brannte bereits. Ben sah Menschen, bepackt mit ihren notwendigsten Habseligkeiten auf dem Rücken und ihren Kleinkindern vorne an der Brust aus den Häusern rennen. Wieder andere liefen aufgeregt herum, kämpften verzweifelt gegen das Feuer an.

Jemand organisierte eine Eimerkette vom Brunnen bis hin zu den Ausläufern der Flammen. Das Gesicht vermochte Ben nicht zu erkennen, aber er ahnte schon, wem der zierliche Körper gehörte.

Dann zogen ihn Sheriff Collier und Loving in den Hubschrauber. Das Ding war mit fünf Insassen eindeutig überfüllt, doch Ben wollte sich nicht beschweren.

Plötzlich geschah etwas völlig Unerwartetes. Bevor Ben wußte, wie ihm geschah, schloß ihn Loving in die Arme und drückte ihn fest an sich.

»Alles in Ordnung, Skipper?« Der sonst so harte Bursche sah Ben zutiefst besorgt an.

»Bei mir schon«, erwiderte Ben verlegen. »Aber Christina braucht unbedingt einen Arzt.«

»Nein!« rief Christina. Sie beobachtete durch das Fenster, wie sich ganz Coi Than Tien gegen den Brand wehrte. »Wir müssen da runter und helfen!«

»Zu nahe bei den Flammen kann ich nicht landen«, erklärte Mike. »Die Rotorflügel könnten das Feuer zusätzlich anfachen. Aber da vorne sehe ich eine Lichtung.«

Ben war nicht einverstanden. »Trotzdem finde ich …«

Christina schüttelte energisch den Kopf. »Setz uns ab.«

Ben hatte sich nicht getäuscht. Es war Belinda, die, wie schon beim letztenmal, die Eimerkette organisiert hatte. Nur war dieser Brand ungleich gewaltiger. Anders als damals standen Belinda jetzt aber auch mehr Helfer zur Verfügung, so hatte sie drei voneinander unabhängige Ketten bilden können, die wie die Speichen eines Rades vom Brunnen zu drei verschiedenen Fronten reichten.

Die meisten Dorfbewohner waren zurückgekehrt und kämpften Seite an Seite mit vielen Bürgern der Stadt, die ebenfalls herbeigeeilt waren. Mike erklärte Ben, daß der Brand ausgebrochen war, während er gemeinsam mit dem Sheriff wegen der Toten in Coi Than Tien ermittelt hatte. Collier hatte sofort per Funk Hilfe angefordert, woraufhin seine Beamten, ob im Dienst oder nicht, alles stehen und liegen ließen und auf dem Weg zur brennenden Kirche auch gleich im Büro der Hatewatch und in der Bluebell Alarm schlugen.

Zu seinem Erstaunen entdeckte Ben auch Grand Dragon

Dunagan, der etwas abseits mit zwei seiner Gefolgsleute herumstand. Selbst wenn er hätte helfen wollen, war er dazu nicht in der Lage – und das hatte einen Grund: er war mit Handschellen gefesselt.

Gemeinsam mit Mike rannte der Anwalt zur nächsten Kette und reihte sich mit ein. »Wie habt ihr uns gefunden?« Er mußte schreien, um die prasselnden Flammen zu übertönen.

»Ich habe Portia heute früh hingekriegt und bin nach Coi Than Tien geflogen. Als das Feuer ausbrach, liefen wir gleich zur Kirche rüber und sahen diese Arschlöcher in ihrer Kriegsverkleidung durch die Hintertür brechen. Da haben Collier und ich Dunagan zusammen mit ein paar anderen wegen Verdachts auf Brandstiftung verhaftet.«

»Keine Ahnung, ob das stimmt«, sagte Ben und reichte Mike den nächsten Eimer. »Aber ich kann euch einige Anklagepunkte liefern, die es in sich haben.«

»Sehr gut. Am Anfang wollten sie uns ja nichts verraten ... Erst als ich einen von Dunagans Helfern etwas intensiver bearbeitete, rückte er damit heraus, daß ihr euch immer noch in der Kirche aufhieltet. Weil es zu dem Zeitpunkt schon zu spät war, euch zu Fuß rauszuholen habe ich es eben mit einer Rettungsaktion aus der Luft versucht.«

»Wie hast du ihn denn zum Singen gebracht?«

»Ach, weißt du, ich habe ihn näher zum Feuer geschleift und ihm damit gedroht, ihn ans Hauptportal zu fesseln. Das war eigentlich alles.«

»Na denn«, schmunzelte Ben. »Dagegen wird der Supreme Court bestimmt nichts einzuwenden haben.«

In unermüdlicher Folge wanderten die Eimer die drei Menschenketten bis zum Feuer entlang. Zwar hatte der Brand inzwischen fast sämtliche Gebäude erfaßt, doch breitete er sich nicht noch weiter aus. So wie es aussah, konnten sie wenigstens das angrenzende Gebiet retten.

Ben arbeitete bereits seit einer Viertelstunde in seiner Brigade, als er sah, wer ihm da ständig die Eimer reichte. Es war kein anderer als Deputy Gustafson. Ihre Blicke begegneten sich, doch keiner sagte ein Wort.

Nach und nach erkannte Ben in den anderen Ketten noch

mehr Gesichter. Bezirksstaatsanwalt Swain war dabei, Mac mit einigen Stammkunden der Bluebell Bar und natürlich John Pfeiffer und Frank Carroll zusammen mit Belinda. Pham und seine Anhänger bildeten fast ganz allein eine Kette, nur ergänzt durch Colonel Nguyen und einen Jungen, den Mike als Nhung Vu identifizierte. An seine Verletzungen erinnerte nur noch eine Binde über dem rechten Auge.

Und dann geschah ein Wunder. In der Ferne hörte Ben eine Sirene. Das Heulen schwoll an, bis tatsächlich ein großes rotes Gefährt durch das Tor raste. Es war ein echter Löschzug, bemannt mit zehn Feuerwehrleuten.

»Gott sei Dank«, seufzte Mike. »Collier hat sie aus dem Yell County angefordert.«

»Du wußtest, daß sie kommen würden?«

»Klar. Aber ich befürchtete, das Feuer könne noch vor ihrem Eintreffen außer Kontrolle geraten.«

In Windeseile machten sich die Männer mit ihren Schläuchen an die Arbeit. Weil es im Dorf keinen Hydranten gab und ihr eigener Wassertank bei weitem nicht reichte, warfen sie eine Saugpumpe in den Brunnen.

Währenddessen kämpften die freiwilligen Helfer weiter, wobei sie sich alle Mühe gaben, die Feuerwehrleute nicht zu behindern.

Es war ein zähes Ringen, aber allmählich zeichnete sich ein Erfolg ab. Die Einheimischen hatten das Feuer eindämmen können, die Feuerwehrleute löschten es nun endgültig. Um zwei Uhr erstickten sie die letzten Flammen.

Doch Coi Than Tien hatten sie nicht mehr retten können. Von den Häusern war nichts außer glühenden Aschehaufen übrig. Einzig die Scheune hatte, wenn auch stark beschädigt, überlebt. Die Kirche gab es nicht mehr, und der wunderschöne Bergwald war ebenfalls den Flammen zum Opfer gefallen.

Das Feuer hatte von allen einen hohen Zoll gefordert.

10

Da, wo einmal Coi Than Tien gestanden hatte, verhielt Ben inmitten der rauchenden Asche. Er brachte es kaum übers Herz, sich umzusehen, sich den Folgen blinder Zerstörungswut zu stellen. Was sollte jetzt aus den Bewohnern werden? Was würden sie tun? Was *konnten* sie tun?

Mike trat an ihn heran. Hinter sich her schleifte er an der kurzen Kette seiner Handschellen Dunagan. »Du wolltest mir was über diesen Herrn da erzählen?«

»Ganz genau«, knurrte Ben, ohne den Blick von dem Trümmerhaufen zu wenden. »Tja, Dunagan, sieht so aus, als hätten Sie Ihr Ziel erreicht. Sind Sie jetzt zufrieden?«

»Ich weiß nicht, wovon Sie reden! Ich habe dieses Feuer nicht gelegt!«

»Das kann schon sein, aber Sie haben die Kräfte entfesselt, die zwangsläufig dazu führten.«

Eine vorbeieilende Gestalt lenkte ihn ab.

»Pham!«

Dan Pham blieb stehen. »Was wollen Sie?«

»Mit dir reden.«

»Ich muß mich jetzt um andere Dinge ...«

Ben packte ihn kurzerhand und stieß ihn auf Dunagan zu. »Wir wollen uns jetzt mal zu dritt ein bißchen unterhalten. Und wenn du nicht freiwillig bleibst, verhaftet dich Mike wegen Verdachts auf Brandstiftung.«

»Brandstiftung? Wovon sprechen Sie da? Sie wollen doch nicht behaupten, daß ich die Häuser meiner Leute angezündet habe!«

»Das nicht, aber daß du den Brand in der ASP-Kirche gelegt hast, der dann außer Kontrolle geraten ist und auch dein Dorf zerstört hat, davon bin ich überzeugt.«

Pham verschränkte die Arme vor der Brust. »Dafür haben Sie keinerlei Beweise!«

»Du hast Colonel Nguyen gesagt, daß du für heute nacht einen Vergeltungsschlag planst. Irgendwie mußt du genauso wie ich von dieser Versammlung der ASP gehört haben. Ich weiß nur noch nicht, wie du ihren geheimen Treffpunkt gefunden hast.«

Ein spöttisches Lächeln huschte über Phams Gesicht. Ein Lächeln, das Ben ganz und gar nicht gefiel. Und plötzlich begriff er. »Du bist mir gefolgt! *Ich* habe euch dorthin geführt!«

»Ja, ich ließ Sie beschatten. Von dem Tag an, an dem Sie die Verteidigung dieses faschistischen Mörders übernommen haben.«

Ben packte Pham wütend am Hemd und schüttelte ihn. »Wie konntest du es wagen! Wie konntest du mich für deinen Terror einspannen!«

»Terror? Wir sollen Terroristen sein? Ich habe doch nur mein Zuhause verteidigt. Die da sind die Terroristen!« Er deutete anklagend auf Dunagan. »Heute nacht habe ich mehr als nur eine Versammlung in einer Kirche gesehen. Ich habe beobachtet, wie zwei Männer in der Garage daneben einen schwarzen Wagen rot angestrichen haben. Den Pickup, den sie immer wieder für ihre Überfälle auf Coi Than Tien benutzten!«

»Das stimmt«, sagte Ben an Mike gewandt. »Ich habe es mit eigenen Augen ebenfalls gesehen.«

»Gelbe haben hier nichts zu suchen!« fauchte Dunagan. »Sie beschwören Ärger ja geradezu herauf!«

»Wir sollen hier nichts zu suchen haben?« Pham baute sich vor Dunagan auf. Die zwei berührten einander fast mit den Nasenspitzen. »Wir waren lange vor euch da!«

»Nein! Mein Volk war lange vor eurem da. Ihr habt der ASP den Krieg erklärt. Und dieser Krieg hat erst dann ein Ende, wenn ihr wieder dort rumkrabbelt, wo ihr hingehört – in euren Reisfeldern.«

»Wir gehen nicht mehr zurück!« schrie Pham. »Wir werden bis zum letzten Mann kämpfen!«

»*Aufhören!*« Ben warf sich zwischen die Streithähne. »Wann in Gottes Namen kapiert ihr denn endlich? Gewalt ist keine Lösung! Haß hat den Menschen noch nie geholfen. Der eine erklärt Krieg, der andere übt Rache, und dann geht das ewig so weiter. Seht selbst, wozu das führt!«

Er packte beide am Kragen und zwang sie, den Haufen Asche auf dem Hügel anzuschauen, der von der Kirche übriggeblieben war – und darunter die rauchenden Trümmer von Coi Than Tien, zwischen denen verzweifelte Familien kauerten, die alles verloren hatten und nicht wußten, wie es weitergehen sollte.

»Ihr beide wart fest entschlossen, den Feind zu schlagen. Und am Ende habt ihr nur euch selbst getroffen. Seht ihr denn nicht, was für ein Irrweg das ist?«

Dunagan wandte sich ab. Seine Augen waren geschlossen. »Das habe ich nie gewollt«, sagte er leise.

»Für Worte des Bedauerns ist es zu spät«, erwiderte Ben. »Nach meiner Unterredung mit dem Bezirksanwalt wird die ASP Vergangenheit sein. Sie können Ihren Leuten schon mal sagen, daß sie das Lager auflösen sollen. Haß ist außer Mode geraten.«

Doch Dunagan lief puterrot an vor Zorn. »Und ihr glaubt, daß ihr etwas bewirken könnt, daß ihr uns aufhalten könnt? Ihr vertreibt uns also aus Arkansas – gut. Aber wir sind überall. *Überall!* Wir sind in euren Schulen, in euren Kirchen. Wir sind in eurer Armee, in eurer Polizei. Wir sind die Skinheads von Portland. Wir sind der Ku-Klux-Klan von Corpus Christi. Mich könnt ihr aufhalten, aber es wird euch nichts nützen!«

»Mike«, stieß Ben zwischen zusammengepreßten Zähnen hervor, »bitte schaff diesen ... Kerl fort.«

»Mit Vergnügen.« Mike packte Dunagan an den Handschellen und zerrte ihn zum Einsatzwagen des Sheriffs.

»Nun zu uns«, sagte der Anwalt, an Pham gewandt. »Sobald die ASP die Stadt verlassen hat, könnt ihr euren Widerstand abblasen.«

»Wir haben immer noch genug Gründe zur Klage ...«

»Wer hätte die nicht. Aber ihr müßt endlich euren Haß überwinden. Und mit dem Neuaufbau anfangen.«

Phams Blick schweifte über das zerstörte Dorf. »Damit sind wir überfordert. Ich kann unmöglich ...«

»Du wirst natürlich Hilfe brauchen. Und ich weiß auch, wo du sie findest.« Ben deutete auf die Stelle, wo früher das Tor gestanden hatte. Colonel Nguyen war im Begriff, es zu passieren. Für immer.

»Colonel Nguyen!« rief Pham.

Der ehemalige General näherte sich ihnen zögernd. »Ich weiß schon, was du ...«

»Sie hatten recht«, fiel ihm der jüngere ins Wort.

Nguyen verschlug es die Sprache.

»Ich hatte unrecht. Bewaffnete Überfälle sind keine Lösung. Wir haben damit nichts erreicht. Im Gegenteil!«

»Zumindest wart ihr bereit, etwas zu tun.« Nguyen wandte sich wieder ab. »Ich gehe ...«

»Unser Volk hat heute nacht großen Schaden erlitten, Colonel. Wir haben viel Arbeit vor uns. Allein bin ich machtlos.«

Nguyen drehte sich langsam wieder um.

»Aber«, fügte Pham hinzu, »gemeinsam werden wir es schaffen.« Er streckte ihm die Hand entgegen.

Nguyen ergriff sie mit beiden Händen. »Gemeinsam, ja.«

Danach wandte sich der Colonel mit einer Verbeugung an Ben. »Wenn Sie mich bitte entschuldigen wollen, Mr. Kincaid. Ich muß ein ... Gespräch mit meiner Frau führen.«

Der Anwalt nickte stumm.

In der Zwischenzeit war auch Mike zurückgekehrt. »Jetzt wissen wir schon viel mehr«, brummte Ben. »Bleibt nur noch die Frage, was es mit der Ermordeten auf sich hat.«

»Irrtum«, erwiderte Mike. »Wir haben in der Nähe der Leiche eine Pistole gefunden, aus der auch die Kugel in ihrer Stirn stammt. Sie wurde nicht während des Überfalls erschossen. Es war Selbstmord.«

»Selbstmord?«

»Richtig. Wahrscheinlich lag sie schon eine ganze Weile in der Baracke. Schau, ich habe eine Aufnahme gemacht.«

Ben nahm das Foto in die Hand. Er erkannte sie auf den ersten Blick. Es war dieselbe junge Frau, die er aus dem brennenden Haus gerettet hatte und die danach verschwunden war.

»Da wäre noch was«, sagte Mike und zog einen Zettel aus der Tasche. »Sie haben von der Toten Fingerabdrücke abgenommen. Gustafson hat mir eine Kopie gegeben, die ich gleich zum FBI nach Washington gefaxt habe. Vor einer Stunde ist die Antwort eingetroffen. Jemand hat sie dem Sheriff per Funk übermittelt. Schau, das wird dich interessieren.«

Ben las den Zettel mit offenem Mund. Das war ja unglaublich!

Aber natürlich. Er hielt das fehlende Steinchen zu seinem

Mosaik in der Hand. Jetzt fügte sich alles zu einem Ganzen. Alles, was er gesehen und gehört, was Vick ihm gesagt oder vielmehr verschwiegen hatte, ergab auf einmal einen Sinn.

»Mike«, murmelte Ben. »Ich glaube, ich muß mich mit jemandem unterhalten ...«

»Soll ich dich begleiten?«

»Nein. Vielleicht möchte Colonel Nguyen ...« Ben warf einen Blick zu Nguyen hinüber, der in inniger Umarmung mit seiner Frau vor der Ruine seines Hauses stand. »Mach dir um mich keine Sorgen. Bring lieber Christina ins Krankenhaus.« Er sah sich kurz nach allen Seiten um. Als er sicher war, daß niemand auf sie achtete, flüsterte er seinem Freund ein paar Sätze ins Ohr.

»Na gut, dann kümmere ich mich um Christina«, versprach Mike. »Aber bist du sicher, daß du es schaffst?«

»Es wird ...« Ben versagte die Stimme; er atmete mehrmals tief durch. Schließlich brachte er es heraus. »Es wird schon schiefgehen.«

Mike nickte. »Viel Glück.«

»Dafür ist es längst zu spät«, entgegnete Ben. »Viel zu spät.«

11

»Danke fürs Kommen«, sagte Ben, als Belinda die verkohlte Scheune von Coi Than Tien betrat.

Sie lief auf ihn zu und ergriff seine Hand. »Mike hat mir erzählt, daß du hier bist, und da bin ich gleich losgelaufen. Ist dir auch wirklich nichts passiert?«

»Mir geht's gut.«

»Ich habe gehört, daß du in dieser Kirche eingeschlossen warst. Mein Gott, du hättest verbrennen können! Ich habe mir schreckliche Sorgen gemacht! Aber wie siehst du denn aus?« In der Tat war sein Gesicht über und über mit Ruß verschmiert. Sie machte sich daran, ihn wegzuwischen.

»Belinda ...« Er schob sie sanft weg.

»Was ist los? Was hast du denn?«

»Belinda ...« Tränen stiegen ihm in die Augen, doch er gab sich einen Ruck. »Belinda, ich weiß Bescheid.«

»Was weißt du? Ich verstehe nicht ganz.«

Er sah zu Boden. Und erneut drohte ihm vor Schmerz die Stimme zu versagen. Er schluckte. »Ich weiß, daß du Tommy Vuong getötet hast.«

Sie starrte ihn entsetzt an. »*Ich*? Soll das ein Witz sein?«

»Leider nein.«

»Wie um alles auf der Welt kommst du darauf, daß ich ihn umgebracht haben könnte?«

Ben zeigte ihr Mikes Zettel. »Cindy Joe Simpson. Der Nachname brachte mich erst ein bißchen durcheinander, aber dann fiel mir wieder ein, daß du ja verheiratet warst und den Nachnamen deines Mannes trotz der Scheidung beibehalten hast. Ich bat Mike, für mich zu recherchieren, und wenig später hatte ich es schwarz auf weiß. Dein Mädchenname ist Belinda Todd Simpson.«

Belinda wich benommen zurück.

»Weißt du noch, wie Mary Sue die Besucherin Vicks beschrieben hat? Eine junge Frau, die dir ähnlich sieht, sagte sie, nur ein bißchen kleiner. Und als ich das Mädchen dann im brennenden Haus der Truongs sah, verwechselte ich sie ja auch erst mit dir. Kein Wunder.«

Auf einmal schwammen Belindas Augen in Tränen. »Wieviel weißt du noch?«

»Das meiste habe ich mir mehr oder weniger zusammengereimt, aber ich möchte es lieber von dir hören. Rache, nicht wahr?«

Belinda wischte sich die Tränen von den Wangen. »Ich habe dir doch mal erzählt, daß meine Schwester ein Sorgenkind war. Und ich mußte ständig alles für sie ausbügeln.«

»Und ich weiß, daß Vuong vor etwa einem Jahr wegen Vergewaltigung vor Gericht stand. War deine Schwester das Opfer?«

Belinda nickte. »Er hat sie bei einem Rendezvous vergewaltigt. Sie hatte sich schon in Porto Christo mit ihm und den Leuten von seiner Clique rumgetrieben. Und später ist sie ihm bis hierher gefolgt. Sie muß ganz verrückt nach ihm gewesen sein, aber er kümmerte sich nie um sie. Dann verabredete er sich schließlich doch mit ihr. Sie war außer sich vor Freude – und sie war doch so verletzlich! Auf dem Heimweg warf er sie zu Boden und schlug auf sie ein. Mit bloßer Brutalität hatte das nichts mehr zu tun. Der Mann war ein Psychopath! Noch Wochen danach waren ihr Gesicht und ihre Brust mit Blutergüssen übersät.« Belinda hielt inne und versuchte, sich etwas zu beruhigen. »Und dann hat er sie vergewaltigt.«

»Hat sie das nicht der Polizei gemeldet?«

»Doch, aber außer ihren Angaben hatte sie keine Beweise. Und weil es ein offenes Geheimnis war, daß sie in Tommy verliebt war, glaubten alle, daß sie freiwillig mit ihm geschlafen hatte, zumal er überall rumerzählte, sie hätte es am liebsten brutal. Ihm wurde geglaubt, ihr nicht.«

»Aber du hättest doch sicher Berufung einlegen können.«

»*Ich* wahrscheinlich schon, aber damals wußte ich von nichts, und Cindy Jo war völlig hilflos. An mich wandte sie sich erst mehrere Monate später. Und da war noch eine Komplikation dazugekommen. Cindy war schwanger.«

»Von Vuong?«

»Richtig. Sie lief weg von Coi Than Tien und allen, die sie kannte. Völlig fertig und voller Scham! Mich rief sie erst kurz vor der Geburt an. Sie war am Ende. Das Geld war ihr ausgegangen, sie kannte sich mit Babys überhaupt nicht aus und wußte sich nicht mehr zu helfen. Die ganzen neun Monate war sie total isoliert gewesen. Und ständig diese Gedanken an die Vergewaltigung, zusammen mit ihren Schuldgefühlen. Das hat sie zerbrochen. Sie war krank, und ihr Zustand verschlimmerte sich von Tag zu Tag.«

»Das war also der Hauptgrund, warum du nach Silver Springs gegangen bist und die Kampagne gegen die ASP persönlich in die Hand genommen hast?«

»Ja. Aber ich fand sie nirgends. Sie war spurlos verschwunden.« Belinda stieß einen tiefen Seufzer aus. »Aber einen stöberte ich auf: Tommy Vuong.«

»Und da hast du beschlossen, ihn umzubringen.«

»Nein, so war es nicht. Ich habe dir doch erzählt, daß ich in der Bar war, als Vick und Vuong sich prügelten. Da hatte ich plötzlich eine Idee. Ich konnte zwei Fliegen mit einer Klappe schlagen. Erstens konnte ich es dem Dreckskerl zeigen, der meine Schwester vergewaltigt hatte. Und zweitens konnte ich der ASP einen Schlag versetzen und damit den Kerlen, die so vielen Menschen großes Leid zugefügt haben, unter anderem auch mir.

Als Vick mit dem Kopf auf meinen Tisch krachte, blieben ein Blutspritzer und ein paar Haare daran kleben. Ich wartete, bis John zur Toilette ging, dann kratzte ich vorsichtig das Blut herunter und schmierte es auf ein Kleenex, das ich zusammen mit den Haaren in einer kleinen Plastiktüte verwahrte. Weißt du, ich habe immer mehrere in meiner Handtasche dabei.«

»Du hast die Armbrust und die Bolzen aus dem Lager der ASP gestohlen«, sagte Ben.

»Es war riskant, aber die Gefahr mußte ich auf mich nehmen, wenn ich Vick und den Rest von der ASP in die Sache verwickeln wollte. Frank hatte das Camp ja schon seit Wochen ausgespäht, darum konnte er mir genau sagen, wie ich unbemerkt rein- und wieder rauskommen konnte. Von ihm erfuhr ich auch, daß Vick erst vor kurzem neue Bolzen für die Armbrust abgeholt hatte. Darum bin ich ja auf die Armbrust gekommen.«

»Und dann hast du das Blut und die Haare auf der Armbrust fixiert, hast das Kreuz – das Emblem der ASP – aufgestellt und Vuong aufgelauert.«

»So war es. Weißt du, sogar in dem Augenblick war ich mir nicht sicher, ob ich es wirklich schaffen würde. Ich hatte ja im ganzen Leben noch nie mit einer Armbrust geschossen. Die ganze Zeit habe ich darüber nachgegrübelt. Und dann kam er und sah mich zuerst ...« Ihre Stimme verlor sich. Den Rest flüsterte sie, um dann wieder laut zu sagen: »Aber ich habe es geschafft.«

»Als es vorbei war, hast du die Armbrust an einer Stelle liegen lassen, an der man sie garantiert finden würde, nicht wahr?«

»Richtig. Außerdem habe ich einen Stoß Hetzblätter der ASP neben das in Flammen gesetzte Kreuz geworfen.«

»Das war dein erster Fehler«, bemerkte Ben. »Auf ein paar Blättern steht, daß sie in Birmingham gedruckt worden sind. Aber wozu sollten Dunagan und seine Bande ihre Haßliteratur hierher transportieren, wenn sie einen eigenen Drucker auf dem Gelände haben? Theoretisch denkbar wäre es ja, aber es kam mir doch höchst unwahrscheinlich vor. Und da habe ich mich zum erstenmal gefragt, ob die Flugblätter vielleicht jemandem untergeschoben werden sollten. Daraufhin sah ich mir die Ergebnisse von Jones' Nachforschungen über die Aktivitäten der ASP in Birmingham genauer an. Von den Leuten, die jetzt hier sind, waren damals nur drei dort: Grand Dragon Dunagan, Frank Carroll und du.«

»Wie dumm von mir! Daß ich nicht daran gedacht habe!«

»Wie ging es mit deiner Schwester weiter?«

»Auch nach Vuongs Tod konnte ich Cindy Jo nicht finden. Ich weiß nicht, wo sie ihr Kind zur Welt gebracht hat. Aber eins war mir klar: daß sie keine Ahnung hatte, was sie mit dem Baby anstellen sollte. Sie hatte kein Geld, kein Zuhause, niemanden, der ihr half. Und sie war völlig durcheinander. Wie hätte sie in diesem Zustand ein Neugeborenes versorgen sollen? Mir ist ein Rätsel, warum sie es ausgerechnet im Haus der Truongs gelassen hat.«

»Mir nicht«, sagte Ben. »Sie hat ja ziemlich lange in Coi Than Tien gelebt. Folglich muß sie auch einiges über die Leute dort gewußt haben. Unter anderem, daß Maria Truong sich nach einem Kind sehnte.«

»So muß es wohl gewesen sein.« Wieder liefen Tränen aus Belindas Augen. »Cindy Jo konnte ja nicht ahnen, daß jemand das Haus der Truongs in Brand stecken würde. Und die Truongs selbst waren auch völlig ahnungslos, sonst hätten sie das Baby gerettet! Als Cindy Jo dann erfuhr, was geschehen war, daß ihr Töchterchen ...« Was sie noch sagen wollte, erstickte in einem Schluchzen.

»Sie hat ihr Möglichstes getan, um das Baby zu retten«, tröstete sie Ben. »Sie wollte unbedingt in das brennende Haus zurück.«

Belinda verbarg das Gesicht in den Händen. »Was für ein schreckliches Schicksal! Mitzuerleben, wie ihre Tochter auf so entsetzliche Weise verbrannte – das konnte sie nicht mehr verkraften.«

»Und dann hat sie sich umgebracht.«

»Mike hat es mir gesagt. Meine arme Cindy Jo. Sie hat

mich um Hilfe gebeten. Aber ich konnte nichts für sie tun. Ich konnte einfach nicht!«

Ben legte einen Arm um ihre Schulter.

»Ich weiß selbst nicht, was mit mir los war!« schluchzte Belinda. »In meinem ganzen Leben habe ich nie etwas so ... Brutales getan. Meine Gedanken kreisten in einem fort um dieses Monster und darum, was er Cindy Jo angetan hatte.«

Ben drückte sie fester an sich. Deputy Gustafsons Worte hallten in ihm wider: *Wenn deiner Schwester so was Schreckliches angetan wird, dann geht auch in dir was kaputt. Es treibt dich fast in den Wahnsinn. Du möchtest den, der das verbrochen hat, umbringen.*

Lange hielt Ben sie schweigend im Arm. Schließlich wischte er ihr die Tränen von den Wangen.

Aus weit aufgerissenen Augen sah sie flehentlich zu ihm auf. »Kannst du mir je verzeihen?«

Den Blick auf den Boden gesenkt, erwiderte Ben: »Ich kann einer Frau verzeihen, daß sie aus Liebe zu ihrer Schwester einen Fehler begangen hat. Aber einer Frau verzeihen, die bereit ist, einen anderen Menschen für ihr Verbrechen sterben zu lassen? Das ist unverzeihlich.«

»Meinst du etwa Donald Vick? Ben, er gehört zur ASP? Er ist einer dieser Kerle!«

»Falsch. Der Junge ist in Ordnung. Er hat nur ein paar dumme Fehler gemacht, als er jünger war. Wie wir alle. Der ASP hat er sich nur unter dem Druck seiner Familie angeschlossen. Gefallen hat es ihm dort nie. Und er hat nie an ihren Anschlägen teilgenommen.«

»Das glaube ich nicht.«

»Es ist die Wahrheit. Er war mit dem Terror gegen Coi Than Tien nicht einverstanden, ja, er hat sogar versucht, ihn zu verhindern. Mary Sue hat doch einen Vietnamesen erwähnt, der Vick zwei Tage vor dem Mord besuchte, erinnerst du dich noch?«

Belinda nickte.

»Das war Dan Pham. Vick hat ihn mit Insiderwissen über die Pläne der ASP versorgt. Das war auch der Grund, warum Pham immer bestens Bescheid wußte. Dunagan merkte zwar, daß irgendwo eine undichte Stelle war, aber er hatte keine Ahnung, wo. Als er dann Mary Sues Aussage vor Gericht hörte, begriff er, daß es nur Vick gewesen sein konnte. Da beschloß er, ihn den Wölfen zum Fraß vorzuwerfen. Und das ist auch der Grund, warum die ASP Vick als Verräter gebrandmarkt hat.«

»Aber hör mal, Ben – Vick ist in die Bar gekommen und hat ohne jeden Grund auf Vuong eingeschlagen! Ich habe es mit eigenen Augen gesehen.«

»Irrtum. Mein Mandant hat mir inzwischen sein Herz ausgeschüttet. Jetzt, da der Prozeß vorbei ist und die Frau, die er beschützen wollte, nicht mehr lebt, hat er endlich den Mund aufgemacht. Erinnerst du dich noch an Mary Sues Auslassungen über die Frau, die ihn am Abend vor dem Mord besucht hat? Das war deine Schwester.«

»Cindy Jo?«

»Ja. Offenbar hatten sie sich kurz vorher kennengelernt, und er wollte ihr helfen. Obwohl Vick der ASP angehört, ist er ein herzensguter Mensch. Cindy Jo war bei ihm in der Pension und erzählte ihm alles: was Vuong ihr angetan hatte, daß sie hochschwanger war und daß sie nicht mehr ein noch aus wußte.«

Belinda starrte ihn fassungslos an. »Und das war der Grund, warum er ihn sich vorgeknöpft hat?«

»Richtig. Er mußte ihr zwar versprechen, keinem Menschen von ihrem Gespräch zu erzählen, aber das hieß ja nicht, daß er nichts unternehmen durfte. Vick war so naiv und glaubte wirklich, er könne Vuong dazu bringen, Cindy Jo zu heiraten, damit das Kind einen Vater hätte. Als der sich weigerte, forderte er ihn auf, ihr wenigstens Geld zu geben, doch Vuong lachte ihm ins Gesicht. Da sah Vick rot. Nur deswegen schlug er zu, nur deswegen beschimpfte er ihn so. Und nur deswegen wurde er verprügelt und rausgeworfen. Er wollte deiner Schwester helfen.« Ben hielt inne. »So wie du.«

»O Gott«, stöhnte Belinda wieder und wieder. »Und ich habe diesen Mann *gehaßt*.«

Ben schloß die Augen. »Noch mehr Haß. Und immer dieselben Folgen.«

»Was hast du jetzt vor?« Sie sah zu ihm auf.

Ben war, als schließe sich eine Faust um sein Herz. »Du

meinst … mit meinem Wissen? Belinda, ich glaube nicht, daß ich eine Wahl habe.«

Sie griff nach seinen Händen und preßte den Kopf gegen seine Brust. »Ben – wenn du auspackst, klagen sie mich wegen Mordes an!«

»Und wenn ich nichts sage, beantragen die Geschworenen die Todesstrafe für Vick. Für ein Verbrechen, das du begangen hast.«

»Ben!« Sie schlang die Arme um ihn. »Bitte, tu mir das nicht an!«

Ben verspürte einen entsetzlichen Stich im Herzen, schmerzhafter als all die Hiebe, die er je hatte einstecken müssen. Er antwortete nicht. Er konnte es einfach nicht.

Ein hämmerndes Motorengeräusch drang zu ihnen herein.

»Mike, nicht wahr?« Sie starrte ihn vorwurfsvoll an. »Du hast auf ihn gewartet. Nur darum hast du mich so lange in der Scheune festgehalten. Du hast auf ihn gewartet!«

»Belinda, ich …«

Sie riß sich von ihm los. »Nie hätte ich dir zugetraut, daß du mir das antun würdest!«

»Belinda …«

»Wird er mich verhaften?«

»Ich hatte gehofft, du würdest dich freiwillig stellen. Das erhöht deine Chancen vor Gericht.«

Ganz langsam verwandelte sich ihr Gesicht in eine Fratze des Entsetzens, des Abscheus. »Nach allem, was wir miteinander getan haben, was wir …« Sie wandte sich ab.

»Belinda!«

Er ergriff ihre Hand, doch sie stieß ihn weg. »Was willst du von mir? Glaubst du vielleicht, ich gebe dir einen Abschiedskuß? Und ich habe geglaubt, du liebst mich!« Nur noch Verachtung sprach aus ihren Augen. Sie drehte sich um und rannte hinaus.

Ben hörte, wie der Helikopter landete und Mike auf den Boden sprang. Unmittelbar darauf hörte er Mike und Belinda miteinander reden. Danach kletterten beide in den Hubschrauber.

Ben blieb regungslos in der Scheune stehen, während der Hubschrauber draußen in der Nacht verschwand.

»Aber ich liebe dich doch auch«, flüsterte er.

VIERTER TEIL

DIE GRÜNDE DES HERZENS

1

Swain war alles andere als erbaut davon, daß er nun wegen desselben Mordes zum zweitenmal Anklage erheben mußte. Das hieß ja zuzugeben, daß er sich getäuscht hatte. Immerhin hatte er einen Unschuldigen hinrichten lassen wollen. Statt nun aber eingedenk seiner Fehlbarkeit mehr Verständnis zu zeigen, gab sich Swain noch unnachgiebiger, härter und dogmatischer. Er machte von Anfang an klar, daß er sich mit nichts unterhalb der Höchststrafe zufriedengeben würde.

Er strebte die Todesstrafe an. Für Belinda Hamilton.

Weil Ben die Zusammenarbeit mit dem Ankläger verweigert hatte, ja, nicht einmal ein Wort mit ihm hatte reden wollen, ließ Swain ihn vorladen. Das hieß, Ben mußte aussagen, ob er wollte oder nicht.

Belinda war bis auf weiteres gegen Kaution aus der Haft entlassen worden und durfte unter Aufsicht in Mary Sues Pension wohnen. Dort versuchte Ben wiederholt, mit ihr zu sprechen. Sie weigerte sich, ihn zu sehen.

Obwohl sich die Vorverhandlung stundenlang hinzog, sollte Ben sich später nur an vereinzelte Vorfälle erinnern. Kaum an Höhepunkte; um so mehr an Tiefpunkte.

Er wollte auch gar nicht dort sein. Niemand wollte das. Sogar Richter Tyler schien sich unbehaglich zu fühlen. Vergeblich hatte er sich darum bemüht, Swain zum Einlenken zu bewegen und den Vorwurf des vorsätzlichen Mordes zugunsten von Totschlag fallenzulassen. Doch dieser ließ sich nichts sagen. Er sei der Staatsanwalt, beharrte er, und der Staatsanwalt fordere, was er für richtig halte.

Und so nahm der Prozeß seinen Lauf.

Im Gerichtssaal versuchte Ben immer wieder, Belindas Blick zu erhaschen. Sie sah krampfhaft weg.

Die Verhandlung begann so, wie Ben auch die letzte in Erinnerung hatte. Der Coroner wurde gebeten, zu bestätigen, daß jemand gestorben war, und zwar durch zwei mittels einer Armbrust abgeschossene Bolzen.

Danach änderte sich der Verlauf aber grundlegend.

»Die Anklage ruft John Pfeiffer als Zeugen auf.«

Mit zögernden Schritten näherte sich John dem Zeugenstand. Jeder konnte sehen, daß er lieber nicht ausgesagt hätte.

Nach der Erledigung der Präliminarien eröffnete Bezirksstaatsanwalt Swain das Kreuzverhör: »Sie und die Angeklagte saßen in der Bluebell Bar, als der Streit zwischen Donald Vick und Tommy Vuong ausbrach, richtig?«

»Das stimmt.«

»Können Sie dem Gericht sagen, worüber Sie sich unterhielten?«

Mit sichtlichem Widerwillen antwortete John: »Als Vuong die Bar betrat, wurde Belinda wütend. Sie erzählte mir, wie empört sie über Vuong war nach allem, was er ihrer Schwester angetan hatte, und daß er kein Recht mehr hätte zu leben.«

»Und später krachte im Verlauf der Schlägerei Donald Vick mit dem Kopf auf Ihren Tisch, richtig?«

»Richtig.«

»Hinterließ er dabei Blutspuren oder vielleicht auch Haare?«

»Ich bin mir nicht sicher. Schon möglich.«

Swain hielt ein Plastiktütchen hoch. »Haben Sie schon einmal solche Tüten bei der Angeklagten gesehen?«

»Ja. Sie hat sie überall dabei.«

»Haben Sie sie in der Bar zwischendurch allein gelassen?«

»Ich glaube, ich mußte einmal auf die Toilette.«

»Danke«, sagte Swain lächelnd. »Keine weiteren Fragen.«

Frank Carroll zeigte sich noch unwilliger als Pfeiffer. Bei einigen Fragen befürchtete Ben sogar, er würde sich auf Swain stürzen.

»Haben Sie schon einmal Dokumente wie die gesehen, die ich Ihnen soeben als Beweisstück Nummer sechs überreicht habe?«

»Sicher. Wir haben ja ständig damit zu tun.«

»Und worum handelt es sich dabei?«

»Hetzblätter. Die ASP druckt diesen Schund und verteilt ihn auf den Straßen, klebt die Blätter an Häuserwände und steckt sie unter die Scheibenwischer von parkenden Autos.«

»Und wo wurden die Dokumente, die Sie in der Hand haben, gedruckt?«

Carroll sah auf der Rückseite nach. »In Birmingham.«

»Das ist ja interessant. Welches Mitglied der Hatewatch war denn an deren Aktionen gegen die ASP in Birmingham beteiligt?«

»Nur ich selbst. Und Belinda?«

»Mr. Carroll, unsere Beamten von der Spurensicherung haben die Dokumente auf das sorgfältigste überprüft. Ich glaube, die Person, die sie am Tatort zurückgelassen hat, war äußerst vorsichtig, aber nicht vorsichtig genug. Würde Sie die Mitteilung überraschen, daß wir den Daumenabdruck der Angeklagten nachweisen konnten?«

»Davon weiß ich nichts.«

»Nun, wir werden später noch einmal darauf zurückkommen. Glauben Sie, daß die Angeklagte Zugang zu derlei Dokumenten hatte?«

»Natürlich. Wir sammelten sie ja als Beweise für zukünftige Prozesse.«

»Danke. Keine weiteren Fragen.«

Langsam, aber sicher zog Swain die Schlinge um Belinda zu. Alles deutete auf einen Schuldspruch hin.

Und in dieser Situation kam das, was Ben hatte verhindern wollen.

»Die Anklage ruft Ben Kincaid auf.«

Wahrscheinlich ließ Swain keine einzige von den üblichen Präliminarien aus. Später konnte Ben sich freilich an nichts mehr davon erinnern. In Gedanken war er zu weit vorausgeeilt.

»Würden Sie sagen, daß die Angeklagte ihr Geständnis Ihnen gegenüber freiwillig abgelegt hat?«

»Eigentlich nicht.«

»Gab sie Bedauern zu erkennen, als sie Ihnen schließlich sagte, was sie getan hatte? Bereute sie ihre Tat?«

Ben antwortete nur widerstrebend. »Nein, dem könnte ich nicht zustimmen.«

»Gab sie zu, daß sie die Ermordung Tommy Vuongs geplant hatte?«

»Ja.« Einmal mehr versuchte er Blickkontakt zu Belinda herzustellen, doch sie hatte das Gesicht hinter den Händen verborgen.

»Sie stahl die Armbrust, um die ASP, die Organisation, die damals außerhalb der Stadt ein Lager errichtet hatte, in den Mord zu verwickeln?«

»Das ist richtig.«

»Und sie brachte Blutspuren und Haare von Donald Vick an der Armbrust an, um den Verdacht auf ihn zu lenken?«

»Das hat sie mir so geschildert.«

»Anschließend verbarg sie sich außerhalb von Coi Than Tien hinter den Bäumen und wartete auf Tommy Vuongs Rückkehr.«

»Ja.«

»Und als sie Tommy Vuong kommen sah, tötete sie ihn.«

»Das stimmt nicht ganz«, erwiderte Ben.

»*Was?*«

Ben sah, wie Belinda den Kopf hob. »So, wie Sie es formulieren, trifft es nicht zu.«

Swain war sichtlich überrascht. »Inwiefern trifft es nicht zu?«

»Es ist wahr, daß Belinda den Mord an Vuong geplant hatte, aber als es soweit war und er vor ihr stand, konnte sie ihren Vorsatz plötzlich nicht mehr ausführen. Sie konnte einfach den Abzug nicht betätigen.«

»Soll das heißen, daß sie es sich anders überlegt hatte?«

»Ja. Leider sah Vuong sie und wollte die Situation für sich ausnützen. Wie Sie wahrscheinlich wissen, war er ein äußerst brutaler Mensch. Er stieß die übelsten Drohungen aus. Er schrie, er würde noch viel schlimmere Dinge mit ihr anstellen als mit ihrer Schwester.« An dieser Stelle wandte sich Ben zu Richter Tyler um. »Da geriet sie in Panik und schoß auf ihn.«

Swain starrte seinen Kronzeugen entgeistert an. »Was wollen Sie damit sagen? Daß sie ihn versehentlich getötet hat? Daß sie in Notwehr handelte? Sie haben doch selbst erklärt, daß sie den Mord bis ins Detail geplant hat! Da wollen Sie doch sicher nicht behaupten, sie hätte *zwei* Bolzen versehentlich abgeschossen? Oder der zweimalige Gebrauch einer Armbrust sei bei der Selbstverteidigung angemessen!«

»Nein«, sagte Ben.

»Soll das etwa heißen, daß Sie die Angeklagte für übergeschnappt halten? Machen Sie am Ende Unzurechnungsfähigkeit geltend, um sie da rauszuholen?«

»Nein. Sie ist ganz gewiß nicht unzurechnungsfähig.«

»Dann verstehe ich nicht, was Sie ...«

»Sie handelte nicht mehr vorsätzlich«, erklärte Ben mit fester Stimme. »Nicht als sie den Schuß abgab. In dem Moment hatte sie ihren ursprünglichen Plan aufgegeben. Als sie dann doch schoß, geschah es aus einem Impuls heraus. Sie war in Panik geraten, und das veranlaßte sie dazu, sogar nochmals zu schießen.«

Richter Tyler fixierte Swain. »Sie haben der Angeklagten vorsätzlichen Mord zur Last gelegt, Herr Staatsanwalt.«

»Das ist richtig«, erwiderte Swain.

»Wollen Sie das noch aufrechterhalten? Vielleicht sollten Sie die Anklage auf Totschlag abändern.«

»Euer Ehren, das ist doch nur die Meinung dieses einen Zeugen ...«

»Er ist *Ihr* Zeuge, Mr. Swain.«

»Aber ganz offensichtlich ist er doch voreingenommen ...«

»Dieses Risiko haben Sie auf sich genommen, als Sie ihn unter Strafandrohung vorladen ließen.«

»Sicher, aber ...«

»Wenn Sie von mir erwarten, daß ich die Beschuldigte vor Gericht stelle, dann sollten Sie ihr lieber das richtige Verbrechen zur Last legen.«

»Euer Ehren, ich ...«

»Ich möchte mich mit allen Anwälten in meinem Zimmer besprechen«, donnerte Richter Tyler. »Mr. Kincaid, Sie können gehen.«

»Danke, Euer Ehren.«

Als Ben den Zeugenstand verließ, sah Belinda zum erstenmal zu ihm auf. Ihre Blicke begegneten sich.

Und ihre Miene entspannte sich. Für den Bruchteil einer Sekunde huschte so etwas wie ein Lächeln über ihr Gesicht.

2

Ben saß allein am Seeufer in der Nähe seines ehemaligen Zeltplatzes. Der Himmel an diesem Morgen war noch grau; gerade lugten die ersten Sonnenstrahlen über die Berggipfel.

Der Anwalt sah aufs Wasser hinaus und versuchte, all den Lärm, das Durcheinander und den Schmerz aus seinem Kopf zu verbannen.

All die Trauer.

Hinter sich hörte er einen Wagen den Feldweg entlangtuckern. Wenig später schlenderte Christina über den Zeltplatz und setzte sich neben ihn.

»Was machst du denn hier?« fragte er.

»Ich dachte mir, du könntest vielleicht ein bißchen Gesellschaft gebrauchen«, meinte sie achselzuckend.

»Da hast du dich getäuscht.« Er wandte sich ab und starrte wieder auf den See hinaus. »Aber wenn du schon mal da bist: Wie fühlst du dich?«

»Prima. Bestens erholt. Ich könnte Bäume ausreißen. Und du?«

Er überlegte die möglichen Antworten. Prima? Er könnte Bäume ausreißen? Irgendwie klang das alles hohl. Kopfschüttelnd fragte er sich, ob er je wieder der alte sein würde.

»Was dagegen, wenn ich ein Stück spiele?«

Ben sah sie die Mundharmonika aus dem samtenen Etui nehmen. »Muß das sein?«

»Ich bin in der Stimmung dazu.« Und schon fing sie an zu spielen.

Ben gab sich alle Mühe, nicht darauf zu achten. Aber das ging nicht. Außerdem kam ihm die Melodie sehr bekannt vor. *Und der Haifisch, der hat Zähne …*

Er konnte sich nur mit Mühe ein Grinsen verkneifen. »Hast du das extra für mich eingeübt?«

»Ach was. Ich hatte es schon immer in meinem Repertoire.«

»Ja, stimmt.«

»Hey, du lächelst ja!«

»Tut mir leid. Wird mir nie wieder passieren.«

»Okay, mir auch nicht.« Sie setzte eine übertrieben strenge Miene auf. »Gefällt es dir so besser?«

»Hör zu«, seufzte Ben. »Ich weiß, du willst mich aufmuntern, aber es nützt nichts, okay?«

»Oh. Naja, dann verschwende ich erst gar nicht meine Zeit.«

»Gut.«

»Ich werde still neben dir sitzen und keinen Mucks mehr von mir geben.«

»Herzlichen Dank.«

Sie hielt eine halbe Sekunde lang durch.

»Eine Frage nur«, sagte sie unvermittelt. »Du hast doch bezeugt, Belinda sei zurückgeschreckt und habe es sich anders überlegt. War das die Wahrheit, oder hast du es erfunden, um ihr die Todesstrafe zu ersparen?«

»Christina, eine Falschaussage ist ein strafbares Vergehen!«

»Du mußt mir ja keine Antwort geben, wenn du nicht willst.«

»Gut, dann gebe ich dir auch keine.«

Christina seufzte. Plötzlich deutete sie zum Horizont. »Schau! Die Sonne geht auf.«

»Aha. Toll.«

Die orangefarbenen Strahlen krochen über die Berge und spiegelten sich im klaren blauen Wasser. *»C'est magnifique!«*

»Kein Interesse«, murmelte Ben. »Alles schon gesehen.«

Sie ergriff seine Hand und drückte sie fest. »Schau es dir doch so an, als wäre es das erste Mal.«